Mariana de Prodélia e o Grande Pássaro

Mariana de Prodélia e o Grande Pássaro

Eduardo Hy Mussi

PandorgA

Direção Editorial
Silvia Vasconcelos

Produção Editorial
Equipe Editora Pandorga

Preparação
Daniela Vilarinho

Revisão
Luisa Bruno | Revisão & Etc

Diagramação
Abreu's System

Ilustrações e artes de capa
Eduardo Hy Mussi

Capa
Marco Mancen

Texto de acordo com as normas do Novo Acordo Ortográfico da Língua Portuguesa
(Decreto Legislativo nº 54, de 1995)

Dados Internacionais de Catalogação na Publicação (CIP)
Bibliotecária responsável: Aline Graziele Benitez CRB-1/3129

H23m Hy Mussi, Eduardo
1.ed. Mariana de Prodélia e o grande pássaro / Eduardo Hy Mussi. – 1.ed. – São Paulo: Pandorga, 2019.
304 p.; 16 x 23 cm.

ISBN 978-85-8442-402-3

1. Literatura brasileira. 2. Romance. 3. Ficção. 4. Fantasia. I. Título.

CDD 869.93

Índice para catálogo sistemático:

1. Literatura brasileira: romance
2. Ficção: fantasia

2019
IMPRESSO NO BRASIL
PRINTED IN BRAZIL
DIREITOS CEDIDOS PARA ESTA EDIÇÃO À
EDITORA PANDORGA
RODOVIA RAPOSO TAVARES, KM 22.
CEP: 06709-015 – LAGEADINHO – COTIA – SP
TEL. (11) 4612-6404

WWW.EDITORAPANDORGA.COM.BR

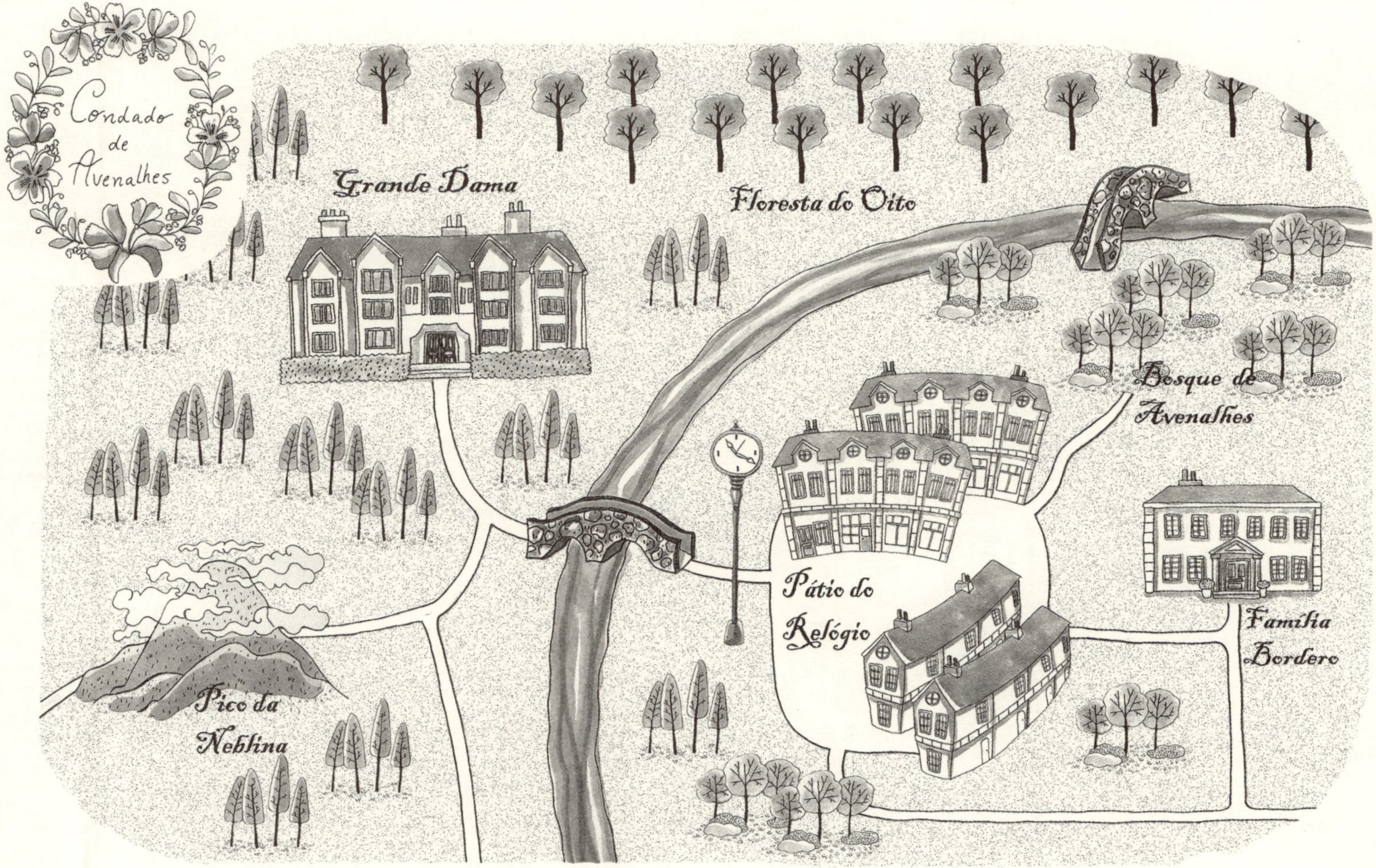
Condado de Avenalhes
Grande Dama
Floresta do Oito
Bosque de Avenalhes
Pátio do Relógio
Família Bordero
Pico da Neblina

Capítulo 1

Erithacus rubecula

Entardecia. Uma mística luminosidade filtrava-se por entre os galhos retorcidos das árvores para dentro da floresta. Perdida naquele desconhecido, a moça de longos cabelos negros não tinha medo, mas teria se ficasse para trás. Sozinha, ela seguia caminho. Podia sentir a temperatura cair drasticamente a cada passo que dava. Um frio daquele nunca tinha experimentado, mas sua pele morena, forte, resistente suportava bravamente.

A vegetação já não era mais a mesma. Aos poucos, a selva tropical ia se transformando nessa gelada e azulada floresta conífera. Era belo aos seus olhos, mas nas condições em que se encontrava, dificilmente ela conseguiria admirar a natureza de maneira adequada.

"Onde ela chegaria?", era a questão que constantemente martelava em sua mente. "E será que chegaria?"

Aquela floresta não parecia ter fim. Fazia horas que vinha andando e o mesmo cenário continuava a se repetir, não havia uma variação em nada, as mesmas árvores altas, como agulhas gigantes a sumirem no denso azul-escuro do céu que ia anoitecendo, nem havia depressão no solo, riacho ou qualquer outra coisa que pudesse vir a servir como um ponto de referência.

Esperançosa de que chegaria em algum lugar onde pediria ajuda, Mariana seguia em frente. O estojo de materiais de desenho e pintura ia batendo contra a sua coxa, já meio adormecida pelo constante atrito e pelo frio, e a alça a cortar o seu ombro. Tinha andado muito e logo suas pernas começaram a falhar de cansaço. Um mísero pedaço de galho velho quase a fez ir ao chão. "Talvez devesse parar um pouco para descansar", pensou. Com o olhar atento, varreu tudo ao seu redor aflita de que alguma criatura à espreita pudesse aproveitar de seu descanso e atacá-la, mas não viu nada, aparentemente ela estava sozinha naquela floresta infinita. Enfim, avistou um tronco velho, livrou-se da mala e do estojo de materiais de pintura e sentou-se.

Por alguns instantes desfrutou do conforto de descansar e de se ver livre do peso de sua bagagem, mas logo uma sensação de desamparo foi crescendo, tomando-lhe conta por inteira e esgotando todo o conforto recém-adquirido, até que a chegada de um passarinho dissipou a solidão, era pequenino e marrom, com exceção da vermelhidão em seu peito que ela reparou quando ele se virou.

O passarinho pousara em um galho baixo de uma árvore, bem à altura dos seus olhos. Ela se levantou e foi até ele, tomando cuidado para não assustá-lo, mas o passarinho não parecia ser arisco, pois ficou no lugar. Suas minúsculas garrinhas estavam bem presas ao galho da árvore, mas a cabecinha se agitava para lá e para cá, como que vasculhando ansiosamente ao redor à procura de algo que havia perdido.

— Olá, passarinho — ela o cumprimentou, consciente de que ele não poderia entendê-la. Tal fato, talvez, tenha produzido o tom melancólico em sua voz — Você está sozinho aqui, assim como eu? Está com frio? Eu acho que não, passarinhos não sentem frio, eu suponho.

Apesar da sua proximidade, o passarinho continuou pousado no galho paradinho entre os olhos dela, apenas a cabecinha a se movimentar de maneira inquieta.

— Meu nome é Mariana, e o seu?

— É Pisco-de-peito-ruivo — disse abruptamente uma voz masculina, rouca, pesada, e com bastante propriedade a respeito dessa informação.

Assustada, Mariana girou, com os olhos arregalados, na direção da voz que vinha às suas costas. Era de um homem alto, parado entre duas árvores. Mariana não conseguiu enxergá-lo direito, devido à pouca claridade, só era possível ver o contorno alto de sua figura, e para ver mais era necessário que ela chegasse mais perto, ou que o homem tomasse essa iniciativa.

Ela não se moveu.

Ele sim.

Três passos e meio foram suficientes para aquele sujeito revelar sua elegante aparência. Muito bem vestido, ele usava um longo e pesado sobretudo arroxeado, na cabeça, uma cartola preta lustrosa e na mão, uma bengala.

— *Erithacus rubecula* é o nome científico, se lhe interessa saber — ele disse arqueando as sobrancelhas, e com a ajuda da bengala passou por cima de uma raiz ao se aproximar de Mariana — Estimativa de vida de 13 meses. Pode atingir até vinte e dois centímetros quando adulto, este aqui no caso — e ao apontar o dedo para o pequeno passarinho, ela notou o grande e luxuoso anel de cristal que ele usava — É ainda um jovem.

Passaram-se alguns segundos de silêncio em que Mariana se viu impedida de dizer algo pelo choque da aparição inesperada daquele cavalheiro - ao que pareceria ser levando-se em conta sua vestimenta, seus gestos e o modo de falar.

— Está satisfeita com estas informações ou gostaria de mais? — ele perguntou, visto que ela continuava quieta.

— Não, obrigada — ela disse por fim, forçando a voz a sair estável e clara, não queria atribuir mais vestígios de medo e receio além do que o seu olhar já denunciava — É o bastante sobre o pássaro. E o senhor, quem é?

O homem pareceu imensamente satisfeito com aquela pergunta, podia-se perceber pelo extenso sorriso que se estampou em seus lábios. Ele tinha uma feição bem expressiva, as sobrancelhas eram louras e grossas, seu nariz longo e fino, olhos de um forte azul anil e a pele branca e rosada como Mariana jamais antes vira em um ser humano. Quanto a sua idade, parecia ter por volta de trinta e poucos anos.

— Oh, onde estão os meus modos? — disse ele — Claro, claro, meu nome é Rubens von de Nivandi II, Conde de Avenalhes — e isso foi dito com muito orgulho — Muito prazer em conhecer a senhorita... se não me engano, senhorita Mariana? Ouvi bem?

— Sim — ela balançou a cabeça levemente, com os seus olhos em uma rápida análise por toda a figura daquele homem após ele revelar ser um conde. Ela nunca havia visto ou falado com um, queria ter uma noção melhor do que aparentava ser um conde e o que de fato era um.

O Conde de Avenalhes sorriu com solidariedade para a, ainda persistente, timidez da garota e com passos cautelosos se aproximou mais alguns centímetros dela.

— Me diga, srta. Mariana, é dada a longas caminhadas? — ele perguntou, parando e, apoiando-se em sua bengala, aguardou uma resposta enquanto a analisava dos pés à cabeça.

— Eu diria que sim. Na verdade talvez — respondeu Mariana, incerta — Mas o caso não é esse, não estou em uma caminhada.

— De fato não está! — disse o conde quase que como um desabafo que vinha segurando por algum tempo, e vendo que mais um passo não a afugentaria, aproximou-se ainda mais — Olhe para este casaco, é demasiado fino para qualquer longa caminhada, ainda mais nesta região, faz muito frio por aqui.

— Concordo com o senhor — disse Mariana alisando o tecido ralo do longo casaco que usava, mas era o único que ela tinha — De onde eu venho não faz muito frio, então o senhor pode compreender que, na verdade, isso é a única coisa da qual disponho.

O conde arqueou as sobrancelhas parecendo bem interessado.

— Sim, eu notei que você não é daqui. De onde a senhorita vem?

— Sou de Prodélia — ela respondeu — Já ouviu falar?

O conde esticou o pescoço e lançou um olhar distante, para além da cabeça de Mariana, e soltou um "Oh, sim, claro, Prodélia! A oeste. Sim, claro, já ouvi falar, mas nunca tive o prazer de conhecer a região."

— Não há muito o que se ver por lá — disse Mariana um pouco desanimada pela falta do que se gabar da pequena cidadezinha em que nascera. Estremecendo, ela levou as mãos aos ombros e ao respirar soltou uma nuvenzinha de fumaça pela boca. De olhos arregalados, ficou olhando para o rastro de fumaça que se definhava no ar, sumindo de vez. Para certificar-se de que não tinha imaginado tal coisa, fez de novo, e com espanto viu do que era agora capaz, embora não soubesse exatamente o que fosse. O conde acompanhava aquela nova descoberta de Mariana com bastante bom humor.

— O que é isso? — perguntou Mariana a ele.

— Isso acontece quando se está muito frio — ele explicou — É vapor condensado.

— Em Prodélia nunca faz frio desse jeito — disse Mariana soltando outra nuvenzinha de ar, achando a nova descoberta fascinante.

— E para onde vai, srta. Mariana de Prodélia? — perguntou o conde, que queria sair daquele assunto nada proveitoso.

— Para a capital — ela respondeu.

— Oh, para Vóia! — exclamou o conde, levemente surpreso — Você tem muito ainda o que caminhar então! Pretende fazer isso a pé e usando esse casaco? Creio que não será possível sem tomar uma condução. Por Deus, srta. Mariana, você não andou de Prodélia até aqui, andou? Se não me falham meus conhecimentos geográficos, Prodélia fica a dias de viagem de onde nos encontramos nesse momento.

— Não! Não, claro que não! Eu fui deixada aqui por... — e ia dizendo Mariana, quando o conde, balançando a cabeça muito inconformado com todas as peculiaridades daquela situação, a interrompeu.

— Nem mais uma palavra, srta. Mariana — com um movimento galante ele deslizou ao seu lado e a envolveu delicadamente em seu braço — Olha só! Vejo que está tremendo de frio e necessitada de comida e de uma bebida bem quente. Não tente dizer não à minha solidariedade. A srta. Mariana deve vir comigo, será minha hóspede hoje.

Mariana sabia do perigo que era confiar em estranhos, entretanto aquele homem elegante, de boa aparência, que se dizia ser um conde, de fato parecia estar falando a verdade. Como duvidar de uma imagem tão apelativamente convincente? E mesmo que ele não fosse, o frio insuportável, a barriga vazia, os pés cansados e a oferta de ter um abrigo para pernoitar diante da incerteza de encontrar uma hospedaria ali por perto eram fatores tão críticos para se ignorar que Mariana estava inapta a tomar qualquer decisão sensata senão a aceitar a oferta do conde.

— Eu agradeço muito — disse Mariana, deixando que o conde a guiasse.

Não muito longe dali, estava um belo cavalo branco. Como um cumprimento, soltou um suave relincho com a aproximação dos dois.

— Se me permite — disse o conde, quando chegaram perto do cavalo, as mãos próximas à cintura de Mariana, esperando apenas a permissão dela. Mariana, então, a deu e assim foi feito, o conde colocou a jovem sobre o cavalo e depois ele subiu. Em posse das rédeas, direcionou o cavalo para o sentido contrário e seguiu em direção à sua residência, com um novo adicional entre os seus braços. Não era bem o que ele estava procurando, mas nem por isso, menos desejável.

Capítulo 2

Grande Dama

Foi rápido o percurso até a residência do Conde de Avenalhes, ele não morava muito longe dali, e logo Mariana viu que as intermináveis árvores e o horizonte infinito da floresta tiveram de fato um fim.

A escuridão caíra de vez, não se podia ver muita coisa, tudo era sombra e borrão, até que foi possível enxergar a silhueta do que parecia ser uma grande construção ao topo de uma colina, iluminada pela claridade de suas janelas.

— Chegamos, srta. Mariana — disse o conde indicando com a bengala a construção que se tornava cada vez mais nítida à medida que o cavalo trotava — A senhorita parará de tremer assim que passar pela porta da minha casa e se aconchegar diante da lareira.

Passaram rapidamente por uma mureta de pedra, na qual, antes que sumisse ao olhar de Mariana, ela pôde ler as palavras "Grande Dama" incrustadas em uma placa de latão. Em seguida, diante dos seus olhos, ela viu tomando forma, clareada pelas janelas que brilhavam com a luz do seu interior, a própria Grande Dama.

A mansão do conde era uma construção de caráter vigoroso e imponente, de altas janelas e decorada com belos adornos. Detalhes como pequenas torres e outros elementos similares faziam dela, mergulhada no escuro da noite, ser confundida com um castelo por um observador bem distante. Para Mariana, cuja visão sempre fora muito boa, a noção era quase a mesma, já que nunca tinha visto, nem de perto, nem de longe, um castelo, ou uma exuberante mansão como aquela.

— É linda! — Mariana conseguiu dizer, entre os dentes que batiam de frio, liberando outro vapor de ar condensado.

— De fato — concordou o conde, seus olhos cintilando de orgulho admirando sua esplêndida residência — De fato é, srta. Mariana.

Ao entrarem na mansão, Mariana foi atingida mutuamente pelo confortável calor de seu interior e pelo luxo do *saguão*. Havia um belo e grande tapete ao centro e, logo acima, um imenso e reluzente lustre iluminando tudo; à sua frente, dois lances de escadas se uniam ao topo levando aos andares superiores da mansão, interligando cômodos e mais cômodos por vários corredores, que no momento ela não poderia imaginar que existissem.

— Vejo que parou de tremer — comentou o conde, suas mãos ainda nos ombros de Mariana, a conduzindo para a sala à direita — Seja bem-vinda à Grande Dama, srta. Mariana. Farei todo o possível para que se sinta confortável e muito bem tratada durante a sua estadia aqui.

— De novo, eu agradeço muito, senhor — disse Mariana.

Enquanto caminhavam, o olhar de Mariana sempre atento a cada detalhe do interior daquela mansão não pôde deixar de ignorar as pinturas às paredes, penduradas em qualquer superfície vertical possível que fosse. Eram todas de pássaros e outras aves. A jovem queria poder vê-las direito, chegar perto, mas o andar do conde não diminuía. No entanto, antes que o lamento tivesse de ser reprimido, quando passou pela soleira da porta alta, ela se viu diante de uma justa recompensa.

Mariana foi conduzida a uma extensa sala de teto alto com dezenas e mais dezenas de pinturas pelas paredes; não de paisagens, nem retratos familiares, mas de aves de todos os tipos e das mais variadas cores e tamanhos. Ela só tinha olhos para as pinturas, teve uma leve noção da riqueza dos móveis daquela sala, mas eram as telas dos pássaros e demais aves as donas do seu olhar atento, deixando passar despercebidas as outras coisas, como os belos tapetes, aparadores, poltronas, estofados e outros objetos refinados.

O conde a tinha levado até um belo sofá diante de uma imensa lareira, na qual o fogo alto iluminava todo o ambiente e aquecia tudo ao redor.

— Agora, por favor, srta. Mariana, queira me dar o seu casaco. Isso, muito bem, e agora sente-se aqui e aqueça-se.

Mariana se sentou, mas com os olhos ainda presos nas pinturas. Ao sentir o conforto do sofá e o calor vindo do fogo aceso na lareira, seus olhos fecharam e assim ficaram por quase um minuto.

— O senhor é muito gentil — ela falou, chegando a sorrir, não de gratidão, mas sim devido a um leve torpor causado pelo conforto do sofá e do fogo a lhe aquecer.

O conde sorriu de satisfação.

— Sinta-se em casa, srta. Mariana. Agora vou providenciar o jantar e pedir que alguém vá arrumar um dos quartos para que você possa passar a noite.

Assim que o conde saiu, Mariana permitiu-se afundar ainda mais no sofá, pensou que poderia facilmente se entregar ao sono e dormir ali mesmo. Mas foi o tempo do seu corpo atingir uma temperatura regular e a cor voltar à sua face para ela se sentir disposta novamente. Então se levantou e foi até as pinturas para admirá-las com mais atenção.

Eram elegantemente pintadas a textura, os contornos, a luz, tudo muito bem trabalhado. Teria sido tomada pela inveja caso o fascínio não fosse maior. As aves eram das mais variadas espécies; pequenas, médias, grandes, multicoloridas, ou às vezes monocromáticas; algumas ela conseguia reconhecer, outras, tão diferentes e exóticas que chegava a suspeitar de sua existência, só podiam ser fruto da criação artística do pintor. Aliás, quem era ele? Procurou no canto das molduras alguma assinatura, mas nenhuma tela estava assinada.

Logo acima de uma cômoda Mariana avistou a pintura de um belo flamingo, ao que parecia, pintado em tamanho real.

— Gosta, senhorita Mariana?

A volta inesperada do conde a assustou, fazendo-a tremer e levar involuntariamente as mãos ao peito.

— Ah... sim... — ela disse, relaxando um pouco — Gosto muito.

Parado à porta, admirando-a de longe, o conde segurava uma bandeja de prata oval contendo duas xícaras de chá fumegantes.

— Você tem uma incrível coleção de pinturas aqui — comentou Mariana, aceitando a xícara de chá quando oferecida pelo conde — Ah, obrigada.

— Sim, eu reconheço, srta. Mariana, possuo uma certa obsessão — disse o conde. Ele pôs a bandeja no aparador ao lado e foi até a pintura de um pássaro violeta de peito branco — Essas criaturas cobertas de penas, das mais variadas cores, são fascinantes para mim. Não sei exatamente quando isso começou, srta. Mariana, mas sou grato que tenha começado. Olhe, não é belo? — Ele indicou com a cabeça a pintura do pássaro violeta da qual seus olhos não tinham desviado um segundo sequer desde que começara a falar.

— Sim, é lindo — concordou Mariana, aproximando-se.

— Estorninho de dorso violeta é o nome popular — disse o conde — Mede, aproximadamente, 16 centímetros de comprimento. Nesse quadro ele foi pintado maior, e é um macho. Veja como a cor roxa da plumagem é mais viva; a das fêmeas é mais discreta.

— Você sabe muito a respeito de pássaros — comentou Mariana, olhando-o com o canto dos olhos.

— Eu disse, sou um obcecado.

— São telas maravilhosas. Estou impressionada com a qualidade da pintura — ia dizendo Mariana, enquanto passava por elas — Não se percebe as marcas dos pincéis, são realmente bem realistas. As cores são bem vivas, as texturas estão corretas, o que é uma coisa muito difícil de reproduzir às vezes. Devido às penas, me refiro. Eu, pelo menos, acho. Realmente impressionante.

As palavras dela surtiram no conde certa curiosidade. Ele não esperava que ela pudesse ser capaz daquela análise.

— A senhorita entende de pintura? — ele perguntou.

Como Mariana já tinha levado a borda da xícara aos lábios, o conde teve que esperá-la dar um gole para então ter sua resposta.

— Sou pintora.

— Uma pintora! — ele repetiu parecendo genuinamente encantado, suas sobrancelhas louras e grossas erguendo-se causando várias dobras em sua testa.

— Pelo menos eu estou tentando ser — continuou Mariana — Não sou uma artista conhecida — e nesse momento hesitou, como se tivesse previsto que fosse se engasgar. Baixando então os olhos para a xícara, como se estivesse a confidenciar suas palavras a ele, continuou — Na verdade, eu não acho que me cabe o direito de me denominar artista, e sim... bom... eu acho mais apropriado dizer, uma pintora, pois quanto ao ofício, não há outro nome, e mexer com os pincéis e a tinta, isso eu estou segura que sei fazer muito bem.

E levantando os olhos, com um sorrisinho fraco, Mariana encontrou o rosto do conde bem próximo do dela, seus olhos azuis cintilando pelo reflexo do fogo da lareira.

— Srta. Mariana — ele disse após uma rápida reflexão, sua voz deslizando em um tom macio e gracioso — Eu acho que só uma artista de verdade teria uma postura tão crítica de si mesma assim como foi a sua.

Mariana não pôde frear o sorriso, e para se livrar de qualquer coisa modesta que o momento pedia, levou a xícara aos lábios e tomou um gole.

Antes que pudessem dar início a outro assunto, foram interrompidos pela chegada de uma senhora de meia-idade. Era, ao que tudo indicava, a governanta da Grande Dama, vestida de preto, com uma gola apertando o seu pescoço já flácido, um molho de chaves lhe servindo como cinto ao redor do corpo rechonchudo, e com um coque alto e muito bem preso, ela só podia ser isso.

— Desculpe a intromissão, senhor, mas o quarto já está pronto — ela anunciou parada à soleira da porta, no rosto redondo, um sorriso simpático — E o jantar creio que em poucos minutos poderá ser servido.

— Muito obrigado, sra. Siban — disse o conde, depositando sua xícara na mesinha — Agora, poderia levar a srta. Mariana até o quarto que será dela por essa noite para se familiarizar com o local?

— Claro — concordou a mulher de preto, obedientemente.

O conde sorriu para Mariana e a convidou, com um gesto de mão, a ir de encontro a sua governanta. Mariana assim fez, embora um pouco receosa, afinal, nem sequer havia sido apresentada àquela pessoa apropriadamente.

— Por favor, acompanhe, srta. Mariana, — disse a sra. Siban direcionando um sorriso gentil ao constatar certa hesitação no rosto de Mariana.

Mariana devolveu o sorriso e acompanhou a Sra. Siban. Ela a levou de volta ao *hall* e dali a conduziu escadaria acima. Enquanto subiam, Mariana notou mais pinturas de aves ao longo da escada.

— A senhorita vem de viagem, eu suponho — especulou a sra. Siban — Vem de muito longe?

— De Prodélia — respondeu Mariana, os olhos grudados nas pinturas — O conde é realmente um homem fascinado por pássaros — a jovem comentou, seus olhos passando da pintura de um pássaro para o outro conforme subia cada degrau.

— Sim, de fato ele é — respondeu a sra. Siban, olhando por cima do ombro para Mariana, que parada a alguns degraus abaixo encontrava-se hipnotizada por uma das pinturas. Era de uma bela águia — Vamos, srta. Mariana, você vai encontrar muitas outras por toda a casa.

A Sra. Siban estava certa quanto a isso. Pelos corredores no andar de cima, Mariana pôde ver dezenas e dezenas de telas de aves conforme iam passando. Infelizmente ela não pôde admirá-las com a paciência que queria, a Sra. Siban não tinha sido instruída a levar Mariana para uma rota turística pela mansão. Rapidamente, seguia à frente, em direção ao quarto de hóspedes.

— Prodélia fica um tanto longe daqui — disse a sra. Siban — A senhorita deve estar bem cansada, não?

— Sim, um pouco — E nesse momento o som, que pareceu de um ronco, irrompeu da barriga de Mariana.

— E com fome também — comentou a sra. Siban, dando uma risadinha, parando diante de uma porta e pousando a mão na maçaneta — Logo o jantar será servido, srta. Mariana, e seu estômago, muito bem forrado. Bom, agora, sem demora, aqui estamos. Este será o seu quarto — E abrindo a porta, deu espaço para que Mariana pudesse passar — Espero que seja do seu agrado.

Mariana jamais tinha visto um quarto tão luxuosamente decorado e espaçoso em toda a sua vida. A cama de dossel, imponente e cortinada, parecia o ser dominante sobre todos os outros objetos, embora a integridade de cada um não tivesse sido subtraída por isso. E o papel de parede, Mariana percebeu, achando engraçado, era cheio de gravuras de passarinhos.

— Eu espero que a senhorita não encontre nada desarrumado e fora do lugar ou sujo — disse a sra. Siban, passando o dedo em uma das cômodas do quarto e verificando se havia poeira ali — Não estávamos esperando a sua visita e faz algum tempinho que este quarto não é limpo, mas acho que as camareiras fizeram um bom trabalho em tão curto tempo.

— É lindo — elogiou Mariana, olhando maravilhosa ao redor — Nunca imaginei que quartos pudessem ser tão bonitos assim. Eu garanto que eu seria incapaz de notar alguma sujeira ou algo que pudesse ser considerado desarrumado em meio a tudo isso.

A Sra. Siban olhou com doçura para a o espanto de Mariana com um simples quarto de hóspede. — Imagino então que seja de seu agrado — disse em seguida.

Encantada com tudo ao redor, Mariana demorou um pouco para notar o belo vestido estendido sobre a cama. Primeiro, seus olhos passavam por cada detalhe da cama de dossel, pelas cortinas, pelo tecido. O vestido só se fez notável quando a Sra. Siban o alisou com cuidado e disse:

— É desejo do conde que a senhorita use esse vestido e desça para o jantar, srta. Mariana.

Mariana aproximou-se para ver o vestido mais de perto. Era de um vermelho forte, de busto largo, com várias flores bordadas em dourado, que desciam da cintura até a barra do vestido. Mariana ficara tão encantada com os detalhes bordados, com o quanto pequenino e delicado eram as pétalas de cada florzinha, que mal notou a saída da Sra. Siban do quarto, perdendo, assim, a oportunidade de questioná-la sobre a particularidade de tal desejo do conde. Ela estava sendo presenteada ou era apenas uma formalidade daquele tipo de gente vestir-se tão formalmente para apenas um jantar?

Mariana ficou parada por alguns segundos diante do belo vestido vermelho estendido na cama, até notar ali no canto sua bagagem, mas onde estava o estojo de pintura que deveria estar junto? A ideia do seu bem mais precioso ter se perdido fez com que um ardor de pavor subisse pelos seus braços até queimar seu coro cabeludo. No entanto, antes que saísse correndo atrás da Sra. Siban para reclamar da falta de um valioso item seu, seus olhos flagraram o estojo de pintura sobre uma escrivaninha em frente à janela.

Mariana respirou aliviada e deixou-se cair numa bela poltrona de encosto alto. Por uma fração de segundo sofreu o pavor de ter perdido tudo o que a tinha feito sair de Prodélia rumo ao seu grande objetivo na vida, precisava se recuperar.

O tique-taque do relógio sobre a cômoda a fez levantar da poltrona e pegar o vestido. Era melhor respeitar o desejo do conde, vestir-se logo e descer para o jantar. De jeito nenhum ela pagaria a generosidade do conde com a falta de educação que seria deixá-lo esperando por muito tempo.

Capítulo 3

Jantando com o conde

Vestida de vermelho e pétalas douradas, Mariana saiu para o corredor. Usando as duas mãos, tentava dominar a barra do vestido, treinando os passos. A nova vestimenta requeria equilíbrio. Meio incerta de que caminho seguir, o da direita ou o da esquerda, parou no meio do caminho presa nesse impasse. Tinha chegado até o quarto sem reparar direito no trajeto feito, sua atenção completamente voltada para as pinturas de aves a óleo nas paredes, deixando-se ser guiada pelo Sra. Siban, e agora era incapaz de se lembrar por onde tinha vindo e para onde deveria ir.

— Aí está a senhorita — veio a voz da sra. Siban à esquerda — Eu pensei que talvez devesse mandar alguém para ajudá-la a se vestir, mas vejo que foi melhor confiar na sua capacidade. Não se atrapalhou com os botões nem nada, vejo que não. Tudo certinho.

Sorrindo com satisfação, a Sra. Siban avaliou Mariana dos pés à cabeça.

— Está linda — disse, até que seus olhos revelaram desaprovação ao olhar acima da testa de Mariana — Oh, claro, eu devia ter pensado nisso.

— O quê? — perguntou Mariana, enquanto rapidamente a sra. Siban a guiava de volta para o quarto. Lá dentro, a boa senhora foi até uma das cômodas e abrindo uma gaveta, tirou de lá uma escova de cabelo.

— Não se preocupe, querida, seu cabelo só precisa de um pouco disso aqui — a governanta falou, e com eficiência começou a escovar os cachos embaraçados de Mariana — Algumas escovadas e estará perfeito. Minha nossa, você tem belos cabelos negros. Sabe, meninas morenas não são comuns por aqui em Avenalhes. Pronto, agora sim está ótimo!

Agora que Mariana parecia estar inteiramente apresentável, a Sra. Siban conduziu-a para a sala de jantar, onde o conde a esperava. A sala era um cômodo grande e largo, de paredes altas, com várias janelas ricamente encortinadas, uma lareira ao canto já acesa e uma gigantesca mesa para vários lugares. Lá na cabeceira da mesa ela viu, iluminado pela luz oscilante do fogo, o conde sentado em seu lugar à sua espera. Diante dele, o jantar já estava posto sobre a mesa. O cheiro delicioso da comida chegava até as suas narinas fazendo o seu estômago roncar, mas as grossas camadas de tecido, que agora vestiam seu corpo, abafaram um pouco o som.

Enquanto caminhava para o seu lugar, foi impossível para Mariana não deixar de notar mais pinturas de aves magnificamente emolduradas nas paredes da sala de jantar. Bem atrás do conde, ela viu, estava uma das mais belas pinturas de todas, assim considerou. Era um belo cisne negro. Parada, ignorando o empregado que havia puxado a cadeira, Mariana ficou admirando a pintura. Com as asas abertas e o pescoço majestosamente empinado, o cisne parecia querer sair voando dali, apesar de sua compleição majestosa, seus olhos estavam tristes. Tal contraste parecia deixar a pintura ainda mais instigante e bela.

— É hipnotizante, não? — disse o conde, despertando-a do transe em que a pintura do cisne tinha envolvido-a e voltou seus olhos para ele.

— Ah, me desculpe — disse Mariana, e notando o empregado que segurava a cadeira para ela, sentou-se, também se desculpando com ele, mas o empregado mal lhe deu atenção e voltou à sua posição imóvel, como se fosse parte da mobília.

— Não há por que se desculpar pela distração que uma pintura dessa possa causar em alguém, srta. Mariana — disse o conde virando um pouco o pescoço para que ele também pudesse apreciar o cisne — É um dos meus favoritos.

— Se eu tinha alguma dúvida a respeito da sua paixão por aves, ela já não existe mais — disse Mariana passando os olhos pelas outras pinturas que forravam as paredes da sala de jantar, e ao voltar ao conde, ela se deparou com os olhos dele faiscando de excitação.

— Você está deslumbrante nesse vestido — ele a elogiou.

— Obrigada. É realmente lindo e muito quentinho, certamente não vou passar frio. Obrigada mesmo, é muita generosidade.

Naquele momento mais empregados entraram na sala e mais comida começou a ser servida. Uma bandeja de conteúdo colorido decorado com folhagens pareceu flutuar diante do queixo de Mariana, mas era apenas a maestria do empregado que lhe oferecia uma porção.

Mariana nunca tinha visto nada disso na vida, nem em quantidade, nem referente à sua origem e ingredientes. Com hesitação levou o garfo à boca com o pouco que pegou do que tinha sido colocado em seu prato, e logo depois já estava comendo tudo com intenso gosto. A comida era deliciosa.

Com o canto do olho, percebeu o conde observá-la.

— Desculpe-me a ansiedade — ela disse descansando um pouco o garfo — mas é que realmente está muito gostoso e também, não posso negar, a viagem me deixou faminta.

— Minha cara, é totalmente compreensível — comentou o conde sorrindo largamente — Aliás, você precisa me contar sobre essa sua viagem. Qual a motivação?

— Quero me tornar uma pintora profissional — disse Mariana, emitindo certa ousadia no modo como seu queixo se projetou para frente, não de natureza vaidosa, mas muito mais de obstinação.

O conde pareceu encantando com o desejo dela. Seu rosto se iluminou, parando o garfo a meio caminho da boca e abrindo um sorriso.

— Mas que maravilha — ele disse, enfim — Bom, percebi que você carregava consigo um estojo de pintura, mas apenas supus que desenhar deveria ser apenas um passatempo para a senhorita e não algo que levasse tão a sério. Reconheci de imediato o estojo, pois já havia visto muitos modelos em algumas lojas especializadas que já visitei.

A menção de uma loja especializada fez Mariana encher-se de entusiasmo e desistir de recolher com o garfo mais um punhado de comida que seu estômago faminto ansiava.

— Mesmo? Deve ser incrível, cheia de diversos materiais que eu nem consigo imaginar, mas que tenho certeza que devem existir. Fico pensando nos vários tipos de papéis e nas tintas, seria bom algumas cores prontas, facilitaria o trabalho da mistura em busca da que se quer, embora eu goste às vezes de fazer minha tinta.

— Sim, e há — disse o conde — Espero que visite uma dessas lojas, mas, srta. Mariana, o assunto me induz a pedir. Eu adoraria ver o seu trabalho, imagino que tenha trazido alguns consigo.

— Sim, eu trouxe comigo uma seleção de pinturas em aquarela e a óleo, também alguns desenhos a lápis. Pretendo submetê-los para avaliação em algumas galerias de Vóia. O senhor já esteve lá. Há realmente várias galerias?

— De fato, há sim, srta. Mariana. O Príncipe Regente é muito apreciador das artes. Se conhecê-lo for um de seus desejos, creio que pode ser que você esbarre com ele em uma das galerias das quais você tem a intenção de visitar. Há muita coisa artística que vai parar dentro do palácio. O príncipe gosta mesmo de arte e está sempre adquirindo novas obras à sua coleção, mas ele é um pouco impulsivo em suas escolhas, já ouvi falar, e muitas das telas deixam de ser de seu gosto e acabam substituídas, e isso gera muita frustração em algumas pessoas, pois há algum tempo, uma pintura de um artista novo que foi muito cobiçada por um amigo meu foi adquirida pelo príncipe, antes do meu amigo ter tido tempo suficiente de juntar a quantia necessária para comprá-la. E agora não tem uma vez que eu não o encontre sem que ele se refira com muita frustração a esse fato, pois a pintura deixou de ser a preferida do príncipe e agora enfeita a cozinha do palácio.

Mariana ficou indignada com aquilo e não pôde reprimir suas emoções.

— Conhecer o príncipe seria então a última coisa que eu desejaria nessa vida — ela afirmou, movida por uma forte antipatia que brotara nela regada pelo relato do conde. — Agora que o senhor me falou um pouco dele, acho que nem se houvesse a oportunidade eu seria grata, e não é o caso dessa pintura estar na cozinha, não pense que sou esnobe, muita sorte tem aqueles que ali passam e podem apreciar a pintura. Minha indignação é a forma como esse príncipe abusa do poder que tem para consumir arte de forma tão leviana. Sei exatamente como seu amigo deve ter se sentido, pois estou sentido essa frustração agora mesmo.

— Sim, mas se bem conheço o meu amigo, ele nunca chegaria realmente a conseguir economizar e comprar a tela, ele é um gastão, o quadro seria do Príncipe de qualquer jeito.

— Ou de alguém que de fato devesse merecê-lo, se não fosse a ganância do Príncipe, pelo que soa, de apenas querer possuir o que ele considera de valor.

— Srta. Mariana, julga-o severamente demais. É apenas o defeito de se entediar das coisas com rapidez.

Mariana preferiu nada dizer, levou o copo até a boca e bebeu um pouco do vinho que a tinham servido.

— Mas devo concordar com a senhorita — continuou, então, o conde, olhando seriamente para ela — Acredito que o Príncipe deva carecer de gosto próprio, mas pense bem, não é digno de respeito aquele que sabe reconhecer o valor da arte?

— No caso me parece que ele só reconhece o valor de possuir a arte — disse Mariana pousando a taça vazia sobre a mesa — E muito pouco a arte em si.

O conde não estava disposto a continuar com aquele assunto. Muitas outras coisas o interessavam a respeito de Mariana além de suas opiniões a respeito do Príncipe Regente e seus defeitos. Tomando um gole do vinho, como que para limpar a língua e prepará-la para falar sobre coisas do seu interesse, disse logo em seguida:

— Voltemos à sua jornada, srta. Mariana, ao que parece você ainda está na metade dela. Vóia não é muito longe, no entanto, ainda há um bom caminho a seguir. A estrada de ferro até lá ainda passa por alguns vilarejos e condados. Diga-me como tudo começou? Na verdade, o que me intriga é: como foi parar sozinha na floresta?

— Eu estava fugindo de ladrões — ela respondeu mantendo com sucesso sua firme constituição, resistindo ao abalo emocional que a lembrança poderia lhe trazer.

Não teve como as sobrancelhas grossas do conde não franzirem de intenso interesse e um pouco de preocupação diante àquela declaração.

— Srta. Mariana — começou ele, em tom sério, preparando-se para se levantar — Creio que preciso de um pouco mais de contexto sobre esse ocorrido e seria muito mais confortável para você, eu imagino, se me relatasse tudo enquanto tomássemos chá, ou prefere subir para o quarto? Deve estar cansada, não? Me desculpe, mas depois de sua declaração, minha curiosidade falou mais alto. Realmente, deve estar cansada querendo ir dormir.

Mariana, de fato, estava cansada. Pensar na cama confortável de quatro colunas, quentinha, esperando por ela no quarto, intensificou ainda mais o seu cansaço. No entanto, ela devia a sua história àquele homem tão generoso que lhe oferecera abrigo e comida.

— Ainda estou bastante acordada — disse Mariana levantando-se após sua cadeira ser puxada pelo criado que pareceu criar vida ao comando do conde — Tenho condições de contar o que o senhor quiser.

— Ótimo, srta. Mariana. Acompanhe-me, por favor.

Dali eles foram para uma bela sala onde a lareira já se encontrava acesa para o conforto deles. O pedido para que o chá fosse preparado já havia sido enviado à cozinha e estaria pronto assim que os dois se instalassem confortavelmente na sala para que Mariana fizesse então seu relato.

Ao sentar-se no sofá e sentir o calorzinho vindo da lareira, Mariana lutou contra o excesso de conforto com o qual foi atingida e, piscando os olhos, resistiu ao sono. Endireitando o corpo e aceitando a xícara de chá que acabara de chegar, ela começou sua narração.

Capítulo 4

Mariana de Prodélia

Eu nasci em Prodélia, filha de pais lavradores, e destinada a dar procedimento à essa atividade que muito tem de nobre e importante, mas que quase nada tem a ver comigo e com quem eu sou. A incompatibilidade era grande e se não fosse a grandiosidade desse meu desejo, beirando a uma urgência quase física, como a necessidade de voltar a superfície quando muito tempo embaixo d'água, eu provavelmente teria tristemente me submetido a esse destino e não estaria agora aqui, mas sou inconformada e egoísta. E aqui estou.

Eu não conseguiria realizar o meu sonho se continuasse em Prodélia. Quando decidi que somente isso me tornaria de fato um ser humano feliz e realizado, vi que partir era necessário. Era dar adeus à minha terra natal, ou aceitar e viver com as limitações que ela tinha a me oferecer.

Meu projeto de sair de Prodélia iniciou quando adquiri o costume de abrir o jornal que meu pai deixava à mesa do café da manhã após lê-lo. Antes disso pouco eu sabia do que havia lá fora, das oportunidades compatíveis a quem eu era e do que eu era capaz. Ali no jornal fiz uma grande descoberta: a sessão de artes. Não sabia que havia tantos artistas assim lá fora, tantas obras belas e interessantes, nem da amplitude da produção daquele ofício que sempre havia sido um trabalho feito por mim sem grandes pretensões, e que Vóia reunia toda aquela arte em suas galerias, e que artistas ganhavam a vida pintando para pessoas importantes ou recebendo vantajosas propostas que satisfaziam ambos os lados. Tudo isso em Vóia. A cada nova edição do jornal, meu desejo de que um dia eu poderia ter uma das minhas artes em alguma galeria de Vóia ia crescendo conforme eu descobria um novo nome, um novo endereço.

Tornara-se então um hábito conferir sempre aquela página do jornal, adicionando o nome de uma nova galeria de Vóia em uma lista que tendia a crescer a cada semana.

Até que chegou o dia em que eu estava convencida. Vóia era o meu destino, era onde todos os aspirantes a pintores estavam e, portanto, onde eu deveria estar se esse fosse mesmo o meu maior desejo. E era. Seria onde eu conseguiria mostrar a minha arte e daria início à minha carreira, mas para isso eu precisava de dinheiro. Meus pais não são ricos e eu não poderia exigir deles o financiamento do que me distanciaria da segurança e me aproximaria da incerteza, e eles não estavam errados de assim pensar. É natural que se preocupem, e é natural que eu não. O pouco de dinheiro que eu ganhava com paisagens e retratos que eu pintava para vizinhos e conhecidos não era o suficiente, por isso consegui um emprego servindo mesas em uma hospedaria nos arredores de Prodélia.

Eu ganhava pouco na hospedaria, mas o constante fluxo de viajantes fazia do local bem movimentado, e dali consegui várias encomendas de pinturas; retratos simples, o filho de alguém, as vezes paisagens bucólicas. Em meio ano consegui o dinheiro necessário. Eu estava pronta e determinada.

Era hora então de dizer adeus aos meus pais. Não havia da parte deles nem incentivo e nem proibição, sendo assim, isso nem me tornava triste e nem feliz. Eles me desejaram sorte, abraçaram-me e parti com a mesma dor que eles deviam ter sentido enquanto me assistiam deixá-los.

Tomei a condução que me era mais viável financeiramente para chegar até a ferrovia. Isso significava um lugar no coche meio capenga do Velho Caolho, puxado por dois cavalos já muito judiados pelos anos. O Velho Caolho, assim chamado por todos, pois seu nome real eu nem sei lhe dizer, é um senhor já de idade, mas ainda robusto, que usa um tapa-olho. Ninguém nunca soube exatamente que tipo de acidente sofrera, ele nunca contara direito. E era isso que fazia dele uma figura tão enigmática em Prodélia e na região; mais pra frente explicarei o porquê.

Arrastando então minha bagagem, meu estojo de pintura batendo contra o quadril, e o único casaco para raros dias frios pendurado no braço (em Prodélia é sempre quente), segui pela estradinha de terra à espera do Velho Caolho.

Esse senhor sempre foi de poucas palavras e, quando me viu, apenas lançou em minha direção um aceno de cabeça e perguntou baixinho, quando cheguei perto dele, quase como um resmungo, se eu precisava de alguma ajuda com a bagagem. Eu disse que não e entrei na diligência. Naquela tarde eu era sua única passageira.

Era a primeira vez que eu estava saindo de Prodélia e as paisagens que eu via passando pela janela me eram desconhecidas, o que me manteve entretida por algum tempo, mas logo acabei adormecendo.

Por quanto tempo eu dormi até ser acordada pela súbita parada da carruagem e o som de vozes desconhecidas, não sei dizer, talvez horas, levando em conta o sol já baixo, próximo ao horizonte. Coloquei então a cabeça para fora da janela, para ver o que estava acontecendo, mas a recuei logo ao perceber que estávamos sendo atacados por ladrões.

Meu primeiro instinto foi me encolher, achando que talvez assim eu pudesse me tornar invisível caso alguém abrisse a porta. Coitada de mim! Não temos tempo de raciocinar direito em momentos drásticos assim. Enquanto encolhida, ouvia o que se passava lá fora.

Houve um baque e deduzi ser o corpo do Velho Caolho sendo atirado da guia ao chão. Em seguida, as vozes ficaram audíveis e pude acompanhar o seguinte diálogo:

— Vamos, dê para gente o que queremos, seu velho nojento — demandou a voz grossa e hostil de um deles.

— Olha aí, nem consegue parar em pé — debochou um outro, rindo.

— Vão embora, é pura lenda, puro mexerico — ouvi então o Velho Caolho dizer em tom de clemência misturada ao desespero, e aqui entendi de imediato o que aqueles ladrões de fato queriam, além do dinheiro que eu já imaginava terem arrancado dos bolsos do coitado.

Eu explico. Sabe-se lá como a tal conversa surgiu, de que esse senhor preencheu o espaço vazio ocular com uma pedra de safira que ele havia encontrado em uma de suas viagens. Para ele, segundo o que diziam, não existia lugar mais seguro para guardar um bem tão precioso. O próprio Velho Caolho desmentiu o que chamou de grande besteira de gente que não tinha o que fazer. Nunca ninguém, fosse por respeito ou pelo comportamento um tanto misantropo que o colocava à margem da convivência social usual, desafiou-o a mostrar de fato se havia ali uma cicatriz ou a safira. Agora aqueles bandidos pareciam dispostos a desvendar esse mistério de uma vez por todas.

— Segure ele! — ordenou um deles.

— Você pega — outro disse.

— Não, eu não quero ver — Esse parecia estar com bastante receio de não encontrar nada além de uma cicatriz horrorosa por baixo do tapa-olho.

— Seu molenga, deixa que eu vejo! — então esse se decidiu - era o dono da primeira voz.

— Não há pedra alguma aqui, seus idiotas! — gritou o velho — Se tivesse, estaria em Vóia vivendo no luxo. Peguem a menina antes que ela fuja. A menina, ela sim pode ter algo de valor. Ela tem dinheiro! Dinheiro! Peguem ela! A menina! A menina! A menina!

E "a menina" foi sendo gritado por ele como se fosse um mantra prometendo livrá-lo do mal que o afligia. O que pareceu dar certo, logo ouvi os passos dos bandidos se aproximarem da janela, enquanto aquele velho desgraçado já devia estar correndo para longe. Desesperada, agarrei meu estojo de pintura, minha mala e saltei, mas era tarde demais, um deles havia bloqueado o meu caminho.

— Aqui está ela! — eu lembro bem da satisfação diabólica na voz dele ao me flagrar, dos olhos arregalados e cheios de má intenção.

Logo o restante do grupo surgiu e me vi encurralada. Eram três. Tentei gritar por ajuda, mas de nada adiantaria, estávamos longe de tudo, no meio do nada.

— Uma menina bonita viajando sozinha — disse um deles, sorrindo tanto que pude ver seus horríveis dentes, tortos e amarelos.

— Para onde vai? — outro pareceu curioso, mas vi em seus olhos que havia muito mais ambição do que só o interesse pelo conhecimento daquela informação.

Desesperada, tentei fugir deles, mas me agarraram a tempo.

— Revire os bolsos dela — foi a ordem.

Boa parte de todo o dinheiro que eu tinha estava no bolso do meu casaco, que logo foi parar naquelas mãos imundas e desonestas. Aquilo me matou. Eu vi ali o fim do meu sonho, mas como vê, se ainda estou aqui, é porque saí ilesa do que de pior poderia ter acontecido. Então tudo vai acabar bem.

— Obrigado, querida — disse o bandido, guardando o que não era dele — Acho que agora devemos agradecer sua generosidade de alguma forma, né não, amigos?

Pode-se imaginar aqui o quanto isso me assustou. Não havia agradecimento nenhum que eu pudesse desejar de ladrões. Comecei a me debater mais do que antes, mas era inútil.

O rosto daquele homem distorcido em pura loucura se aproximando de mim aumentou o meu desespero e foi aqui, que como um cão feroz, abri minha boca, inibi meu nojo e mordi o braço peludo do seu comparsa que me segurava. O grito de dor veio junto com a minha libertação.

Antes que pudesse ser agarrada novamente, atingi o outro com toda a força que me restara bem ao meio do rosto com o estojo de desenho. Ele gritou e ao se esbarrar com seu colega, ambos foram ao chão. Me vi livre, agarrei minha mala caída aos meus pés e saí correndo. Sei que se não fosse pela particularidade da localização onde nos encontrávamos eu teria sido alcançada facilmente por um deles. Acontece que estávamos na Colina da Neblina. Não sei se o senhor é conhecedor da geografia da região, mas de hora em hora, ali se forma um denso e forte nevoeiro tornando tudo invisível, assim diziam. E pude comprovar que estavam certos.

De fato, o fenômeno fazia jus aos relatos do local. Ouvia os gritos dos ladrões, enquanto corria sem enxergar nada à minha frente, mergulhada em meio ao branco cegante da densa neblina, a minha grande salvadora. Se não tivesse vindo em hora tão oportuna, talvez eu não estaria aqui. Apesar da mala pesada e da alça do estojo de materiais de desenho me cortando o ombro, não diminuí os passos e continuei a correr até que as vozes dos ladrões tivessem ficado para trás.

A certo ponto não aguentei mais e caí. Sentindo o solo fofo e a grama contra as palmas das minhas mãos, diagnostiquei que já estava longe da estrada de terra, e fiquei ali deitada por algum tempo enquanto recuperava o fôlego.

O nevoeiro então se dissipou e me levantei, ansiosa por identificar onde eu estava. Arbustos altos e árvores grossas se contorciam ao meu redor. Eu não conhecia aquele lugar, nada me era familiar. Arrastando-me para um toco, sentei-me ali e comecei a chorar. Chorei por vários minutos, e com razão, afinal, tinha sido roubada e estava perdida no meio de uma floresta. Achei que seria o meu fim. Como não havia ninguém que me amparasse no momento, tive que fazer de mim mesma meu próprio alento. Busquei então auxílio na racionalidade e concluí que não adiantaria nada continuar ali sentada a chorar horas a fio, pois eu ainda estava viva, tinha um pouco de dinheiro que eu separara e estava guardado no fundo da mala, e, o mais importante de tudo, tinha um grande sonho do qual eu não estava disposta a desistir. Era hora de esfregar o rosto, levantar e seguir em frente.

E daqui em diante o senhor já sabe o que aconteceu.

O conde ouvia Mariana com bastante atenção e não cometeu nenhuma tentativa de interrupção durante o seu relato. De pernas cruzadas e com o cotovelo apoiado no braço da poltrona, seus olhos se mantinham fixos nela, e os dedos rodando displicentemente seu belo anel de cristal.

— Você é uma jovem muito corajosa, srta. Mariana, estou maravilhado — ele então disse, ainda parado naquela posição, ainda seus olhos presos a ela — Mesmo após ter sofrido tamanho trauma e perdido quase tudo, você persistiu, não se rendeu à fraqueza que se esperaria de qualquer moça da sua idade. Qualquer uma teria voltado para casa, desistido, mas você não.

— Obrigada — Mariana agradeceu, abaixando os olhos para a xícara na qual o chá se encontrava agora gelado — Eu não tinha outra saída senão continuar a seguir em frente. Não voltaria. A ideia de voltar me afligia muito mais do que o desconhecido que existia à frente. O que me faz lembrar de perguntar. Onde estou?

— Está no Condado de Avenalhes — ele disse.

— Ah, sim — disse Mariana em tom de reconhecimento, e no segundo seguinte seu rosto se iluminou — Então não devo estar tão longe da ferrovia. E de Vóia.

— Não, não está — respondeu o conde, levantando-se e indo até a janela.

Afastando a cortina, ele pediu para que ela se juntasse a ele. Mariana assim fez.

— Consegue ver? — perguntou o conde — É o Condado de Avenalhes.

Já era tarde da noite, mas a luz da lua cheia tornava visível o rio cintilando há alguns quilômetros, a ponte de pedra, e do outro lado as pequenas luzinhas que formavam o Condado de Avenalhes.

— Estou salva — respirou Mariana aliviada. Embora o conde já tivesse deixado a cortina cair e voltado para perto da lareira, ela continuou no mesmo lugar, olhando para a direção do condado agora ocultado pelo tecido grosso da cortina. Gostaria de ter ficado mais algum tempo contemplando aquela paisagem.

— Claro que está a salvo, srta. Mariana — afirmou o conde com bastante seriedade — De maneira nenhuma a deixaria passar qualquer necessidade. Você é a minha hóspede e tem agora minha grande admiração e estima.

— E eu agradeço muito — disse Mariana virando-se e voltando para o seu lugar — Mas o condado é praticamente aqui do lado, a uma distância de dez minutos de caminhada, ou menos, eu calculo. Amanhã mesmo partirei e procurarei algum trabalho, para poder resgatar tudo o que perdi. Será que seria pedir demais se o senhor pudesse me recomendar a alguém do condado? Eu garanto que sou muito competente e responsável.

— Eu não tenho dúvidas quanto a isso, srta. Mariana — disse o conde, servindo-se de um pouco mais de chá.

— Eu sou muito agradecida ao senhor — disse Mariana, animada diante da perspectiva de já se ver empregada através daquele homem influente.

— Mas não vou fazer isso — ele disse.

O sorriso desapareceu do rosto de Mariana.

— Não? Mas por quê?

— Porque sou eu quem vai ajudar a senhorita — ele explicou.

— Vai? Mas como?

Se passaram alguns segundos de silêncio, pois o conde levara a xícara aos lábios novamente. Mariana, atenta à beira do sofá, esperava em suspense.

O relógio acima do apoio da lareira então marcou meia-noite. Terminado de engolir o chá, o conde inclinou-se, colocou sua xícara sobre a mesinha e disse:

— Você precisa descansar agora, srta. Mariana, já está muito tarde.

— Sim, mas...

— Sem conversa agora — o conde a interrompeu — Não se preocupe, amanhã teremos tempo suficiente para falarmos sobre isso. Só amanhã direi como vou ajudá-la. Ah, sra. Siban, aí está a senhora, sim, por favor, acompanhe a srta. Mariana até o quarto dela. Tenho receio de que ela possa se perder.

— Claro, senhor — respondeu a sra. Siban, indo até Mariana, que continuava sentada, olhando fixamente para o conde. Abanando a mão, ela conseguiu desviar os olhos de Mariana para ela e indicou com a cabeça a direção da porta — Vamos, srta. Mariana?

O real desejo de Mariana era continuar ali e forçar o conde a lhe dizer de que modo ele a ajudaria, mas achou que pressioná-lo poderia soar como falta de agradecimento e de educação, então, desejando boa-noite ao conde, Mariana deixou a sala junto à Sra. Siban.

Assim que chegaram ao quarto, Mariana notou uma camisola estendida sobre a cama e a lareira acesa.

— Muito bem — disse a sra. Siban constatando com aprovação o serviço — Agora, srta. Mariana, se durante a noite precisar de alguma ajuda, basta tocar esse sino — E com o dedo a sra. Siban indicou uma fitinha de prata pendurada ao lado da cama — Então alguém virá em seu auxílio. Bom, sou de alguma ajuda agora, senhorita?

— Não, eu estou bem. Muito obrigada, mais uma vez.

A Sra. Siban sorriu, desejou boa-noite, e fechou a porta.

Mariana se trocou e foi até a lareira para se aquecer um pouco. Ficou pensando no conde, na ajuda que lhe prometera e em tudo o mais que acontecera a ela, tudo em um espaço tão curto de tempo. Era tanta coisa em que pensar e com que se agoniar, ela mal conseguiu de fato sentir-se perturbada como deveria.

Já estando aquecida o suficiente, Mariana foi para a cama, ainda pensando no conde e na sua ajuda, uma incógnita. Pensamentos esses que foram varridos pelo imenso prazer que a invadiu ao deitar em uma cama tão macia e confortável. Em questão de minutos ela dormiu.

Capítulo 5

Frutas prodelienses

Na manhã seguinte, Mariana foi acordada por um raio de sol que atravessava a fresta da cortina mal fechada. Ela primeiro piscou, incomodada, e virou-se para o lado. Abrindo então de vez os olhos, ficou por algum tempo admirando a bela estamparia de pardais do papel de parede. Ainda preguiçosa demais para se levantar, bocejou.

Que gostoso! Nunca havia dormido tão bem em sua vida. Apesar da preguiça intensa, costumeira ao se acordar, sentia seu corpo restabelecido como nunca sentira antes. Aquela cama era maravilhosa, queria poder continuar ali.

À sua frente a lareira tinha se reduzido a cinzas, mas o quarto continuava quente. Seu corpo pediu que ela permanecesse na cama, mas ela não podia deixar a letargia matinal triunfar, Mariana só estava no início da sua jornada.

Arrastando as cobertas, saiu da cama quentinha.

Indo até a janela, Mariana afastou as cortinas, deixando que o quarto se iluminasse todo com o glorioso sol que nascia. Ela viu, com felicidade, o Condado de Avenalhes, do outro lado do rio, os telhadinhos das casas tingidos de dourado pelo sol da manhã.

Logo ela estaria lá, pensou consigo, dando continuidade à sua viagem.

Ali do lado, seu estojo de materiais artísticos a atraiu, instigando a vontade de desenhar. Embora quisesse muito sentar-se e entregar-se a horas e horas de desenho, lutou contra tal tentação, pois não poderia deixar o conde esperando.

Mariana estava a procura de algo para vestir em sua mala, quando alguém bateu à porta. Era a sra. Siban.

— Bom dia, srta. Mariana, dormiu bem? — perguntou a sra. Siban, ao entrar no quarto. Com os braços estendidos, trazia um amontoado de tecidos — Espero que não tenha passado frio, essa noite ventou um tanto. Não entrou nenhum arzinho gelado pelas frestas das janelas, entrou?

— Não, não, sra. Siban, eu dormi muito bem, e bem quentinha.

O que a sra. Siban trazia nos braços logo se revelou ser uma única coisa, ao ser desdobrado e posto sobre a poltrona. Era um belo vestido de cor lilás com detalhes brancos e azuis.

— Que lindo! — exclamou Mariana com os dedos passando pelo bordado.

— É lindo mesmo, não é? — concordou a sra. Siban afastando-se um pouco para também admirá-lo — O conde quer que a senhorita vista esse vestido para o café da manhã. Era para o seu guarda-roupa já estar completo, mas tratarei disso hoje mesmo.

— Meu guarda-roupa? — perguntou Mariana virando-se para a sra. Siban.

— Sim — respondeu a sra. Siban, como se não houvesse outra resposta lógica.

— Mas eu gostaria de saber o que... — Mariana tentou dizer, no entanto a sra. Siban não parecia disposta a prolongar sua visita.

— Vamos, vista-se e desça para o café. Hoje o dia amanheceu com o céu claro e um sol forte, e isso é bastante promissor. Não vou mentir que é capaz de o tempo fechar a qualquer momento, estamos em Avenalhes, afinal. Sei que em Prodélia é sempre quente e ensolarado, mas aqui não podemos contar sempre com isso, infelizmente. Ai, ai, como eu adoraria passar uns dias assim, aquecendo esses ossos velhos ao sol, mas sejamos otimistas, o tempo parece mesmo firme. O jardim é mais lindo de se apreciar em dias de sol, e acho que o conde irá te levar para uma caminhada. Agora eu vou. Sim, vista-se, srta. Mariana, vamos logo.

E assim, a sra. Siban se retirou, não dando tempo para que Mariana mais uma vez tentasse interrogá-la.

Mariana, inclinando-se sobre a poltrona, alisou o bordado delicado que contornava o decote do vestido. Era muito lindo. Ela o vestiu, e por alguns minutos, ficou se admirando no espelho. Roupas nunca haviam sido objeto de seu interesse, no entanto, como ser indiferente em relação a tanta beleza como aquela?

Movendo-se suavemente diante do seu reflexo, Mariana analisava, com certa timidez, a imagem agradável que tinha de si mesma naquele belo vestido. Do recorte, das cores e detalhes a valorizá-la, estava maravilhada com aquela nova perspectiva visual de sua aparência a qual não estava acostumada. Não sabia que uma roupa poderia alterar tanto assim a sua aparência.

Deixando então a vaidade de lado, tratou de descer para se encontrar com o conde. Ansiosa, saiu às pressas, preparando mais agradecimentos à ponta da língua enquanto o coração pulsava de excitação pela perspectiva de entender melhor qual seria a ajuda que o conde lhe tinha prometido, mas seus passos apressados foram se tornando cada vez mais lentos devido às pinturas nas paredes. Algumas, ela se lembrava de já ter visto, outras não. Eram tantas, espalhadas pelas paredes dos corredores, em molduras tão belas quanto as próprias pinturas, que era difícil não se encantar.

Mariana ia andando sem saber direito para onde, apenas guiada pelas pinturas, e o compromisso com o conde já completamente esquecido. Entrava e saía de um cômodo sem perceber de maneira alguma que fazia isso, as pinturas dos pássaros eram as únicas donas de toda a sua atenção e admiração, eram apaixonantes. Seus olhos passavam de uma para outra, analisando cada detalhe, desfrutando da beleza singular de cada uma, envolvida num desejo inesgotável pela apreciação do que via.

Só então, ao entrar em uma sala em que não havia mais pinturas de pássaros, foi que Mariana despertou do transe pelo qual parecia dominada. Não era uma sala muito grande, havia algumas poltronas, uma escrivaninha ao lado, um sofá e uma bela lareira ornamentada, com a qual Mariana se deparou, só que foi o que havia acima da lareira o que prendeu sua atenção e a impediu de dar meia-volta. Havia ali naquela sala uma única pintura. Era a tela de uma mulher, que pelas dimensões parecia ter sido pintada em tamanho real. Ela era jovem, muito bonita, de olhos azuis, assim como os do conde, seus cabelos eram longos, ondulados, louros e voavam com o vento que o pintor devia ter imaginado.

Bem próxima agora, Mariana notou em seu semblante a falta de orgulho que tamanha beleza deveria lhe proporcionar. Ela também não parecia disposta, nem contente, seus olhos foram pintados em profunda angústia.

— Ela parecia um pouco triste também — concluiu Mariana.

— Oh, Deus, aí está você! — ouviu-se uma voz afobada vir de longe fazendo Mariana voltar à realidade.

Virando-se, Mariana se deparou com a sra. Siban emoldurada por outra porta naquela sala, paralela à que ela tinha entrado.

— Srta. Mariana, eu pensei que a senhorita tivesse se perdido pela mansão, meu Deus do céu, mas aqui está você afinal! Quer dizer, talvez perdida, realmente como eu devo ter pensando.

— Me desculpe — disse Mariana — Eu me distraí com as pinturas e quando vi estava nesta sala e...

— Está tudo bem — sorrindo gentilmente, a sra. Siban tratou de conduzi-la para o lugar certo — Agora está tudo bem. Vem, vamos, srta. Mariana, mas então, a senhorita é uma grande apreciadora mesmo de trabalhos artísticos, pelo jeito, não é?

— Sim. E o conde tem uma grande e excepcional coleção, eu devo dizer. Nunca vi uma casa tão cheia de pinturas assim, por todas as partes, até parece quase como uma galeria de arte — enquanto dizia isso, Mariana notou em cima de uma mesinha de canto o que pareceu ser uma coleção de pinturas pequenininhas de beija-flores — Na verdade, eu nunca estive em uma casa tão grande como esta, também devo dizer. O conde mora aqui desde pequeno?

— Ah, mora sim — respondeu a sra. Siban — Ele nasceu aqui.

E embora essa informação não tivesse correlação nenhuma com a moça triste sobre a lareira, Mariana lembrou-se dela, e viu-se na chance de questionar a respeito.

— Quem era aquela moça? — perguntou — Que foi pintada e pendurada sobre a lareira? Ela me pareceu tão melancólica, mas muito bonita, apesar disso.

— Ah, muito bonita mesmo — apenas disse a sra. Siban, os passos apressados liderando o caminho.

— O único retrato entre todas essas aves — observou Mariana, os olhos se demorando por algum tempo em três pinturas de três corujas perfeitamente alinhadas — O que me faz pensar que talvez ela...

Porém, Mariana não teve tempo de terminar o que ia dizer. Já tinham chegado ao térreo, e a sra. Siban, pouco propensa a conversar com ela sobre aquilo, avançou para uma porta de folha dupla e a abriu.

— Aqui estamos, querida — e dizendo isso a sra. Siban empurrou Mariana levemente pela cintura em direção à porta aberta, e dando meia-volta saiu em disparada a outros afazeres domésticos que estavam à sua espera.

Era uma sala ampla e muito clara, tão clara, que fez os olhos de Mariana se fecharem um pouquinho. Era na verdade o sol entrando pelas portas abertas que davam para o jardim. Instalada bem ali no meio da sala, estava a mesa do café da manhã, já posta, coberta por uma toalha branquíssima e decorada com um lindo vaso de flores lilases e amarelas recém-colhidas. O conde, que já se encontrava em seu lugar, exibiu um largo sorriso quando Mariana apareceu. Ele se levantou e foi até ela.

— Bom, dia, srta. Mariana! — disse o conde tocando com delicadeza conduziu a jovem até a mesa — Está linda neste vestido, perfeito para um dia claro e de sol. Veja, não está um belo dia? — acenou com a mão para as portas abertas, seu anel de cristal cintilando com o reflexo da luz do sol matinal — Consegue ver o jardim? Veja como o verde fica lindo em dias ensolarados como este.

— Sim, lindo! — disse Mariana sentando-se. Desta vez, o próprio conde, dispensando o criado, fez o favor de arrastar a cadeira para ela.

— Espero que aprecie o café da manhã que foi preparado especialmente para você — disse o conde muito entusiasmado, voltando para o seu lugar — Temos de tudo um pouco, e como vê, tratei de conseguir para você frutas típicas da sua região, veja, srta. Mariana. Acha que estão com a cara boa? Espero que tenham o mesmo gosto das cultivadas em Prodélia.

Sobre a bela travessa de prata que o conde lhe passou, Mariana viu que as mangas, as carambolas e os pedacinhos cortados de abacaxi apresentavam de fato uma cara muito boa. Com o uso do garfo, ela provou um pouquinho de cada um.

— Está uma delícia — foi seu veredicto arrancando do conde um reluzente sorriso de satisfação e de orgulho — Realmente, parecem que foram exportadas direto de Prodélia.

— Mas não foram — disse o conde com firmeza — Eu tenho certeza de que as frutas em Prodélia, além da sua variedade, devem ser infinitamente muito mais gostosas e saudáveis. No entanto, temos aqui, com ajuda da tecnologia, a possibilidade de cultivarmos também essas mesmas frutas, que como vê, são também muito gostosas.

— Sim, são — reafirmou Mariana, que já terminara o quarto pedaço de manga — Mas será que poderíamos mudar o rumo da conversa e voltar para o que o senhor deixou pendente ontem à noite, sobre me ajudar? Desculpe, mas é que estou muito ansiosa e...

— Claro — assentiu o conde, interrompendo-a — Você terá minha ajuda, srta. Mariana, e lhe direi como ainda hoje, mas agora trate de comer. Permita-se à paciência e desfrute de todo esse luxo. Sirva-se do que quiser e coma bem, por favor.

Mariana resolveu não insistir no assunto e fez como o conde pedira. Ela estava com fome e as frutas, de fato, estavam muito saborosas.

Por cima das flores lilases e amarelas, o conde admirava Mariana comer com uma expressão no rosto não muito diferente de alguém que vê pela primeira vez o mar ou alguma paisagem deslumbrante de gosto particular.

— Amanhã terá, diante de si, mais frutas típicas da sua região, srta. Mariana — disse o conde — Se não me engano, há uma frutinha vermelha que vocês de Prodélia também possuem em abundância, mas não me recordo o nome, ela é mesmo bem pequena e...

— Desculpe, sou muito agradecida, mas eu pretendo partir ainda esta tarde para o condado, senhor — redarguiu Mariana, levemente consternada — Eu não posso mais esperar. O tempo é valioso, o senhor, bem, já deve ter ouvido alguém dizer isso. Não posso continuar aqui. Sou imensamente agradecida à sua hospitalidade, mas não posso ficar.

— Claro — assentiu o conde — A senhorita, pelo que percebo, pretende mesmo então ir a Vóia e se tornar uma pintora profissional, como diz.

— É o meu objetivo de vida — respondeu Mariana, seriamente, seus olhos obstinados encaravam o conde.

— Bem, vejo que é uma moça que sabe o que quer — ele continuou — Louvável, desejo-te toda a sorte do mundo, srta. Mariana.

— Obrigada. Por isso, acredito que compreende bem então que não posso ficar — e dizendo isso, em tom de desculpas, pousou sobre a mesa o guardanapo branco e se levantou.

O conde também.

— De novo, sou imensamente grata à sua hospitalidade — disse Mariana enquanto o conde vinha em sua direção — Se não fosse o senhor eu provavelmente estaria ainda vagando sem rumo pela floresta, desnutrida, cansada, ou chegando ao condado em estado lamentável. Agora estou forte, alimentada e em condições de continuar minha viagem. Eu realmente estou decidida quanto ao meu objetivo de me tornar uma pintora profissional. Posso ser ainda uma amadora e meus trabalhos podem não ser de gosto geral, ou até carecer de algum talento, embora já me disseram muitas vezes que não. Sendo assim, acho que devo me valer de um pouco de vaidade nesse caso. Sei que só tal atividade pode fazer eu me sentir completa. Se há um motivo para eu viver nesta Terra, dentre muitos outros, estou certa de que o ofício artístico é um deles. Acredito que não foi uma escolha, mas algo que nasci para fazer.

— Você é uma moça excepcional, srta. Mariana — elogiou o conde em tom de admiração — Eu acredito em você. Acredito que isso seja mesmo de grande importância para a senhorita, mas não vi a sua arte ainda, o que eu quero muito. Você disse sobre a preciosidade do tempo, pois sim, concordo com você. Vamos, quero ver todo o seu talento artístico agora, srta. Mariana!

Mariana não poderia recusar aquilo. A empolgação, que pareceu crescer no conde em relação à arte dela, contagiou-a inteiramente.

— Claro, eu posso ir buscá-las agora mesmo.

— Não! — ele protestou, quase que austeramente, fazendo-a parar e virar-se um pouco assustada.

Chamando então um dos criados, o "não" do conde se justificou ao ordenar que fossem buscar no lugar dela o material artístico.

— Por que fazer aquilo quando temos quem possa fazê-lo por nós? — disse o conde, em tom astuto, após o criado ter se retirado às pressas para executar as ordens do seu patrão — Agora, enquanto isso, há tempo para um passeio pelo jardim — ele sugeriu, e sem que Mariana o repelisse, tomou o seu braço e o entrelaçou no dele.

O conde então a conduziu para o jardim, persuadindo-a que dada a inconstância do clima daquela região e os dias raros de sol, não poderia deixar de apreciar as belas flores que ele cultivava, nem a pessoa mais apressada e impaciente do mundo poderia negar algumas horas em meio a tanta beleza, ainda mais alguém tão inclinada às artes e apreciadora das coisas belas. Ele próprio não se cansava de seu jardim e garantiu à Mariana, quando ela disse que já havia constatado o quanto belo o jardim parecia ao vê-lo pelas portas abertas do terraço, que aquilo não era nem a metade, e que vivenciar era muito melhor do que apreciar de longe.

Mariana não teve como discordar.

— Mas, e quanto a ajuda que havia me prometido? — perguntou Mariana, coisa da qual nem o jardim mais belo do mundo a faria esquecer — Podemos falar sobre isso?

— Obviamente que sim, mas primeiro as flores, minha querida — disse o conde, sorrindo com doçura e levando-a ao terraço.

Capítulo 6

As rosas púrpuras do conde

O JARDIM ERA esplêndido. Cachos de rosas caíam de arcos espalhados pelos caminhos de pedrinhas cinzas, pequenas árvores a cada canto, podadas perfeitamente, sem nenhuma folhinha fora da exata simetria desejada, reluziam o sol forte no céu limpo.

Uma escadinha estava encostada em uma dessas árvores, a certa distância, onde um dos jardineiros que cuidava do jardim fazia o seu serviço utilizando uma grande tesoura. Antes que se aproximassem, o jardineiro, ao receber o aceno de cabeça do conde que claramente significava que o serviço dele estava encerrado pelo tempo em que ele estivesse ali acompanhado, desceu rapidamente da escada e sumiu, antes que o conde e Mariana atingissem aquela altura do caminho.

— O que acha do meu jardim? — perguntou o conde à Mariana. Olhando ao redor, era visível o orgulho em seus olhos, de peito estufado o conde admirava suas flores e assim ele esperava que Mariana fizesse também.

— É de deixar qualquer um maravilhado — ela respondeu, adiantando-se para um canteiro de rosas púrpuras, com os olhos arregalados — Nunca vi nada parecido. Como pode? — ela perguntou com grande curiosidade, virando-se para o conde.

O Conde sorriu como um adulto sorri diante da ingenuidade de uma criança.

— Nunca viu rosas dessa cor, srta. Mariana?

— Nunca.

— É um caso científico. Meu jardineiro explicaria melhor, mas ele teve que ir.

— Algo no adubo? — Mariana arriscou perguntar.

O mesmo sorriso se manteve nos lábios do conde, dessa vez mais intenso.

— Não, bem mais complexo — ele respondeu.

— Não é então uma espécie típica daqui de Avenalhes?

— Mais ou menos — ponderou o conde.

Mariana continuava a contemplar as rosas púrpuras. Eram de uma beleza tão intrigante, não lhe surpreenderia se fossem na verdade de mentira, mas o odor era real. Cheirar e tocar bastou para ela acreditar que eram de verdade.

Enquanto ali estava inclinada diante das rosas púrpuras, o conde se aproximou por trás e passando o braço por cima do seu ombro arrancou uma das rosas. Pedindo permissão, ele adornou a rosa roxa no lado direito do decote do seu vestido. Dando alguns passos para trás, como que para avaliar por completo, o conde soltou um suspiro de aprovação.

— Está linda, srta. Mariana.

A poucos minutos de entrar no jardim, Mariana estava firme a não deixar que o conde a desviasse do assunto que mais a interessava, mas as flores, o odor, o belo verde esmeralda das árvores e da grama, as rosas púrpuras e a inesgotável exuberância do jardim aos quais Mariana estava exposta, tudo a entorpeceu em um momentâneo esquecimento das suas prioridades. Viu-se como uma criança deslumbrada, correndo para o centro do jardim, onde uma bela fonte jorrava água de estátuas de anjos tão serenos que ela quase sentiu vontade de ali se deitar e ficar admirando aqueles querubins, como se de fato fossem anjos de verdade exalando toda a sua paz e bondade ao redor.

O conde, ao longe, admirava-a. Debruçada sobre a fonte, o tronco inclinado e os seus cabelos escuros ondulados caindo por cima do ombro, era para ele uma cena inspiradora. Se ele fosse um pintor, pediria a ela que posasse para ele exatamente naquela posição, e soltou um longo suspiro: — Como gostaria disso!

Saindo da fonte, Mariana foi até um canteiro ali próximo cheio de mais rosas púrpuras. Nesse, as rosas se encontravam aglomeradas como em uma escultura, feito um bolo de várias camadas. Era alto e atingia quase a altura dela.

— O seu jardineiro faz maravilhas aqui — ela disse, assim que o conde se postou ao seu lado.

— Darei o recado a ele.

— Elas são, de fato, magníficas — repetiu Mariana, mais uma vez, não conseguindo resistir à tentação de verificar a veracidade daquela flor. Ainda era difícil de acreditar, mas ao toque a ilusão não prevaleceria, eram sim de verdade.

— Pelo jeito acho que, de todas as flores do meu jardim, as púrpuras são as suas preferidas, até agora pelo menos — sugeriu o conde.

— Também acho — respondeu Mariana — Sempre gostei muito das rosas vermelhas, mas estas aqui estão me colocando em provação. Acho que não poderei ser mais fiel às vermelhas de agora em diante.

— Deve dar ouvidos ao seu coração — disse o conde, quase em um sussurro — Não é isso o que dizem? Parece um ditado simplório demais, mas há sempre verdade no que é banal.

— Talvez seja só um deslumbramento de primeira instância — refletiu Mariana e, levando um dedo ao queixo, ficou fitando as rosas — Nunca havia visto rosas roxas em toda a minha vida e aqui me são apresentadas. Não de um jeito humilde, como deveria ser, como as rosas vermelhas que crescem perto de casa, rente ao muro, cercada de ervas daninhas, mas... hã, me desculpe — corrigiu Mariana se sobressaltando ao notar a presença do conde ao seu lado, seus olhos azuis e brilhantes depositados sobre ela em profunda absorção — Fiquei a divagar coisas tolas.

— Não há nada de tolo em divagar quando o assunto é beleza, é estimulante. De fato, srta. Mariana, acho que suas rosas vermelhas perderam para as minhas.

— Ainda posso amar as vermelhas — voltou-se, Mariana, para o conde, exibindo uma leve expressão desafiadora em seu rosto.

— Mas amará ainda mais as roxas agora que as conheceu — retorquiu o conde.

Mariana pareceu considerar o que o conde dissera. Isso durou alguns segundos até que suspirou e voltou a contemplar as rosas roxas.

— O tempo dirá — ela concluiu, por fim.

Lembrando então que havia coisas mais relevantes e úteis do que passar a tarde a filosofar em meio às rosas, Mariana deu às costas a tudo mais o que o jardim pudesse conter para tentá-la a continuar pelo caminho da distração e se fez firme.

— É, de fato, muito lindo o seu jardim, conde — ela disse, a voz decidida, as palavras secas, mas sinceras — E eu amaria ficar aqui por horas e horas, mas não posso. Agora me diga como pode me ajudar, ou me deixe seguir meu caminho.

Para a súbita mudança de estado de espírito que ocorrera em Mariana, o conde apenas levantou uma das sobrancelhas como reação.

— Claro, srta. Mariana — respondeu, oferecendo o braço como apoio — Venha, vamos voltar. Não vou retê-la por mais nenhum segundo, não quero te causar mais estresse, peço perdão.

— Desculpe se fui um pouco ríspida — justificou Mariana, aceitando o braço do conde — É que o senhor ainda não me disse como vai me ajudar e é esse suspense que está me colocando em profunda agonia.

— Acabarei com a sua agonia, então — afirmou o conde ao chegarem no terraço — No entanto, srta. Mariana — e virando-se para ela, tomou suas mãos nas suas e a olhou profundamente nos olhos — Nada de minha ajuda servirá se primeiro eu não conhecer o seu trabalho artístico, isso é muito importante. Em seguida o conde fez sinal para que um de seus empregados que estava ali viesse até ele.

— O material da srta. Mariana encontra-se onde eu pedi que fosse deixado? — o conde perguntou.

O criado fez um sinal afirmativo com a cabeça e deu espaço para que o cavalheiro e Mariana tomassem caminho para a mansão.

— Muito bem. Vamos, então, dar uma olhada no seu trabalho artístico, srta. Mariana?

CAPÍTULO 7

A ajuda do Conde de Avenalhes

O CONDE GUIOU Mariana até a sua biblioteca, para onde pedira que todo o material artístico dela fosse levado. Ao longo do caminho, Mariana experimentava aquela prévia sensação de ansiedade que se tem antes de se expor a qualquer crítica. A artística, ela mesma podia dizer melhor do que ninguém, era uma das piores. Mariana gostava de achar que era segura de si mesma, ela tinha o auxílio de todos os elogios que seus trabalhos já haviam recebido, dos vizinhos, parentes e de pessoas que tinham pago por suas aquarelas, dessas últimas, ela não duvidava que possuía delas total aprovação, natural que ninguém desperdiçaria dinheiro naquilo que não visse valor algum. Mesmo assim, volta e meia ela lutava contra a insegurança, como agora. O conde, que era um homem fino e de bom gosto, de certo seria bem rigoroso na sua opinião.

Estavam os dois a poucos passos de uma grande porta ladeada de duas belas esculturas de mármore; dois cisnes de asas abertas, seus pescoços longos inclinados para cima: era a biblioteca. Um serviçal que estava à certa distância, moveu-se no momento certo, abrindo a porta para que o patrão e sua hóspede não tivessem que se dar a esse trabalho.

Ao entrar na biblioteca, a ansiedade de Mariana foi imediatamente soterrada pela emoção maior que foi a de se maravilhar com a quantidade de livros naquele lugar. Um proprietário qualquer de uma mansão, como a Grande Dama, acharia a biblioteca naturalmente adequada e de acordo com o tipo e tamanho daquele imóvel, portanto, sua reação não seria a mesma que a de Mariana, que tinha apenas como comparação a salinha pequena de livros da escola onde estudou quando pequena e a lojinha de livros usados, a única em Prodélia.

— Minha nossa! — ela exclamou, boquiaberta — Quantos livros devem ter aqui?

— Não sei — respondeu o conde, contente ao ver Mariana impressionada com a sua biblioteca — O caso é que nunca gostei muito de números, então, nunca os contei, mas de certo há espaço para mais. Tenho algumas prateleiras vazias nesse canto e pretendo encaixar uma nova estante deste outro lado futuramente.

Avançando, Mariana pôde então ter uma noção de como o ambiente se compunha. Havia ali no meio uma enorme mesa redonda, ao centro dela, um vaso de rosas roxas, provavelmente recém-colhidas do jardim do conde, poltronas de espaldar alto encontravam-se espalhadas por todo o canto e um sofá grande com várias almofadas se achava diante de uma grande lareira, onde o fogo crepitava há algumas horas. Ao fundo, atrás de uma escrivaninha, três janelas altas provinham luz natural para todo o cômodo.

— Se eu tivesse uma biblioteca assim acho que nunca mais sairia de casa — disse Mariana sonhadoramente, mais para si mesma do que para o conde.

— Gosta de ler então, srta. Mariana? — perguntou o conde.

— Muito.

O conde abriu a boca, mas nada disse, pois algo que seu olho percebeu reteve sua língua. Sua expressão também mudou, de serena para uma testa cheia de dobras. O motivo eram vários livros abertos e em desordem sobre a mesa redonda que ficava ali no centro da sala. Correu até lá, fechou-os e os empilhou. Após feito isso, pareceu profundamente aliviado.

— Na verdade, eu diria que ler é a segunda coisa que mais gosto de fazer — explicou Mariana, avançado para uma prateleira, não notando esse súbito ataque de desconforto do conde por ver livros fora de ordem espalhados pela mesa. Ela pousou os dedos na lombada de um livro cor turquesa que chamou a sua atenção e, olhando por cima do ombro para o conde, pediu sua permissão — Posso?

— Por favor! — disse o conde, enquanto levava os livros que empilhara até a escrivaninha abaixo das janelas. Abrindo uma das gavetas, os jogou lá dentro, depois a trancou e enfiou a chave no bolso do colete.

O livro de lombada turquesa que Mariana pegara era cheio de gravuras, mais precisamente de gravuras de aves. Algumas eram ilustrações belíssimas, coloridas e quase reais; outras, ilustrações cuja finalidade tinha apenas a de conceder ao observador uma melhor compreensão anatômica do animal.

Devolveu esse livro e pegou outro. De novo! Ao abrir o segundo livro que pegara se deparou com mais figuras de aves diversas. Folheando o livro com vigor, vislumbrou alguns textos, mas no geral, o número de figuras prevalecia. Ficou por alguns segundos admirando um grande e belo pavão que tomava uma página inteira, antes de devolvê-lo e pegar outro.

— Não é possível! — ela deixou escapar, encarando outro livro repleto de figuras de pássaros. Voltando algumas folhas até a contracapa, ela leu *Um estudo do comportamento de aves migratórias e raras espécies do Continente Perdido*. Folheando aleatoriamente, parou na figura de uma ave preta de bico dourado. Era linda e misteriosa; seria o bico de fato ouro, como dizia o textinho de dois parágrafos encolhido ali do lado?

— Na verdade, a maioria dos livros aqui são sobre estudos de aves, espécies raras e coleções de figuras — explicou o conde, aproximando-se — Eu os encomendo do sul, do norte, dos quatro cantos do mundo. Como vê, não posso evitar, srta. Mariana. Acho que essa particularidade minha já ficou bem clara. É lindo, não? O bico-de-ouro, assim chamado popularmente, está ameaçado de extinção. Há muitos gananciosos por aí.

— Nunca conheci alguém tão obcecado com um único assunto como o senhor — revelou Mariana, em tom suave, com medo de soar um tanto crítica, e devolveu o livro à estante.

O conde deu um sorrisinho, estava parado diante da mesa redonda, com a mão sobre uma pasta de couro que Mariana reconheceu de imediato - era dela, onde estavam guardados todos os trabalhos artísticos que trouxera consigo.

— Mas não só tenho esse tipo de livros aqui — disse o conde — Também há romances e biografias. Pode ficar à vontade, pegar qualquer livro que quiser, srta. Mariana, e se sentir no direito de se instalar onde achar mais confortável.

Mariana olhou sonhadoramente para uma bela e confortável poltrona de espaldar alto diante da lareira e se imaginou ali, com um livro em suas mãos e o resto da tarde a ser preenchida por horas e mais horas de leitura. Ela então só fecharia o livro quando os olhos se cansassem e ficaria ali mesmo naquela poltrona, que parecia grande o suficiente para que ela dobrasse seus joelhos e pudesse então tirar um cochilo.

O vislumbre era tentador, mas tal desejo foi como um alerta, trazendo-a de volta à razão, e de súbito se lembrou de que havia ali em sua pasta alguns rascunhos que ela não gostaria que o conde os visse, e nem ninguém, pois não gostava que as pessoas vissem seus trabalhos ainda pela metade. Esticando as mãos sobre a pasta, tentou pegá-la, mas o conde já a tinha aberto.

— Me lembrei que também há alguns desenhos por terminar, então, por favor, os desconsidere — disse Mariana olhando com aflição para o material que ia sendo retirado de dentro da pasta pelo conde.

Sem levantar os olhos dos desenhos, o conde sorriu docemente, assim mostrando que a estava ouvindo, embora continuasse a olhar tudo não fazendo distinção entre os rascunhos e os trabalhos finalizados, ele doava a cada um deles a mesma atenção.

Enquanto isso, Mariana ficou parada ali do lado, em silêncio, suportando o processo de avaliação.

O conde dera uma atenção especial à um trabalho em aquarela, de um gatinho cinza esticado languidamente sobre uma cômoda, pois ficou com ele nas mãos por mais tempo que os anteriores.

— Esse é Felipo, meu gato — explicou Mariana, achando que seria necessário dizer algo a respeito — Eu comecei a rascunhá-lo como uma louca quando o ganhei. Foi bom, eu penso, ajudou-me a desenvolver bastante o meu traço. É o meu pequeno muso — ela adicionou, sentindo uma leve nostalgia beliscar o seu coração.

Achando que talvez essa informação surtisse algum efeito no conde e o induzisse a algum comentário ou expressar qualquer emoção que fosse, Mariana olhou para ele, ansiosa, mas o conde nada disse, nem as linhas em seu rosto se alteraram, e continuou passando os olhos de um desenho para o outro, em silêncio.

Dentre os desenhos, algumas telas foram desenroladas. Pinturas a óleo, trabalhos que Mariana considerava muito bem feitos. Acreditava mostrar algum tipo de avanço em comparação aos outros desenhos. O conde se demorou em uma delas, a pintura de uma moça morena debruçada na janela. Seus olhos se desviaram da pintura por um lapso de segundo para Mariana, no entanto, nada disse.

Mariana não aguentava mais tanto suspense e acabou perguntando:

— O que o senhor achou? — sua voz saindo fina e tremida. Nervosa, ela dobrava e desdobrava os dedos da mão esquerda com os dedos da direta, uma mania que tinha.

Por fim, o conde arrumou todos os desenhos e os guardou dentro da pasta. Mariana respirou profundamente. Fossem as críticas boas ou ruins, ela precisava aprender a enfrentá-las.

— Você é uma moça muito talentosa, srta. Mariana. O seu trabalho é lindo — disse o conde muito feliz por dizer aquelas palavras. O que ele vira, de fato, o agradara muito — Mas me dificulta classificá-lo, pois identifiquei certa inconstância de um para o outro, o que eu peço que considere como algo positivo. É original, o que eu quero dizer, e sua técnica de pintura, de fato, como vejo aqui, posso dizer que está no mesmo nível de qualquer pintor profissional que eu já conheci. Parabéns, srta. Mariana, pelo seu trabalho.

Mariana teve que se conter para não deixar transbordar tamanho contentamento, e assentindo para as palavras do conde, as mãos encolhidas contra o abdômen, os lábios bem cerrados, parecia visivelmente um ser inteiramente possuído apenas de razão e lógica.

— Obrigada, muito obrigada — mas a emoção em sua voz contradizia sua postura.

Agora que as obras artísticas de Mariana tinham sido avaliadas, e o conde encontrara nelas beleza e talento, a ajuda que ele prometera poderia então finalmente ser revelada.

— Venha aqui, srta. Mariana, quero lhe mostrar uma coisa — disse o conde, esticando o braço e a conduzindo até uma das prateleiras. Ali ele pegou um livro grosso, de capa castanha, e em seguida acomodou-se em um dos sofás. Dando espaço, pediu que Mariana se sentasse perto dele.

Sentada, Mariana inclinou-se para ver o que ele procurava entre as páginas do livro. Enquanto o conde as folheava, ela teve vislumbres de imagens de pássaros e aves coloridas que lhe pareciam bem familiares.

Enfim, o conde achou a página que procurava:

— Aqui está — e apontou para a imagem de uma ave de cor azul-cobalto.

Mariana de imediato reconheceu a arara-azul.

— Acredito que esta bela ave lhe seja familiar — disse o conde erguendo os olhos para Mariana.

— Sim, é uma arara-azul — respondeu Mariana, aproximando-se para apreciar melhor a figura belamente desenhada.

Na folha ao lado, em um pequeno texto, lia-se: "A Arara-azul é uma espécie de ave nativa da região de Prodélia e pode chegar a medir noventa e cinco centímetros de comprimento. É de característica dócil e afetuosa, e pode ser um excelente animal de estimação...

— É uma ave fascinante — começou o conde, interrompendo a leitura de Mariana — Não só pela beleza, pelo maravilhoso azul de suas penas, mas também pela sua personalidade. Você já deve ter visto uma arara-azul de perto, não é srta. Mariana?

— Sim, claro — ela respondeu — Meu antigo patrão tem uma arara-azul. Muitas vezes a vi em seu ombro dando bicadinhas amorosas na sua orelha. Elas são sim muito afetuosas.

— Ela é bela demais — disse o conde com emoção, a mão alisando a figura sobre o papel, mas seus olhos fixos em Mariana — Mas não tenho nenhuma pintura dela. No entanto, tenho diante de mim uma talentosa pintora que pode, acredito, aceitar a oferta de um colecionar fascinado por aves e pintar uma bela arara-azul. Não uma pintora qualquer, mas uma legítima cidadã de Prodélia! Que afortunado sou, não? Você aceitaria essa encomenda, srta. Mariana?

— Sim, é claro que sim — respondeu Mariana, cheia de alegria, querendo começar a pintar a arara-azul naquele exato momento. Já tinha até o rascunho em mente — Meus pincéis estão em ótimo estado, mas receio não ter tinta azul suficiente e nenhuma tela comigo, por isso terei que ir até o condado... — ela dizia, agitada, indo em direção à porta — De certo há alguma loja em que posso comprar alguma tela, ah sim, mas é claro — e parando a poucos centímetros da porta, ao se lembrar de algo importante, voltou-se para o conde — De que tamanho o senhor gostaria da pintura? Média?

O conde, após devolver o livro que pegara em seu devido lugar, caminhou tranquilamente até Mariana.

— Não há necessidade alguma de ir ao condado agora, srta. Mariana — ele disse.

— Não? — Mariana parecia profundamente decepcionada, o sorriso se desfazendo lentamente de seus lábios.

— Não — disse o conde — Agora, venha comigo, tudo se explicará.

Capítulo 8

O estúdio

O conde levou Mariana para o mesmo andar onde ficava o quarto cedido a ela. Durante o percurso, nada ele falou, deixando em suspense. Ela não teria suportado tão pacientemente caso não estivesse justamente a caminho da resposta.

Passaram por várias pinturas de aves, que serviram a ela de distração e alívio para o peso da ansiedade que tinha que suportar na boca do estômago, até chegarem a uma porta ao final de um corredor, na direção oposta ao seu quarto. Depositando a mão sobre a maçaneta, o conde virou-se para Mariana, havia emoção em seu rosto.

Abrindo então a porta, o conde deu um passo para o lado e com a cabeça, indicou que ela entrasse primeiro. Meio hesitante, mas desesperada para saber o que encontraria, a jovem entrou no cômodo.

Numa rápida olhada, de um lado para o ouro, se fez óbvio à Mariana que tipo de ambiente era àquele. O estúdio era bem espaçoso e com uma janela alta e grande provendo muita luz natural. De um lado, havia um enorme armário cheio de gavetas, telas em branco de todos os tamanhos encostadas à parede e um cavalete vazio. Do lado oposto a tudo isso, uma lareira de tamanho mediano, uma poltrona de espaldar alto e uma escrivaninha bem abaixo da janela.

— Com licença, srta. Mariana — disse o conde passando por ela — Deixe-me torná-la familiarizada com o local, que será de seu uso daqui pra frente. Muito bem — e avançou para o armário — Aqui a senhorita vai encontrar todo o material artístico que precisar.

Mariana se aproximou, os passos ainda tímidos. Como ela não tomaria a iniciativa, o conde abriu uma das gavetas, e esticando o pescoço, Mariana olhou lá dentro. Ela viu uma infinidade de pincéis de vários tipos de pontas: finas, quadriculadas, chanfradas e outros que ela não tinha conhecimento para poder nomear.

Fechando então a gaveta, o conde conduziu Mariana para a outra extremidade do estúdio, indicando a poltrona diante da lareira.

— E aqui a senhorita poderá descansar quando o seu braço começar a doer, e quando não houver mais fogo na lareira, não se incomode em ascendê-la, apenas puxe essa cordinha — e indicou uma fita de cor dourada que caía sobre o console da lareira — E alguém virá para lhe fazer esse serviço, ou qualquer outro que a senhorita precisar. Agora, por favor, sente-se e me diga se está confortável.

Um pouco hesitante, Mariana assim fez.

— Sim, é muito confortável — ela disse no segundo que se sentiu afundar na poltrona.

— Ótimo — disse o conde parecendo aliviado — Essa era a minha única dúvida a respeito das condições atuais deste cômodo. O caso é que havia uma poltrona velha aqui e a troquei por essa, não estava muito certo quanto à qualidade dela; peguei-a de uma das salas que quase não se faz uso aqui.

Atraída pela janela e pela visão que ela dava para a Floresta do Oito, Mariana se levantou e foi até lá.

— É mesmo como dizem? — perguntou Mariana enquanto olhava pela janela para a floresta que sumia no horizonte.

— Homens que tentaram desbravar a floresta nunca mais voltaram, provavelmente ainda em constante exploração — repetiu o conde o que Mariana já tinha lido em livros de historiadores e notas no jornal — E os que conseguiram, moços ao saírem daqui, voltaram já velhos após anos e anos de viagem de retorno ao desistirem de continuar.

— Floresta sem fim — complementou Mariana, sua voz revelando um leve tom de fascínio.

— Sim — disse o conde, muito próximo dela.

— Bom, e quanto à tela? — perguntou Mariana, afastando-se dele e virando-se para o cavalete vazio.

— Ah, sim, claro — disse o conde assentindo.

Ele foi até as telas encostadas à parede, pegou a maior de todas e a colou sobre o cavalete:

— É esta!

Mariana tinha imaginado vários tipos de formas e tamanhos, mas certamente não tinha imaginado uma tão grande quanto aquela tela. A aflição era visível em seus olhos, enquanto ela caminhava até a tela, que ia ficando ainda maior a cada passo que dava.

— Como é grande! — ela comentou.

— Eu quero uma bela e magnífica arara-azul, grande e ampla, digna de sua beleza — disse o conde, enquanto olhava para a tela ainda em branco.

— Eu nunca pintei uma tela tão grande assim — Mariana se viu falando. Ela não queria mostrar insegurança, não diante de uma encomenda que vinha em hora tão oportuna que lhe devolveria a chance de continuar sua viagem até Vóia, mas não conseguiu evitar.

— Não se preocupe, srta. Mariana, eu não tenho pressa — disse o conde — Será muito bem-vinda a ficar o tempo que for preciso na Grande Dama até que a pintura seja concluída.

— Obrigada — disse Mariana, os olhos ainda presos à tela, intimidada pelo seu tamanho, mas era preciso não se deixar intimidar e forçou-se a ter controle de si mesma — Bom, acho melhor começar o quanto antes então. Eu só preciso voltar para o quarto e pegar alguns papéis para começar alguns esboços e aí.

— Ah, não será preciso voltar ao quarto, srta. Mariana! — disse o conde, interrompendo-a — Lembra-se do que eu disse sobre o armário?

Indo até lá o conde puxou uma outra gaveta e pediu que Mariana viesse dar uma olhada no seu interior. Lá dentro, ela viu blocos de papéis de vários tamanhos, texturas e espessuras diversas.

— Como eu disse, vai encontrar tudo o que precisar para desenhar e pintar aqui neste armário — disse o conde, e abrindo uma outra gaveta, revelou à Mariana uma infinidade de lápis, pedacinhos de carvão, giz de cera e outras penas para desenho.

— Aquele armário com suas gavetas recheadas era certamente um paraíso para qualquer desenhista — pensou Mariana tentada a abrir as outras gavetas, curiosa com o que mais encontraria, mas manteve suas mãos abaixadas.

O conde novamente reafirmou que aquele seria o estúdio dela pelo tempo necessário até que a pintura da arara-azul fosse concluída e que agora ele se retiraria para que ela pudesse trabalhar em paz. De modo algum ele lhe seria um estorvo, mas antes que ele pudesse fechar a porta atrás de si, ela o chamou.

— Sim, srta. Mariana? — virando-se para ela o conde pareceu bastante excitado com a perspectiva de ser de alguma utilidade, mas se tratava de mais agradecimentos.

— Eu agradeço novamente pela hospitalidade e pela ajuda que o senhor está me oferecendo. Mais uma vez, será uma honra pintar para o senhor — e lançando um olhar para a tela, mais parecia haver temor em sua feição do que todo o prazer daquele ofício que em palavras ela tentou brevemente demonstrar.

— O prazer é todo meu — disse o conde com uma leve reverência — E acredito ser eu, na verdade, o grande beneficiado com a sua bela obra de arte, é claro.

E saiu de vez.

Sozinha, Mariana encarou a grande tela em branco sentindo-se pela primeira vez inapta a fazer um risco de tinta sequer. Ficou assim por alguns minutos, parada, intimidada, mas logo invocou aquela força de vontade de assumir o controle de suas emoções, e o seu espírito inquieto veio então em seu auxílio, tirando-a daquele estado inerte em que se encontrou momentaneamente. Sem perder mais tempo, Mariana foi até o armário de gavetas.

Em uma ela achou um bloco de papéis de desenho que lhe serviria muito bem e na outra pegou um punhado de lápis. Tendo o que precisava, foi até a escrivaninha, onde se instalou pronta a começar os rascunhos da arara-azul para a futura pintura do conde.

Riscos subiam e desciam, faziam acrobacias, somente como a mão de uma talentosa desenhista saberia fazer. De cabeça ela tentava resgatar a imagem da arara para transpassá-la para o papel, não estava sendo difícil. Ainda que a quantidade de rascunhos produzidos já fosse suficiente, sentia que poderia continuar ali, horas e horas rabiscando. Mariana adorava isso e havia dias que não pegava no lápis e papel, mas logo seus dedos começaram a gelar e também a vista a perder o foco. Era, na verdade, o fogo na lareira que já se extinguira há tempos e o dia curto, que era característico da região de Avenalhes, já levando o sol embora.

Vendo então a fita dourada que vinha do teto acima do console da lareira, e lembrando da instrução que o conde lhe dera, ela se levantou e a puxou. Voltando para a poltrona, ficou esperando que alguém aparecesse.

Evitou olhar para a grande tela em branco, que ainda a assombrava, e voltou seus olhos para as cinzas na lareira enchendo a mente com pensamentos positivos, criando da gratidão daquela oportunidade forças para que ela encarasse o novo desafio. Foi então que um barulho que veio do teto a fez tremer de susto na poltrona.

Por alguns instantes, em estado de alerta, Mariana considerou ter imaginado o som, mas então abruptamente ele recomeçou. Levantando-se, Mariana andou até o meio do estúdio, o queixo inclinado para o teto, de onde vinha os sons. Talvez fosse alguém andado no cômodo de cima, embora o ruído que ouvira parecia ser de natureza bem diferente do som de pés pisando sobre o chão, era como o tilintar de algo metálico seguido de breves assovios.

Logo então o silêncio voltou a reinar. Mariana recostou-se na poltrona e ficou a refletir sobre aquele curioso ruído, então houve outro barulho, assustando-a de novo, bem diferente dos anteriores.

Era na verdade uma simples batida na porta. Mariana pediu que entrassem.

— Desculpe a demora, senhorita, em que posso ser útil? — foi a pergunta de uma moça baixinha e de face rosada, que timidamente atravessou a soleira.

— A lareira, o fogo apagou — disse Mariana, e hesitou pensando em considerar comentar com ela sobre o barulho estranho que ouvira vindo de andar de cima, mas não queria que a moça achasse que estava sendo curiosa demais, então resolveu não dizer nada.

Com o fogo reacendido e o cômodo quentinho novamente, Mariana sentou-se à escrivaninha e pôde continuar trabalhando nos rascunhos. Ela já tinha chegado ao desenho final que queria da arara, esboçada várias vezes, mas mesmo assim continuou achando que poderia alcançar um resultado diferente e melhor. Às vezes, levantando o lápis centímetros do papel e prendendo a respiração, esperava pelo barulho acreditando que voltaria a acontecer, e nada, só o som do vento lá fora, então voltava ao desenho.

Mariana não começou a tela da arara-azul naquele dia. Já anoitecia e a iluminação que tinha considerou precária demais para iniciar uma pintura tão importante como aquela. Desceu para o jantar, deixando sobre a mesa dezenas e dezenas de rascunhos, dos quais apenas um serviria de modelo para a pintura que poderia já ter sido iniciada há horas atrás se não tivesse perdido tanto tempo desenhando rascunhos que não usaria depois.

Capítulo 9

A perfeita distração

Parte I

Na manhã seguinte, um cheiro doce acordou Mariana.

Abrindo os olhos, a primeira coisa que ela viu foi o belo buquê de rosas púrpuras que na noite anterior não existia ali sobre o criado-mudo. "Provavelmente a pedido do conde", pensou Mariana.

Por cima das cobertas, ainda com os olhos pesados de sono, Mariana viu as costas da camareira que arrumava o guarda-roupa. Terminando o que fazia, a servente virou-se e levou um susto ao se deparar com Mariana já acordada, sentada na cama.

— Ah, senhorita, desculpe-me se eu te acordei, fiz de tudo pra não fazer nenhum barulhinho, eu...

— Não, eu já estava acordada, não se preocupe — explicou Mariana — Na verdade, o perfume das rosas me acordou.

A camareira esboçou um sorrisinho que logo foi substituído por uma expressão inteiramente composta de competência e inteligência rápida, e explicou que as rosas estavam ali por ordem do conde, confirmando a suspeita de Mariana. Além disso, ela também estava ali encarregada de completar o guarda-roupa com as roupas que ficariam à disposição de Mariana durante o tempo que ela morasse na Grande Dama.

— Deseja alguma coisa, srta. Mariana? — perguntou, então, a camareira, fechando a porta do guarda-roupa após pendurar o último vestido.

— Não, muito obrigada — disse Mariana colocando as pernas para fora das cobertas.

Por alguns minutos, antes de se trocar e dar início aos seus serviços, Mariana ficou admirando as belas rosas púrpuras. Curvando-se sobre elas, inalou o doce perfume.

O quarto ainda estava levemente escuro, apesar de já ser de manhã. Levantando-se e abrindo a cortina, ela se deparou com um dia nublado. O céu pesado de nuvens negras parecia a qualquer momento cair e esmagar a cidadezinha em miniatura que era o Condado de Avenalhes lá longe além da ponte.

O dia nublado só intensificou ainda mais o frio, que era clima característico daquela região. Fora das cobertas, o corpo de Mariana acostumado com o calor, aos poucos começou a se arrepiar, obrigando-a dar as costas à cidadezinha lá embaixo e ir em busca de algo quente para vestir.

Abrindo o guarda-roupa, Mariana se deparou com todos os cabides em uso. Foi passando a mão por cada vestido, maravilhando-se com a textura e os recortes de cada um. Lembrou-se logo da humilde caixa de madeira de uma porta só que era seu guarda-roupa, bem longe dali, em seu modesto quarto em Prodélia, e das poucas e humildes roupas que tinha.

Teria ficado mais tempo analisando vestido por vestido, mas o frio a fez tomar logo uma decisão, escolheu um vestido de azul-índigo levemente arroxeado de mangas bufantes.

Já vestida, Mariana olhou-se no espelho do quarto, dando voltinhas e apreciando cada detalhe do vestido. Fez isso mais uma vez ao encontrar dois espelhos a caminho do café da manhã, não conseguindo resistir ao seu próprio reflexo. Parecia de repente ter sido possuída pelo espírito de Narciso. Felizmente não havia mais espelhos ao longo do caminho e chegou sã ao seu destino.

— Mariana! — exclamou o conde quando ela apareceu diante dele toda de azul e roxo — Como está linda!

Mariana agradeceu o elogio e fez uma piadinha sobre o buquê de rosas púrpuras que surgira misteriosamente em seu quarto. O conde sorriu feliz para ela e disse que gostava de tratar bem os seus hóspedes e acrescentou, pedindo que não hesitasse em comunicá-lo caso as roupas em seu guarda-roupa não fossem quentes o suficiente. Mariana agradeceu a preocupação dele e lhe assegurou que estava bem quentinha com o que estava usando.

O café da manhã foi farto, sobre a mesa havia pudim, bolos e pães fresquinhos à escolha da única hóspede da Grande Dama, café, geleia, manteiga, ovos mexidos, e ao centro da mesa uma bela travessa de dois andares com várias frutas, que foi a primeira coisa que Mariana viu.

— Veja o que mais consegui para você, srta. Mariana — indicou o conde pegando uma bela fruta amarela de formato de estrela — Notei que você comeu duas delas da última vez, então presumi que talvez fosse uma das suas favoritas. Eu, infelizmente, já me esqueci do nome.

Mariana abriu um sorriso e pegou a fruta que ele oferecia.

— É uma carambola — ela disse — mas... — hesitou voltando-se para o conde, seus olhos pretos e grandes estreitando-se de curiosidade — não estamos na época da safra desta fruta para haver tantas assim e tão brilhosas.

— De fato não, srta. Mariana — disse o conde, que pegara uma carambola para si após ter entregado aquela à Mariana e agora ia fatiando a fruta — Mas a senhorita se lembra que falei sobre as tecnologias avançadas de cultivo que temos por aqui?

— É assim que se come — ela disse ao conde, segurando a carambola com as duas mãos a caminho da boca, lançando um olhar crítico à faca e ao garfo que ele segurava.

O conde então, aceitando o desafio, colocou os talheres de lado e pegou a carambola com a mão, no mesmo momento que ela deu uma bela mordida na fruta. Foi com uma certa satisfação esquisita que Mariana assistiu àquele homem sofisticado e de boas maneiras comendo uma carambola com as mãos.

— Como vai a pintura, srta. Mariana? — perguntou o conde.

— Eu ainda não comecei — respondeu Mariana meio apreensiva de que ele pudesse julgá-la como alguém não comprometida — Eu estava trabalhando nos rascunhos e às vezes eu...

— Não se preocupe, srta. Mariana — o conde a interrompeu — O artista nunca dá justificativas, lembre-se disso.

Mariana torceu a cara para o que o conde dissera, parecia não ser muito da mesma opinião, e com firmeza disse:

— Vou começar a pintar hoje mesmo. Tenho o rascunho final pronto, gostaria de vê-lo?

— Mas é claro — respondeu o conde.

Porém, o conde nunca chegou a ver esse rascunho. Logo após o café da manhã, o cavalo do conde foi selado, pois ele tinha certos afazeres urgentes naquela tarde. À porta, um dos seus serviçais segurava seu casaco como um cabide, com toda a paciência do mundo.

Ali no *hall* o conde se despediu de Mariana e mais uma vez pediu que ela se sentisse em casa. Ela agradeceu e novamente reafirmou que começaria a pintura da arara-azul naquele instante. O conde assentiu para ela e, virando-se para o lacaio, pegou o seu casaco, vestiu e saiu.

Mariana encontrou o estúdio bem aquecido, pois a lareira já se encontrava acesa. Com o canto do olho, percebeu a tela em branco ali, mas não deu inteira atenção a ela e foi até a janela. Ao passar pela poltrona, notou sobre a mesinha uma bandeja que tinha chá e uma tigelinha de biscoitos. "Certamente aquilo devia ter sido ordens do conde", pensou.

Sentando-se na poltrona, ela inspecionou os biscoitos de perto. Pareciam deliciosos e cheiravam muito bem, por certo não seria ruim, e sem hesitar levou um à boca e mordeu pela metade. Era macio e doce, úmido e levemente melado, derretia devagar sobre a língua. Enfiou o resto do biscoito na boca e com os dedos livres já se apossava de outro.

A certa distância, a tela branca parecia assistir penosamente a Mariana na outra extremidade se empanturrando de biscoitos enquanto tomava chá, seus olhos preguiçosos alternando entre o fogo na lareira e a paisagem que a janela recortava lá fora. A Floresta do Oito sumia no horizonte nublado.

Terminados os biscoitos, Mariana se ajeitou na poltrona de modo a ficar mais confortável e soltou um longo bocejo. Ousou lançar um olhar longo e reflexivo para a tela branca do outro lado do estúdio. Ela precisava levantar e começar a pintura, superar o receio que tinha do tamanho daquela tela e também driblar a preguiça que parecia crescer e pesar a cada minuto que passava. Abrindo então a boca de sono novamente, deixou que os olhos se fechassem. Apenas um pouquinho, ela jurou a si mesma, só uns minutinhos, e acabou dormindo.

Acordou algum tempo depois então com alguém batendo à porta.

Mariana estremeceu de susto, e por um lapso de segundo se viu perdida, não reconhecendo aquele ambiente ao seu redor. Um segundo toque à porta a conscientizou de tudo, levantando-se, e pedindo que a pessoa entrasse.

Era o conde.

— Com licença, srta. Mariana, será que estou atrapalhando?

— Ah, não — ela respondeu, seu olhar aflitivo alternando entre o conde e a tela em branco. Uma sensação de profunda decepção de si mesma a machucava por dentro, como um animalzinho irritante escavando as paredes do seu estômago insistentemente. Ela tinha dormido tanto que o conde já estava de volta. Queria olhar pela janela, pois embora o estúdio estivesse claro, tinha certeza de que lá fora já escurecia, mas não ousou desviar os olhos a quem ela devia a sua imensa gratidão.

O conde, entrando de vez no estúdio, notou que a tela ainda não havia sido começada. Ao invés de demonstrar algum desapontamento, pareceu se divertir, um sorrisinho a tremular em seus lábios.

— Eu acabei pegando no sono, me desculpe — a jovem se justificou, sentindo-se envergonhada.

— Isso é totalmente compreensível — disse o conde mansamente.

— Eu não concordo — retorquiu Mariana — Vou começar a pintar agora mesmo.

— Na verdade, eu vim convidá-la para vir comigo até a biblioteca — disse o conde — Chegaram livros novos e eu tenho certeza que a senhorita vai gostar de alguns deles. Eu gostaria que os visse.

— Ah, eu agradeço muito, mas e quanto à tela?

O conde apenas se dignou a dar uma rápida olhada para a tela e dando de ombros disse que ela poderia esperar mais um dia. Meio surpresa com o descaso do conde, Mariana expressou mais uma vez sua vontade de começar a pintar naquele mesmo instante, mas o conde argumentou:

— A senhorita terá amanhã, o dia inteiro, e os outros dias que virão, e estou certo de que vai adorar os novos livros que chegaram. São belas encadernações que a senhorita precisa ver.

Indecisa, Mariana lutava entre a tentação de ceder àquele convite que seria grande fonte de prazer, e o dever que estava bem ali do lado. O conde então decidiu por ela, colocando-se à frente da tela com dois passos largos e a persuadindo de que deveria segui-lo até a biblioteca para dar uma olhada nos livros novos. E foi o que ela fez.

— Eu os deixei separados sobre a mesa — disse o conde enquanto entravam na biblioteca, e lá estavam eles sobre a mesa redonda de mogno, vários livros empilhados — Os que eu acredito que a senhorita possa se interessar.

Mariana pegou um deles. Era de capa dura e com lindas gravuras em relevo,z os outros pareciam similares a esse, e foi então que Mariana notou que se tratava de uma trilogia. Com grande prazer, abriu o primeiro deles e leu o primeiro parágrafo. Não parecia muito promissor, mas achou mais justo dar sua decisão final após terminar o primeiro capítulo pelo menos.

— O que achou? — perguntou o conde surgindo ao lado dela.

— São muito bonitos — respondeu Mariana, fechando o livro e alisando a capa.

— E a história?

— Mal comecei — disse Mariana — Mas achei interessante.

— Então precisa ler.

— Mas... — ela ia alegar a tela lá em cima, contudo o conde não lhe deu oportunidade, começou a falar da regularidade com a qual o fornecedor lhe entregava os livros, da sua competência e da qualidade dos produtos. Levando, então, Mariana até uma poltrona, enquanto assim falava, a fez se sentar e pediu que ela voltasse à leitura que ele interrompera.

Mariana suspirou e resignada prometeu a si mesma que leria apenas àquele capítulo e depois subiria para o estúdio. Acomodou-se então na poltrona, abriu o livro e voltou a ler. Era a história de um menino tímido que tinha descoberto que seu pai, já falecido, era um pirata e que ele acabara de herdar o seu navio.

Tamanho conforto obscureceu a obrigação de Mariana e deixando-se levar pela leitura, foi virando as páginas já sem sensação de culpa alguma.

O conde, enquanto verificava os livros de seu interesse, levantava os olhos de vez em quando para se demorar um pouquinho admirando a figura de Mariana, afundada na poltrona, os olhos grudados no livro aberto sobre o colo. Depois, precisando escrever algumas cartas, foi até a escrivaninha.

Mariana continuava lendo.

Ela não percebeu quando o fogo foi reaceso por um dos criados, nem quando o conde conversou com um deles à soleira da porta, nem quando a biblioteca ficou apenas para ela devido à saída do conde para resolver algumas urgências domésticas cuja sua presença era primordial.

Mariana só levantou os olhos das páginas do livro quando seu nome foi chamado.

— Acho que nem preciso perguntar se está gostando do livro, não é, srta. Mariana? — provocou o conde, risonho, parado à frente dela.

— Ai meus Deus! — exclamou Mariana, levando à mão a boca por ter falado alto, envergonhando-se — Eu não devia ter pego esse livro. Olha só, nem vi o tempo passar! Me desculpe por isso.

— O que eu vou desculpar, srta. Mariana?! O ávido desejo de alguém pela leitura? Nunca. Agora, venha, o jantar será servido.

— Eu estou mesmo muito envergonhada, não tocarei mais nesse livro — disse Mariana, e com o coração partido, deixou que o livro caísse sobre a poltrona, e lhe deu as costas.

O conde lançou-lhe um olhar sério e, a contornando, pegou o livro que ela acabara de jogar na poltrona e o colocou de volta em suas mãos.

— Este livro ficará com a senhorita, sim — ele insistiu — Agora, vamos jantar.

PARTE II

No outro dia Mariana começou a pintar a arara-azul, e foi com bastante ânimo e determinação que ela entrou no estúdio, estimulada pela vontade de remediar sua negligência.

Ali do lado do cavalete estava um avental pendurado para uso dela. Ela o laçou na cintura e indo até o armário de várias gavetas, muniu-se de tintas e pincéis. Depois foi até a escrivaninha e pegou o rascunho finalizado da arara-azul. Por fim, puxou um banquinho e sentou-se de frente à tela branca.

A paleta de cores foi preparada e deu-se início às primeiras pinceladas. Primeiro, timidamente, depois, com mais energia. Aos poucos, o punho de Mariana foi se tornando mais firme e, à medida que ela ia tendo domínio da escala da pintura, o pincel já descia e subia sem hesitar.

Com bastante emoção ela via o esqueleto da arara tomando forma. Horas já haviam passado e seu braço pedia um pouco de descanso, porém ela continuou, movida pelo orgulho. Como pôde ter medo daquela tela, que agora parecia tão menor do que a princípio? Que agora não era mais uma tela, mas algo seu, como se fosse uma extensão de seu corpo. Ela subia e descia com o pincel, aplicando a primeira camada de tinta, sonhando com o resultado, com a satisfação do conde e com o tão desejável pagamento.

Houve então uma batida à porta. Era um dos criados do conde.

— Srta. Mariana, me desculpe interromper...

Mariana baixou o pincel e virou-se para ele. Meio que curvado, o criado estendia a ela um livro.

— O conde pediu que eu trouxesse para a senhorita o seu livro — ele continuou — A senhorita esqueceu no quarto.

Meio confusa, Mariana ficou encarando o braço esticado do criado, segurando o livro. Ela não o tinha esquecido de fato. Como o criado dissera, estava no seu quarto, mas não esquecido, ela o deixara lá para que retomasse a leitura à noite, antes de dormir.

— Obrigada — disse Mariana pegando, enfim, o livro das mãos do criado, que, tão logo se viu livre do objeto, foi embora.

Mariana ficou alguns minutos olhando para o livro, como se ele próprio pudesse lhe conferir uma conclusão mais coerente da sua vinda até ali. Deixando então para lá esses pensamentos que no momento não lhe serviriam de nada, ela colocou o livro de lado e voltou a pintar.

Continuou por alguns minutos até que uma nuvem passageira bloqueou o sol, diminuindo um pouco a luz natural no estúdio. Mariana recuou o pincel, não querendo adicionar uma cor errada ou pinceladas equivocadas, a falta da luz poderia causar divergências nos tons que seriam reconhecidas facilmente depois quando o sol voltasse. Ela poderia repará-las, mas seria enfadonho. Olhando para o lado viu o livro e, não conseguindo resistir à ideia de preencher o tempo com leitura até que a nuvem passageira fosse embora, ela o pegou e foi se aconchegar na poltrona.

A intenção da jovem de retornar à pintura quando o sol voltasse não se cumpriu, estava imersa demais nas aventuras do garoto tímido que havia recém se descoberto um pirata herdeiro de um navio, que mal notou o estúdio se clarear quando a nuvem passageira foi embora.

O sol que entrava pela janela parecia não incomodar Mariana, nem a lembrar de atividades mais importantes do que a leitura, no entanto, o barulho que veio do teto a trouxe à realidade, fazendo-a saltar de susto. Confusa, ela ficou olhando para o alto, até que a compreensão a fez fechar o livro e se levantar. Atenta, ficou olhando para o teto, ciente do barulho que agora ela tinha certeza ser algo recorrente ali no estúdio, ocasionado, provavelmente, por alguém no andar de cima. Mas quem?

Minutos de suspense e silêncio se passaram, então mais uma vez o barulho; não como da outra vez, agora era diferente: era como se algo estivesse sendo arrastado e depois algo se estilhaçando, talvez vidro.

A curiosidade de Mariana era enorme e ela teria a suportado se não tivesse notado a lareira apagada e encontrado nisso uma desculpa para especular. Puxou a fita acima da lareira, que traria um dos serviçais do conde, e esperou.

— Sim, senhorita? — perguntou o serviçal assim que a jovem pediu que entrasse.

Ela falou da chama apagada, o rapaz, alto e de rosto quadrado, assentiu e saiu para buscar mais lenha. De volta, agachou-se diante da lareira e deu início à sua obrigação. Mariana, andando de um lado para o outro, torcia para que os barulhos voltassem a acontecer e ela não se visse obrigada a abordar o assunto sem essa perfeita introdução, mas o rapaz estava para terminar o seu serviço e nada de barulhos estranhos virem do teto.

— Ouviu isso? — perguntou, então, Mariana, fingindo ter ouvido algo.

— O que, senhorita?

— Esse barulho... — ela respondeu.

— Ah! Eu? Mexendo aqui?

— Não — a moça sacolejou a cabeça levemente frustrada — Na verdade, eu já tinha escutado antes. Barulhos que parecem acontecer regularmente aqui.

— Que tipo de barulhos, senhorita? — indagou o criado, a testa franzida.

— Barulhos como de coisas... hã... como explicarei? Como algo pesado caindo, eu diria, ou como se alguém tivesse arrastando algo — À medida que ela falava, o criado parecia entender menos e ia se curvando, como se assim estivesse se esforçando em busca de algum sentido nas palavras dela.

— Barulhos vindo daqui! — completou Mariana, indo até o meio do estúdio e indicando o teto.

Os olhos do criado seguiram o dedo da jovem, a expressão de incompreensão se dissolvendo de uma vez.

— Ah, sim! — o criado exclamou — Provavelmente vem do sótão do conde, senhorita, ele passa muito tempo lá.

— E fazendo o quê? — E essa pergunta pareceu restabelecer no rapaz a legítima postura condizente a de um criado, com os braços para trás, a cabeça levemente abaixada, os olhos obscurecidos.

— Eu não sei, senhorita — ele respondeu, muito educadamente, evitando olhar para ela.

— Então esses barulhos são frequentes? — ela continuou insistindo.

— Eu não sei responder, senhorita — o serviçal tentou encerrar o assunto.

— Como não, se... — a moça ia dizendo, mas ela própria se interrompeu. A mudança na postura corporal do rapaz e o jeito como ele tentava fugir do olhar dela já diziam muito. Mariana não ia de maneira alguma torturar o rapaz insistindo naquele assunto. Ao ser perguntada se ela gostaria de mais alguma coisa, Mariana disse que não e ele se retirou.

Sentando-se diante da tela, a jovem tentou pintar mais um pouco. As pinceladas renderam quase nada que poderiam ser de utilidade para o processo da pintura, ela trataria de corrigi-las outro dia. Então foi até a poltrona, pegou o livro e acomodou-se confortavelmente afundando o nariz entre as páginas, iniciando uma leitura que duraria horas.

Mariana só fechou o livro quando o jantar fora anunciado. De novo ela conseguiu refrear a vontade de comentar com o conde sobre os barulhos vindos do teto do estúdio que ela continuava ouvindo. Vontade redobrada agora que estava vinculada a uma nova informação: caso o rapaz não tivesse se equivocado, era o sótão do conde que se localizava logo acima do estúdio. No entanto, a moça nada disse; usando o autodomínio que tinha, aguentou, não querendo se mostrar inconveniente aos olhos do homem que estava ajudando tanto.

Tomaram chá depois do jantar, a lareira da sala que o conde escolhera parecia muito maior do que era na verdade em comparação ao tamanho do cômodo e também pelo excesso de mobília. Conversaram um pouco, mas logo o conde saiu da sala e Mariana se viu sem outra escolha senão recorrer ao livro do jovem pirata.

A demora do mesmo permitiu que ela terminasse dois capítulos, teria começado o próximo caso ele não tivesse voltado, com um livro grosso em mãos, ansioso para que ela o visse. Era uma coletânea de aves prodelienses que julgava perdido, mas acabou achando em um local muito improvável.

Sentando-se ao lado dela, abriu o livro e com bastante paixão foi falando de cada pássaro, indicando cada detalhe, da textura das penas, curvatura dos bicos, etc. De fato, eram belos, mas já de conhecimento de Mariana, por isso não eram um atrativo de grande poder. Um bocejo involuntário da moça fez o conde fechar o livro e aconselhá-la a ir para a cama, e assim ela fez.

Já aconchegada, embora estivesse mesmo com sono, a moça puxou para o colo o livro do jovem pirata e abriu no capítulo que iria começar caso o conde não tivesse aparecido com aquela coletânea. Em casos assim, em posse de algo muito interessante, o sono acabava indo embora e ela ficou lendo por algumas horas, até tarde da noite, mas logo o sono voltou, tornando a leitura quebradiça e o cérebro cansado começou a exigir que ela lesse os parágrafos mais de uma vez para enfim conseguir compreender.

Mariana conseguiu pelo menos terminar o capítulo em que um segredo de um dos personagens era revelado. Então fechou o livro, foi dormir contente com pelo menos a revelação de alguma coisa, compensando aquela outra que ainda não havia sido realizada.

Capítulo 10

Um dia a ser bem aproveitado

O dia amanheceu ensolarado e frio. Ninguém tinha fechado direito as cortinas do quarto de Mariana e, por isso, um facho intenso de luz vazava por uma fresta entre elas.

Despertada pela claridade, a moça se espreguiçou rolando de um lado para o outro, até que sua mão acabou batendo em algo sólido, que, ao investigar do que se tratava, logo descobriu ser o livro que estava lendo. Pegando-o, folheou algumas páginas, instintivamente, mas uma vez que seus olhos captaram as palavras do capítulo seguinte ao que ela havia lido, não conseguiu se contentar com apenas um parágrafo e começou a ler, passando uma página, duas, três, até terminar o capítulo.

Alguém bateu à porta e logo em seguida a abriu, revelando a figura da sra. Siban. Estava ali porque imaginou que Mariana ainda estivesse dormindo, o que não era o caso, como a governanta assim viu ao cruzar o quarto em direção à janela. Ela estava acordada lendo, usando o facho de luz que vazava pela cortina para enxergar as letras.

— Lendo no escuro, querida? — perguntou a sra. Siban em tom de censura — Enfraquece as vistas, sabia? — e arrastando as cortinas, deixou que a claridade daquela manhã invadisse o quarto — Ai, sol! Que benção!

— Me desculpe, sra. Siban — disse Mariana — Eu me distraí com o livro, como sempre — adicionando essa última constatação a si mesma.

— Ah, não se preocupe, querida, eu também sou assim com livros. Uma vez fui deitar para dormir e peguei um dos meus livros, como costumo fazer, e só o fechei quando o dia amanheceu. Acredite, levantei-me achando que nem tinha anoitecido, que eu não estava ali para dormir, e desci para dar as ordens. Adivinha só! Acabei dormindo sentada enquanto tomava o café da manhã.

A sra. Siban deu uma risada gostosa e solta, e a moça se juntou a ela, também rindo muito mais contagiada pela risada da boa senhora do que por aquele relato absurdo.

— Ah, sra. Siban? — começou Mariana, interrogativamente.

— Sim, querida?

Encorajada pelo temperamento amigável da sra. Siban, deixando de lado o medo de especular sem ter a sensação de que estava sendo inconveniente, a moça comentou:

— Ouvi barulhos vindo do teto do estúdio e um criado me disse que o sótão do conde fica exatamente em cima.

— Ah, sim! — exclamou a sra. Siban, demonstrando conhecimento, nenhuma ruga de surpresa em sua testa destacando-se das outras — De fato, fica sim. Esses barulhos provavelmente vieram de lá sim, pois o conde sempre está lá mexendo nas coisas dele. A senhorita não se assustou, não é? Que bom! Não é pra se assustar. Agora já sabe o que é — e pensando em algo que a fez soltar uma risada, a sra. Siban revelou o motivo do que imaginou ao perguntar — A senhorita não pensou que a mansão fosse assombrada, pensou?

— Ah, não! Eu só achei curioso — comentou a jovem.

— Pois não é, apenas o conde no sótão — completou a governanta.

Dito isso, Mariana não conseguiu que o mesmo assunto se prolongasse e a permitisse fazer mais perguntas. "O que o conde fazia tanto naquele sótão?", era o que ela queria muito saber, mas a sra. Siban logo começou a perguntar se estava tudo em ordem, se ela tinha dormindo bem e se havia algo que ela ou alguém da criadagem pudessem fazer para que ela se sentisse mais confortável.

— Não, eu estou bem, mais confortável que isso, impossível — disse Mariana, agradecida e conformada com o pouco de informação que conseguira.

Mariana abriu o guarda-roupa para se trocar e ia pegando qualquer vestido, quando a sra. Siban, antes de sair, veio sem que seu auxílio fosse pedido, porque forças maiores assim a obrigaram a agir, e tirou das mãos da moça o vestido de tecido fino que ela tinha aleatoriamente escolhido. Apesar do sol lá fora, disse a sra. Siban, fazia uma manhã muito fria e aquele vestido não serviria.

Vestida então de acordo com a escolha da governanta - um vestido de tecido grosso e de gola alta e fechada - Mariana desceu para o café da manhã. À mesa, além do que a moça já esperava encontrar, havia um grande destaque: ao centro, sobre a travessa, um grandioso e lustroso abacaxi rodeado de carambolas. A luxuosa decoração preenchia os olhos do conde.

— Não é lindo, srta. Mariana?

— Sim, é — concordou Mariana, ao se sentar, olhando bastante impressionada para o tamanho daquele abacaxi, nunca tinha visto um tão grande como aquele.

— Não pude resistir — comentou o conde, pegando uma travessa de prata e colocando ao alcance de Mariana — Eu sei que, dentre uma variedade de frutas provenientes de Prodélia, abacaxi é uma das mais populares e também é uma das mais consumidas. Corrija-me se estiver errado, por favor.

— Não, o senhor está certo — a moça respondeu olhando para a travessa e encontrando ali abacaxis fatiados, dispostos uns sobre os outros feito um leque aberto.

— Importei-os há alguns dias de um comerciante amigo meu que me garantiu serem os mais doces que se pode encontrar nessa época do ano — o conde prosseguiu — Vamos, srta. Mariana, prove. Você é a perfeita juíza para tal tarefa, sabe disso.

A moça então espetou com a ponta do garfo um pedaço de abacaxi fatiado e o levou a boca. Era sim, docinho, muito docinho, delicioso. Mal havia acabado de engolir e ela já estava levando outro pedaço à boca.

— Eu sabia que meu amigo comerciante não estava mentindo — comentou o conde, também se servindo de um pedaço de abacaxi.

Nem o maior e mais delicioso abacaxi do mundo faria Mariana esquecer o sótão do conde e os ruídos estranhos que ouvira vindo de lá. Ela respondia às perguntas dele a respeito de algumas particularidades de Prodélia, das feiras, da diversidade de frutas e outros cultivos, mas o real assunto de seu interesse continuava a pulsar insistente em alguma parte da sua cabeça, e quando viu a oportunidade de inseri-lo, comentou como quem não quisesse nada:

— Ouvi barulhos ontem à noite — Mariana tomou um gole de café.

— Barulhos? — O conde franziu a testa para ela.

— Sim, uns barulhos estranhos no final da tarde — acrescentou em tom de grande despreocupação — Vindos do teto do estúdio.

O conde engoliu o pedacinho de abacaxi que terminava de derreter em sua língua, e voltou-se para Mariana, muito atento ao que ela dizia, seus lábios bem cerrados, seus olhos azuis sob as sobrancelhas grossas a fitá-la sem piscar.

— Barulhos? — ele perguntou, neutralmente — Que espécie de barulhos?

— Como se algo pesado tivesse caído e voltasse a cair de novo. Teve também o som de vidros se estilhaçando, embora não parecesse ser exatamente vidro — Percebendo que sua voz acelerava, movida pela empolgação e interesse, a moça procurou se acalmar — Fiquei intrigada — concluiu baixando os olhos, levando o garfo até a travessa e espetando outro pedaço de abacaxi.

O conde ficou em silêncio por alguns instantes, seu olhar parecia distante, então exclamou com um tom de profundas desculpas:

— Ah! Desculpe-me, srta. Mariana, se isso a incomodou ou a atrapalhou de alguma maneira — Seus olhos voltaram a piscar e a focalizaram — Sou eu o culpado. Fui eu quem causou todo aquele barulho. Sim, fui eu. Bom, o caso é que há um sótão onde guardo muitas coisas pessoais e que fica exatamente acima do seu estúdio, e esse lugarzinho meu, eu assim diria, está sempre uma constante bagunça. É engraçado, porque estou constantemente tentando colocá-lo em ordem. Ontem mesmo eu derrubei uma estante com alguns livros e caixas enquanto tentava arrumar tudo, às vezes sou bem desastrado.

A justificativa parecia bem plausível, Mariana nada disse. Apenas assentindo, terminava de cortar um pedaço de pão, afinal, não existia motivo para que ela suspeitasse das palavras dele. Isso era o que a jovem aparentava por fora, mas, por dentro, ruminava suspeitas.

Como fazia um dia particularmente bom em comparação aos anteriores, o conde tinha decidido, muito antes mesmo de Mariana ter descido, que ele sugeriria fazerem um passeio pelo jardim. Devido ao céu aberto e o sol a reinar livre de nuvens carregadas que pudessem eclipsá-lo, o seu jardineiro estava trabalhando em um canteiro de rosas púrpuras, e como recentemente essa flor tivera se tornado a preferida de Mariana, ele queria muito levá-la para ver o processo daquilo que ele chamou de um despretensioso e humilde projeto paisagista, já que ele não era um especialista no assunto, mas gostava muito de se aventurar em coisas novas.

— Eu gostaria muito, mas acho que seria melhor ir direto para o estúdio e dar continuidade à pintura — foram as palavras de recusa de Mariana, desmanchando a expressão de entusiasmo no rosto do conde — Já faz quase uma semana e ainda não completei nem a terceira camada de tinta que eu costumo aplicar às minhas pinturas. Não posso continuar nessa lentidão.

— Muito bem, srta. Mariana, você demonstrou ter consciência das suas responsabilidades e se mostrou firme. Eu aplaudo isso, mas não seria uma pena desperdiçar o tempo lá fora trancafiada aqui dentro?

— Justamente! Não se pode desperdiçar o tempo lá fora e a claridade que eu preciso para pintar — respondeu Mariana, com determinação, levantando-se e pedindo licença, seguindo para o estúdio.

Foi com muito orgulho que a moça passou mais de duas horas pintando. Em nenhuma vez, durante esse tempo todo, tencionou se levantar e ir se aconchegar na poltrona com o livro do jovem pirata.

As pinceladas aplicadas à pintura faziam seu devido efeito e Mariana não poderia estar mais contente com seu progresso. O medo que sentira pela primeira vez, receosa com o tamanho da tela, já não existia mais, e agora ela já conseguia visualizar a pintura por completa em sua mente.

A hora em que o lanche da tarde e o chá foram servidos foi a primeira vez que a moça abaixou os pincéis desde que se sentara para pintar. A sra. Siban, que estava resolvendo algumas coisas naquela ala da mansão, anunciou que o conde a esperava e, juntas, desceram.

O chá foi servido na grande e opulenta sala que Mariana tinha sido introduzida pela primeira vez quando chegara ali na Grande Dama. Bem diferente estava agora, durante o dia, as cortinas arrastadas, a claridade daquela tarde revelava a beleza e o luxo das mobílias com mais distinção.

— Como vai a pintura? — perguntou o conde à jovem artista, sentados de frente um para o outro. O conde, em uma bela poltrona de espaldar alto, de tecido estampado com o que pareciam ser andorinhas voando. Mariana, de frente para ele em um confortável sofá cheio de almofadas, todas bordadas com pequeninos pardais.

— Estou avançando — a moça respondeu, após tomar um golinho de chá — Ainda falta muita coisa, o fundo ainda está bem cru, vai levar um tempo, mas se eu continuar nesse mesmo ritmo posso terminá-lo antes do que eu imaginei.

— Muito bem — disse o conde, levando a borda da xícara aos lábios e desviando o olhar para uma das janelas da sala — Você percebeu que o tempo parece estável? — comentou após engolir o chá.

— Sim — concordou Mariana — Parece que sim…

— Então, eu estava pensando... — começou o conde — que talvez seria uma ótima oportunidade para você conhecer o Condado de Avenalhes. Certamente não vai chover, e não consigo no momento pensar melhor maneira de distrair a mente um pouco depois de uma manhã inteira trabalhando.

Mariana queria muito aquilo. Desde que tinha visto pela janela, lá além da ponte, todos aqueles predinhos, sentiu muita vontade de conhecer o lugar. Sim, ela queria muito aceitar o convite do conde. No entanto, não queria romper o ritmo de trabalho que iniciara pela manhã, sua intenção era voltar para o estúdio assim que terminasse seu chá e continuar pintando até seu braço cansar.

— Eu adoraria muito — ela falou em dúvida.

— Perfeito — respondeu o conde desconsiderando sua hesitação — Vou pedir que preparem a carruagem, e, enquanto isso, a senhorita terá tempo suficiente para se trocar.

A jovem continuou sentada por alguns instantes, sem se mover. Queria ao menos dizer algo que fizesse o conde reconsiderar aquela decisão e fazê-lo adiar a visita ao condado, mas não conseguiu conceber nada que pudesse produzir o efeito desejado.

Parte contente, por visitar o condado, parte culpada, por deixar a pintura da arara-azul de lado, Mariana subiu até o quarto para se trocar. Ela escolheu um vestido verde, de tecido grosso com gola alta e fechada que julgou adequado para sair, e desceu.

— Como está bonita, srta. Mariana! — exclamou a sra. Siban, assim que encontrou com ela no hall. A sra. Siban, que havia há pouco tempo esbarrado com o conde enquanto ela dava permissão ao jardineiro para que comprasse tesouras novas, ficara então sabendo da visita ao Condado de Avenalhes — Esse verde cai muito bem em você — e soltou um suspiro, os olhos percorrendo os cachos de Mariana caindo por cima do ombro — Quando eu era moça, demorava horas para fazer cachos assim. Ai ai ai... são tão lindos. Que sorte a senhorita tem de possuir os cabelos naturais deste jeito — e, soltando mais suspiros, ficou a admirar, com olhos saudosos, os cabelos negros de Mariana — Bem, mas então? Está ansiosa com o passeio ao condado, srta. Mariana? Garanto que vai adorar.

Ouviram naquele momento o som dos cavalos trotando no cascalho junto às rodas. Só podia ser uma coisa.

— Se divirta, srta. Mariana — desejou a sra. Siban bondosamente, arrumando o vestido de Mariana com tapinhas leves.

Mariana agradeceu e estava para sair quando a boa senhora soltou um grito, quase como um gemido de dor. Sobressaltada, a moça virou-se.

— Srta. Mariana, Deus do céu, não me diz que pretende sair assim! — exclamou a sra. Siban correndo até ela. Parecendo muito perplexa, olhava a menina de cima a baixo.

— Como assim? — perguntou Mariana, confusa.

— Ora, como assim?! A senhorita precisa de um casaco, ou vai congelar lá fora, meu bem. Só esse vestido não vai dar, não mesmo.

Então o conde teve de esperar enquanto a jovem era levada pela governanta de volta ao quarto onde um belo e resistente casaco seria escolhido para lhe proteger do frio lá fora.

Enfim, apropriadamente vestida e bem agasalhada, Mariana estava pronta para ir. Do lado de fora, uma linda carruagem estava à sua espera, um dos quatro cavalos relinchava, muito impaciente. Assim que ela apareceu, o cocheiro desceu rapidamente da boleia e foi abrir a portinhola. Ao aproximar-se, a moça aceitou a mão dele que veio em auxílio e entrou na carruagem.

Lá dentro, Mariana encontrou o conde muito bem vestido, ele usava um belo casaco azul marinho, visualmente alargando os seus ombros e lhe concebendo mais elegância do que a usual.

Após trocarem algumas palavras de elogio, o conde bateu com o punho no teto da carruagem e ela começou a se mover.

Partiram em direção ao Condado de Avenalhes.

Capítulo 11

No Condado de Avenalhes

A carruagem do conde puxada pelos quatro cavalos passou tão rapidamente sobre a ponte de pedra que levava para o Condado de Avenalhes, que Mariana, que nunca tinha passado por cima de uma ponte, mal teve tempo de sentir como era essa experiência. Ela teria ficando profundamente decepcionada não fosse a perspectiva de conhecer um lugar novo.

— Você nunca saiu mesmo de Prodélia? — perguntou o conde enquanto sacolejavam dentro da carruagem rumo ao condado.

— Não — disse Mariana, que tentava ter algum vislumbre da paisagem lá fora pela fresta da cortininha da janela atrás do ombro do conde.

— Nem alguma cidadezinha vizinha, ou…

— Um vilarejo perto de Prodélia — disse Mariana — Com todo o respeito ao lugar, mas não considero como se tivesse conhecido algo novo. Tudo era muito semelhante à Prodélia, ficava a apenas meia hora de distância. O senhor compreende?

Em minutos, a carruagem percorreu alguns metros de estrada de terra que ligava a ponte até uma avenida de pedrinhas. Ouviu-se os relinchos dos cavalos em protestos, e a carruagem foi perdendo velocidade até parar de vez.

Achando que não seria falta de respeito dar as costas ao conde, Mariana afastou a cortininha da sua janela e olhou lá para fora. O cenário não era nada parecido com o que existia em Prodélia, estava diante de um extenso pátio com um poste-relógio à lateral e, ao fundo, um conjunto de predinhos enfileirados, com as portas pintadas uma de cada cor.

— Que lugar lindo! — exclamou Mariana.

— Bem-vinda ao Pátio do Relógio, srta. Mariana — apresentou o conde.

O cocheiro, já ao chão, abriu a portinhola da carruagem fazendo a mente sonhadora de Mariana dar aos seus olhos uma extensão maior da imagem limitada da janelinha da carruagem.

Aceitando a mão dele, Mariana desceu para o chão de paralelepípedos irregulares. Levantando os olhos, viu ao redor pessoas elegantemente vestidas passando para lá e para cá, alguns homens usavam cartolas enquanto as mulheres vestiam chapéus de abas longas e fitas que esvoaçavam devido ao vento forte, outras, grandes capuzes adornados de penugem.

O conde, surgindo ao seu lado, concedeu o braço e ela aceitou. Desse modo seguiram caminho pelo pátio, passando por entre aquelas pessoas. Seus rostos, apesar das várias distinções quanto ao tamanho do nariz, da boca e entre outros traços faciais, compartilhavam o mesmo tom de pele e os olhos claros. Mariana também notou que todos que passavam por eles, sem exceção, cumprimentavam com visível respeito o conde, que com um rápido aceno de cabeça os cumprimentava de volta, outros passantes ainda se atreviam a trocar com ele uma rápida palavrinha.

— Muito bom dia, conde — disse um homem tirando o chapéu que usava e fazendo uma reverência que Mariana achou exagerada demais. Antes de voltar à sua postura normal e seguir seu caminho, o homem lançou um intenso olhar de interesse e curiosidade à moça. Hesitante, ela deu um sorrisinho, o homem tentou fazer o mesmo.

Alguém então gritou de longe, chamando pelo conde:

— Oh, conde! Que adorável visão foi a de ver o senhor descer da sua irreconhecível e maravilhosa carruagem — dizia o dono da voz que gritava, vindo a passos apressados em direção aos dois.

Era um homenzinho magro, que assim como o conde, vestia um belo casaco de similar modelo, embora o dele fosse de cor lilás e aparentemente de tecido mais leve. Tinha um rosto mirrado e olhos grandes e azuis, o nariz era longo e empinado e abaixo das narinas um bigode que, assim como os cabelos bem penteados e separados ao meio, parecia luzir feito ouro.

Diante deles, o homenzinho pareceu recuperar toda a pompa que tivera de abandonar ao precisar correr para alcançar os dois, e disse com a voz calma, ainda que um pouco sem fôlego:

— Bom dia, conde. Como tem passado?

O conde respondeu o que devia, também lhe apresentando os corteses cumprimentos.

— Ora, agora vejo a quem se destinavam as mais belas obras de arte da costura e da moda que o senhor encomendou comigo dias atrás — comentou o homenzinho, os olhos avaliando o vestido de Mariana visível pelo casaco aberto.

— E não lhe caiu muito bem? — perguntou o conde, que recebeu imediatamente do homenzinho efusivas exclamações de concordância — Permita-me fazer as devidas apresentações. Esta é Mariana de Prodélia, artista e minha hóspede. E este é Javolbré de Milagres, modista e um costureiro de mão cheia. Eu agradeço novamente, Javolbré, pelo maravilhoso trabalho que o senhor fez com a barra do meu casaco carmim, ninguém diria que aquilo estava em deplorável estado, parece novo ao olhar de qualquer um.

— Muito obrigado, senhor, é sempre um prazer um cliente satisfeito, ainda mais quando se trata do senhor em particular, que sei bem, é muito exigente — em seguida, virou-se para Mariana — Muito prazer em conhecê-la, Mariana de Prodélia.

— Prazer — ela respondeu.

— Devo dizer que adorei o seu nome. É de um tom delicioso, não acha, conde? — E aqui Javolbré repetiu o nome dela, com calma e na entonação certa de acordo com a sonora impressão que seu nome lhe causara — Eu diria, também, muito sedutor.

Mariana deu uma risadinha por conveniência ao momento, internamente convencida de que, com exceção daquela hora, seu nome não sugeria tal impressão aos ouvidos das pessoas quando pronunciado normalmente. Em seguida mudou de assunto, perguntando se havia sido ele quem tivera costurado aquele vestido que ela estava usando.

— Não esse — o modista respondeu, parecendo profundamente triste — Esse em particular veio de Vóia. O tipo de prega e corte está muito em voga por lá, e cai muito bem no seu corpo, e devo dizer, a tonalidade desse verde faz perfeita combinação com a cor da sua pele, mas me deixe te ver de perto. Olha só, que bela morena você é, minha querida — e olhando com o canto dos olhos para o conde, acrescentou — Não acha, conde?

— A srta. Mariana é uma moça muito bonita, como se pode facilmente ver — respondeu o conde simplesmente.

Javolbré de Milagres soltou mais alguns elogios quanto aos olhos e cabelos negros de Mariana e depois sugeriu que, caso não fosse inconveniente a eles, que prestassem uma rápida visita a sua loja. Havia chegado um novo caderno de moda de Vóia que com certeza Mariana adoraria dar uma folheada, além de outras novidades.

Por cima do ombro de Javolbré, Mariana viu uma bela porta pintada de turquesa ao lado de uma vitrine de roupas. Ela queria muito ir lá, não pelo objetivo de comprar – até porque não tinha um tostão furado – mas o de conhecer, de chegar perto daquela construção tão diferente das poucas que existiam em Prodélia, ademais nunca tinha entrado em uma loja de um modista antes. Em Prodélia havia apenas a casa de uma boa e muito querida costureira, amiga da família e de todos, que às vezes, muito raramente, vendia algumas roupas importadas. Inclusive, sua humilde capa de viagem, que agora estava guardada em algum lugar no seu provisório quarto na Grande Dama, havia sido trabalho dela.

O conde aceitou o convide de Javolbré e Mariana, de braços dados com ele, não teve outra opção senão seguir junto. Em instantes, já estavam em frente à loja, o que deu à moça pouco tempo para observar todos os detalhes da arquitetura daquela bela construção, pois no minuto seguinte já haviam entrado nela.

Dentro da loja havia tecidos caídos por todos os lados, cabides expunham vestidos e casacos, uma mesa ao centro estava toda forrada por mais roupas e outros acessórios como chapéus, luvas e cartolas. Mariana gostou particularmente de um casaco cor de marfim com touca de pelo de raposa, mas nada disse em relação ao casaco, além de um leve suspiro e um elogio mental. Recusou todas as tentativas de venda de Javolbré e também as ofertas do conde, este último, dando a entender que cada vez que ela apreciava algo com distinguível intensidade no olhar bastasse pedir que seria dela. Passado algum tempo, se despediram de Javolbré, que forçou um sorriso para os fregueses que iam embora sem nada terem comprado.

De volta ao Pátio do Relógio, deram continuidade ao passeio. Passaram por lojinhas de portas coloridas, sempre parando em frente às vitrines onde haviam os mesmos tipos de objetos decorativos expostos, tais como relógios, vasos e pequenos bibelôs.

— Olha esse aqui — Mariana indicou um pavão em miniatura com o pescoço erguido, seu rabo aberto em um exuberante leque — Aposto que interessa ao senhor — comentou olhando de lado para o conde.

O conde concordou, mas não demonstrou tanto interesse quanto o de querer saber qual dos objetos expostos na vitrine eram do gosto dela, mas a jovem não soube dizer, todos eram lindos, cada um ao seu modo e particularidade, e sem mais nenhum motivo que os prendessem à frente da vitrine, seguiram em frente.

Mariana percorria os olhos por cada detalhe arquitetônico das lojinhas achando lindo cada adorno e não deixando de comentar sobre cada um com o conde, que era todo ouvidos para o que ela tinha a dizer. "Que trabalho árduo e cuidadoso toda aquela mão de obra", pensava Mariana, impressionada. Tão diferente de Prodélia, onde tudo era mais simples, contornos cheios de curvas pareciam sustentar as janelas nos andares acima; as portas, vivamente pintadas e ricamente emolduradas, autoafirmavam-se com grande respeito, como se fossem muito além do que portas. Mariana estava encantada.

Algo à frente, que Mariana não notou em um primeiro momento, fez o conde exclamar:

— Ah, sim, que ótimo! — em um tom que sugeriu a lembrança de algo que havia sido esquecido. Caso Mariana não estivesse atenta a um balcão florido acima de sua cabeça, as grades de ferro curvadas em belos arabescos, teria entendido o que o conde queria dizer.

— O que acha, srta. Mariana? — ele perguntou.

Ela continuava a olhar para ele, sem entender, então o conde indicou algo logo à frente. Ela se virou e o que viu a fez sorrir.

— Gostaria de entrar para um café quentinho? — ele perguntou.

Obviamente que ela não iria recusar, o convite pareceu até intensificar o frio que sentia. O Avenalhes Café era um adorável predinho de janelões encortinados, através dos quais se podia ver várias pessoas sentadas em mesinhas levando à boca canecas grandes que fumegavam de tão quentes. Todos pareciam bem confortáveis e aquecidos.

— Aqui eles servem um café muito gostoso que eu tenho certeza que a senhorita vai adorar — comentou o conde quando entraram — Aceita a minha sugestão ou prefere escolher?

Não respondendo, Mariana adiantou-se, muito curiosa, para a bancada do estabelecimento e leu na parede do outro lado uma lista de nomes de bebidas das quais ela jamais poderia supor existir em tanta variedade. Enquanto isso, o conde lhe ajudou a tirar o casaco e em seguida foi em busca de uma mesa livre.

— Posso ajudá-la? — perguntou um rapaz entrando no campo de visão de Mariana e, devido à sua altura, bloqueando o letreiro.

Ele era bronzeado, moreno, de rosto amigável e de olhos grandes e pretos iguais aos dela; por um instante Mariana chegou a desconfiar que talvez ele pudesse ser de Prodélia também, mas quando o rapaz falou pela segunda vez e seu sotaque soou mais claro, cantado e alto, a dúvida se desfez. Ele era de outro lugar.

— Ah sim, bem... é... na verdade estou tentado identificar qual seria a mais gostosa, quais das bebidas, eu me refiro — ela disse apontando para a testa do rapaz.

Ele juntou as sobrancelhas, meio confuso, e então se moveu para o lado, soltando um sorriso de compreensão e dizendo:

— Ah, desculpe, eu... — tornando o letreiro novamente visível à Mariana.

— Tudo bem — ela disse, sorrindo de volta.

— Gostaria de uma sugestão? — ele perguntou levando as mãos para trás e tentando adotar uma postura mais profissional.

— Seria muito bem-vinda — ela disse, aceitando.

— Experimente o especial da temporada: apimentado com doce de abóbora. Na verdade, não é tão apimentado assim.

— Parece gostoso — Mariana comentou tentando ler os outros tipos de bebidas sem que nenhum lhe despertasse o devido interesse pela falta de conhecimento prévio do que eram na realidade, e por isso acabou aceitando o especial da temporada.

No momento que Mariana entrou ali e o rapaz detrás da bancada a viu, ele soube que ela era uma estrangeira, mas seu interesse por ela só cresceu depois de tê-la ouvido falar e não ter conseguido identificar qual região aquele sotaque pertencia.

E por isso ele não resistiu e perguntou:

— Você não é daqui, né?

— Ah, não, sou de Prodélia — a moça respondeu.

— Ah! Sei. Já ouvi falar, mas nunca conheci ninguém de lá. Eu também não sou daqui, sou de Torvera.

“Torvera! Agora fazia sentindo o sotaque e a pele bronzeada”, pensou Mariana. Lembrou-se de umas pessoas de Torvera que havia conhecido, ainda quando criança, que estavam de passagem por Prodélia.

— Se acostumando com o frio? — ela perguntou, pois, assim como Prodélia, Torvera também era uma região quente.

— É, até que estou. Não é tão frio assim, pra falar a verdade.

— É mesmo, você não deve achar. Torvera não deve ser tão quente quanto Prodélia, sou eu que não aguenta um ventinho de nada e já começa a tremer, mas vou me acostumar. Me recuso a perder para o frio.

— Veio para ficar? — ele perguntou terminando a bebida e a colocando no balcão — Aqui está.

— Ah, obrigada. Sim... quero dizer, mais ou menos... — ela respondeu pegando o pires com a caneca grande fumegante, da qual um leve cheiro de abóbora misturada a café exalava fortemente — Estou de passagem, na verdade.

— De passagem? — perguntou o rapaz erguendo uma das sobrancelhas e enxugando as mãos no avental.

— Sim — respondeu Mariana, aproximando os lábios da borda da caneca e assoprando.

— Destino final? — ele perguntou.

— Vóia.

O rosto dele se iluminou. Seus olhos se abriram e ele não pôde conter a surpresa:

— Eu também! — ele exclamou, e se preparava para querer saber mais sobre alguém que parecia ter o mesmo objetivo que ele, quando a chegada de uma terceira pessoa o obrigou a se conter e nada mais pôde dizer ou perguntar àquela moça de Prodélia.

O conde, que havia sido retido por alguns conhecidos, aparecera. Desculpou-se com Mariana por tê-la deixado sozinha e pediu sua bebida ao rapaz alto que continuava ali parado com cara de perdido. Também pediu bolinhos de chocolate, de morango e de creme. Feito isso, encaminhou a moça para a mesa que tinha separado para ambos ao fundo do estabelecimento, perto da janela.

Logo os doces chegaram. O conde aproveitou e pediu que trouxessem alguns biscoitinhos recheados e mais bolinhos de outros sabores. Apesar dos protestos de Mariana, pois a cada pedido ele lhe lançava um olhar de profunda satisfação, os doces vieram mesmo assim. A mesa deles era a mais opulenta dentre todas.

Entre um gole e outro da bebida, Mariana passava os olhos pelo ambiente ao seu redor. Às vezes flagrava alguém a olhando de canto de olho, que logo ao ser descoberto, disfarçava, isso, no entanto, não a incomodou, julgou que talvez fosse o excesso de bolos e doces na mesa que atraía os olhares dos outros.

— Eu adorei este lugar — ela disse, sorrindo contente — Mas, francamente, duvido que vamos conseguir acabar com todos esses bolinhos. Um já me forrou o estômago e estou por demais satisfeita. O senhor não deveria ter pedido tanto.

— Mas são uma delícia, não concorda?

— Concordo, e um já bastou.

— Não seja tímida, experimente o de recheio de creme, tem pedacinhos de chocolate.

— Só um então.

— Fico feliz que a senhorita esteja feliz — disse o conde — Aliás, quem não ficaria com uma boa bebida como essa e ótimos doces? O confeiteiro daqui é de Torvera. Tinha que ser, não? Podemos voltar mais vezes, se quiser. Eu também gosto muito daqui, e uma companhia é sempre um incentivo, não acha?

Para Mariana, a imagem de si mesma ali, sozinha, já era um grande incentivo para voltar, mas obviamente não disse isso ao conde.

Naquele momento, alguém que passava do lado de fora, em frente da janela, chamou a atenção do conde com um movimento da mão. Mariana não teve tempo de ver quem era, pois, ao levantar os olhos a pessoa já tinha sumido. Em poucos minutos, o sujeito, que entrara no Café, apareceu diante da mesa.

— Conde, me desculpe se eu o interrompo, mas não poderia seguir adiante sem rapidamente cumprimentá-lo propriamente — disse o homem, que olhava do conde para Mariana com intenso anseio.

Ele era alto, robusto, o pescoço gordo. "Quem sabe um pouquinho mais velho que o conde?", suspeitou Mariana.

Após o aperto de mão e as palavras usuais de sempre, o conde apresentou Malvez Bordero à Mariana.

— Como vai a senhorita? — ele disse gentilmente.

— Muito bem — respondeu a moça.

E não havendo mais nada que pudesse dizer um para o outro, Mariana voltou a beber o seu café e Malvez Bordero a conversar com o conde. Puxando uma cadeira de uma mesa vizinha desocupada, começou a falar de alguns episódios engraçados que lembrou com bastante alegria e que pareciam interessar muito mais ao locutor do que ao ouvinte.

Apesar de ter puxado uma cadeira, não era a intenção daquele homem ficar ali. Além de suas obrigações, respeitava as noções básicas do bom senso, ou ao menos acabou-se lembrando disso a tempo e quando achou que a intrusão de sua presença já tinha chegado ao limite, levantou-se e devolveu a cadeira ao seu lugar de origem, mas antes de ir embora, não deixou de fazer o pedido ao conde, motivo esse que realmente o fizera entrar no café:

— Por favor, eu o espero para uma visita ainda hoje, já fazem semanas desde a sua última.

— Claro, meu amigo — respondeu o conde — Não vou recusar o seu convite.

— Que isso, conde, sabe que não se trata simplesmente de um convite. Um convite é no geral sempre endereçado a certas pessoas por mera formalidade. Com o senhor é diferente. O conde é o nosso amigo e é sempre um prazer recebê-lo em casa. Só gostaríamos que isso ocorresse mais vezes. Palavras minhas e da minha família.

O conde agradeceu a consideração que Malvez tinha por ele e confirmou sua visita.

— Então até mais tarde, conde — disse Malvez, contente, e acenou a cabeça à Mariana — Senhorita, tenha um bom dia! — E foi embora.

Um rápido relato sobre Malvez Bordero foi então feito à Mariana, embora ela não o tivesse requisitado. Os Bordero era uma família de aristocratas, cuja linhagem muito antiga os tinham proporcionado prestígio e importância na região. Eles eram até conhecidos pelo Príncipe Regente, ainda que apenas por nome – o que para eles, já era grande coisa. O conde acabou confessando, entre suas palavras, que não fazia muita questão de visitá-los, mas que certas obrigações sociais deviam ser respeitadas para que as coisas continuassem em ordem.

Mariana compreendeu e voltou a bebericar seu café. Com muita decepção ela descobriu já ter tomado tudo, além disso, teria que acompanhar o conde nessa visita a qual não fazia questão nenhuma.

Capítulo 12

A lenda da Criatura da Floresta do Oito

Como prometido, o conde foi prestar uma visita à família Bordero.

Mariana questionou se sua presença não seria algo inconveniente, já que não conhecia a família, e tão logo suas palavras sugeriram isso, o conde veio em protesto com bastante veemência.

No íntimo, Mariana não tinha a mínima vontade de ser introduzida a novas pessoas, ela teria preferido ficar no Café de Avenalhes, vendo através da janela as pessoas saindo e entrando, reparando em como elas se vestiam com casacos pesados e grossos, tão diferente das roupas leves que o calor em Prodélia exigia que todos usassem, mas não querendo ser mal-educada, aceitou o braço do conde e seguiu com ele.

Virando uma esquina e abandonando o Pátio do Relógio, seguiram por uma rua de pedrinhas que subia uma leve colina. Olhando por cima do ombro, Mariana pôde avistar lá embaixo o relógio do pátio a flutuar acima dos telhados, a ponte ao longe sobre o riacho e parte da Grande Dama entre as árvores. Ao topo, encontrava-se localizada a casa da família Bordero.

A casa era uma construção branca que inspirava moderada imponência, as janelas em pares na fachada, tanto no andar de baixo quanto no andar de cima, atribuíam simetria ao edifício junto ao par de vasos que ladeavam a porta de entrada. O jardim era uma extensão de terra curta, mas nem por isso tratado com pouca estima, os arbustos estavam muito bem podados e os canteiros de flores em ótimo estado.

Em poucos passos, Mariana e o conde já tinham cruzado o jardim e abaixo do pórtico sustentado por dois pilares esperavam serem atendidos. Logo a porta foi aberta e o mordomo os guiou para a sala ao lado, onde a família já se encontrava muito teatralmente à espera deles.

Malvez Bordero tinha corrido de volta para casa e avisado à esposa, Zânia, sobre seu encontro com o conde e a visita que ele prometeu prestar a eles. E assim todos tiveram tempo para se preparar. Tanto Zânia quanto a sua filha, Zâmira, mostraram íntegra disposição e boa vontade, já o filho, Marcus, sussurrou alguns palavrões ao ser obrigado pelo pai a adiar um compromisso que lhe interessava muito mais do que o prazer de receber o conde ao lado da família.

Ao entrar na sala, Mariana se deparou com o que de imediato julgou mentalmente como um belo e muito respeitoso retrato familiar.

Assim estavam: mãe e filha sentadas no sofá, uma do lado da outra, bem-vestidas, as mãos sobre o colo, o sorriso cálido no rosto e os olhos vivos que não paravam de percorrer cada centímetro de Mariana, e na poltrona ao lado, o irmão mais velho, que meio que a contra gosto dobrou o jornal quando entraram e esboçou em direção a eles um sorrisinho amarelo de boas-vindas. E por fim, o próprio Malvez Bordero, em pé, diante da escrivaninha, onde fingia procurar algo nas gavetas.

— Ah, conde! — exclamou Malvez com surpresa, e, pedindo que se sentassem, contornou o sofá e se instalar na poltrona vazia na outra extremidade.

O conde apresentou Mariana à família como sendo sua hóspede, ele os informou a sua origem e o seu ofício de aspirante a pintora profissional. Disse tudo isso com muita respeito e certa exaltada consideração que pareceu decepcionar um pouco as duas mulheres ali diante deles.

Dadas essas informações, o primeiro comentário que a srta. Zâmira achou relevante fazer foi:

— Oh, Prodélia! A moça que trabalha aqui em casa também é de Prodélia, se não me engano — e, virando-se para a mãe, pediu-lhe a confirmação.

— Sim, ela é de Prodélia, sim — respondeu Zânia e adicionou, sorrindo em direção à Mariana — Ela tem os mesmos cabelos negros e bem ondulados que você tem.

— E também a pele bem morena — soltou Zâmira.

— Que é de um belo e exótico tom — disse Zânia logo em seguida — Que eu amaria ter, mas veja, sou tão pálida e sem graça quanto uma folha de papel.

— Que isso, mãe! — exclamou Marcus — A senhora tudo é, menos sem graça — E em seguida direcionou suas palavras à convidada — Eu sei que em Prodélia é um calor dos infernos! Eu imagino que a senhorita deve estar é sofrendo muito com o clima frio e instável daqui.

— Eu diria que não — interveio sua mãe, antes que Mariana pudesse responder — Olha só o belo vestido que ela está usando, com certeza deve ser muito quentinho, e frio é o que ela não deve estar passando.

— É realmente um belo vestido, certeza que não é daqui — comentou Zâmira — Tenho um parecido, foi importado de Vóia.

Aqui então Mariana teve a chance da palavra, rapidamente disse que sim, que Prodélia era muito quente, mas que já estava se acostumando com o clima frio de Avenalhes. Em seguida, explicou que o vestido se devia à grande generosidade do conde, que de fato, o tinha encomendado de Vóia.

— Eu adorei o verde do seu vestido — comentou Zâmira inclinando-se levemente para ver mais de perto — Eu também tenho um verde assim, na verdade é um tom um pouco diferente, mais suave. Nossa, é realmente lindo, não consigo parar de olhar, acho que estou fascinada por essa cor.

— O que minha irmã quer dizer é que ela está com inveja do seu vestido — disse Marcus displicentemente, a perna cruzada a balançar.

— Marcus! — exclamou Zâmira, olhando para o irmão, ultrajada.

— Não sabia que o senhor tinha conhecidos em Prodélia, conde — comentou Zânia, ignorando os filhos, tendenciosa em descobrir mais informações a respeito de Mariana.

— Não tenho — disse o conde, e então olhando para Mariana com bastante agrado, acrescentou — Mas creio que agora sim.

O conde então deu à família uma rápida introdução da história de Mariana e ela mesma deu continuidade, contando que estava apenas de passagem pelo Condado de Avenalhes e que seu destino final era Vóia.

— E seus pais deixaram que uma criança como você saísse de casa assim, sozinha, tendo como destino uma cidade grande como Vóia!? — perguntou Malvez, parecendo levemente surpreso.

— Não sou uma criança, senhor, já tenho vinte anos.

— Zâmira tem vinte e dois e pra mim ainda é um bebê — disse Malvez.

— Papai é muito protetor — Zâmira acrescentou.

— E para tentar a sorte em uma profissão de risco e muito instável — continuou Malvez ainda olhando surpreso para Mariana.

— Mariana é uma moça corajosa — explicou o conde — E tem talento! Ela está pintando uma tela para a minha coleção, uma bela arara-azul.

— Se assim o conde diz, quem irá agora ousar pensar o contrário? — Marcus ironizou erguendo as sobrancelhas sugestivamente.

— O conde sabe reconhecer o que é de bom gosto — emendou Malvez, lançando, em seguida, estas palavras para Mariana — Não duvido nada de que a senhorita seja de fato uma talentosa pintora, do contrário se não confiasse tanto em seu dom, eu acho que não teria a coragem de sair sozinha de

Prodélia mundo afora, não é mesmo? Além do mais, como desconsiderar a opinião do conde?

— Mariana é sim, corajosa e muito talentosa — reafirmou o conde olhando com o canto dos olhos para Mariana e ficando muito satisfeito ao distinguir um sorrisinho tímido tremer em seus lábios.

— Eu também adoro pintar! — declarou Zâmira — Aprendi aquarela com dez anos e desde então nunca parei de treinar.

— E te aconselho a continuar treinando, Zâmira — provocou o irmão, com ar zombeteiro.

Zânia, de maneira levemente entusiasmada, falou da nova aquarela da filha que tinha sido emoldurada e que o conde tinha que ver. A filha, já de pé, esperava que o conde se levantasse, e assim ele foi obrigado a fazer. A pintura em questão estava na sala ao lado. Com terror, Mariana viu-se sozinha na presença daquelas pessoas que não conhecia, com as quais ela duvidava ter algo a dizer que lhes pudesse ser interessante.

— Aceita chá? — a pergunta de Zânia, que veio abrupta e já sem a suavidade na voz, fez Mariana se sobressaltar

— Sim, obrigada — Mariana viu-se dizendo, embora não quisesse chá.

— Os seus pais fazem o quê? — perguntou Malvez.

— São feirantes.

— Ah, sim, claro.

Então se fez silêncio. O tique-taque do relógio e a voz aguda de Zâmira na sala ao lado eram as únicas coisas a serem ouvidas.

Não demorou muito, o conde e Zâmira estavam de volta à sala. Zânia ia perguntar ao conde o que ele achara da aquarela da filha, quando a porta se abriu, e duas criancinhas entraram correndo e foram para cima do sofá, impedindo-a de dizer o que pretendia. Já não havia mais silêncio com as vozinhas estridentes dos gêmeos e as exclamações da mamãe, acompanhadas com as do pai pedindo para que se comportassem.

Logo em seguida, da mesma porta de onde as crianças tinham surgido, entrou às pressas, com ar exasperado, uma moça que Mariana logo reconheceu ser sua conterrânea. Os olhos, os cabelos longos e cacheados, e o tom de pele não negavam.

— Vocês dois venham cá já, ou não vou terminar a historinha! — ela disse em um tom de ameaça nada convincente. Contra o peito, ela segurava o livro de contos de fadas que estava lendo para as crianças.

— Essa história é chata — gritou uma das crianças.

Marcus, que observava as crianças como um animal atento à sua presa, agarrou o bracinho de uma delas quando passou por ele e depois a da outra.

— Vai com a Tati agora, senão o Bichão da Floresta do Oito vai vir pegar vocês dois hoje de noite — disse Marcus em tom ameaçador, mas brincalhão.

Mas o que deveria ter causado medo nas crianças, obtendo delas obediência, teve o efeito contrário, ficaram ainda mais agitadas e, de olhos arregalados, avançaram para o irmão, exclamando:

— Conte sobre o Bichão! Conte sobre o Bichão!

— Como é o Bichão? Como é? Como é, Marcus?

Marcus por um momento pareceu que se enfureceria por ter atraído os irmãos ao invés de tê-los repelido, mas não resistindo, soltou um sorriso e uma gargalhada.

— São mesmo crias do diabo! — ele exclamou, olhando abismado para os irmãozinhos — Não têm medo de nada!

— Como ele é? Como o Bichão é? — continuavam a exigir os gêmeos.

— Ele é horrendo — Marcus respondeu descruzando a perna e dobrando-se sobre os joelhos, assim ficando à altura dos irmãos — Ele tem olhos vermelhos, a boca é imensa e cheia de dentes afiados. Tem dois chifres saindo do alto da cabeça toda enrugada, a pele cheia de bolhas e furúnculos. Ele é grande, imenso, seus braços, fortes e peludos, são capazes de levantar esta casa, e suas mãos, que na verdade são garras, são capazes com só uma arranhada arrancar as tripas de vocês dois FORA!

E lançando as mãos sobre os irmãozinhos como se fossem as garras da horrenda criatura que acabara de descrever, Marcus os atacou com cócegas. Os pestinhas começaram a se contorcer, gargalhando agudamente, e saíram correndo, mais de alegria que de medo.

— Segure eles com você, Tatiane — foi a ordem severa de Zânia para a serviçal.

— Sim, senhora — concordou Tatiane, que saiu correndo atrás dos gêmeos.

— Esses moleques não têm medo de nada mesmo — comentou Marcus.

— Credo, pois eu ficaria — disse Zâmira, olhando pro irmão, meio assombrada — A descrição que você fez da Criatura da Floresta do Oito foi das mais horrorosas que eu já ouvi.

— Mesmo?! — Marcus arregalou os olhos para ela, surpreso — Foi a descrição mais esdrúxula que alguém poderia fazer, Zâmira. Você é uma medrosa mesmo. Devia ter ouvido a descrição de um dos meus amigos, que alega fielmente já ter visto a criatura.

Zâmira estremeceu de medo.

— Eu que não quero saber!

— O conde sabe se o Príncipe Regente desistiu de mandar soldados para caçar a criatura? — perguntou Malvez.

— Há muito tempo não tenho contato com ninguém que possa me passar esse tipo de informação, mas creio que sim — respondeu o conde — É provável que tenham convencido o príncipe de que a Criatura da Floresta do Oito não passa de uma lenda e, como há tantas outras coisas para se ocupar, eu acho que ele acabou deixando esse assunto de lado.

— E o senhor acredita? — perguntou Marcus — O senhor, que mora praticamente à beira da Floresta do Oito, já deve ter ouvido, eu imagino, com muito mais distinção os guinchos da criatura.

— Que nunca mais foram ouvidos, devo lembrá-lo, Marcus — interveio Zânia, antes que o conde pudesse responder — Portanto, acredito que isso não passa de uma lenda mesmo. O conde deve ser da mesma opinião, não é conde?

— Certamente — assentiu o conde — Se bem que às vezes é bom se duvidar de tudo que se tem certeza, faz bem ao cérebro.

— Acho que a srta. Mariana está perdidinha, perdidinha — disse Marcus, um pouco risonho, que havia identificado a expressão de incompreensão no rosto de Mariana desde que começaram a falar da Criatura da Floresta do Oito.

A moça, que de fato não estava entendendo nada, queria muito ter perguntado a respeito daquele assunto que envolvia uma criatura horrenda e lendária, porém, tomada pela usual timidez de quando se é uma estranha em um grupo falatório, não se atreveu a abrir a boca para nada.

Mas graças à Marcus, sua curiosidade teve fim.

— E ele explicou. — Dizia-se que havia uma criatura monstruosa vivendo na Floresta do Oito — ele começou contando. — Esse boato começara alguns anos atrás, quando guinchos horripilantes foram ouvidos no condado vindo da floresta. Todos ficaram muito assustados, pois não se podia imaginar que tipo de animal seria capaz de produzir aquele som tão horrível. A imaginação da população só pôde conceber uma única coisa: um monstro. A lenda solidificou-se quando um homem, que vagava pelo bosque, alegou ter avistado a medonha criatura correndo entre as árvores.

— E que homem era esse? — perguntou Malvez, com ar zombeteiro — O coitado de um bêbado, que provavelmente deve ter tido uma alucinação.

— Mas depois a criatura foi vista novamente — completou Zâmira, assombrada.

— Gente querendo aparecer — comentou Zânia, cética.

— A lenda, então, alastrou-se por toda a região até chegar a Cidade de Vóia, e o Príncipe Regente, intrigado, enviou meia dúzia de soldados de suas tropas à procura da criatura, também um pouco persuadido pela população, temerosa. Alguns homens vinham de longe, interessados em caçar a criatura e alcançar glória com tal feito, mas desde então nunca ninguém achou nada — concluiu Marcus.

— Mas muitos homens nunca voltaram — comentou Zâmira, os olhos arregalados, a expressão em seu rosto assustando Mariana mais do que a própria história.

— Isso porque devem ter se perdido na Floresta do Oito, como é de se imaginar — falou Marcus — Ou foram devorados pela criatura — adicionou, soturnamente.

Zâmira soltou um gritinho de medo.

— Acredita nisso? — perguntou Mariana a Marcus.

O rapaz hesitou.

— Sabe, eu...

Porém, Marcus não chegou a dar sua resposta a Mariana, pois foi interrompido por sua mãe, que achava o tempo valioso demais para ser gasto com assuntos medíocres, e mudou o rumo da conversa para algo que considerava mais importante, a aquarela de Zâmira.

— O que achou, conde? Não é linda? Diga se houve evolução no trabalho de minha filha.

O conde certamente ia dar uma resposta educada, quando Marcus falou primeiro:

— Acho que se há aqui a quem a senhora deveria direcionar essa pergunta, minha mãe, certamente esse alguém é a srta. Mariana de Prodélia, não acha?

Zânia fuzilou o filho com o canto dos olhos.

O conde concordou plenamente com Marcus, fazendo Zânia se calar quando tencionava buscar nele ajuda para desmontar o argumento do filho.

— Não, nada disso. Eu sou uma pintora, não uma crítica — justificou Mariana, timidamente, mas isso não bastou para evitar que fosse levada, quase à força, pelo conde e Marcus até a sala onde estava a aquarela de Zâmira, para que ela desse a sua tão requerida opinião.

Lá, Marcus disse algumas palavras à toa, só para ganhar tempo até que sua irmã, que parecia pouco disposta em receber a crítica daquela estrangeira, se juntasse a eles, e quando Zâmira surgiu, formando um círculo de três pessoas ao redor de Mariana, posicionada diante da pintura na parede, Marcus exigiu:

— Sua sentença, srta. Mariana.

A dita cuja da aquarela não passava de uma simples pintura. Mariana não viu nada demais, além do que parecia ser uma quase legítima reprodução do suposto cenário real. Aos olhos de Mariana, ainda faltava muita coisa para que Zâmira chegasse ao resultado que ela devia ter ambicionado para aquela pintura. Mariana já tinha pintado muitas paisagens para vizinhos e amigos da família, e podia dizer que a pintura carecia de tratamento de sombra, de conhecimento de textura e por que não dizer também de um pouquinho de talento. Era, não havia como dizer o contrário, a pintura de uma amadora.

Mas foi apenas isto o que Mariana revelou de tudo o que pensou quando pôs os olhos na aquarela:

— Eu gostei.

Marcus fungou, decepcionado.

Zâmira, ao lado, apenas assentiu em agradecimento à Mariana quando os olhos das duas se encontraram.

— Pelo amor de Deus, srta. Mariana — disse Marcus, girando os olhos — Se me permite — e tocando o braço dela, a levou até a janela na outra extremidade da sala — vê o bosque ao longe? — perguntou Marcus à Mariana, o braço atravessando a janela e apontando para um conjunto de árvores por onde o rio sumia e surgia do outro lado — Lindo, não?

— Sim — respondeu Mariana encantada com a paisagem.

— Pois vai ficar assombrada ao saber que é o mesmo cenário que viu agora há pouco, pintado com todo o talento que a minha irmãzinha possui — disse Marcus, os olhos brilhando, esperando com grande ansiedade a reação de Mariana.

— O mérito de cada arte é a originalidade singular daquele que a fez — disse Mariana, utilizando-se dessas palavras evasivas para não dar a Marcus o prazer de escutar o que ele tanto queria.

Marcus balançou a cabeça, resignado. Aproveitando que estavam apenas os dois ali, longe do conde e Zâmira, Mariana abordou outro assunto que era muito mais do seu interesse que a aquarela e cooperar para a inferiorização da irmã de Marcus.

— Fiquei curiosa sobre a outra versão da criatura, feita pelo seu amigo, que disse ter realmente a visto — ela assim começou falando.

— Na verdade, não é muito diferente da que contei para os pestinhas dos meus irmãos. Falei aquilo só pra mexer com a Zâmira.

Por alguns instantes, Mariana ficou olhando pela janela para a borda da Floresta do Oito, para além do bosque, e em seguida, perguntou:

— Acredita mesmo que existe um monstro vivendo na Floresta do Oito?

— Bem — ele franziu a testa, pondo-se a pensar a respeito com seriedade — Às vezes. Como meu pai comentou, o homem que diz ter visto a criatura, de fato é um pobre senhor que vive bêbado, mas, se me lembro bem, um dos motivos que o induziu a dar uma caminhada pelo bosque foi porque ele estava passando por um período de abstinência e por isso andava muito inquieto. O caso é que houve um atraso da fornecedora de bebidas e o pub do condado ficou um dia inteiro sem bebidas. Então, ele não estava bêbado quando alegou ter visto o monstro, estava lúcido — Então sua voz mudou para um tom de curiosidade e perguntou à Mariana — Quer dizer que a lenda da Criatura da Floresta do Oito não chegou mesmo em Prodélia?

— Não. Nada chega em Prodélia.

— Engraçado, na época eu tinha viajado para Vóia, para visitar uns amigos, e em qualquer lugar que eu me apresentava, me perguntavam sobre o monstro da floresta, não me deixavam em paz. De vez em quando chega um novo metido a corajoso de Vóia, ou de outra parte da região, em busca da cabeça da criatura.

A conversa aqui tinha chegado a algo de grande interesse de Mariana, ela quis muito perguntar a ele sobre Vóia e sobre as coisas que existiam lá, lugares que ele visitara, o que de interessante tinha para ver, como eram as pessoas e se tinha algum conhecido que possuía uma galeria de arte ou contatos com o dono de uma, mas não houve tempo. O conde apareceu ali do lado, interrompendo gentilmente a conversa dos dois para que voltassem à sala e então ele pudesse anunciar que já era hora de ir embora.

— Mas ainda é cedo, conde — choramingou Zâmira, que pretendia tocar piano para ele — E para Mariana, claro — ela acrescentou rapidamente, mas infelizmente a oportunidade de Zâmira de mostrar que tinha o domínio sobre uma habilidade que Mariana não possuía não foi possível, o conde precisava ir.

Se despediram com palavras gentis e com o desejo de que pudessem se ver novamente muito em breve. Mariana, educadamente, fez a sua parte, mas esperava sinceramente que sua segunda visita a família não viesse a acontecer, esperava até lá já ter terminado a pintura do conde, recebido seu pagamento e partido para Vóia.

Capítulo 13

Sol demais

Dentro da carruagem, durante o percurso de volta à Grande Dama, Mariana perguntou ao conde o que ele realmente achava a respeito da Lenda da Criatura da Floresta do Oito. Na sala da família Bordero sua resposta tinha sido um tanto vaga e, por algum motivo, ela esperava que ali, à sós, ele fosse mais sincero.

O conde pensou um pouquinho. Um sorrisinho enigmático tremulou levemente seus lábios e então ele respondeu assim:

— Há sempre um fundo de verdade em qualquer coisa, srta. Mariana.

Mariana camuflou seu descontentamento com um sorrisinho forçado.

— Mas o senhor chegou a ouvir esse guincho que disseram ser do monstro? — ela perguntou, ainda curiosa sobre o assunto.

— Não — o conde respondeu sem hesitar — Nunca ouvi nada semelhante, srta. Mariana.

— Então o senhor não acredita — arriscou Mariana, respondendo por ele, numa segunda tentativa de obter uma resposta que o posicionasse em um dos lados: crente ou descrente.

— Suponho então que não — respondeu o conde, lançando a ela um olhar penetrante que não a encorajou a dizer mais nada.

Passando alguns minutos, a carruagem parou diante da porta da Grande Dama. O conde fez questão de sair primeiro, para abrir a portinha para Mariana, e dali a guiou para a mansão.

Durante o jantar, Mariana voltou a falar sobre a possível existência do monstro da floresta, mas o conde não parecia nada interessado nesse assunto. Notando como ele controlava, com toda a civilidade que possuía, a irritação que a insistência daquele tema lhe causava, Mariana achou melhor deixar o assunto morrer, escolhendo ser sensata em vez de inconveniente.

— Então, srta. Mariana, o que achou do Condado de Avenalhes? — perguntou o conde, quando se instalaram para o chá em uma das salas. A escolhida desta vez foi uma sala na ala esquerda da mansão, toda decorada em tons azulados, as paredes, assim como tantas outras, forradas de pinturas de pássaros das mais diversas espécies.

— Sim, eu adorei — respondeu Mariana — É muito diferente de Prodélia, a arquitetura; o jeito que as pessoas se vestem; principalmente o café, não temos um em Prodélia, adoraria voltar lá.

— Podemos voltar lá, sempre que a senhorita quiser — disse o conde, animado — Quando não estiver pintando, é claro, e precisar se distrair um pouco — acrescentou rapidamente.

— Ah, sim, claro — disse Mariana, seriamente, e tomou um golinho do seu chá.

Dali alguns minutos, o relógio de pêndulo, pregado à parede entre tantas telas de pássaros, marcou dez e meia. Mariana escondeu um bocejo com a mão e comentou estar um pouco cansada. Era mentira, ela queria poder subir e voltar a ler o seu livro. O conde, apesar de muito disposto a continuar conversando com Mariana, deu-lhe boa-noite quando ela se levantou e comentou que passaria algum tempo na biblioteca. Ao pé da escada, outro boa-noite foi dado e eles se separaram.

Em seu quarto, embaixo das cobertas, confortavelmente instalada, Mariana estava mais do que preparada para abrir o livro e começar a ler. Ela de fato fez isso, mas mal terminou o capítulo que queria, já estava adormecendo. A visita ao condado a tinha cansado e tão pesado foi seu sono que quando acordou no outro dia, achou que tinha fechado os olhos apenas por alguns minutos. Uma faixa de sol vazava de uma fresta entre as cortinas, fazendo-a piscar. Sobre o seu colo, o livro jazia aberto na parte em que tinha parado.

Arrastando as cobertas, não se incomodando com a desconfortável sensação que foi os pés quentes e descalços tocarem o chão frio, Mariana caminhou até a janela e arrastou a cortina de vez. A faixa de luz explodiu em um clarão, iluminando todo o quarto.

Era uma bela manhã de sol. O céu estava todo azul, sem nenhuma nuvem. Mariana viu, lá embaixo, além da ponte, o Condado de Avenalhes gloriosamente iluminado pela claridade cálida da manhã.

— Bom dia, srta. Mariana — disse a sra. Siban, abrindo a porta — Está uma linda manhã de sol, não é? — Após ter pego o belo vestido verde invejado por Zâmira que Mariana usara no dia anterior e deixara sobre a poltrona, foi até a janela de onde a menina parecia não querer sair — Olha só, realmente um dia lindo de sol sem nenhuma nuvenzinha no céu, por isso que hoje o café da manhã vai ser posto na varanda do jardim. O conde provavelmente já deve estar lá.

Com a presença da governanta ali, não teve como Mariana não aproveitar a oportunidade para contar a ela, muito brevemente, sobre a visita à família Bordero, que quando mencionados, fez a senhora soltar um comentário sério e respeitoso em relação a eles, dizendo que eram aristocratas muito importantes na região. Mariana disse que deviam ser e continuou a falar até onde queria exatamente chegar, sobre a lenda da Criatura da Floresta do Oito.

— Ah sim, então a senhorita não sabia sobre isso? — a sra. Siban franziu a testa. Mariana disse que não, que em Prodélia certas novidades assim demoravam um pouco para chegar.

— Não fique com medo dessa lenda, srta. Mariana, eu particularmente acho que esse monstro não deve existir — continuou a sra. Siban, enquanto colocava o vestido no cabide — Acredito que o que devem ter ouvido e que deu toda essa conversa foi algum animal ferido agonizando ou coisa assim, pois parecia como se ele estivesse sofrendo, e não exatamente tentando assustar como um monstro faria, eu acho.

— Ah, então a senhora ouviu a criatura! — exclamou Mariana, excitada, seus olhos se arregalaram para a sra. Siban.

— Mas isso faz muito tempo, querida.

— Mas me contaram lá na casa da família Bordero que o som não se assemelhava a nada que um animal pudesse soar.

— As pessoas às vezes imaginam as coisas que querem imaginar, querida — disse a sra. Siban — Mas se há um monstro, fique tranquila, até hoje ele não saiu da floresta para atacar ninguém, e a senhorita está muito bem protegida aqui na Grande Dama.

Porém, Mariana não parecia muito satisfeita com o fim daquela conversa. Ela era curiosa e tinha certa tendência a se interessar por coisas misteriosas daquele tipo.

— Homens vem de Vóia, fiquei sabendo, na esperança de caçar a criatura — ela disse ainda insistindo naquele assunto.

— Ah, sim, eles vêm — reafirmou a sra. Siban, antes de sair do quarto e voltar aos seus afazeres — Mas qual deles conseguiu alguma prova de que esse monstro realmente exista? Agora ande, srta. Mariana, se troque e desça para o café da manhã.

Mariana nada pôde argumentar, mordiscando a unha do dedo mindinho, desviou o olhar para a janela no momento em que a porta se fechava atrás da sra. Siban, o pensamento indo longe. Então, resolvendo esquecer daquela história, se trocou para o café da manhã, escolheu um vestido azul claro de fitas roxas, o primeiro que pegou e gostou muito. Não queria se demorar e desceu.

A mesa do café da manhã estava lindamente posta ao ar livre na varanda. A toalha branca movia-se levemente pelo vento gentil, e tudo reluzia com a luz do sol da manhã, e entre as novidades, uma pirâmide formada por uma fruta que à distância Mariana não conseguiu identificar. Não podia ser menos que luxuriante.

— Eu nunca tinha comido uma na minha vida, srta. Mariana — disse o conde — E vou te dizer, eu adorei.

Sentando-se, Mariana sorriu um pouco receosa para as goiabas que formavam a exuberante pirâmide. Em seu prato, uma delas já se encontrava primorosamente fatiada.

— O senhor precisa parar de ficar se incomodando com isso — começou Mariana — Eu reconheço que está tentando tornar minha estadia aqui em sua casa o mais agradável possível, e eu garanto ao senhor mais uma vez que não preciso de mais conforto do que já recebo — Lançou outro olhar receoso para a pirâmide de goiaba que se erguia entre os dois — Nem de tantas goiabas assim.

— Sou eu quem tenho que agradecer à senhorita — ele disse — Pois foi a influência da sua presença, srta. Mariana, que me levou a conhecer várias frutas desconhecidas, como esta, que acho que se tornou uma das minhas favoritas.

A essa altura, Mariana não achou que um pouco de provocação fosse ofender o conde, e por isso, não hesitou ao dizer:

— Pois de todas as frutas, goiaba é a de que menos gosto.

— Ah! Então a senhorita precisa agora me dizer qual é a sua favorita — ele disse, em tom de fingida exigência, os olhos desta vez sobre outro pedaço de goiaba que ele espetava com o garfo.

— Essa seria a última coisa que eu contaria ao senhor — ela respondeu se servindo de um pedaço de pão e mel, ignorando as goiabas fatiadas em seu prato.

Sem insistir, o conde aceitou sua resposta com uma silenciosa satisfação que foi, no entanto, ouvida em cada palavra que ele disse durante a conversa que tiveram dali pra frente.

Um pouco antes de se levantarem, o conde lamentou que teria que se abster praticamente o dia todo (devido a assuntos chatos que Mariana não merecia ouvir) e que por isso não poderia ficar e tentar persuadi-la a tirar aquele dia ensolarado de folga e, quem sabe, darem uma volta pelo jardim ou visitarem novamente o condado.

— Com esse sol, tenho que aproveitar que o estúdio vai estar bem iluminado e trabalhar em alguns detalhes — disse Mariana tendo uma perspectiva diferente para aquele dia de sol.

— Bom, a artista sempre tem razão — falou o conde.

Desejando então bom-dia ao conde, supondo que não o veria mais por um longo período, Mariana subiu para o estúdio. Chegando lá, vestiu seu avental, misturou as cores que precisava, ajeitou os pincéis que iria usar e começou a pintar.

Meia hora depois, alguém bateu à porta, Mariana pediu que entrasse e, para a sua surpresa, era o conde. Muito hesitante, ele avançou apenas um pé para além da soleira da porta.

— Entre, por favor — disse Mariana, percebendo que o homem parecia esperar por essa estranha permissão para adentrar completamente, afinal, ali era a casa dele.

— Desculpe interromper, srta. Mariana, mas estive pensando — ele começou a falar, entrando, mas não avançando mais do que o seu braço podia permitir sem desgrudar a mão da maçaneta — Compreendo que a senhorita estar disposta a terminar a pintura que eu encomendei o quanto antes, mas não posso não tentar uma segunda vez. Olhe lá para fora — E com um gesto leve de cabeça indicou a janela, responsável pela claridade excessiva no estúdio — Duvido que amanhã haverá sol intenso assim novamente, portanto, eu gostaria que a senhorita aproveitasse o dia.

— Não se preocupe comigo, senhor — disse Mariana pousando os pincéis sobre o colo, e em consideração às palavras dele, ela disse em seguida, o tom de voz saindo suave — Vou tirar um tempinho para dar uma caminhada pelo jardim depois, quando eu cansar aqui.

O conde pareceu querer dizer mais, talvez sugerir a ela outras atividades, mas já estava atrasado, seu cavalo a sua espera lá embaixo e ele foi embora.

Mariana voltou a pintar, não pretendendo parar para fazer a caminhada que disse ao conde que faria. Sentia sua determinação renovada e queria terminar o quanto antes a pintura, receber seu pagamento e seguir para Vóia.

Enquanto ela pintava, as imagens do Condado de Avenalhes foi passando pela sua memória, despertando nela um forte desejo de voltar àquele lugar. Colocando então os pincéis de lado, ela se levantou e foi até a janela, lá fora o dia era tão claro, de um jeito como ela há muito tempo não via desde que partira de Prodélia, o céu estava limpo, sem nuvens, e o sol era o único a reinar.

— Por que não, então? — pensou Mariana, lançando um olhar de desculpas por cima do ombro para a tela na qual sua arara-azul já ia tomando forma. Decidida, a moça tirou o avental e seguiu para o quarto. Iria pegar um casaco, pois apesar do sol, ainda continuava frio lá fora; sua intenção, no entanto, não era dar um passeio pelo jardim como dissera ao conde que talvez faria.

A caminho do quarto, esbarrou na sra. Siban.

— Minha filha, onde vai com tanta pressa assim? — perguntou a governanta.

— Resolvi seguir o conselho do conde e aproveitar o dia de sol lá fora — ela contou à sra. Siban, que soltou um largo sorriso de aprovação — Estou indo pegar um casaco, vou até o condado.

A sra. Siban perguntou se ela gostaria que a carruagem fosse pedida, mas Mariana, muito energeticamente recusou tal pedido; mesmo com a governanta acrescentando que o conde mesmo dera previamente a ela a ordem de oferecer a carruagem caso ela precisasse por algum motivo, Mariana não ia aceitar. Ela adorava caminhar e previa que dali até o condado seria uma gostosa caminhada. A sra. Siban assegurou que seria sim, que a paisagem era bonita e que Mariana não encontraria buracos nem lama pela estradinha que levava até Avenalhes. Desejando então à jovem um bom passeio, seguiu seu caminho e Mariana entrou no quarto.

Abrindo o guarda-roupa, pegou o casaco que tinha usado no dia que visitara o condado junto com o conde. Tão rápida ela foi que alcançou a sra. Siban descendo as escadas.

— Até mais, sra. Siban — disse Mariana passando por ela.

A governanta disse até mais, mas logo em seguida soltou um gritinho de espanto, fazendo Mariana se virar para ela, alarmada, sem compreender.

— Minha querida, a senhorita não pode ir com esse casaco, é pesado e grosso demais — Modificando a expressão do rosto para uma mais amorosa, guiou Mariana de volta ao quarto — Esse casaco é mais apropriado para dias mais fechados, propensos a pancadas de chuva, o que não é o caso do dia de hoje. Hoje o dia está radiante! Nem está tão frio assim. Vamos, vou te ajudar a escolher outro.

Aproveitando aquele tempo com a sra. Siban, Mariana não conseguiu se conter e trouxe de volta o assunto sobre o monstro que diziam viver na floresta. Enquanto a boa senhora tentava decidir entre o casaco roxo escuro ou um azul-marinho, Mariana quis saber se ela tinha algum relato sobre a fisionomia da criatura. Pelo que ela compreendera, quando Marcus Bordero falara a respeito, havia divergências em relação à sua aparência, embora todas ainda fossem bem assustadoras.

A sra. Siban insistiu que aquilo era uma bobagem, tentado diminuir o interesse de Mariana, mas a artista continuava insistindo e, por fim, compreendendo que uma mente jovem gosta de ser excitada com coisas novas, puxou na memória algumas características que forçou a se lembrar.

— Certamente diziam que era grande, bem grande e com braços peludos e fortes. Bom... era muito feio, mas é claro, se é um monstro tem que ser feio — ia dizendo a governanta, meio distraída, sua preocupação centrada em qual casaco parecia combinar mais com o vestido que Mariana usava.

— O que mais? — perguntou a moça, a curiosidade suplantando o natural medo que ela deveria sentir.

— Ah, sim, esse fica melhor! — exclamou a sra. Siban, feliz consigo mesmo após se decidir pelo casaco azul. Devolvendo o outro ao guarda-roupa, vestiu a jovem com o casaco escolhido — Ora, srta. Mariana, já chega desse assunto — disse logo em seguida, a voz levemente ríspida, enquanto a ajudava a vestir um dos braços — Esse monstro não existe, é só uma lenda mesmo. Agora vá, aproveite o dia e se divirta.

Agradecendo à governanta pela ajuda, Mariana seguiu o seu conselho - não o de ignorar a lenda da Criatura da Floresta do Oito, mas o de aproveitar o dia, e pela segunda vez Mariana visitaria o Condado de Avenalhes.

O caminho até o condado não a decepcionou, o sol brilhava alto, o vento era suave e não havia ameaça alguma de chuva no infinito céu azul. A paisagem ao redor era bela, o verde tão verde que Mariana parou por alguns segundos para admirar de perto um arbusto, abrindo um largo sorriso de felicidade ao se surpreender com uma joaninha a cruzar rapidamente uma das folhinhas e desaparecer embaixo de outra.

Ao avistar o riacho que ruidosamente corria no sentido do condado e a ponte de pedra que a levaria até lá, a jovem artista ignorou tantos outros detalhes que compunham a natureza ao seu redor e acelerou o passo. Agora ela não estava dentro de uma carruagem e poderia então sentir qual era a real sensação de caminhar sobre uma ponte.

Ainda que fosse como andar sobre qualquer outra superfície sólida, a vista que Mariana tinha dali reparou a decepção. De um lado, ela pôde ver a Grande

Dama a surgir majestosamente por entre as árvores altas, a luz do sol refletindo nas vidraças das janelas fazendo-as cintilar feito prata, e do outro lado, o Condado de Avenalhes, todo colorido.

Mas algo de novo havia na paisagem do condado que tantas vezes Mariana já tinha visto pela janela do quarto, certamente seus olhos não estavam a enganá-la.

Abandonando a ponte e a paisagem que estava contemplando ao redor, prosseguiu em direção ao condado, agora mais ansiosa do que antes. Embora Mariana soubesse que o que tinha visto não era uma miragem que desapareceria a qualquer momento, ela não conseguiu desacelerar os passos, queria chegar lá logo. Tinha pressa, sempre tinha pressa pelas coisas que a instigavam.

Capítulo 14

Na Feira do Tudo

Mariana continuava sua caminhada e, conforme ela avançava, algumas elevações e depressões topográficas existentes ao longo da estradinha de terra ocultavam uma ampla visão do condado. Somente o relógio continuava visível a todo o momento, parecendo suspenso no ar. Passando então pelo último morro, ela chegou à avenida de pedrinhas que levava até o Pátio do Relógio. E lá estava a paisagem, tal como ela tinha visto da ponte.

O pátio estava tomado de barraquinhas, uma do lado da outra, num quase semicírculo, cada uma delas com um toldo de uma cor ou textura diferente, deixando o lugar, em conjunto com as portas coloridas dos predinhos, ainda mais colorido. O fluxo de pessoas estava mais intenso do que da última vez que Mariana estivera lá.

— Deve ser uma espécie de feira — Mariana concluiu, mas muito diferente das que existiam em Prodélia, onde seus pais vendiam frutas e verduras; ali, ela não chegou a ver nenhuma fruta enquanto passava, muito lentamente, de barraquinha em barraquinha.

Comerciavam ali, a moça viu, roupas, tecidos, especiarias e várias outras bugigangas, Mariana curvou-se para examinar melhor uma delas, que era um jarro contendo uma espécie de raiz muito estranha.

— Interessada, mocinha? — perguntou uma senhora gorducha, por trás da barraquinha — É bom para várias coisas, diminui a febre se está doente, por exemplo, mas não é só isso — E ela teria continuado, caso Mariana não tivesse dito que não tinha dinheiro e não pretendia comprar nada. A mulher então voltou sua atenção para outra freguesa, dando as costas à jovem como se até então estivesse hipnotizada e o efeito do encantamento rompido do nada.

Mariana seguiu adiante, muito curiosa e atenta a tudo, tanto que não deu atenção às pessoas que passavam ao seu lado, cochichando entre elas a seu respeito e lhe lançando olhares pertinentes. Pessoas que já a tinham visto de braço dado com o conde; diziam ser ela sua nova preferida; quem diria que se trataria de uma forasteira, uma moça de particular beleza, de um tom de pele escuro e olhos mais escuros ainda. Era uma escolha no mínimo interessante, assim pensavam os habitantes de Avenalhes propensos a esse tipo de opinião.

Na barraquinha do lado, muitas bugigangas estavam expostas, várias coisas decorativas e outras que, pelo aspecto, a moça duvidava que alguém consideraria comprá-las para enfeitar a casa. Muitas crianças ali pareciam entretidas com algo que Mariana não chegou a ver e andou até a próxima barraquinha, cometendo o erro de ignorar o que despertava o interesse das crianças.

Braceletes e joias, que não restavam dúvidas quanto à sua suposta legitimidade, reluziam à luz do sol, pendurados, a balançar com a brisa leve do dia ensolarado, pingentes e medalhões. A jovem tocou um com muito cuidado para não ser repreendida, mas ao notar que o comerciante pouco pareceu ter lhe tomado por uma ladra em potencial, trouxe o medalhão então para mais perto dos olhos e ficou a examiná-lo com admiração.

Era uma linda peça, delicadamente ornamentada com uma borboleta incrustada ao meio. Fazendo a sua parte, o comerciante colocou nas mãos dela outros medalhões, compreendendo que era aquele tipo de produto que ela estava interessada. Tão rápido ele agiu que Mariana não teve tempo de se livrar de sua abordagem de natureza lucrativa.

— Esse vai ficar belo na senhorita, ou então, quem sabe? — e colocou outro em sua mão, de aspecto bem diferente dos anteriores, era de vidro, e com um clique, abriu-se, revelando uma espécie de compartimento — Nesse aqui, a senhorita pode guardar uma mecha de cabelo junto ao do seu amado. Sabia que dá sorte? Resguardado pelo medalhão, nenhum mau agouro azaria essa relação — ele explicou — Já tem um pretendente? Está noiva?

Mariana fez que não com a cabeça e timidamente disse que não tinha dinheiro para nada, assim como acontecera com a mulher da outra barraquinha, o interesse do homem por ela se extinguiu do nada e ele lhe deu as costas.

Mariana passou para a outra. A próxima barraquinha exalava os mais variados tipos de odores, ali era vendido velas aromáticas, perfumes e cosméticos.

— Só um momentinho, querida — disse a comerciante para a moça que ela estava atendendo, e, abaixando-se, sumiu por trás da barraca.

A freguesa em questão era a babá dos Bordero, Mariana reconheceu. Cabelos negros e pele morena, não tinha como não notar aquela moça.

Mariana não era da natureza de abordar pessoas às quais não tinha sido previamente apresentada assim tão facilmente, mas a babá dos Bordero era. E ao ver Mariana, abriu a boca em um largo sorriso e estabeleceu o primeiro contato.

— Oi! Lembra de mim? Tatiana, babá dos pestinhas dos Bordero. Vi você lá esses dias.

— Sim, claro — disse Mariana, aproximando-se — Eu sou...

— Mariana! Eu sei. Quem não sabe? — exclamou Tatiana — Então, é a primeira vez na Feira do Tudo?

— Sim.

— E está gostando daqui? — ela perguntou — Tem muita porcaria, sabe, mas tem muita coisa legal e barata também, coisas que você nunca encontraria em Prodélia.

Brevemente, Tatiana explicou que a Feira do Tudo era uma espécie de comércio livre que acontecia todas as quintas e sextas. Comerciantes da região e de vez em quando até de Vóia viajavam ao Condado de Avenalhes e armavam suas barraquinhas no Pátio do Relógio. Alguns marcavam presença sempre, outros não, e às vezes comerciantes novos surgiam. Era por isso que a Feira do Tudo fazia tanto sucesso, pois sempre haveria de ter novidades.

— Já soube de uma cigana cartomante que há muito tempo, quando eu nem aqui morava, armou sua tenda e leu a sorte de praticamente todo mundo do condado, até do conde — e ao mencionar o nome daquele que estava sendo a verdadeira sorte na vida de Mariana, a babá não resistiu e lançou a ela um olhar sugestivo, que Mariana resolveu não compreender — Não tinha sido a primeira vez que ela veio aqui, então é provável que ela volte. Acredite, tudo o que ela previu de fato aconteceu, assim me disseram. Impressionante, não? Quero muito que ela veja o que está para acontecer no meu futuro.

Naquele momento a comerciante que estava procurando pelo produto que Tatiana pedira apareceu com o objeto.

— Aqui está! — a mulher exclamou segurando à altura dos olhos um potinho redondo e entregou à Tatiana — Desculpe a demora, não estava conseguindo achar.

— Para a excelentíssima da minha patroa — explicou Tatiana à jovem pintora, dando o potinho para que ela fizesse o favor de segurá-lo, enquanto procurava o dinheiro na bolsa.

— O que é? — Mariana perguntou, após ter olhado e olhado e não encontrado rótulo nem nada escrito.

— Creme para clarear a pele — a babá respondeu, girando os olhos — Mais um pote deste e aquela mulher vai ficar translúcida.

Tatiana, que estava mais interessada em saber sobre a sua conterrânea, perguntou-lhe o que a trouxera à Avenalhes, e enquanto andavam de barraquinha em barraquinha, Mariana contou brevemente sua história e sua aspiração à pintora profissional. A babá podia ser bem espontânea e simpática, mas era educada e por isso tentava a todo o momento com maior delicadeza possível saber mais a respeito do conde e como estava sendo viver com ele. Mariana, que apesar de ter se simpatizado com Tatiana, não gostava de frases indiretas, nem mexericos, por isso desconversava toda vez, porém a babá não se sentiu ofendida.

Mariana ia exercer agora o seu direito de ter a história de Tatiana contada, quando então algo chamou sua atenção, e o que ia dizer se dissolveu na língua. Havia uma lacuna entre duas barraquinhas, que na verdade se tratava de um local de ocupação do único comerciante ali que não possuía tenda. Tinha só uma mesa, toda coberta por várias peles de animais, mas não foi esse fato e nem o tipo de produto que ele comercializava que a intrigou, mas o comerciante em si.

Ele era grande e alto, vestido todo de preto, seu rosto ocultado por um capuz. Se tivesse sido sua intenção a de passar despercebido, falhara, pois ele era o principal ponto de contraste existente ao redor.

— Quem é? — perguntou Mariana, os olhos não conseguindo se desprender de tal figura tão singular.

— Quem é quem? — Tatiana a encarou meio confusa, então, seguindo o olhar de Mariana, soltou uma exclamação compreensiva — Ah, sim, o Capuzão Preto. Coitado. Eu tinha medo antes, sabe, mas agora não. Ele sempre vem vender peles de animais, é o único fornecedor.

Mas essas poucas palavras não explicavam quase nada quanto à particularidade de sua aparência, então Mariana foi mais direta e perguntou a respeito de sua vestimenta e capuz.

— Houve um acidente e ele é todo queimado — respondeu Tatiana — Por isso ele se cobre por inteiro assim.

— Coitado — lamentou Mariana.

— Pois é, mas as crianças têm medo. Ele é uma alternativa além do monstro da Floresta do Oito para fazerem com que elas obedeçam. Às vezes eu digo assim pros gêmeos "Olha lá, hein, se vocês não me obedecerem vou chamar o Capuzão Preto e vou vender vocês pra ele. Sabiam que ele também vende peles de crianças malcriadas?", mas eles já perderam o medo, são espertas aquelas crianças.

Sentindo como se o homem encapuzado estivesse a encarando de dentro da escuridão em que seus olhos se escondiam, Mariana virou o rosto e seguiu junto com Tatiana para uma barraquinha de doces.

O cheiro ali era delicioso, era onde se vendiam os melhores bolinhos recheados de Torvera, informou Tatiana. Ela comprou dois bolinhos e ofereceu o outro a jovem pintora, ignorando as palavras da menina de que ela a pagaria assim que pudesse.

Comendo os deliciosos bolinhos de Torvera, as duas continuaram a passear pela Feira do Tudo e Mariana aproveitou para retomar o seu direito de perguntar o que levara Tatiana a deixar Prodélia, que a imagem do Capuzão Preto fizera o desfavor de desconcentrá-la da primeira vez.

Assim como Mariana, Tatiana queria muito mais do que Prodélia poderia oferecer. Buscou inspiração em uma tia, que saiu de lá direto para Vóia, onde fez dinheiro, conheceu um torverience migrante e mudou-se de Vóia para Torvera. Tatiana pensou em fazer o mesmo, cansada da vida pacata que vivia, e esperançosa de que algo maravilhoso assim viesse a acontecer a ela. A ideia inicial era chegar em Vóia, mas ao passar por Avenalhes, onde pretendia apenas pernoitar para no outro dia seguir viagem, ela acabou conhecendo Marcus na estalagem em que estava. Conversa vai, conversa vem, ficou sabendo que os pais dele estavam à procura de uma babá para os gêmeos e que ele achava revoltante gastar aquela quantia em dinheiro com uma babá enquanto Zâmira, sua irmã, que não fazia nada o dia inteiro, podia muito bem tomar parte dessa função. Tatiana não estava à procura de emprego em Avenalhes e nem sua intenção era permanecer no condado, mas não pôde deixar tal oportunidade passar. A quantia era muita, ela nunca imaginaria que pagariam tanto em Avenalhes pelo simples serviço de babá e pediu à Marcus que conseguisse uma entrevista para o cargo com os pais dele. Quase três anos depois, ela ainda estava lá.

— Eu sei que no começo fui apenas contratada para cuidar dos gêmeos, mas com o tempo, fui acumulando muitas outras tarefas — disse Tatiana — Agora quase que faço todo o serviço doméstico, mas sabe, eu não acho tão ruim assim. Ganho bem — e, abaixando a voz, confidenciou à Mariana — Até que tenho um pé de meia bem gordinho.

Juntas, ficaram mais um tempo zanzando pela Feira do Tudo, Mariana questionou se a sra. Bordero não estaria a esperar ansiosa pelo creme clareador dela, mas Tatiana fez um movimento displicente com a mão de que não se preocupasse com isso.

— Ela deve estar dormindo a uma hora dessas, é o sono de beleza dela — explicou Tatiana, girando os olhos pela segunda vez ao se referir à patroa — Assim ela diz. Ai! Olha só, não é lindo?! — E, apontando para algo em uma das barraquinhas, puxou Mariana para junto de si. Era um belo casaco azul com capuz emplumado. Pequeninas rosas bordadas em dourado desciam alinhadas aos botões até a barra.

— Está vendo esse bordado e o capuz emplumado? — perguntou o comerciante para as mocinhas, identificando com prazer o brilho que aquele casaco despertara nos olhos delas — Última moda em Vóia. Toda moça moderna e que sabe se vestir está usando capuz emplumado.

"E toda moça com dinheiro, certamente, ele devia ter acrescentando", pensou Mariana.

— Já viu coisa mais linda? — perguntou Tatiana, os olhos ainda grudados no casaco que ia ficando para trás enquanto elas se distanciavam de tal tentação — Como eu queria. Garanto que se você pedisse para o conde ele não negaria.

Este comentário inusitado sobressaltou Mariana levemente, mas não o bastante para a fazer se sentir desconcertada e sem saber como agir. Esse seria um dos últimos assuntos que ela optaria para conversar, no entanto, queria muito ter uma ideia exata do que estavam especulando a seu respeito. Muito sonsamente, ela perguntou:

— O que quer dizer com isso?

— Claro que o conde está de olho em você! — disse Tatiana em um tom óbvio — Ou ele não teria encomendando aquele vestido magnífico de Vóia que você estava usando quando esteve lá na casa dos Bordero. Eu bem que reparei — os olhos de Tatiana deram uma boa avaliada no que ela vestia agora — Muito lindo, e caro, aposto.

— Eu diria que o conde é um homem que abusa muito da sua condição financeira para agradar os outros — disse Mariana — Só isso.

Tatiana lançou-lhe um olhar descrente e, ao perceber que mais nada Mariana diria a respeito, resolveu direcionar o assunto para outra coisa.

— Você está então pintando uma encomenda para ele? — ela perguntou.

— Sim.

— E o que é?

— Uma arara-azul — ela respondeu — O conde é obcecado por aves. Sabia disso?

— Não sabia!

— A casa dele é cheia de telas de pássaros e aves pintadas a óleo. Nunca vi coisa igual. Eu bem que...

— Tatiana! — alguém gritou interrompendo Mariana.

As duas moças viraram para a direção da voz. Era Marcus Bordero.

— Tati, aí está você! Eu estava te procurando. Ah, olá, srta. Mariana! Aproveitando a Feira do Tudo?

— Não como eu gostaria — respondeu Mariana lembrando-se dos belos pingentes.

— Ah, bom... — disse Marcus, não querendo se aprofundar no assunto, e virando-se para Tatiana perguntou se ela tinha comprado o creme clareador da mãe dele.

A babá disse que sim e em seguida contou que Mariana estava pintando uma arara-azul para o conde. Marcus pareceu meio confuso e então foi lembrado por Tatiana que Mariana era uma aspirante à pintora profissional.

— Ah, é mesmo! — exclamou Marcus — E vai cobrar caro? Por favor, cobre caro.

— Bom, vou cobrar o preço justo — disse Mariana.

— Então tem que ser caro — afirmou Marcus tendo em mente a fortuna do conde.

— O preço justo em geral é caro? — perguntou Tatiana — Por que, bom, eu ia adorar que você desenhasse o meu retrato. Você desenha, não é?

— Sim — respondeu Mariana meio aflita à menção daquela palavra — Mas eu não sou muito boa em desenhar retratos.

— Não seja modesta — disse Tatiana — Garanto que você é.

Ficou então combinado que marcariam um dia para que Mariana desenhasse o retrato de Tatiana, a moça queria muito que pudesse ser naquele dia mesmo, no entanto Marcus estava ansioso para ir embora.

Mariana estava para voltar a Grande Dama, pois já tinha visto todas as barraquinhas ali, quando viu com o canto do olho algo que chamou muito a sua atenção. Era uma livraria. A grande janela, onde se dispunham várias fileiras de livros, servindo como vitrine, não deixava dúvidas quanto a que tipo de estabelecimento era aquele. Maravilhada, as pernas de Mariana a levaram até lá antes mesmo que ela tivesse tomado a decisão. Ela primeiro inspecionou a vitrine, chegando mais perto, quase encostando o nariz na vidraça, pôde ver o interior da livraria. Não parecia muito grande, a menos que as estantes estivessem escondendo o restante da loja. Mariana só descobriria se entrasse, e essa era a segunda coisa, depois de apreciar a vitrine, que a jovem faria.

Tamanha empolgação tinha um motivo muito além da simples paixão por leitura. Ela nunca estivera em uma livraria de verdade antes, a única coisa próxima ao que se poderia chamar de livraria em Prodélia era uma lojinha de armarinhos que também vendia alguns títulos famosos.

No entanto, a felicidade de Mariana teve fim logo, ao avançar para a porta, a mão já na maçaneta, deu de cara com a plaquinha de "Fechado" pendurada ali. Que decepção foi aquilo! Ela ainda ficou parada alguns instantes, encarando a plaquinha, como se a qualquer momento o dono fosse aparecer para lhe abrir a porta. Resignada, Mariana voltou para a vitrine e ficou apreciando os livros por algum tempinho.

Afastando-se mais para trás, ela então viu o letreiro pendurado logo acima. Lia-se "Traçaletras Livros, primeira livraria de Avenalhes."

— Susi Traçaletras não está — alguém informou.

Era um dos transeuntes, que percebeu Mariana olhando para a livraria e sentiu-se no dever de orientá-la. Um senhor alto, de casaco marrom e cartola, ele não sabia que a moça não tinha tentado entrar na livraria. Achou que ainda estava se decidindo.

— Quem? — perguntou Mariana ao homem.

— Susi! — ele exclamou, como se isso explicasse tudo.

— Mas eu não sei quem é Susi — disse Mariana de volta.

O homem então resolveu parar e olhou Mariana atentamente. "Bem se via, uma estrangeira! Ah sim, era a tal morena que estava morando na Grande Dama", ele pensou.

— Susi, a dona da livraria — ele disse novamente, enquanto a olhava com mais atenção dos pés à cabeça. — Ela teve que buscar algumas encomendas, mas creio que amanhã já estará de volta.

Mariana assentiu para o homem e esboçou um sorrisinho. Ele deu um toque na cartola e virou-se, seguindo seu caminho; não houve sorriso da parte dele.

O tempo continuava firme, o sol brilhava e o céu limpo de nuvens, Mariana não queria voltar para a Grande Dama, ela queria descobrir mais coisas no condado, e lançando um último olhar lânguido à livraria, começou a andar por onde não tinha passado antes.

Entrou por uma ruazinha, onde passou em frente a um *pub* que suspeitou ser aquele que Marcus comentara. Olhando para o alto, viu vários balcões floridos.

Saindo dessa ruazinha, Mariana foi parar no topo de uma leve colina, de onde avistou lá longe aquele conjunto de árvores altas por onde o riacho sumia e reaparecia do outro lado. Era justamente o bosque que Zâmira tentara pintar.

Aos seus pés, uma estradinha de terra levava até lá.

Mariana não pensou duas vezes.

Capítulo 15

O bosque flechado de Avenalhes

A natureza ao redor era muito mais rica e bela do que Mariana já tinha tido de exemplo no percurso que fizera da Grande Dama até o Pátio do Relógio. Ela nunca tinha visto verde tão verde, árvores tão garbosas e pequeninas flores tão delicadas que pareciam não resistir ao leve toque de um dedo. A real beleza e abundância da flora de Avenalhes parecia se concentrar naquele bosque.

De fato, a pintura de Zâmira não fazia jus ao local. Ao tê-lo visto ao longe, pela janela, quando Marcus tentou convencer Mariana a fazer uma dura crítica à pintura de sua irmã, apenas por uma maléfica satisfação própria, ficara claro que Zâmira não tinha feito um bom trabalho e seria difícil de adivinhar que sua aquarela fosse na realidade aquele belo acúmulo de árvores que se via ao longe. Agora, Mariana vendo de perto tantos detalhes, imersa no próprio bosque, nunca em um milhão de tentativas ela acertaria ser a aquarela de Zâmira uma representação daquele lugar.

Mariana ia se deliciando com cada detalhe que seu olhar atento conseguia enxergar conforme adentrava ainda mais fundo no bosque. Olhava para os galhos que se contorciam ao alto, para os arbustos e tentava buscar ao redor a localização do riacho, que embora não estivesse ao alcance do olhar, fazia-se presente pelo som de suas águas.

Viu ali à certa distância, o que lhe causou um sorriso espontâneo de felicidade, o passarinho de peito avermelhado que uma vez já encontrara em cenário semelhante. Infelizmente não se lembrava do nome que conde lhe dissera. O pequenino tinha pousado em um galho velho caído no chão.

Colocando-se de joelhos, Mariana inclinou-se sobre ele muito cautelosamente. Tamanho era seu encanto por tudo ao redor que a razão parecia cega e o poder da emoção tão forte que ela se sentiu momentaneamente capaz de conseguir o que pretendia. Os dedos esticados avançavam com cuidado e esperança.

Parecia que o passarinho não via perigo na gigante mão que se aproximava, mas quando deu a hora, voou pra longe. Não completamente decepcionada, pois já tinha sido um grande contentamento ter chegado tão pertinho dele, Mariana se levantou.

Tudo então aconteceu muito rápido. Tão rápido deu início, tão rápido teve fim.

Algo passou por ela na altura de sua testa em tal velocidade que em um piscar de olhos já tinha sumido. A princípio, Mariana pensou ter sido um pássaro que dera um rasante quase a atingindo, mas então, ao olhar por cima do ombro, ela descobriu o que realmente era, e o torpor tomou conta do seu corpo.

Incapaz de se mover, anestesiada pelo pavor, Mariana ficou a olhar com grande assombro para a flecha cravada no tronco de uma árvore atrás dela. Era como se o perigo ainda não tivesse passado.

— Você está bem? — perguntou uma voz em tom angustiado.

Um rapaz alto e bronzeado, segurando a altura da cintura o que Mariana claramente identificou como sendo um arco, veio a passos ansiosos em sua direção ao surgir por entre as árvores.

Tudo ficou evidente.

— Você quase me matou! — ela gritou, seus olhos arregalados indo do arco na mão dele até o rosto assustado do rapaz com o grito dela. Ele parou de súbito, com medo que ela o fosse atacar, mas Mariana continuou parada, olhando para ele com profunda indignação e terror, e gritou de novo — Você quase me matou!

Diante dessa reação não tinha como o rapaz manter a educação que pretendia:

— Olha aqui, moça, você me desculpa, me desculpa mesmo, mas você não deveria ser tão silenciosa assim — ele criticou, se defendendo, quase no mesmo tom acusador que o de Mariana — Eu não vi você chegando, surgiu do nada na minha frente. Do nada, viu!

— Você, por acaso, espera que as pessoas saiam por aí sinalizando que estão chegando? — soltou Mariana com um sorrisinho insolente — Cantarolando e fazendo barulho? Não sou desse tipo, me desculpe você então — e soltando um suspiro, tentou recuperar a respiração ainda acelerada — Meu Deus, eu podia ter morrido!

— Olha, me desculpa, moça, mas o bosque é um lugar sempre vazio, principalmente a essa hora, e, além do mais, é bem fácil de identificar alguém ao longe, apesar de tantas árvores. Afinal, se eu vejo alguma coisa se movendo vou logo supor que seja uma pessoa e não um tronco que ganhou vida. Agora, você surgiu do nada, realmente do nada, bem no meu campo de visão, então eu não tive culpa nenhuma se eu quase acertei sua cabeça!

Mariana, endireitando o corpo, olhou direito para aquele rapaz e viu o que não tinha reparado antes, tão atormentada ela estava pelo susto para tê-lo reconhecido no primeiro instante. Era o torverence que lhe havia sugerido o café com doce de abóbora.

— Você trabalha no Café de Avenalhes, não é? — ela perguntou, os olhinhos se apertando um pouco.

— Sim — ele respondeu — E você é a moça de Prodélia.

Houve então uma pausa, um ficou olhando para o outro, sem saber o que dizer; um deles ainda se recuperando do susto enquanto aos poucos o rosto ia se avermelhando de mortificação pela reação exagerada que tivera; o outro, ainda lidando com a culpa que um destino cruel traria caso o pior tivesse acontecido.

Por fim, os nervos se acalmaram e a postura restaurada.

— Meu nome é Mariana — ela, então, disse — E você?

— Aidran — ele respondeu.

— Olhe, desculpe-me se eu gritei com você, Aidran. Eu fiquei muito nervosa.

— Tá tudo bem — ele disse e, passando por ela, foi até a árvore e arrancou a flecha cravada no tronco — Eu lembro de você! É a moça que estava com o conde, que quer ir à Vóia, não é? — e, guardando a flecha de volta na aljava que pendia do ombro, caminhou de volta até ela — Lembro disso porque eu também quero. Quer dizer... quando se tem uma coisa em comum com alguém, se lembra fácil, não é?

— Sim, é — concordou Mariana, que no momento só conseguia pensar em uma coisa, então perguntou — Por que está atirando flechas aqui?

A pergunta fez o rosto de Aidran adquirir uma expressão de ousadia e orgulho, respondendo com firmeza:

— Não estou atirando flechas, estou praticando para caçar a Criatura da Floresta do Oito, é claro!

Mariana pareceu presa em um misto de interesse e deboche. No entanto, foi a força que o mistério dessa lenda vinha exercendo sobre ela que evitou Aidran de ter recebido seu total desprezo.

— Ah, é? — ela disse analisando seu físico discretamente: alto, magro, meio desengonçado, um pouco encurvado — Então você acredita que exista esse monstro mesmo, quer dizer... — e olhando para a mão de Aidran agarrada ao arco — Está convicto disso — completou.

— Mas é claro! — ele disse assentindo com firmeza, a expressão em seu rosto muito séria. As sobrancelhas grossas quase se tornando únicas ao se juntarem no meio da testa vincada — Tem um monstro lá dentro — indicou com a cabeça a floresta que devia ficar naquela direção — E eu vou entrar lá fincar uma das minhas flechas bem no meio dos olhos dele, levar sua cabeça até Vóia e ganhar notoriedade por isso!

As palavras saíram da boca de um rapaz, mas para Mariana, soaram como a de um garotinho inocente e iludido com seu suposto potencial, ensinado a acreditar em si mesmo desde cedo.

— E você vem treinando há muito tempo? — perguntou Mariana.

— Muito antes de sair de Torvera — ele disse — Foi isso que me trouxe para cá, para o Condado de Avenalhes, quero matar o mostro da floresta. É só uma questão de tempo e de treino, sabe?

E avançando para Mariana levou as mãos até a altura dos ombros dela e os segurou com firmeza. A princípio Mariana nada entendeu da sua atitude, e muito confusa o encarou; ele, a determinação nos olhos, nada disse, apenas a moveu para o lado e então deu um sorrisinho.

— Você fica aqui paradinha, hein! — ele pediu, em tom quase de súplica.

Ao largar os ombros dela, uma das mãos foi em busca de uma flecha e a outra ergueu o arco. Pareceu bem fácil o que ele fez, e como tão rapidamente já se encontrava pronto para atirar.

— Está vendo aquela árvore mais fina entre aquelas outras duas? — ele perguntou, um dos olhos fechados.

— Sim — respondeu Mariana, acreditando que identificara a árvore da qual ele falava.

— É ela que eu quero.

Aidran então esperou alguns segundos. Achando que era hora, soltou a flecha, que saiu em disparada rasgando o ar até atingir, para sua infelicidade, a árvore grossa atrás da fina que era o seu real alvo.

Frustrado, Aidran xingou e chutou um montinho de folhas no chão:

— Ainda tenho que treinar muito — ele disse ao se virar para Mariana, e foi em busca da flecha. Mariana o seguiu. — Claro que isso não é um problema. Eu preciso é de treino, treino e treino. É esse o jeito para eu chegar lá. Isso não me desanima, se é isso que você está pensando, isso só faz me motivar ainda mais. Tem que ser assim.

— Mas foi por pouco — disse Mariana querendo dar a ele uma palavra de incentivo — Você quase acertou! Eu que nunca conseguiria fazer isso — lançou um olhar temeroso para o arco nas mãos de Aidran.

— Gostaria de tentar? — ele perguntou oferecendo o arco ao perceber que ela olhava para o objeto, mas desconsiderando a falta de desejo em seus olhos.

— Não, obrigada — recusou Mariana abanando negativamente as mãos — Eu nem saberia como segurar isso direito, minhas armas são outras.

Aidran pendeu a cabeça para o lado, como um cachorrinho que não compreende as ordens de seu dono.

— Pincéis — ela esclareceu — Eu pinto. Desenho e pinto, por isso que saí de Prodélia e quero ir a Vóia. Quero me tornar uma pintora profissional, sei que só vou conseguir isso lá.

— Ah, você pinta — ele disse olhando para ela com interesse.

— Sim.

Aidran perguntou mais e Mariana acabou iniciando um rápido relato sobre como saíra de casa, sobre o assalto, sobre o conde e sobre tudo o mais que achou que não seria tedioso e que não a manteria falando mais do que gostaria.

— Você vive naquele casarão? Caramba, deve viver bem, hein? — comentou Aidran sorrindo para ela e balançando a cabeça.

— Mas não é por muito tempo, quero chegar em Vóia o quanto antes — ela explicou enquanto caminhavam por uma parte do bosque cheia de flores silvestres e o som do riacho se intensificava.

— Espero que você consiga — desejou Aidran, sinceramente.

Ao invés de fazer o mesmo, Mariana perguntou:

— Você não tem medo?

— Claro que não! — ele respondeu, entendendo, e, erguendo o arco, encaixou habilmente uma flecha ali — Eu só preciso continuar treinando, não posso dar moleza. Vai, me diz aonde quer que eu acerte.

Mariana escolheu uma árvore qualquer à distância.

Aidran então a identificou, fechou um dos olhos, mirou, esperou e soltou a flecha.

— Droga! — ele exclamou, chateado, quando a flecha sumiu entre os arbustos, errando feio o seu alvo — Preciso de mais treino, eu não vou desistir.

— Mas e quanto à floresta? Você sabe que tem muitos homens perdidos lá dentro, que nunca encontraram a saída. Vai se arriscar?

— Não é que eu vá entrar na floresta — ele disse, reflexivo, os olhos dançando acima da testa dela, procuravam os pontos exatos de um raciocínio mal formulado a serem ligados — Quer dizer, eu vou entrar, só não vou muito a fundo.

— Foi bem assim que muitos homens pensaram antes de entrar na floresta e veja só o que aconteceu com eles — alertou Mariana.

— Eu sei, mas tenho uma estratégia também. Pretendo percorrer a floresta próxima à borda. Sei que não vou me perder, andei explorando o local, e você também não é daqui, duvido que saiba muito a respeito da criatura.

— Não muito.

— Há muitos relatos quanto à aparição da criatura próxima à borda, inclusive neste bosque, sabia?

Aidran olhou ao redor e depois para Mariana, tentando reparar em algum vestígio de medo em sua feição que ele tencionara causar com aquele comentário, mas ela parecia imperturbável.

— Não sabia.

Os dois tinham andado bastante pelo bosque, enquanto Aidran ia fazendo do tronco das árvores seus alvos; acertando algumas, errando muitas. Até que, ao chegarem perto do riacho, Aidran, cansado e com sede, resolveu dar uma parada para beber um pouco de água.

Foi com alegre surpresa que Mariana viu a ponte que cruzava o riacho. Seria idêntica à que levava para a Grande Dama não fosse o musgo a impregná-la, deixando-a parcialmente verde. Enquanto Aidran se abaixava entre algumas pedras e mergulhava as mãos em concha na água corrente, Mariana correu até a ponte de musgo.

Debruçando-se sobre o peitoril da ponte, Mariana ficou olhando o riacho que seguia seu curso, achando que assim estaria dando alguma funcionalidade a mais a ela do que simplesmente aquela de ligar um lado ao outro da margem.

Após ter se saciado, Aidran foi até Mariana.

— É lá! — ele disse.

Ela a princípio não entendeu nada, olhando para o lado errado, então, virando-se para ele, viu seu queixo empinado na direção contrária, para o outro lado da ponte.

— É lá que ele está, em algum lugar — complementou Aidran, os olhos fixos ao longe.

Mariana não tinha reparado. Do outro lado da ponte se via uma fileira infinita de árvores, quase como um muro que se perdia de vista. Era a borda da Floresta do Oito.

— Como ele é? Você sabe? — perguntou Mariana, a muralha de árvores da Floresta do Oito de repente lhe inspirando uma intensa curiosidade.

Aidran conhecia um vasto número de relatos a respeito da aparência da criatura. Debruçando-se sobre a ponte, ele começou a contar à Mariana as descrições mais bizarras e ferozes condizentes à imagem de uma criatura monstruosa que vivia em uma floresta. Algumas pareciam bem prováveis de existir, ponderava Mariana, outras irreais demais.

— Em qual delas você acredita mais? — perguntou Mariana.

De tudo o que ele falara sobre a criatura, isso parecia ser o de menos a preocupá-lo. Ele respondeu meio que sem interesse que não estava seguro quanto a legitimar como única uma das descrições da criatura.

— Olha, decerto ele deve ser muito feio — disse Aidran — Mas em todas as descrições, não sei se percebeu, há algo em comum: grande, peludo, porém isso não importa, só que serei eu a achá-lo e ficará bem na minha mira. É por isso que preciso treinar muito.

Mariana suspeitava um pouco da coragem de Aidran. Talvez o medo estivesse em algum lugar dentro dele, soterrado por tanta determinação. Fosse isso, ela torcia para que ele mantivesse a valentia caso a hora chegasse, pois simpatizara com ele e muito embora o mostro da floresta agora lhe parecia menos real do que antes, Mariana desejava que Aidran tivesse sua glória de algum jeito.

Ela sorriu para ele, que sorriu de volta, mas pareceu confuso.

— O que foi?

— Não é nada — ela disse dando de ombros — Me diz, Aidran. Se você nunca o encontrar? E se ele não existir?

Aidran não respondeu de imediato, deu uma olhadinha para ela e ficou refletindo por algum tempo. Nesse meio tempo, o som do farfalhar das folhas das árvores pareceu se intensificar, assim como o cantar dos passarinhos, o assovio do vento uivando por entre as árvores e a água abaixo deles.

— Eu sei que ele existe — ele disse por fim, firme, voltando seu olhar para a Floresta do Oito do outro lado da ponte — Eu vou melhorar a minha mira e quando sentir que estou pronto, vou à procura dele — levantou o dedo apontando para a floresta — E ele que me aguarde!

— Mas Aidran, você sabe que muitos homens já se perderam na Floresta do Oito — lembrou Mariana não aguentando — Outros continuam lá dentro, vagando, não conseguindo encontrar um caminho de volta depois de tanto tê-la desbravado em busca desse monstro, ou seja lá por qualquer outro motivo. Se você se perder? E se...?

— Eu sei disso! — exclamou Aidran, interrompendo-a com a voz saindo um pouco agressiva.

Mariana se calou. Por alguns segundos ambos ficaram quietos. As linhas de expressão no rosto de Aidran não requeriam explicação a quem as visse. E se ainda houvesse dúvida, as palavras seguintes dele fariam qualquer um acreditar em sua fé.

— Eu vou matar a Criatura da Floresta do Oito e levar a cabeça dela para Vóia. Eu vou!

Saindo da ponte, Aidran tirou uma flecha da sua aljava e seguiu adiante com o seu treino.

— Escolhe uma árvore para mim — ele pediu.

— Aquela ali — disse Mariana a esmo, pensativa.

Mais uma vez, ele errou a árvore que tinha sido escolhida, Mariana não estava muito certa se desse jeito ele estava chegando a algum lugar. E de repente, a ideia surgiu em sua cabeça, do nada.

— Aidran, acho que tive uma ideia de como te ajudar — ela disse revisando o que pensara para ter certeza de que seria funcional.

— Me ajudar? — ele olhou para ela, meio desconfiado daquilo, as sobrancelhas bem juntas — Você quer me ajudar?

— O quê?! Não quer minha ajuda? — ela perguntou, parcialmente ofendida, parcialmente intrigada pela aparente incredulidade dele — Então tá bom.

— Quero, mas é que... — e sem se preocupar em ser discreto, olhou Mariana dos pés à cabeça — Como é que você vai me ajudar?

— Não vou dizer agora — ela respondeu tendo prazer em provocar decepção, após ter sido avaliada daquele jeito.

— Ah, sério?! — ele reclamou — E por que não?

— Porque não dá para pôr em prática agora.

— Não!? E por que não? — perguntou Aidran, seriamente. A curiosidade crescendo gradativamente nele à medida que esperava pela resposta dela.

— Me diz, quando é o seu próximo dia de folga? — Mariana perguntou depois de um tempinho em silêncio.

— Amanhã — respondeu Aidran — Eu geralmente ganho dois dias de folga seguidos, mas por quê? O que isso tem a ver?

— Amanhã você vai saber — disse Mariana, deliciando-se em todo aquele mistério que ela estava provocando — Eu tenho que ir agora, já está ficando meio escuro.

— Se você ficar mais um pouquinho posso te mostrar uma coisa bem legal — Aidran disse surgindo nele uma vontade repentina de poder agradá-la de alguma forma.

— O quê?

— É uma coisa legal que acontece aqui no bosque — explicou Aidran — Acho que você vai gostar, mas só acontece quando escurece. Não dura por muito tempo, mas vale a pena.

— Mas do que é que você está falando?

— Vem, eu sei de um lugar — indicando com a cabeça, ele mostrou o caminho a ser seguido.

Mariana hesitou por alguns instantes até que a curiosidade triunfou sobre a prudência e ela o seguiu. Passaram por algumas árvores nas quais Mariana pôde perceber várias fissuras em seus troncos (provavelmente Aidran devia ter praticado muito ali), em direção ao lugar que ele queria levá-la.

— Você não vai mesmo me adiantar sobre o que é, não é? — perguntou Mariana enquanto o acompanhava.

— Se você me contar como vai me ajudar, talvez eu conte — ele deu seu preço.

— Isso não vale — ela ralhou.

— Bom, é aqui — disse Aidran parando de andar — Chegamos.

O sol já tinha se posto há algum tempinho e aos poucos a escuridão ia se intensificando. O rosto de Aidran estava coberto pelas sombras das árvores, mas ainda assim Mariana conseguia ver o sorrisinho de entusiasmo em seus lábios.

— E agora? — ela perguntou olhando ao redor, mas só vendo árvores, mato e mais nada de interessante.

— Calma, já vai começar — ele disse.

Deu alguns minutos e então começou.

Pontinhos luminosos, aqui e ali, iam se multiplicando. Dançavam entre si, flutuavam sobre os arbustos; às vezes alguns deles subiam alto e depois desciam, se juntando aos demais. Logo o bosque inteiro estava tomado por todos eles, brilhando tudo ao redor.

O bosque parecia vivo, como se estivesse sob o efeito de alguma magia, parecia encantado. Os pontinhos luminosos estavam por toda a parte, até ali em volta de Mariana. Um deles passou pertinho dela, na altura dos seus olhos, e ela viu, ainda que meio difuso pela proximidade, o pequenino inseto brilhante que piscava. E após ter se apresentado, voou para longe, juntando-se à valsa que se prosseguia por entre as árvores.

— É maravilhoso! — disse Mariana.

— Sabia que ia gostar — disse Aidran gostando de ver o contentamento estampado no rosto dela.

Mariana não queria apenas assistir à dança dos vaga-lumes no bosque, ela queria participar também e correu em direção a eles. Aidran, pego de surpresa com a atitude dela, desencostou da árvore, assustado, achando que ela tivesse sido arrastada por uma força invisível.

Embora ele também tivesse ficado com vontade de se juntar à Mariana, manteve-se à distância e ficou assistindo-a agitar as mãos no ar, fazendo os vaga-lumes deslizarem ao seu redor conforme ela se movia.

Então a brincadeira acabou quando um dos insetos quase acertou o olho de Mariana, ao bater em seus cílios. Achando então que era mais seguro voltar para junto de Aidran, Mariana saiu correndo dali antes que outro pudesse acabar entrando em seu ouvido.

— Você está bem? — perguntou Aidran, meio risonho, visto que ela agitava os braços desesperadamente.

— Fui atacada — ela riu — Eu acho.

O risinho de Aidran se intensificou quando ela chegou perto dele, e, sem entender, Mariana ficou encarando o rapaz. O motivo era o cabelo dela. Vários vaga-lumes tinham ficado presos entre os seus cachos. Aidran contou quatro... não, eram seis, na verdade. Ele constatou quando ela virou de lado e ele pôde ver mais dois presos em um cacho abaixo da orelha.

— O que foi? Fala! — exigiu Mariana, enquanto ele continuava a rir sem motivo aparente.

— É isso aqui, ó! — e aproximando os dedos longos feito pinças, começou a liberar os vaga-lumes presos em seus cabelos — Prontinho. Ah não, tem mais um. Pronto!

O fenômeno não durava muito tempo. Aos poucos, como se fossem morrendo um a um, as luzinhas iam se apagando. Quando Mariana perguntou o porquê de ser tão rápido, enquanto voltavam para o condado, Aidran olhou para ela meio confuso.

— Talvez eles se cansem rápido — ele disse dando de ombros — Não era óbvio?

Em vez de voltarem direto para o Pátio do Relógio, tomaram uma estradinha de terra que os levou até uma ruazinha bem estreita, era onde Aidran morava. Ele parou em frente a uma das várias portas dos predinhos enfileirados ali e apontou para cima, Mariana seguiu o dedo dele, vendo a mansarda lá em cima, onde ficava o quartinho que ele tinha alugado.

— Amanhã você vai treinar por lá, no bosque, não é? — perguntou Mariana.

— Sim, vai aparecer mesmo lá, então?

— Sim, pra te ajudar.

— Com essa ideia misteriosa aí...

— Sim.

Aidran ficou olhando para ela, como que tentando desvendar algo, por fim abanou a cabeça e direcionou o olhar para além.

— Bom, eu agradeço — acabou dizendo.

Ambos combinaram de se encontrar embaixo do relógio e, ao se despedirem, trocaram um sorrisinho, daquele tipo que não some depois que você dá as costas à pessoa.

Capítulo 16

Treino

Parte I

Era noite sem lua. Tudo em volta era apenas contorno e esboço. Com muito cuidado, Mariana seguia caminho de volta à Grande Dama. Ainda que aos poucos seus olhos iam se acostumando com a escuridão, o que via não era suficiente para lhe assegurar se estava pisando em solo seguro ou não.

Estava mesmo bem escuro e a pouca vegetação ao redor parecia ter se fundido à borda da Floresta do Oito, que não ficava tão distante do caminho que levava de volta à Grande Dama. Ventava bastante, o frio aumentava. Ruídos se misturavam ao farfalhar das árvores e ao de outras coisas difíceis de identificar; ao longe uma coruja piou tristemente.

Ao pisar em um pedaço de galho pelo caminho, e assustando-se com o barulho que fez ao quebrá-lo, Mariana se censurou pelo medo bobo que o ambiente ao redor vinha lhe conferindo: "Que besteira deixar-se impressionar assim!", pensou.

Nada ali a faria mal, era tolice temer, mas a figura malformada da lendária Criatura da Floresta do Oito não saía da sua cabeça, e o que antes lhe era apenas fonte de curiosidade, agora era algo a mais. Por mais que ela tentasse se convencer de que estava sendo boba, tremia de susto toda vez que ouvia um barulhinho estranho ou o piar da coruja insistente ao longe.

Enfim, ela chegou à ponte e ao cruzá-la conseguiu visualizar ao longe o contorno da Grande Dama. Faltava pouco.

O som do que só poderia ser o trote de um cavalo veio de longe. Aos poucos ia crescendo e logo Mariana já conseguia vislumbrar o contorno do animal ganhando tamanho vindo em sua direção. Como o cavalo vinha de tal modo que parecia que não ia parar, Mariana se jogou para o lado bem a tempo. Se desequilibrando, ela quase caiu, o tronco de uma árvore veio em seu auxílio, no qual ela se agarrou.

O cavalo então relinchou e empinou, ficando só nas patas traseiras. Mariana pôde ver que havia alguém montado sobre ele, porém as sombras da noite o ocultavam. Descendo então do cavalo, o misterioso homem foi até Mariana e sua identidade revelou-se pela voz e pelos traços de seu rosto que se tornaram distinguíveis com a aproximação.

— Srta. Mariana, está bem? — perguntou o conde, preocupado — Se machucou?

Mariana garantiu que estava em perfeito estado e o conde pareceu convencido. Fez-se logo compreendido que ele tinha saído à procura dela, receoso do pior, afinal, a hora do jantar já havia passado e ela não tinha chegado. Mariana se desculpou pela sua demora e pela inconveniência por tê-lo feito sair à sua procura, mas ela mal teve tempo de usar todas as palavras adequadas, o conde veio com suas mãos abertas, e pedindo licença, a agarrou pela cintura e a sentou no cavalo, e depois ele tomou seu lugar.

— Deixe as desculpas, e tudo o mais que tem intenção de me dizer, para quando estivermos em casa, está bem, srta. Mariana? — disse o conde fazendo seu cavalo dar meia volta, em direção à Grande Dama.

Chegando à mansão, ela encontrou à sua espera, assim que as portas foram abertas, a sra. Siban, que correra até ali no *hall* assim que os avistaram pela janela.

— Ai, minha filha, estávamos muito preocupados com você — disse a sra. Siban, pegando nas mãos dela e as massageando como se para ter certeza de que eram reais — A gente sempre pensa o pior. Apesar de que coisas horríveis não costumam acontecer por aqui em Avenalhes, mas mesmo assim a cabeça da gente dá um jeito de sempre imaginar o que não deve.

Mariana sentiu um gostoso conforto ao testemunhar a preocupação daquela boa senhora para com ela. Era provavelmente o efeito de uma carência que já vinha tardia de uma filha única que há dias se encontrava fora de casa e longe dos pais.

— Como a sra. Siban disse, às vezes é difícil não pensar no pior — disse o conde — Mas considerando que a senhorita tinha saído sozinha e pouco conhece da região, pensamos que talvez tivesse se perdido. Não exatamente que algo de muito ruim e trágico pudesse ter acontecido, embora, às vezes... bom, o caso é que a suspeita de que a senhorita pudesse ter se perdido prevaleceu, e no final de contas a encontrei a poucos metros daqui seguindo o caminho certo.

— Dado o único caminho a seguir de volta eu teria que ser uma pessoa muito desorientada para me perder — replicou Mariana, falando sem pensar, e no segundo seguinte desculpando-se caso tivesse soado arrogante demais como lhe deu a impressão.

— Sem desculpas! — disse o conde em tom de decisão — A senhorita está certíssima, mas enfim, agora está tudo certo — e virando-se para a sra. Siban, pediu que ela providenciasse chá e alguns biscoitos.

A governanta obedeceu às ordens do seu patrão e a passos ligeiros seguiu em direção à cozinha, enquanto o conde direcionava Mariana para a sala à direita.

Lá a lareira já estava acesa, assim que se encontraram confortavelmente sentados. Mais uma vez Mariana pediu desculpas e, por sua vez, o conde mais uma vez disse que não havia ocorrido nada de grave ou importuno que requeresse dela mais pedidos de desculpas.

— Está tudo bem, srta. Mariana — ele disse, girando displicentemente o belo anel de cristal em seu dedo. Desviando os olhos para a lareira, perguntou em um tom desinteressado — Agora me conte, como foi o seu dia no condado?

— Foi muito agradável — ela começou assim, relatando o quanto a natureza em Avenalhes era bela e como o verde parecia mais verde ainda sob a luz daquele dia intenso de sol.

Bem no momento em que falava da Feira do Tudo, a sra. Siban chegou com a bandeja de chá e os biscoitos, e sorriu feliz ao constatar a alegria que Mariana descrevia as coisas que tinha visto e o encontro com Tatiana, sua conterrânea.

— Ah, mas que ótimo isso, srta. Mariana! — comentou a sra. Siban em relação à menção de Tatiana, enquanto servia o chá — Fez uma amizade e com uma moça lá de Prodélia! Isso é muito bom. Ah, sim, sim, agora me lembro, tem mesmo uma moça de Prodélia que trabalha de babá para os Bordero.

Continuando com o relato do seu dia, Mariana chegou na parte em que ela resolveu descer até o bosque. Falou de como era bonito, cheio de árvores altas e cheias, e de como quase tinha perdido a própria vida.

— E quando eu olhei para trás, eu vi, cravada na árvore. Era uma flecha — ela disse, fazendo a sra. Siban, que ouvia tudo com bastante satisfação soltar um gritinho e levar a mão ao peito pelo inesperado daquele acontecimento.

— Meu Deus, srta. Mariana — disse a sra. Siban assombrada — Eu teria desmaiado, com certeza, mas de onde veio essa flecha?

Mariana então contou sobre Aidran.

Aqui, pela primeira vez, o conde falou.

— E por que esse rapaz estava lá atirando flechas pelo bosque? — ele perguntou voltando a girar o anel de cristal em seu dedo. Sua testa vincada pela curiosidade recém-despertada.

— Ele tem uma ambição — disse Mariana, olhando do conde para a sra. Siban, que continuava com aquela expressão de assombro — Ele quer matar a Criatura da Floresta do Oito e levar sua cabeça para Vóia.

— Ai, mas esse rapaz não tem juízo mesmo — explodiu a sra. Siban — Colocando em perigo os outros por algo tão bobo assim.

Enquanto a sra. Siban continuava a proferir palavras que frustrariam muito Aidran se ele estivesse ali para ouvi-las, o conde continuou calado, girando o anel de cristal em seu dedo, como se ainda estivesse refletindo sobre aquela informação.

— No mínimo a senhora tem que reconhecer que ele é corajoso — afirmou Mariana.

— Bom, sim, isso é, mas... — ia dizendo, quando o conde resolveu falar.

— Estou aqui pensando a real opinião da senhorita a respeito disso, srta. Mariana. O que há realmente por trás desse sorrisinho? E quais foram as suas palavras a esse rapaz? Diga, srta. Mariana, como foi que a senhorita o deprimiu?

— Pelo contrário — ela respondeu, sentindo um pequeno prazer ao desmoronar a errônea suposição do conde — Eu o incentivei.

— Mas minha filha! — exclamou a sra. Siban — Ah, não, isso não pode.

— Afinal, ele não é o único louco se é isso o que vocês estão pensando — e começou aqui a defesa de Mariana — O próprio Príncipe Regente mandou homens à procura do monstro, não é mesmo? Vocês me disseram. Homens entram e saem da floresta, e mesmo nada achando, os outros que continuam vindo não parecem desacreditados. Eu acho que se sentem ainda mais estimulados, achando que se não o encontraram, é porque eles então irão.

— Você está certa, srta. Mariana — disse o conde — O rapaz não está sendo menos absurdo do que esses outros homens, que direito, então, temos nós de julgá-lo?

Parte II

De manhã, Mariana acordou bem-disposta e o motivo disso não poderia ser outro. Indo até a janela e afastando a cortina para conferir o tempo lá fora, sorriu feliz para o céu azul e limpo.

Vestida, foi até a sua mala e ficou revirando suas coisas até achar o que queria, um estojinho onde guardava pincéis e tintas que se encontravam em desuso. Em posse do estojo, correu até o estúdio e, pegando um potinho de tinta e um pincel, guardou-os nele. Pronto, era tudo que precisava e que seria essencial para que ela pusesse em prática a ideia que tivera para ajudar Aidran a treinar.

A mesa do café da manhã se encontrava maravilhosamente abundante como sempre. Entre as várias opções, podia-se encontrar bolinhos de chocolate, geleia, pão fresquinho, e claro, frutas prodelienses. O conde estava decidido em proporcionar à Mariana as mais frescas e deliciosas frutas que ele conseguisse, tudo para agradar a sua hóspede. Mariana agradecia e, ainda que deixasse claro que achava tudo aquilo um exagero, nenhuma objeção era imposta.

— Talvez seja essa a sua fruta favorita — disse o conde após dar bom dia à Mariana e perguntar se ela dormira bem.

— Oh, mamão! — ela exclamou levemente surpresa para o belo ornamento ali no centro da mesa formado por vários mamões — Na verdade, não — ela disse, em seguida, em tom de desculpas.

O conde insistiu, de maneira bem-humorada e leve que ela lhe dissesse a sua fruta favorita. Mariana respondeu no mesmo tom que não havia na verdade nenhuma que ela considerasse capaz de ganhar o seu favoritismo, ela gostava de várias e não seria capaz de escolher uma única como favorita. O conde, ainda que meio suspeito daquela resposta, resolveu deixar o assunto de lado e perguntou sobre o progresso da sua arara-azul.

— Ainda falta um pouco para terminá-la — ela disse lentamente, não tendo coragem de olhar para o conde. Na verdade, ainda faltava muito. Sentia-se um pouco envergonhada com a lentidão que estava pintando e ainda mais porque planejava passar o dia inteiro no condado e não no estúdio.

— Não há pressa, srta. Mariana, não há pressa — foram as palavras do conde, bem quando ela tentou elaborar uma justificativa do porquê estava demorando tanto.

Mesmo o conde não demonstrando incômodo com a demora da pintura, Mariana não conseguia tirar disso algum alívio, ainda se sentia culpada, "Eu não devia abusar da paciência do conde e negligenciar aquilo que é a minha obrigação", pensava. Queria ela ou não ser uma profissional? E se não tivesse ele perguntado sobre a pintura aquela manhã, ela teria saído logo cedo para o condado, agora já não via isso acontecendo com o mesmo coração leve e contentamento de antes. Decidiu então que gastaria algum tempo pintando antes de ir se encontrar com Aidran.

— Se gostou tanto do bosque do condado, precisa conhecer o que tem aqui desse lado — sugeriu o conde, que pretendia convidá-la para esse passeio — Não é tão grande quanto o de lá, mas quanto à beleza, encontra-se no mesmo nível.

Mariana agradeceu muito o seu convite, mas teve que declinar; e quanto ao motivo, não viu o porquê de não falar abertamente sobre a sua intenção de ajudar Aidran. O conde ouviu muito atento e, quando Mariana terminou, ele não resistiu à risada que subiu à sua garganta. Mariana não se sentiu ofendida; era mesmo um pouco bobo, mas mesmo assim faria.

— É o seu altruísmo falando mais alto do que o bom senso, srta. Mariana — disse o conde como conclusão pessoal.

— Sim — ela respondeu enquanto terminava sua refeição — Ele é um rapaz engraçado, e senti vontade de ajudá-lo. Na verdade, pareceu difícil de resistir quando a ideia surgiu em minha cabeça.

— Poderia simplesmente tê-la informado ao rapaz — comentou o conde recostando-se na cadeira.

Ela poderia ter feito isso, mas então não haveria motivo para levá-la de volta ao condado e encontrar aberta a livraria na qual queria tanto entrar, e também suspeitava se Aidran seria capaz de usar um pincel tão bem quanto ela.

O conde desejou que o plano dela desse certo e ofereceu a carruagem, mas Mariana recusou alegando que preferia caminhar, e que assim ela poderia melhor aproveitar a paisagem a caminho do condado.

Como a consciência com as suas prioridades havia a instruído, Mariana passou algum tempinho pintando, mas a ansiedade não deixava que suas pinceladas proporcionassem ao desenho o efeito que queria. Enfim, achou melhor não insistir e partiu para o condado.

A moça chegou no Pátio do Relógio meia hora antes do horário combinado. Isso foi proposital, ela queria ter tempo suficiente para poder ficar vasculhando os livros da livraria. Chegou a temer que fosse encontrá-la fechada como no outro dia, mas para o seu alívio, e felicidade, não estava.

Abrindo a porta, que rangeu baixinho, Mariana entrou na livraria. O lugar tinha cheiro de mofo, bem apropriado, havia logo ali na entrada uma mesinha com vários livros virados de capa para cima. "Deviam ser novos títulos", ela concluiu, mas não teve tempo de dar muita atenção a eles, pois as estantes ao fundo despertavam mais o seu interesse; eram altas e suas prateleiras cheias prometiam textos valiosos e histórias muito mais interessantes do que as novidades.

Mariana contornou a mesinha de títulos novos indo em direção à estante logo atrás e foi aí que percebeu que não era a única cliente na livraria. Com o canto do olho viu o que parecia ser uma grande tenda preta pendurada do teto. Virando-se e olhando melhor, viu que na verdade se tratava daquele comerciante que vira no dia anterior na Feira do Tudo, que se cobria todo com um manto preto e um capuz. Estava quase que curvado sobre uma mesa cheia de livros ao fundo da livraria, ficando desse modo para não bater a cabeça no teto.

Ele gesticulava e conversava com alguém. Movendo-se, Mariana viu do outro lado da mesa, uma velhinha pequena e miúda, que mexia lentamente a cabeça em concordância. Sua testa enrugada era larga e os cabelos finos e brancos prendiam-se em um rabo de cavalo na nuca.

— Ela só pode ser Susi, a proprietária — concluiu Mariana.

Então Susi viu Mariana ali, o Capuzão parou de falar e olhando por cima do ombro também a notou. Com pressa, pegou os livros que estavam sobre a mesa a virou-se de uma vez, passando tão rápido por Mariana que a quase derrubou, a aba do seu manto estapeando a barra do vestido dela. "Que modos!", pensou Mariana, insegura quanto à sua presença na livraria. Teria interrompido algo, ou o quê? Esperou que Susi falasse alguma coisa, mas a livreira nada disse e muito vagarosamente, desconsiderando a presença de Mariana, sentou-se à sua mesa e puxou um dos livros que estava ali, o abriu, curvou-se sobre ele e se pôs a ler.

Interpretando assim que ela tinha toda a licença para explorar a livraria, Mariana voltou-se para as estantes e começou a desbravá-la. Ela ia pegando os livros como se tivesse mais de um par de braços e de olhos, quando percebeu, tentava ler dois livros abertos ao mesmo tempo, os equilibrando nos braços.

Notando então uma lombada grossa e deteriorada, que mexeu com a sua imaginação, ela devolveu os livros que segurava, e com as mãos livres avançou para o novo objeto de interesse. O livro era uma coleção de contos fantásticos, alguns deles contos de fadas bem conhecidos. Tão absorta ela ficou com as belas ilustrações dedicadas aos contos, que levou um susto quando alguém falou com ela.

— Ai, meu Deus! — ela exclamou alto para a cara de aspecto cômico de Aidran, que surgiu do nada ali ao lado dela — Por que você teve que chegar assim tão de fininho? Meu Deus!

Aidran, que já estava esperando por ela embaixo do relógio há um tempinho, ouvira quando um casal passou ao seu lado comentar:

— A tal da garota morena que está morando com o conde entrou na livraria de Susi, você reparou? — E pra lá ele foi, à procura dela; mas como Aidran era pouco propenso a fofocas, não compartilhou esse fato com ela.

— Me desculpa, mas eu não cheguei tão assim de fininho — ele contestou.

— Tudo bem — disse Mariana devolvendo o livro à prateleira — Me desculpe, eu devo ter perdido a noção do tempo.

— O que está fazendo aqui, afinal? — ele perguntou, olhando ao redor, incapaz de compreender o óbvio.

— Livros, ué — ela disse encarando a perplexidade dele.

— Ah, não! Vamos embora daqui — ele disse como que enojado.

— Você não gosta de ler? — ela perguntou seguindo-o rumo à saída da livraria.

— Ler é muito chato — ele respondeu, sem culpa, o que soou como uma blasfêmia aos ouvidos de Mariana.

— Não é possível! — ela exclamou, apertando o passo e quase batendo na mesinha ali na entrada para ficar em frente a ele e olhá-lo nos olhos, olhos que se encontravam indiferentes ao que acabara de dizer — Você fala mesmo sério? Você não gosta de ler?

— Não — ele respondeu dando de ombros.

Seguiu-se um silêncio em que Mariana ficou a encará-lo incrédula. Aidran, não consciente do mal que tinha dito, aguentou ser estudado por algum tempo, sem nada protestar, aproveitando para dar uma olhada naquele lugar que nunca entrara na vida e que nunca entraria caso não tivesse sido a presença de Mariana tê-lo obrigado a isso.

— Aqui cheira muito estranho — ele disse por fim, baixando um pouco a voz para que a mulher de pele enrugada e meio corcunda não o ouvisse.

Mariana soltou um gemidinho de frustração.

— Vamos — ela disse, abrindo a porta.

Aidran em três passos já estava fora da loja. Dando então uma última olhada de despedida à livraria, Mariana saiu.

— Então, como vai ser? — perguntou o rapaz, empolgado, enquanto caminhavam rumo ao bosque.

— Espere e verá — ela disse provocando um gemidinho infantil nele.

Chegando ao bosque, Aidran esticou os braços, alongando-se e para o susto de Mariana, que estava distraída com a natureza ao redor que nunca a cansava. Ele lançou uma flecha em uma árvore a alguns metros dali.

— Aquecendo um pouquinho... — ele disse, em tom explicativo, quando ela olhou para ele indagativa.

Fizera isso umas três vezes, enquanto iam se aprofundando no bosque. Ao chegarem ao local em que tinham se encontrado, Mariana virou-se para ele, que estava pela quarta vez prestes a atirar outra flecha a esmo, e estreitando os olhos disse em tom sério, fazendo-o baixar o arco:

— Muito bem, é o seguinte... — e tirou de dentro de um bolso que tinha naquele vestido o estojinho que pegara de manhã.

Aidran olhou para aquele pequeno objeto sem entender. Curioso, aproximou-se um pouquinho, bem atento ao objeto em questão tentando identificá-lo e, se antes já não tinha compreendido, compreendeu menos ainda quando ela abriu-o diante de seus olhos e ele viu o que tinha dentro.

— É assim que vou te ajudar — disse Mariana tirando do estojo um pincel e um potinho de tinta.

— Humm... mas, como exatamente isso vai ajudar? — ele perguntou incerto do que pensar a respeito.

— Você precisa tornar o seu alvo visível — Mariana começou a explicar, andando em direção a uma árvore ali próxima — Simplesmente mirar a esmo não ajuda muito, Aidran. Ainda que você tenha em mente o que quer atingir. Mesmo assim, é preciso treinar a sua pontaria tendo como auxílio pontos específicos.

De longe, Aidran assistiu Mariana desenhar um círculo perfeito no limite que a circunferência do tronco da árvore permitia. Ao terminar, ela desenhou um menor dentro dele, depois um menor ainda, e por fim fez um pontinho ao centro.

"De fato, as mãos dela foram feitas para segurar um pincel e pintar", Aidran pensou, impressionado. Nunca, em dezenas tentativas, ele conseguiria desenhar um círculo tão exato como aquele, e o incrível é que pareceu tão fácil vê-la fazendo.

— O que acha? — perguntou Mariana, ao correr de volta para ele, um sorriso largo no rosto alegre — Compreende agora? Assim fica muito mais fácil de você trabalhar a sua mira.

Virando-se então para o desenho no tronco da árvore, Mariana se pôs a avaliá-lo dali de longe. Sim, parecia que estava bom.

— Serviria — ela concluiu para si mesma.

Durante esse curto tempo, Aidran não moveu um músculo, ficou ali parado olhando para o tronco.

— Vamos, Aidran, vamos lá! — disse Mariana, incentivando-o, visto que ele não se mexia. Notando que havia algo de estranho nele, como se estivesse perturbado por algum motivo, ela perguntou — O que foi? Qual o problema, Aidran?

— É que... bem... — ele olhou com o canto dos olhos para ela, meio envergonhado. Enquanto escolhia as palavras, passou os dedos entre os cabelos e deu uma coçada no topo da cabeça — É que estou me sentindo meio estúpido. Quer dizer, como é que eu não fui pensar nisso antes?!

— Ah, é isso — falou Mariana, dando uma risadinha — Isso não importa. Você tava focado em outras formas de conseguir acertar as árvores. Agora vai, tenta acertar o alvo.

Aidran assentiu para ela e com determinação ergueu a flecha. Ainda que seus movimentos estivessem um pouquinho abalados pela desconfortável sensação que foi a de se descobrir incapaz de ter pensando em algo tão simples, logo se estabilizaram, e em poucos minutos já estava concentrado e pronto para atirar. A seta voou tão rápido que pareceu como se tivesse desaparecido dali do arco e surgido cravada na árvore.

— Nada mal! — exclamou Mariana.

A flecha não acertara o centro do alvo, mas tinha sido por pouco, acertara dentro do segundo círculo.

— Não mesmo — ele concordou, o entusiasmo e o contentamento inflando seu peito.

Sem perder mais tempo, Aidran já mirava outra flecha no alvo, mas desta vez sua ansiedade o atrapalhara, e ele acertou fora, alguns centímetros acima.

— Eu vou desenhar mais em outras árvores — anunciou Mariana, passando por trás dele — Você não pode se acostumar só com essa, precisa estar preparado para diferentes alturas e distâncias.

Assim se passaram algumas horas, Aidran continuava a praticar a mira perfeita e Mariana à procura de mais árvores onde pintar novos alvos. Depois, quando achou que já haviam alvos suficientes, pôs-se a segui-lo, incentivando-o.

Aos poucos Mariana foi ficando muito mais entusiasmada do que estava no começo e isso pareceu aflorar a sua criatividade.

— Eu vou colocar alguns obstáculos pelo caminho, Aidran, presta atenção — ela começou puxando um tronco velho e meio pesado caído ali entre uns arbustos — Isso vai ser bom pro seu treinamento. Precisamos espalhar obstáculos entre as árvores com os alvos desenhados. Assim, você sairá correndo e desviando dos alvos, e claro, não pode deixar pra trás nenhum sem acertar durante todo o percurso. De primeiro, provavelmente você vai errar vários, mas não precisa desanimar, vamos praticar isso muitas vezes.

— Caramba, mas isso vai ser muito difícil! — exclamou Aidran, olhando para ela espantado.

— Você quer matar o monstro da floresta ou não quer? — ela perguntou, pressionando-o propositalmente — Então precisa praticar, e isso não é fácil. Você sabe muito bem disso.

— Eu só preciso acertar a cabeça dele — respondeu Aidran com calma — Bem aqui no meio dos olhos.

— É, mas precisa não só ter mira para isso, precisa também de agilidade. Se ele avançar em você? Ou você acha que ele vai ficar parado lá, de bom grado, esperando que você o acerte?

Aidran não usava muito de suas habilidades mentais para as construções de hipóteses como aquela. A ideia simples que tinha de como tudo ocorreria quando ele entrasse na Floresta do Oito à procura do monstro sofreu um leve abalo pelas palavras de Mariana. Ela tinha razão, ele teve que admitir para si mesmo e mais uma vez ele experimentou aquela desconfortável sensação de antes.

— Tudo bem então, vamos fazer isso! — ele afirmou, decidido.

Da primeira vez acertou apenas uma árvore, e fora do círculo, mas isso não o desanimou. É importante também ressaltar que a presença de Mariana ali, ao lado dele, ajudando-o com palavras de incentivo, renovava sua determinação e força de vontade. Foram duas, três, quatro vezes e uma queda que causou um arranhão no braço, para que então na quinta ele conseguisse acertar sua primeira flecha bem no centro do alvo.

— Viu só, você está progredindo! — comemorou Mariana alegre, dando um tapinha no ombro dele quando Aidran correu para ela, já cansado, depois de ter completado as oito sequências.

— Eu sei. Senti que às vezes a ansiedade me atrapalhou, mas acho que peguei o jeito — ele disse, meio sem fôlego, e deixou-se cair sentado ali do lado de alguns arbustos floridos para descansar um pouco.

Mariana ajoelhou-se ao lado dele. A aljava de Aidran pendia de suas costas, três flechas restantes (as outras continuavam cravadas nos troncos das árvores) ali dentro. Mariana tocou com o dedo a ponta de uma delas e, pedindo permissão, retirou-a do estojo para analisar de pertinho.

— É bonita — ela disse enquanto os olhos percorriam por todo o corpo longilíneo do projétil, demorando-se um pouco apreciando as penas.

— É só uma flecha — disse Aidran, dando de ombros. Com o canto dos olhos, olhava volta e meia para ela, achando engraçado o jeito meticuloso como ela estudava toda a flecha, que para ele não era grande coisa.

— Você que as fez ou as comprou? — ela perguntou, erguendo-a no alto e a olhando de longe, a figura da flecha sobreposta às copas das árvores. Sentiu vontade de desenhá-la, um rascunho só.

— Eu comprei lá em Torvera com um dinheiro que eu estava juntando justamente para isso — contou Aidran — Eu trabalhava com meus pais e meus irmãos ajudando a fazer massas e confeitando bolinhos e doces.

— Quantos irmãos? — perguntou Mariana pousando a flecha no colo.

— Dois. Minha irmã já se casou, o outro ainda não, mas se tornou tão bom confeiteiro quanto meus pais. Você?

— Filha única — disse Mariana um pouco tristonha — Mas tenho um gato, o Felipo. Ele é muito engraçado, tadinho, é preguiçoso demais e meio covarde. Não gosta de sair de casa e nem caçar ratos.

— Eu tinha um gato também, mas morreu.

— Eu lamento — consolou Mariana e, devolvendo a flecha a aljava de Aidran, esticou as pernas e se ajeitou confortavelmente sobre a grama — Caso você consiga a cabeça do monstro — ela começou em seguida, mudando de assunto — O que vai fazer depois, quando estiver em Vóia?

— Ah, muitas coisas, eu espero — disse Aidran, olhando para cima, com ares de sonhador — Imagino que o Príncipe vai querer que eu fique no palácio por algum tempo, para que eu seja celebrado, é claro.

A vontade de soltar uma gargalhada subiu até a garganta de Mariana ao ouvir aquilo, mas, com sucesso, ela conseguiu engoli-la de volta.

— Então, quando acabar toda a festança, vou pegar o dinheiro, porque não sei se você sabe, mas vai ter uma ótima recompensa em dinheiro, é claro, e então vou comprar uma casa perto do porto. Eu amo o mar, sabe? Vou acordar todo dia de manhã, e ver o quê? O mar.

— Nunca vi o mar — disse Mariana fazendo Aidran arregalar os olhos para ela, espantado.

— Nunca?! — exclamou, ainda olhando daquele jeito para ela — Caramba! Você precisa conhecer o mar, é incrível. A brisa gostosa, o som das ondas, a praia, tudo, é bom demais. Você sabe que Vóia no verão os dias são bem quentes, e em dias assim não há nada melhor do que um banho de mar. No verão vou querer passar todos os meus dias estendido na areia da praia e tomando banho de mar.

Fechando os olhos, Aidran se pôs a sonhar com esse futuro glorioso. Mariana ficou olhando para ele, com pesar, invadida subitamente por aquela sensação de descrença, enquanto Aidran, sorrindo gostoso, imaginava-se à beira da praia, sentindo a brisa do mar em um dia quente de verão.

Dali algumas horas começaria a escurecer, e apesar da vontade de poder ficar e assistir novamente ao maravilhoso fenômeno que acontecia no bosque, Mariana resolveu que não seria sensato ceder a esse desejo. Correria o risco de chegar muito tarde na Grande Dama e fazer o conde e a sra. Siban se preocuparem com ela à toa novamente. Já havia visto os vaga-lumes uma vez e isso bastava.

Levantando-se, Mariana disse à Aidran que era melhor ir embora.

— Certo — disse Aidran, levantando-se também — Olha — e virando-se para ela, o rosto assumiu uma expressão de seriedade — Eu queria agradecer pela sua ajuda. Muito obrigado por isso, e também... bem, por acreditar. Eu sei que posso soar como um louco, e você em vez de... bom, você quis me ajudar. Obrigado de novo, e aqui te faço uma promessa.

Mariana, ficando tímida demais para falar algo, esperou.

— Será minha convidada de honra na festa que o Príncipe dará em nome da minha coragem, e por favores à coroa — ele concluiu muito certo de que assim seria.

— Bom, obrigada — ela agradeceu — E continue praticando.

— Eu vou.

Quando chegaram ao condado, a luz do sol já era quase escassa; no céu algumas estrelas brilhavam. Mariana e Aidran pararam na esquina de uma das ruazinhas onde ficava o quartinho minúsculo na mansarda que ele dormia. Terminavam de trocar rápidas palavras quando a sombra de alguém que se aproximava estendeu-se sobre eles, fazendo-os virar.

Bem vestido, como sempre, usando um belo casaco lustroso cor de vinho, ali estava o Conde de Avenalhes. Sorria serenamente para ambos. Cumprimentou Mariana e Aidran, e pondo-se ao lado dela, explicou brevemente que estava ali devido a alguns débitos e resolvera ficar fazendo hora à espera dela, para que não voltasse sozinha para casa. Em seguida, direcionou essas palavras à Aidran:

— Você deve ser o jovem corajoso que almeja matar o monstro da floresta, certo?

Aidran, um pouco impressionado com a presença do conde, pela sua polidez e elegância, apenas meneou a cabeça levemente.

— Eu costumava atirar — disse o conde, após ter notado a aljava pendurada no ombro de Aidran — Faz tempo, quando ainda era um garoto. É um tipo de arma que requer muita concentração.

Aidran, preferindo não falar, seus olhos dançando entre o conde e Mariana, apenas meneou a cabeça de novo. Dando alguns passos para trás, seu desejo era que sua presença não tornasse obrigação que a conversa se prolongasse. Lançando um sorrisinho para Mariana e um movimento rígido de cabeça direcionado ao conde, despediu-se com palavras atropeladas e entrou em casa.

— Não havia necessidade de ter ficado me esperando — disse Mariana para o conde, quando instalados dentro da carruagem.

— Imaginei que estaria cansada, srta. Mariana.

— Não tão cansada assim, eu poderia muito bem voltar a pé.

— Eu já estava por aqui mesmo, foi só o tempo de fazer algumas rápidas visitas e acertar algumas dívidas. Sabia que a senhorita não iria demorar a aparecer.

Mariana deu de ombros, não tendo mais nada a dizer, e virou-se para a janela. O conde perguntou como tinha sido, e ela contou sobre o entusiasmo de Aidran e que acreditava que o treino o faria atingir o nível que ele tanto almejava.

— Ele tem muita força de vontade, é admirável — ela disse, por fim, mais para si mesma do que para o conde, quando a carruagem parou em frente à Grande Dama.

Capítulo 17

Novidade no jardim do conde

O tempo aberto e de sol predominava.

No entanto, ventava muito forte lá fora e por isso a mesa do café da manhã não foi posta na varanda como no outro dia. Passando pelos corredores, virando aqui e ali, Mariana ouvia o vento uivar; ora o som vazando pela fresta de alguma janela, ora fazendo-se ser ouvido batendo furiosamente contra as paredes externas da Grande Dama.

Fazia alguns dias que Mariana não lia o livro que estava prestes a terminar e por isso, assim que acordou deu a ele a atenção que alguns minutos permitiriam antes de ter que se trocar e descer para o café da manhã, mas em vez de devolvê-lo ao criado-mudo, levou-o consigo.

Meio que tímida, Mariana tentou ocultar o livro quando entrou na sala e sentou-se à mesa. Não queria que o conde achasse que ela fosse passar a tarde inteira lendo enquanto havia uma pintura por terminar. Prometera a si mesma que seria só um capitulo, talvez dois; iria impor limites de horas as suas leituras, tinha se decidido, mas o conde viu muito bem o que ela tentava esconder com o canto de seu olho sempre esperto.

Naquele dia ele estava particularmente muito contente, havia uma coisa na qual vinha há algum tempo trabalhando e que só consideraria de fato concluída assim que uma pessoa muito especial pudesse pôr os olhos nela, e aquele dia seria perfeito.

— Bom dia, srta. Mariana — disse o conde atento à qual expressão o rosto da moça assumiria assim que ela visse o que tinha ali sobre a mesa.

De longe, as três taças gigantes pareciam cheias de uvas, mas ao chegar mais perto, Mariana pôde ver claramente o que eram, torcendo a boca em um sorrisinho contido.

— Demais? — o conde perguntou, uma das sobrancelhas grossas se levantando.

Mariana não disse nada. Apenas dançou os olhos pelas três taças gigantes preenchidas até as bordas com jabuticabas prodelienses e respondeu à pergunta do conde com um olhar que não poderia significar outra coisa.

O conde só se divertia ainda mais, ele não esperava exclamações efusivas de alegria da parte de Mariana, apenas que ela saboreasse as frutinhas e ficasse feliz.

— São deliciosas — ele disse, e usando uma concha, mergulhou na taça e depois a levou até o prato para onde várias jabuticabas rolaram — Eu já comi não sei quantas antes que a senhorita descesse e simplesmente não consigo parar.

— É sempre assim com as jabuticabas — disse Mariana, também se servindo delas — Você come até a sua barriga começar a doer.

— Talvez seja a jabuticaba a sua fruta favorita, então — especulou o conde.

Mariana sorriu do mistério que ela própria causava no conde e respondeu com um "talvez ", resolvida a continuar a incentivar o enigma.

O conde, no entanto, não parecia se frustrar. Com gosto, assistia-a saboreando as jabuticabas, enquanto tentava lutar contra a vontade de contar logo sobre a sua segunda novidade. O que o impedia era o livro que Mariana trouxera consigo e que estava agora acomodado sobre o colo; provavelmente, pensou o conde, ela ia doar parte da manhã à sua leitura, sendo assim, ele preferiria não a incomodar.

— E o livro? — ele perguntou, tão logo a jabuticaba terminara de descer pela sua garganta — Alguma decepção, ou continua com o mesmo entusiasmo?

— Ah, o livro — ela não tinha percebido que ele tinha notado o encadernado sobre seu colo, tivera esperanças que não — Sim, eu, é... bom, faltam algumas páginas para terminar, na verdade. Estou gostando muito, mas só vou ler um pouquinho, umas duas páginas apenas.

— Temos o segundo volume na biblioteca, não temos? — ele pareceu pensativo.

— Sim — disse Mariana, que se lembrava muito bem dos outros dois volumes restantes.

— Ótimo!

Terminado o café da manhã, seguiram para uma das salas da frente com vista para o condado, de paredes altas adamascadas, em tons de areia e lilás. Mariana foi se sentar em uma poltrona abaixo de uma tela de um pássaro de asas azuis e peito acobreado. Foi na verdade a tela desse pássaro que a levou até ali.

— Da família Turdídeos, da ordem Passeriformes — explicou o conde, percebendo que mesmo já sentada e com o livro aberto sobre o colo, Mariana continuava com o pescoço torcido, os olhos fixos na tela — Chama-se Sialia.

Mariana ficou mais alguns minutinhos apreciando o belo passarinho azul de peito acobreado e então, achando que já tinha olhado bastante, começou a ler. Ela podia sentir com os dedos que faltavam poucas páginas para o final e, no entanto, havia tanta coisa acontecendo que não conseguia imaginar como tudo se resolveria em tão pouco tempo. Alguém morrera, um personagem que ela gostava muito, chegou a soltar um gritinho, mas o conde, imerso em suas coisas, não percebeu. Mais três páginas, e então, outro segredo revelado (que ela já desconfiava) e pronto, acabou fim do primeiro volume.

Fechando o livro, Mariana encarou o vazio, experimentando aquela sensação de perda após leitura, e, em seguida a de culpa, por ter avançado os dois capítulos, aos quais tinha imposto como limite de leitura para aquele dia, acabando de ler o livro todo.

— Então? — perguntou o conde, ali do lado, ao notar que ela terminara.

— Gostei, apesar de que... bom, se você tivesse lido eu poderia falar mais a respeito.

— Eu lerei sim — disse o conde, em tom de promessa, enquanto dobrava alguns papéis aos quais vinha dando atenção enquanto ela estava imersa em sua leitura.

Muito embora Mariana se encontrasse agora desesperada para correr até a biblioteca e pegar o segundo, ela estava decidida a subir para o estúdio. Não importava o quanto seu braço começasse a doer, continuaria a pintar até que o último raio de sol permitisse, disposta a compensar todo o tempo perdido naquela manhã. Pediu licença ao conde, informando sua intenção, e foi em direção à porta.

— Espere um pouco, srta. Mariana — pediu o conde — Há uma coisa que venho segurando para não contar à senhorita desde a hora do café da manhã — ele revelou, cheio de ânimo — Quero dizer, mostrar.

— Me mostrar? Me mostrar o quê?

— Venha comigo — e sempre tão habilidoso, encaixou o braço dela no dele, fazendo-a andar ao seu lado.

— Aonde vamos?

— Ao jardim.

Mariana tentou argumentar que talvez fosse melhor deixar para outro dia, pois a pintura esperava por ela lá no estúdio, mas o conde não quis nem ouvi-la terminar de falar, dizendo:

— Sim, a pintura pode ficar para mais tarde. A senhorita precisa ver o que eu tenho para lhe mostrar.

Presa pelo braço dele, ela não teve outra opção senão deixar-se ser levada.

— Lembra quando eu lhe falei de um projeto paisagístico no qual eu vinha trabalhando? — ele começou enquanto passavam por um labirinto formado por cercas vivas de altura mediana.

Mariana meneou a cabeça que sim e ele continuou.

— Pois bem, eu finalmente terminei, e aqui está.

Viraram então à direita, saindo do labirinto, e o que Mariana viu aparecer diante de si fizeram seus olhos brilharem.

A princípio, dava-se a ilusão de que o belo telhado azul metálico do gazebo erguia-se sustentado por colunas de rosas púrpuras e nada mais, mas ao chegar perto, Mariana percebeu que a estrutura de madeira estava presente ali entre as flores, entre as centenas de rosas púrpuras que nasciam do canteiro e se entrelaçavam nos pilares.

— O que acha? Estonteante, não? — perguntou o conde.

— Sim, é — Mariana respondeu, maravilhada, e erguendo a mão, ela tocou com suavidade nas pétalas de uma das rosas — Elas são tão grandes.

Sim, as rosas púrpuras eram imensas, tão maiores quanto as mãos de Mariana, esticando bem os dedos ela fez a comparação. Era quase o dobro e eram tão perfeitas que até pareciam irreais.

— Como pode? — perguntou Mariana, os olhos grudados na rosa, quando o conde se aproximou. Ele estendeu a mão para ela, mas Mariana não notou.

— É uma espécie de rosa gigante que não é muito fácil de cultivar — explicou o conde, tocando a mão de Mariana e fazendo-a perceber que ele queria guiá-la para dentro do gazebo. Ela aceitou — Eu, felizmente, tenho os melhores jardineiros e um pouco de conhecimento técnico no assunto.

No centro do gazebo uma mesa com lugares para duas pessoas já estava toda equipada com o aparelho de chá, a toalha branca tremulava levemente com o vento. O conde puxou uma das cadeiras, convidando a moça a se sentar.

Enquanto ele lhe servia o chá, ia contando a ela sobre o procedimento da construção, tomando cuidado para a poupar de detalhes que pudessem soar cansativos.

Mariana ouvia, embora sua atenção estivesse dividida entre as palavras do conde e tudo de belo que ela não se cansava de ver ao redor.

— É realmente agradável, não? — comentou o conde, segurando o pires sobre o colo, a xícara parada a meio caminho dos lábios.

— Sim, é sim — respondeu Mariana olhando para as ripas de madeira no teto do gazebo, as colunas de rosas púrpuras ao redor e a paisagem que se descortinava para além do jardim.

— Há muito tempo que eu vinha pensando em algo para adicionar nesse espaço que estava vazio — disse o conde, com o olhar distante, devolvendo a xícara ao pires — Eu não queria outro canteiro, queria algo diferente, algo novo, já tinha pensando em um gazebo antes, mas me faltava algo, me faltava um fator primordial para que eu conseguisse torná-lo um elemento diferencial e belo. Você sabe que a criação não nasce do nada.

— Fala sobre influências? — arriscou Mariana, tentando acompanhar o raciocínio dele.

O conde pareceu considerar o que ela dissera.

— Sim, mas no caso prefiro chamar de inspiração — ele respondeu e lançou-lhe um olhar penetrante.

— Ah, claro — concordou Mariana que, terminado o chá, colocou de leve a xícara sobre a mesinha e olhou para o lado, fugindo do olhar dele, sentindo-se incomodada. Compreendera naquelas palavras mais do que gostaria.

— Então a ideia surgiu, tão pungente, tão impossível de ser ignorada. Era perfeito — o conde dizia, emocionado — A imagem estava nítida na minha cabeça, era exatamente o que eu queria.

— É realmente lindo, lindo mesmo — disse Mariana admirando as grandes rosas púrpuras, tentando reencontrar o conforto que havia se perdido agora que as intenções do conde para com ela pareciam bem claras. Meio hesitante, olhou de canto para o conde, encontrando o mesmo olhar fixo sobre ela.

— Gostaria que eu mandasse buscar algumas fatias de bolo, srta. Mariana? — ele perguntou.

— Não, obrigada — recusou.

— A cozinha está bem abastecida com bolos e outros docinhos maravilhosos.

— Não estou com muita fome.

— Que foram feitos justamente para nós.

— Eu peço desculpas por ter...

— Ah, não, não, não, por favor. Nada de desculpas — ele interveio antes de ouvir o discurso completo — Mais chá, então?

— Pode deixar que eu me sirvo — e inclinando-se para a mesinha tão logo o conde tencionara fazer isso, ergueu o bule e adicionou quase nada de chá a sua xícara.

Foi impossível para o conde, que era um homem sensível, não sentir a atmosfera desconfortável que de repente passou a reinar entre eles, nem deixar de notar que as linhas no rosto de Mariana, antes suaves, agora estavam rígidas.

Ele tentou resgatá-las, falando das flores roxas, mas o assunto só fez Mariana ficar ainda mais introspectiva. A jovem, terminando o chá, pretendia levantar-se, pedir licença e seguir para o estúdio, mas a vinda de um dos criados a impediu que fizesse isso.

— Mensagem para a srta. Mariana — ele disse, aproximando-se com uma bandejinha de prata. Sobre ela, um papelzinho encontrava-se dobrado.

Mariana e o conde trocaram olhares, surpresos.

Meio hesitante, como se ainda não acreditasse que tivesse recebido uma mensagem de alguém de Avenalhes, Mariana pegou o papelzinho e, com cuidado, o desdobrou.

O suspense teve fim assim que ela terminou as cinco linhas que não podiam formar nada muito além do que um mero bilhete. Era de Tatiana, sua conterrânea.

— É da Tatiana! O senhor deve se lembrar dela, a moça que trabalha para os Bordero, cuidando dos gêmeos — disse Mariana ao levantar o rosto para encontrar com o do conde, a curiosidade muito bem mascarada pelo olhar vazio que a educação pedia para a ocasião.

— Ah, sim, claro — ele falou piscando os olhos como se tivesse saído subitamente de um transe.

— É dela! — disse Mariana, dobrando o papel e o abanando rapidamente no ar antes de colocá-lo ali na mesinha do lado — Gostaria que eu marcasse com ela no Café hoje à tarde para desenhar seu retrato. Ela está de folga, então...

— A senhorita é boa com retratos? — ele perguntou interessado.

— Acho que sim. Não é uma coisa que eu gosto muito de fazer, na verdade, mas...

— Compreendo.

Mariana rabiscou uma resposta à Tatiana, confirmando que a encontraria, e entregou o papelzinho para o criado. O conde mais uma vez ofereceu a ela a carruagem e Mariana, mais uma vez, recusou.

— Vai chegar cansada lá, srta. Mariana — disse o conde.

— Não vou.

— Suada então.

— Neste clima?! Suar é uma coisa que meu corpo já desaprendeu como fazer.

E levantando-se, Mariana disse achar melhor subir para o estúdio e adiantar a pintura. O conde disse que não se preocupasse com isso e pediu que trouxessem os bolinhos e biscoitos que tinha mandado fazer, mas Mariana estava determinada a não ficar para prová-los.

— Fique, por favor, srta. Mariana — havia certo tom de súplica na voz dele.

— Minha ida ao condado já vai tomar uma boa parte de tempo, não quero atrasar ainda mais a pintura ficando aqui e me empanturrando com doces. Não estou com fome, conde.

— Pode me chamar de Rubens — ele disse levantando-se.

— Agradeço o chá. Vou subir e adiantar a pintura — ela disse apenas e saiu às pressas.

Capítulo 18

O pedido de Susi

Algum tempinho gasto em frente ao cavalete pintando a arara-azul esvaziou pensamentos desconfortáveis da cabeça de Mariana. Dando a hora de se encontrar com Tatiana, Mariana arrumou as coisas das quais precisava e desceu. Atravessou toda a mansão com uma sensação de aflição, sem entender ao certo de onde ela vinha. Ao ganhar o ar livre, a sensação sumiu.

Chegando ao condado, Mariana foi direto para o Café de Avenalhes. Resistiu fortemente à atração que a livraria de Susi produzia sobre ela, mas não a ignoraria, apenas deixaria para mais tarde. Passando em frente de uma das janelonas encortinadas do Café, viu que Tatiana já se encontrava lá dentro, sentada em uma das mesas. A moça, que conversava com alguém cujo ombro só se fazia visível, percebeu Mariana do outro lado do vidro e abriu um sorriso amigável. Mariana sorriu de volta e correu para a porta, entrando.

Três clientes faziam fila em frente ao balcão, enquanto um Aidran bem ocupado tentava atender todos de uma vez. Mariana fez sinal para ele, quando os olhos dele caíram sobre ela. Com as mãos ocupadas, ele apenas pôde sorrir. Ela sorriu de volta e, virando-se, foi à procura da mesa de Tatiana.

— Mariana! Obrigada por vir — disse Tatiana, enquanto Mariana ia em sua direção.

O dono do ombro que Mariana vira parcialmente pela janela, sentado de costas, virou-se para era. Era Marcus Bordero.

— Mariana! — ele a saudou, levantando-se — Como vai? Não teve que deixar o conde sozinho por nossa causa, não é? Não queremos ser motivo de desagrado de ninguém, principalmente do conde. Meu pai que nem sonhe com um desaforo desses!

Mariana pareceu pouco propensa a dar uma resposta educada, mas preferiu esta resposta mais bem-humorada:

— O conde vai sobreviver sem mim por algumas horinhas.

— Muito bem. Então, o que vai beber, srta. Mariana? — perguntou Marcus, que estava para ir até o balcão fazer os pedidos.

— Ah, nada, obrigada.

— Pega para ela o mesmo que o nosso — disse Tatiana ignorando os protestos de Mariana.

Algum tempinho depois Marcus voltou com as bebidas, puxou uma cadeira que estava ao lado e se juntou às duas moças.

— Podemos começar? — perguntou Tatiana.

Mariana disse que sim, puxou o bloco de folhas da bolsa e o ajeitou diante de si.

— Só não sei exatamente que posição fazer — disse Tatiana olhando de Marcus para Mariana — Talvez assim? — e recostou-se na cadeira, meio dura, o queixo levantado um pouco demais.

Marcus fez uma careta e soltou um som de desgosto.

— Não, parece a minha irmã! Se solte mais um pouco, Tati, seja você mesma. Ah, srta. Mariana! — Marcus levantou-se e foi para trás da jovem pintora, puxando a cadeira dela fazendo-a se levantar — Vamos trocar de lugar. Você tem que ficar de frente para Tatiana, não é? Não fica melhor para a senhorita desenhá-la?

Mariana teve que concordar e eles trocaram de lugares.

— Então, Mariana? — perguntou Tatiana — Como devo ficar? Você é a artista, então deve saber, não é?

Mariana temia isso, a verdade é que ela não achava se sabia ou não.

— Ah, não sei bem. Faz tempo que não desenho um retrato — disse Mariana.

— Não?! — Marcus parecia muito surpreso — Mas você disse que era uma pintora, não?

— Sim, mas não pinto apenas filhas e esposas por aí — ela disse e, abaixando a cabeça, limpou o papel que já estava limpo.

— Pensei que pintores só fizessem isso — ele disse, bebericando um pouco de café — E algumas paisagens por aí.

— Bom, nem sempre — explicou Mariana, ajeitando o bloco de papel diante de si pela décima vez.

— Quem sabe assim, então? — Tatiana fez uma nova pose, mas Marcus não gostou.

Depois de muito tentarem, Mariana acabou tomando coragem, e empregando certa confiança na voz, disse com propriedade como Tatiana deveria ficar. Ela pediu que afastasse um pouco a cadeira e que ficasse parcialmente de frente à luz natural que entrava pela janela.

— Agora vire para Marcus — ela pediu.

— Assim?

— Isso. Agora fique olhando para ele.

Primeiro, Tatiana soltou uma risadinha abafada, o corpo relaxando um pouco, depois, ainda de olhos presos ao rapaz, o corpo assumiu uma nova postura, mais natural e consequentemente bela. Mariana a analisou por alguns segundos e, certa de tinha o que queria, começou a desenhá-la.

Primeiro ela fez um risco tímido, depois outro, a mão ainda receosa em reproduzir ali no papel os traços de Tatiana. Marcus, que parecia se fazer de desinteressado, esticou o pescoço para dar uma olhada. Isso fez a mão de Mariana tremer um pouco; não estava acostumada a pessoas a assistindo enquanto desenhava, mas resolveu não dizer nada e o deixou assistir ao processo.

— Como está? — perguntou Tatiana, fazendo a voz sair arrastada entre os lábios que ela mantinha imóveis, assim como o resto do corpo — Queria tanto ver!

— Não dá pra saber ainda — disse Marcus, voltando a se recostar em sua cadeira.

— Olha só, tá ficando legal, hein! — a voz veio do nada, de cima da cabeça de Mariana. Apesar do susto, a mão continuou firme e finalizou sem erro a curva do ombro de Tatiana. Era Aidran, que aproveitou o tempinho livre que teve para ver a jovem desenhar.

Marcus lançou um olhar investigativo para o recém-chegado, talvez suspeitando que ele estivesse mais interessado na figura que era desenhada do que no trabalho da artista.

O som da porta sendo aberta obrigou Aidran a abandonar seu posto atrás da cadeira de Mariana e ir atender o novo cliente. Agora, sem ninguém a observando, ela se sentiu mais segura e confortável para continuar com o desenho.

— Pronto, acho que acabei — disse Mariana, após meia hora, bem no momento em que Marcus colocava o copo já todo vazio na mesa. Arrancando com cuidado a folha do bloco, ela o colocou ali sobre a mesa para que eles pudessem ver.

— Ai meu Deus, eu adorei! — exclamou Tatiana, pegando o desenho nas mãos antes que Marcus pudesse sequer ter um vislumbre dele. O rapaz, então, levantou e foi para trás da cadeira da moça para ver o desenho.

— Srta. Mariana, a senhorita é mesmo uma artista — ele elogiou, impressionado com o resultado — Parece mesmo Tatiana. Quero dizer, é ela, definitivamente.

A aspirante a pintora viu com satisfação um sorrisinho de natureza diferente esticar levemente os lábios de Marcus e olhou para o lado, fingindo não ter visto o que denunciava tão descaradamente o que se passava.

— Mas ainda não está pronto — disse a jovem artista, pegando de volta o desenho das mãos de Tatiana e o guardando dentro do bloco — É um rascunho, apenas. Agora preciso reforçar algumas linhas, adicionar detalhes, sombras e outras coisas, mas não, não preciso mais que você pose — adicionou Mariana, antes que Tatiana abrisse a boca para reclamar que estava cansada.

— Srta. Mariana — começou Marcus, ao voltar para a sua cadeira — Acredito que a senhorita seria capaz de pintar uma tela a óleo desse retrato de Tatiana, não? Talvez em uma escala um pouco maior.

Tatiana olhou de lado para ele levemente maravilhada.

— Eu... eu não sei — ela começou, hesitante, um pouco receosa, mas ao mesmo tempo feliz com a perspectiva de mais trabalho — Eu creio que sim, mas no momento estou pintando a arara-azul do conde e não tenho planos de ficar em Avenalhes, então... bom...

Mas Mariana não precisava se preocupar com um eventual pedido de uma tela a óleo em escala maior daquele retrato que prolongasse a sua estadia em Avenalhes. Viu que estaria livre desta encomenda numa troca de olhares entre Tatiana e Marcus, seguida de um sussurro dele:

— Foi só uma ideia, Tati.

— Talvez em um momento futuro, eu adoraria — acrescentou Mariana em seguida.

Mesmo a obra ainda estando incompleta, Marcus tirou algumas notas do bolso e pagou Mariana pelo serviço, apostando no vínculo que acreditava já existir entre ela e Tatiana.

Mariana não questionou porquê Marcus pagara pelo retrato, e em silêncio, apenas o agradeceu, e nem Tatiana deu nenhuma explicação. Os dois se levantaram e a jovem artista os acompanhou até lá fora, despediram-se e Mariana, com grande alegria, viu-se livre para passar o resto da tarde vasculhando os livros na Traçaletras Livros.

Quando ela entrou na livraria, o rangido particular que aquela porta de ferro fazia sempre que era aberta invadiu o silêncio total no qual o estabelecimento se encontrava entorpecido, mas a única pessoa ali dentro, além de Mariana, não deu sinal algum de atenção ao barulho que anunciava a chegada de um novo cliente. Do outro lado de sua mesa, forrada de livros, alguns abertos, outros empilhados, a senhorinha meio corcunda de cabelos brancos continuou com os olhos presos no livro aberto diante de si.

Não recebendo então nenhum cumprimento da livreira, Mariana acelerou os passos da entrada para às estantes de livros e deu início a uma de suas atividades favoritas.

Ajoelhando-se, decidiu doar um pouco de tempo aos livros que ficavam ali embaixo. Passando por alguns que não lhe surtiram interesse algum, acabou chegando a uma coleção de livros de encadernado muito bonito, escritos por uma mesma autora. Ela não a conhecia, mas gostou dos títulos. Abriu um dos livros, mas não conseguiu se entreter por muito tempo, não porque o conteúdo carecia de uma boa escrita, era o desejo de ir até aquele livro de contos de fadas que vinha dominando seus pensamentos ultimamente que falou mais alto. Fechando o livro daquela autora desconhecida, levantou-se e foi até lá, onde ela sabia que encontraria a lombada grossa e bem deteriorada, destacando-se do restante, mas o livro não estava lá.

Meio sem compreender, achando que talvez ela tivesse errado a longitude e latitude do local, Mariana ficou ali, parada, os olhos dançando pelo resto dos livros. O livro não estava em parte alguma. Embora tal ideia a machucasse, não teve como não supor outra coisa: o livro só podia ter sido vendido.

Ainda assim, agarrada à esperança de que talvez não, de que talvez estivesse nas outras estantes, ela deu início à busca.

— Procura algo especificamente? — perguntou uma voz de repente.

Mariana, que tinha contornado a estante, virou-se e encontrou a velhinha dona da livraria ali de pé, os olhinhos anciões fixados nela.

— Ah, sim, um livro grande de contos de fadas — explicou Mariana, meio hesitante; ela não tinha dinheiro e por isso se sentia mal em questionar por um produto que não ia comprar — Mas não importa — disse por fim, decidindo deixar aquilo de lado.

— Se não importa, então por que parecia procurar com tanto afinco? — questionou a velhinha, inesperadamente.

— Era só um livro de conto de fadas — argumentou, querendo fazer parecer que não era nada muito relevante. — Mas não se incomode, eu não ia comprar. Suponho que já tenha sido vendido.

— Está ali — observou a velhinha, indicando um canto ali abaixo e à esquerda de Mariana.

Olhando então para o local indicado pelo dedinho enrugado, a jovem viu o livro sobre uma poltrona de estofado rasgado que ficava ali no canto, abaixo de uma janela lateral que dava para uma das ruazinhas entre os predinhos do Pátio do Relógio.

— Alguém deve ter desistido de comprá-lo e o largou aí — disse a velhinha, no mesmo tom neutro — Acontece muito.

Ainda que um pouco hesitante, Mariana pegou o livro e ficou parada, sem saber como agir.

— Qual o seu nome? — perguntou então a velhinha, que já tinha voltado para a sua mesa.

— É Mariana.

— Pois sente-se, Mariana — ela disse, indicando a poltrona de estofado velho onde o livro procurado tinha sido achado — Foi para isso que ela foi colocada aí, para os clientes se sentarem.

Mariana não soube dizer se ela estava sendo debochada ou algo similar. O tom de sua voz parecia não ter ondulação alguma que indicasse uma coisa ou outra, foi como antes, neutro. Mariana, então, dizendo um obrigado bem fraquinho, sentou-se na poltrona.

Passaram-se alguns minutos desde que ela abrira o livro, a velhinha levantou-se de onde estava e sumiu por uma porta que provavelmente levava para a despensa ou a uma escada para o andar superior onde ela deveria morar. Em pouco tempo Mariana já estava completamente imersa nas novas ilustrações que ia conhecendo conforme ia virando as páginas, se limitando às vezes a ler um pequeno trecho qualquer, pois não queria correr o risco de acabar lendo tudo; ela não estava exatamente na biblioteca do conde e a dona da livraria poderia se incomodar com a presença prolongada de uma cliente que não ia comprar nada.

Tão absorta Mariana estava que ela não percebeu quando a velhinha voltou, passou por ela e foi até a janela da vitrine, onde ficou, por alguns minutos, olhando para o tempo que se fechava lá fora. Respingos de chuva marcavam a vidraça.

De repente, a velhinha lhe dirigiu estas palavras:

— Estava um dia tão aberto de sol, e olhe agora! Eu tenho evitado sair em tempos assim, você sabe, na minha idade qualquer chuvisco assim já provoca uma gripe indesejada — foi dizendo a velhinha — Às vezes só esse vento úmido já é suficiente.

Mariana levantou a cabeça, meio alarmada com a volta da livreira. Fechando o livro, ainda que deixando o dedo entre as páginas marcando o ponto em que estava, ficou atenta; a velhinha, embora ainda de costas para ela e de frente para a janela, parecia ter mais a dizer.

— Mas preciso muito entregar esta encomenda — comentou, virando-se para Mariana, a qual pôde ver que ela segurava um embrulho com as duas mãos — É de um cliente meu e estou em atraso com ele, e mais um dia seria demais. Se eu, pelo menos, tivesse um guarda-chuva.

Mariana não pôde ignorar o que era insinuado à sua frente.

— Se quiser eu posso entregar para a senhora — disse Mariana levantando-se e colocando o livro sobre a poltrona.

— Me chame de Susi — ela pediu e, aproximando-se de Mariana, ergueu o embrulho diante dela, indicando assim que ela o pegasse.

— Está bem, Susi — respondeu Mariana, pegando o embrulho — Bom, a quem eu devo entregar?

— Conhece o bosque? — a senhorinha perguntou.

— Sim — Mariana respondeu.

Susi apenas assentiu e, contornando Mariana, foi para atrás de sua mesa. Sem entender nada, a jovem a acompanhava com os olhos, enquanto ela se sentava e puxava o livro que vinha lendo para diante de si.

— Infelizmente, a residência do meu cliente não tem um endereço formal — ela disse, erguendo a cabeça — Sabe a ponte no bosque?

Mariana fez que sim com a cabeça.

— É só atravessar a ponte e ir reto, vai dar direto na casa do meu cliente.

— Certo — disse Mariana, tentando resgatar na memória se tinha visto alguma casa, ou apenas parte do telhado de uma casa por entre as árvores quando esteve lá no bosque, mas não, não tinha, ou não conseguia se lembrar.

— Obrigada, Mariana — Agradeceu Susi, voltando à sua leitura.

— De nada.

Foi com certa lentidão que Mariana abriu a porta da livraria, quando viu um objeto ali encostado no canto da parede. Ela olhou por cima do ombro para Susi, sua cara afundada nas páginas do livro, e pensou se talvez devesse dizer alguma coisa, mas com medo de que o tom em sua voz pudesse soar acusatório, resolveu deixar para lá. Abriu a porta de uma vez e saiu.

Talvez Susi tivesse se esquecido que tinha sim um guarda-chuva ali, e logo acima, pendurada, uma capa.

Capítulo 19

O Grande Pássaro

Enquanto Mariana ia do Pátio do Relógio até o bosque, não choveu; apenas alguns respingos atingiram seu rosto. Quando ela chegou lá, as nuvens carregadas já tinham sido levadas para bem longe pelo vento forte, ainda assim, continuava nublado.

Ela segurava à altura do abdômen a encomenda, embrulhada em um papel pardo e grosso. Vinha tentando adivinhar quantos livros haviam ali, deslizando os dedos pela superfície deformada do papel, achou que tinha contado três lombadas, mas não estava certa disso.

De novo, ela tentava extrair de seu cérebro qualquer memória que pudesse lhe dar uma pista da possível existência de alguma casa, estrada ou placa lá no bosque que desse a entender que havia moradias ao redor, mas nada.

No bosque, Mariana passou pelo mesmo local em que alguns dias antes assistira a Aidran flechar todas as árvores. Ela pôde identificar as dezenas e mais dezenas de fissuras nos troncos das árvores causadas pelas flechas de Aidran e ao andar mais um pouco chegou à parte em que os desenhos de alvos que ela fizera apareciam com mais frequência.

O som das águas do riacho ia se intensificando cada vez mais, era só descer por ali, mais alguns passos e pronto, ela teria chegado. Lá estava a ponte, igual a que levava para a Grande Dama, exceto pelo musgo que a consumia quase que por inteira.

Como Susi a tinha instruído, era só atravessá-la e ir reto. Mariana fez isso, arrastando os pés lentamente, desfrutando do prazer bobo que era o de cruzar uma ponte. Parou um pouquinho no meio, olhou para as águas que corriam abaixo e depois, por cima do ombro, para o bosque.

Quando se virou, prestes a terminar de cruzar a ponte, ela parou repentinamente. Era como se antes ela estivesse se movendo por entre um mundo desfocado e agora, de repente, pôde ver tudo nitidamente. Segundo Susi, ela deveria atravessar a ponte e seguir em frente, mas, se fizesse isso, refletia Mariana, enquanto encarava o que via à sua frente, entraria na Floresta do Oito.

Houve um longo momento de hesitação. Mariana pensava e repensava, tentando se lembrar se tinha ouvido direito o que Susi dissera. Sim, Susi havia dito: "Cruze a ponte e continue reto e chegará na casa do meu cliente". Então era isso. Diante de si, a muralha que era a fileira de árvores da Floresta do Oito a desafiava a tomar logo uma decisão.

A jovem tinha consciência do perigo, ainda hesitante, seus pensamentos em um fluxo reciclável retinham sua decisão. Susi não era sua conhecida, mas que vantagem teria aquela aparentemente pacata e inofensiva livreira de lhe causar mal? Se ela tinha dito que a casa do seu cliente ficava ali, decerto Mariana haveria de chegar em um local de fácil acesso, fora de qualquer perigo. Esse raciocínio a confortava, mas também não havia um certo fascínio pela Floresta do Oito a instigar sua curiosidade? Quem haveria de morar lá? Qual era o real peso das razões que a motivaram chegar até ali? Não era o caso de se deliberar a respeito em tal crítico momento. Ainda que Mariana quisesse acreditar que fosse apenas para ajudar aquela senhora que não queria tomar friagem, o importante foi que serviu de força para deslocá-la do meio da ponte. Seguiu em frente, corajosa e muito curiosa.

A Floresta do Oito não era muito diferente do que ela imaginava. Árvores muito altas, pouca luz entrando, além disso, nada que pudesse chamar muito a sua atenção. Não houve tempo para que o medo de se tornar mais uma pessoa perdida nos confins da Floresta a infligisse; aos poucos, as árvores ao redor foram ficando mais esparsas, e quando Mariana deu por si, o terreno começou a declinar levemente até leva-la a uma pequena clareira.

A boca de Mariana se abriu de surpresa quando viu o que tinha ali no centro. Suportada por três árvores grossas, havia um bela e bem construída casa da árvore. Mariana estava encantada, nunca tinha visto uma antes e aquela parecia ser o protótipo perfeito de todas as que já ousara imaginar.

Aos poucos, a moça foi se aproximando, os olhos grudados na casa ao alto, reparando em cada detalhe. Embora a aparência da casa fosse bem rústica, havia algo de delicado nela, fosse nos balaustres do patamar diante da porta de entrada ou nas esquadrias das janelas.

— Quem será que vive aqui? — perguntou-se Mariana, segurando o pacote contra o peito, o pescoço ainda inclinado para trás, esquadrinhado cada parte da casa da árvore com intenso interesse.

— Está perdida?

A voz grossa e densa atingiu solidamente suas costas.

Mariana deu um salto para frente, assustando-se; o pacote quase caiu de suas mãos. Ao virar-se, deparou-se com aquele homem alto e imenso, coberto dos pés à cabeça por aquele manto preto e o rosto ocultado pelo capuz.

— Encomenda — ela disse, mas muito baixinho; não estava exatamente assustada, mas a situação na qual se encontrava lhe inspirava ideias nada confortáveis.

— Que encomenda? — ele perguntou, ainda parado onde estava.

— É da dona da livraria, Susi — continuou Mariana — Eu estava na livraria e ela me pediu que eu entregasse esta encomenda aqui. Não queria tomar friagem e parecia que ia chover...

O Capuzão então se moveu, dando passo largos, chutando a aba do manto que o cobria por inteiro, chegou perto dela em um piscar de olhos.

— Aqui está — disse Mariana levantando com as duas mãos a encomenda à altura dele. Por entre os panos que o cobria, surgiu uma mão toda enfaixada, que de tão grande que era, o embrulho coube ali dentro da palma.

— Obrigado — disse a voz rouca do Capuzão vazando por entre as abas do capuz, e sem mais nada dizer, contornou Mariana e seguiu caminho até a casa da árvore, seus passos largos o levando rapidamente até lá.

Parada, a jovem ficou olhando para as árvores ao redor sem saber muito bem o que fazer, pois não tinha certeza se saberia voltar. Qualquer lado que olhava parecia ser um caminho propício a levá-la de volta ao bosque. Mas qual pegar? Ela já não se lembrava exatamente de onde tinha saído para aquela clareira e o desespero começou a querer tomar conta de si.

— Ah, com licença — ela disse delicadamente, virando-se.

O Capuzão, que estava prestes a pisar na primeira tora de madeira que servia de escada para sua casa da árvore, parou de súbito.

— Sim?

— Não sei como voltar — disse Mariana controlando a voz para que não soasse vulnerável demais.

Parado, o Capuzão parecia avaliar a resposta dela. Enquanto esperava, Mariana tentava entender o porquê da demora, haveria algo de caráter técnico na presente situação que pudesse fisicamente impedi-lo de a ajudar? Não fosse isso, ela não conseguia buscar por si mesma outro argumento que ele pudesse usar como recusa senão a simples e completa falta de empatia pelos outros.

— Você chegou até aqui, não chegou? — ele disse por fim, as palavras saindo quase que pausadamente.

O leve tom de cinismo que ela pôde distinguir nas palavras dele a irritou bastante. A contragosto, ela engoliu as palavras que gostaria muito de ter dito, pois não seria prudente entrar em conflito com aquele de cuja ajuda ela dependia muito, e as substituiu por outras mais apropriadas e contidas:

— Cheguei, mas não estou certa de como voltar. É a primeira vez que venho aqui, senhor, será que poderia fazer o favor de me guiar para fora? O senhor que mora aqui deve conhecer bem o caminho.

O Capuzão fungou, fazendo a aba do capuz tremular, ele não tinha nenhum contra-argumento.

— Espere um minuto — ele disse em seguida, a voz arrastada, e subiu para a sua casa da árvore.

Mariana ficou no mesmo lugar, esperando, tendo como companhia apenas um furacão de pensamentos. Como podia aquele homem viver ali, em algum canto da Floresta do Oito? E há quanto tempo ele vivia ali? Conhecia algum caminho secreto que prevenisse as pessoas de se perderem? E por que tão pouco educado? Alguns minutos depois, ele estava de volta, vinha em sua direção, sem a intenção de parar. Ao passar por ela, apenas disse "siga-me" e continuou, no mesmo ritmo e velocidade.

Sem perder tempo, Mariana saiu correndo atrás dele. Era difícil acompanhá--lo, seus passos eram largos demais e ele ia rápido. A moça teve de lutar contra a vontade de pedir que ele andasse mais devagar; não queria fazer exigências a quem já se mostrava tão relutante assim em ajudar.

Como um vulto negro, rápido e deslizante, o Capuzão seguia à frente. Às vezes ele sumia por alguns instantes entre uma árvore e outra, fazendo o coração de Mariana parar por alguns segundos de pavor; se perder na Floresta do Oito seria quase como uma sentença de morte. Mas logo ele voltava a surgir, fazendo-a respirar aliviada e apertar o passo.

Querendo andar mais do que podia, teve o seu resultado. Mariana, de olhos vidrados no Capuzão à frente e não dando atenção aos pés que saltavam pelo chão irregular, acabou pisando em falso, e caiu.

O Capuzão, à frente, ouviu a guincho feminino e parou de súbito. Virou-se, o manto negro movendo-se como uma imensa asa negra, e disparou em direção à moça que sumira como se tivesse sido sugada pelo chão.

Ela tinha escorregado em um barranco e rolado até cair em uma vala. Olhando para o alto, Mariana viu as paredes altas de terra que a cercavam, as raízes das árvores que vazavam por elas, e o vulto que era o Capuzão surgir lá em cima.

— Você está bem? — perguntou o Capuzão lá do alto, e embora a situação pedisse qualquer nível de preocupação, ele soou como se nada semelhante tivesse ocorrido.

— Sim — ela gritou lá debaixo, sentindo um pouco de dor nas costas — Eu acho que sim — e tentou se mover.

— Está machucada? — ele perguntou, em seguida, com o mesmo tom neutro na voz.

— Estou bem! — disse Mariana, levantando-se, limpando a terra do vestido.

O Capuzão continuou imóvel lá em cima.

— Será que pode me ajudar? — ela perguntou então, passados alguns minutos.

O Capuzão hesitou.

— Não consegue subir?

Mariana soltou um longo suspiro, fechou os olhos e respondeu em seguida, serenamente:

— Vou tentar.

Ela agarrou algumas raízes e deu impulso, mas não conseguiu, só fez foi arranhar as mãos. Fez mais algumas tentativas, mas não obteve sucesso. O Capuzão continuava a assisti-la, imóvel, lá de cima.

Era intrigante à Mariana o comportamento pouco solidário dele. Achou até um pouco provocador demais. Ela então gemeu de propósito, enquanto fazia uma quinta tentativa de subir, na intenção de chamar a atenção dele e conseguir a iniciativa altruísta que ele deveria demonstrar diante de tal momento.

Enfim ele pareceu se render.

— Quer ajuda? — perguntou.

— Por favor — ela respondeu, erguendo um dos braços, enquanto a outra mão segurava uma das raízes, a palma já começava a arder.

Todo o imenso volume negro que formava o Capuzão pareceu se retorcer e dobrar de tamanho quando ele se inclinou para ajudá-la. Sua imensa mão enfaixada ia crescendo de tamanho à medida que se aproximava. Agarrando o pulso de Mariana, puxou-a facilmente para cima, sem esforço algum.

Naquele momento, os galhos secos e curvados de algumas árvores que cresciam ao redor da vala se enroscaram na aba do seu capuz, e no segundo seguinte, com uma esperta mão esquelética, puxou o capuz para o lado, que deslizou para trás e expôs ao ar livre o rosto daquele homem que se escondia. Ao sentir o vento gelado atingir o seu rosto descoberto, a consciência do que tinha acontecido paralisou o Capuzão. Mariana ficou suspensa no ar, presa por ele pelo pulso. Na altura em que se encontrava, ficara cara a cara com o que existia por baixo do capuz. Ela não gritou com o que viu, estava atônita demais pelo inesperado.

"O que era aquilo?", perguntava-se Mariana, internamente. Fosse o que fosse, era um ser vivo dotado de algum nível de intelecto, pois vinha até agora se comunicando com ela, ainda que contra a vontade, sem nenhuma deficiência. Ou ela teria imaginado tudo? Ou talvez tivesse morrido ao cair na vala e o que acontecia no momento nada mais era do que o próprio diabo se apoderando do que lhe era seu por direito agora, porque o que Mariana via decerto não era o rosto de um anjo.

Aquela coisa continuava a segurá-la no alto. Face a face estavam os dois. Mariana via cada detalhe com muita clareza. Era sim uma cabeça, no entanto era grande demais e toda coberta por uma penugem muito grossa. No meio do rosto, no lugar onde deveria haver um nariz, brotava um bico adunco, a poucos centímetros do dela. Os olhos azuis esverdeados, cobertos por peludas sobrancelhas, retinham um brilho curioso nada condizente com sua animalesca feição, no momento, arregalados, a encaravam com medo; quando na verdade era ela quem deveria estar aterrorizada.

— Pare de olhar para mim! — a criatura, então, gritou, soltando Mariana.

Ela caiu com um baque surdo no chão, mas não se machucou. Virando-se de costas para ela, a criatura gritou de novo.

— Não era para você ter olhado para mim! — havia raiva e frustração no tom daquela voz. Ele voltou e cobriu sua cabeça não humana com o capuz.

Mariana não sentia medo, mas pena. Uma forte sensação de empatia ia crescendo dentro dela, amenizando o impacto que o horror de ter visto aquela cabeça aviária tinha lhe causado. Levantando-se, ensaiou alguns passos em direção a ele.

O Capuzão sentiu que ela se aproximava.

— Não se aproxime — ele pediu em profunda agonia.

— Por que não? — perguntou Mariana, dando mais um passo.

O Capuzão então começou a correr. Mariana, levada pela emoção, saiu correndo atrás dele, gritando para que ele a esperasse, mas ele continuou a correr.

— Não fuja! — ela gritava — Por favor! Não! Espere, espere!

O Capuzão saiu da floresta. Mariana também, logo atrás. Ele estava para cruzar a ponte de musgo quando parou de súbito, como se tivesse se lembrado de algo que o impedia de continuar. Mariana, que vinha bem atrás, parou na entrada da ponte.

— Por favor, eu só... — ela começou, enquanto se aproximava. Estava um pouco sem fôlego, tentou falar, mas ele a interrompeu, rispidamente.

— Eu sou um monstro. Já viu o que tinha que ver, agora vá embora. Obrigado pela encomenda.

— Monstro?! Não, você não é um monstro — disse Mariana dando dois passos à frente — Agora, por favor, tente se acalmar e...

— Não chegue perto! — ele exclamou, em alerta, fazendo-a parar de susto — Eu sou um monstro sim — e acrescentou com raiva — Já disse, menina, vá embora!

A empatia de Mariana foi eclipsada por um momento de irritação.

— Bom, se quer que eu vá mesmo embora não tenho alternativa senão continuar e atravessar essa ponte — disse atrevidamente Mariana, dando mais um passo à frente. Estava claro que ele não era monstro nenhum e sim um homem complexado pela inferioridade que sua aparência física lhe causava.

Houve alguns instantes de hesitação e então aquele homem de cabeça de pássaro se deslocou para o lado, mas se manteve de costas.

— Pode passar — ele disse.

Mariana aproximou-se, mas ao chegar perto dele, parou.

— Escute, não pretendo te aborrecer, nem nada, mas monstro você não é. Isso eu preciso te dizer.

Ele bufou.

— O que você viu então? Na verdade, você viu foi nada.

— Me deixe ver, então — pediu Mariana.

— Vá embora — ele disse, parecendo cansado — Por favor, vá!

Não era a intenção de Mariana causar naquele homem deformado mais sofrimento ainda. Achava, no entanto, que poderia ajudá-lo de alguma forma. Fosse a sua curiosidade no comando mais do que o seu altruísmo, não importava. De qualquer jeito, ela parecia estar perto de chegar à conclusão de uma suspeita que só teria de fato se conseguisse a confiança daquele homem que se mostrava tão inflexível.

— Deixe-me vê-lo— ela insistiu.

Houve uma pausa. Como o homem nada disse, Mariana achou que tinha permissão para mais uma tentativa.

— Como pode se dizer ser um monstro, se a voz que eu ouço não é a de um?

Naquele momento o Capuzão virou-se para o lado, contorceu o corpo em um ângulo estranho, projetou a cabeça ocultada pelo capuz para frente e interrompeu Mariana ao soltar um guincho animalesco tão alto que fez os pássaros escondidos nas árvores ao redor levantarem voo para longe.

Mariana levou um susto, mais pelo inesperado do que pelo grito horripilante, e assim que ele terminou, atreveu-se a dizer meio ironicamente:

— Não se faz de alguém um monstro pela capacidade vocal da pessoa. Agora me deixe vê-lo. Por inteiro.

As costas curvadas do Capuzão pareceram tremer. Por longos minutos, os dois ficaram ali, parados, no meio da ponte. Acima deles, o céu já começava a escurecer, e as primeiras estrelas a piscar.

O Capuzão então cedeu. Num movimento lento, porém determinado, sua mão grande e enfaixada subiu até a aba do capuz e o jogou para trás. Ele estava de lado, e sob a luz crepuscular Mariana viu o contorno de sua cabeça gigante e o bico, longo, projetando-se para frente. Ainda no mesmo ritmo, pouco disposto, ele virou-se de frente para ela, e desprendendo a capa do corpo.

Lá estava então diante dela a revelação de um mistério.

Ao que parecia, ele era um ser híbrido. Metade homem, metade pássaro. Ainda que seus membros tivessem certa anomalia condizente com sua peculiaridade, a figura de um homem prevalecia sob ele. Seus braços eram musculosos, cobertos por uma penugem grossa e de cor amarronzada, com exceção dos pelos que saíam pela gola da camisa, que eram mais longos e arruivados. As sobrancelhas bem espessas e os olhos afundados entre a grossa penugem que cobria seu rosto observavam a moça como gente e não como um bicho.

— É isso o que eu sou — ele disse, dado algum tempo, o suficiente para Mariana tê-lo analisado por completo dos pés a cabeça — Um monstro.

— Já soube de monstros de verdade que nada se pareciam com você — disse Mariana — É por isso que você se cobre por inteiro? Acha que as pessoas terão medo de você? Acho que não. Eu não estou com medo, pelo menos.

— Você é estranha — ele disse.

— Todo mundo tem lá o seu grau de estranheza. Estranho mesmo seria se não o tivesse. Talvez se conversasse com os outros desse modo como está conversando agora comigo e se fosse um pouco menos circunspecto e mais sociável poderia conseguir a compreensão e simpatia das pessoas. Qual o seu nome?

— Kian.

— Sou Mariana. Prazer, Kian — ela disse, embora em sua mente um novo nome ganhara vida no momento que ela vira, e ergueu a mão para cumprimentá-lo.

Ele olhou para aquele gesto sem saber como agir.

Mariana continuou com a mão esticada, até que, percebendo a mão toda enfaixada dele, recuou o braço.

— Posso perguntar por que suas mãos são enfaixadas? — ela indagou, meio timidamente.

Kian pareceu hesitar, mas por fim ergueu uma das mãos e a desenfaixou pela metade. Foi o suficiente para que Mariana pudesse ver as garras grotescas que eram ocultadas pelo pano grosso.

— Não posso apresentar a aparência disso para os meus clientes, ou quando estou no condado e preciso fazer uso das mãos — e esta última palavra pareceu lhe causar certa dor ao ser dita — Nem tenho intenção de arranhar ninguém.

— Entendo — disse Mariana, baixinho, olhando meio temerosa para as unhas afiadas, antes que voltassem a sumir por baixo das faixas.

— Agora chega de conversa! — ele disse, sua voz assumindo a aspereza de antes, fazendo Mariana se sobressaltar, e num movimento rápido, contornou-a — Vá logo embora e conte o que viu. Enquanto isso eu ganho tempo para fugir para longe — e virando-se para ela, seus olhos, antes vulneráveis, agora duros feito aço — Vocês jamais conseguirão caçar a Criatura da Floresta do Oito!

— Como é? — Mariana sentiu-se ofendida por ele ter suposto tal coisa — Acha que eu faria tal coisa? Por que acha isso? Tenho mais coisas a fazer do que cooperar com uma perseguição que nada traria de proveito pra ninguém.

Kian a olhou dos pés à cabeça.

— Você não é daqui!

— Não, sou de Prodélia.

— Dessa eu não tinha conhecimento. Prodelienses vindo à procura da cabeça do monstro da Floresta!? Tinha suspeitado que talvez você fosse de Torvera, há gente morena lá também.

Sentindo-se ainda mais ofendida, Mariana precisou se dominar para poder dizer as seguintes palavras:

— Você se engana, eu não vim de Prodélia para cá a fim de caçar um monstro, que até um tempo atrás eu tinha total desconhecimento da possível existência e que agora sei que não existe coisa nenhuma. Estou no Condado de Avenalhes apenas de passagem. Meu destino final é Vóia.

— Vóia — repetiu ele, levemente jocoso — Lá de onde chegam vários folhetos de propagada incentivando a caça da Criatura da Floresta do Oito? Bem suspeito, não?

— Não acredita em mim? — Mariana estava inconformada.

A expressão no rosto dela então pareceu guiar Kian a se convencer de que ela talvez pudesse estar mesmo falando a verdade.

— Me desculpe — ele disse, após uma pausa — Talvez eu tenha me equivocado.

— Eu não vou contar para ninguém — disse Mariana — Tem minha palavra. Por favor, acredite. Não tenho interesse nenhum em lhe fazer mal.

— Obrigado — ele disse, embora parecesse pouco crente.

— Há quanto tempo você vive aqui na Floresta do Oito? — ela perguntou em seguida, não deixando que ele fosse embora, como parecia ser seu real desejo.

— Alguns anos — foi a resposta vaga dele.

— Gostei muito da sua casa.

— Eu não diria que é uma casa, mas é onde eu vivo. É confortável pelo menos.

— Você a construiu?

Ele se limitou a balançar sua cabeçona aviária afirmativamente.

— Impressionante.

— Não é não.

— Pois é sim, muito bem-feita. Como disse, me pareceu muito confortável.

— Deixaria de achar isso depois de algumas horas lá dentro — ele disse, dando uma boa olhada nela e no vestido luxuoso que usava.

— Mas você mesmo disse que é confortável — argumentou Mariana.

— Para alguém solitário e simples como eu, basta. Já você, acho que precisaria de muito mais para se sentir satisfeita.

— Se engana de novo.

— Duvido que gostaria de viver numa casa da árvore.

— Pois eu acho a ideia muito sedutora, gostaria muito de saber como é uma casa da árvore.

Kian ficou em silêncio, analisando-a, tentando tomar uma decisão. Mariana, na espera, torcia para que a decisão dele fosse pela qual ela ansiava.

— Não tenho, no momento, nenhum chá para te oferecer, então o convite que faço é só referente à sua curiosidade de saber como é uma casa na árvore. Se quiser...

— Já estou saturada de tanto chá — disse Mariana, contente, aceitando o convite.

Capítulo 20

Na casa da árvore

Apesar do convite feito e das últimas palavras cívicas que ambos tinham trocado, Kian manteve seus passos largos condizentes à grande massa corporal que era, deixando Mariana para trás, aparentemente sem intenção de conversar com ela durante o percurso de volta.

Mariana não fazia caso, estava grata por conhecer a casa da árvore e apenas tomava mais cuidado por onde pisava para que não caísse novamente em nenhuma vala. O nome dele era Kian, mas a partir do momento que o vira com mais clareza, lá na ponte de musgo, um outro nome pairara sobre ele, do qual agora ela não conseguia mais se desvencilhar: o Grande Pássaro.

Das vezes que Mariana conseguia alcançá-lo, ela tentava incitá-lo a conversar, porém não obtinha sucesso; as respostas do Grande Pássaro eram curtas e conclusivas, sem gancho algum para que Mariana pudesse dar alguma continuidade.

— Me surpreende que você nunca tenha se perdido aqui — ela disse.

Ele nada mais fez do que emitir um grunhido.

— Quer dizer, é a Floresta do Oito — insistiu Mariana.

De novo, o mesmo grunhido.

— Você já encontrou alguém, quero dizer, alguém que entrou e se perdeu? Que não conseguia achar o caminho de volta?

— Não, eu não fico perambulando muito por aí.

E não conseguindo pensar em mais nada a dizer, um pouco também desencorajada pela má vontade dele, Mariana ficou calada até chegarem a seu destino.

Como Kian tinha instalado os degraus a uma distância condizente e proporcional a seus passos e tamanho dos seus pés, Mariana teve certa dificuldade para subir. Ela achou que em algum momento ele fosse ajudá-la, mas acabou chegando lá em cima por conta própria. Indiferente, ele a esperava, seu bico de pássaro inclinando para o alto, enquanto contemplava as copas das árvores ao redor, silencioso.

A casa era um imenso e único cômodo. Para Mariana, parecia bem grande, mas para o Grande Pássaro estava na medida certa. Mariana observou tudo ao redor com bastante atenção, ainda que não tivesse muito o que observar. Bem ao centro havia uma lareira meio torta, construída com pedras de vários tamanhos diferentes; de um lado, um sofá desgastado imprimia o corpo daquele que o vinha usando constantemente, e logo atrás desse sofá, uma estante com vários livros. Do lado oposto, no mesmo cômodo, havia uma mesa de madeira com uma cadeira e ao fundo alguns utensílios de cozinha. Havia uma portinha ali que Mariana supôs levar para o quarto dele, que, claro, ela não pediria para ver, embora estivesse bastante interessada.

Ouvindo o ruído de algo sendo arrastado, Mariana virou-se a tempo de ver Kian colocar ali à sua frente uma poltrona velha. Fazendo um movimento com a mãozona enfaixada junto a um olhar penetrante, ele pediu que ela se sentasse.

— Obrigada — ela agradeceu — Adorei sua casa, é bem aconchegante.

— Para mim basta.

— Eu gostei muito.

— Gostou mesmo ou só está sendo educada?

— Se prefere posso criticar o tamanho dessa janela. Se fosse maior, a vista seria mais incrível do que já é.

Ao perceber que a lareira estava apagada, Kian saiu para pegar lenha e deixou Mariana sozinha. Era uma hora bem oportuna para que ela se levantasse e fosse até a estante de livros, mas se dominando, permaneceu sentada, apenas a encarando. "O que será que ele lê?", ela se perguntava, não conseguindo decifrar as letras nas lombadas dos livros. Remexeu-se, lutando contra a tentação de se levantar e ir lá, ponderando se o Grande Pássaro fosse achar atrevimento demais da sua parte ou não ao flagrá-la com um de seus livros nas mãos quando voltasse.

Alguns minutos então se passaram e Kian estava de volta, trazendo nos braços algumas toras de madeira. Acendeu a lareira e em seguida foi para o sofá de frente à Mariana, encaixando-se no molde do seu próprio corpo ali impresso.

Ficaram um a olhar para o outro por alguns instantes de silêncio. A luz que vinha do fogo saturava as cores quentes da superfície de seus corpos, atribuindo, a quem visse, a subjetividade de considerar a imagem bela ou distorcida. Quem visse, no entanto, os olhos de Mariana brilhando mais do que o reflexo do fogo seria capaz de produzir talvez tivesse uma fácil pista do quanto agradável era para ela o que via.

— Me acha feio? — perguntou subitamente o Grande Pássaro, virando para o lado.

A pergunta direta e abrupta, assim como o movimento do seu corpo, despertou a moça do transe em que se encontrava pela imagem dele, e ela se ruborizou.

— Ah, me desculpe, eu na verdade... estava só pensando longe... eu...

— Mas estava olhando para mim — ele disse, interrompendo sua difícil busca por uma justificativa.

Mariana soltou um suspiro e olhou envergonhada para o piso de tábuas.

— Eu sei, desculpe-me.

— Não tem importância, é natural — ele disse e bufou.

Seguiu-se novamente alguns instantes de silêncio causado por esse momentâneo descuido de Mariana. Tornou-se difícil a busca pelas palavras, os olhos dela percorriam todos os cantos vazios da casa da árvore, tentando evitar a imagem do Grande Pássaro à sua frente, até que ele quebrou o silêncio com um comentário simples:

— As noites aqui são bem mais frias do que você pode imaginar. Você que é de Prodélia não deve estar acostumada.

— Pois é, mas até que estou conseguindo me adaptar muito bem.

— Posso perguntar — ele hesitou, mas então a expressão convidativa no rosto de Mariana o incentivou a continuar — Se me lembro bem, você disse estar de passagem por Avenalhes, que seu destino é Vóia. O que te interessa lá?

— Pretendo me tornar uma pintora profissional — ela respondeu, abrindo um cálido sorriso — Sei que isso só pode acontecer em Vóia, então, vou tentar minha sorte lá. Prodélia é muito pequena, não há espaço para as artes por lá.

— E seus pais deixaram?

— Por que não deixariam?

— Você tem quantos anos?

Mariana soltou uma risadinha.

— Não sou criança. Tenho vinte anos.

— Parece menos — ele disse após alguns segundos examinado-a por completo.

— Talvez, se eu fosse um pouco mais alta não parecesse — Mariana suspirou.

Ele nada disse, e mais um momento de silêncio prolongou-se, só o ruído do fogo crepitando reinou no ambiente. A estante de livros atrás do sofá já não tentava mais Mariana, o Grande Pássaro agora era o seu único objeto de fascinação. Discretamente, ficava observando cada detalhe de toda a sua deformação, que aos poucos, ia se tornando um conjunto de elementos agradáveis aos seus olhos, deixando de ser o que qualquer outra pessoa poderia julgar como horripilante e disforme.

Com pena, ela ficou a olhar as mãos enfaixadas dele, penduradas por entre os joelhos dobrados. O olhar inesperado dele, ao notar novamente que ela observava cada detalhe de sua bizarrice, a fez se ruborizar novamente.

— Está com frio ainda? — ele perguntou.

— Eu não estava antes — respondeu Mariana, esboçando um sorrisinho.

Mais uma vez o silêncio. Mariana sentiu que era sua vez de quebrá-lo.

— O que você lê? — Mariana, então perguntou, seus olhos indo para a estante atrás dele.

— Muitas coisas — ele respondeu — Na minha situação, não se tem muita opção para distração, só sobram os livros. Procuro ler um pouco de tudo. Com o tempo uma só coisa acaba passando do prazer para o tédio, então eu gosto de variar. Seria isso ou enlouquecer. Susi recebe ótimos títulos, sempre tem algo novo e interessante.

— Eu digo que eu poderia continuar a ler romances para sempre — declarou Mariana.

— Sim, mas tenho certeza que a certo ponto mudaria o gênero.

— Talvez. O que está lendo agora? — ela perguntou.

Kian a encarou como se ela tivesse feito uma pergunta de tamanha complexidade que agora ele precisaria refletir muito para lhe dar uma resposta compatível com o que ela desejava saber. Então, sem dizer nada, Kian levantou-se e foi até a estante. Pegou um livro e o entregou a Mariana.

Condado de Avenalhes, um desenvolvimento inesperado - eram as palavras escritas na capa surrada do livro.

— Está gostando? — ela perguntou.

— É interessante às vezes ler a história do lugar que se vive — ele respondeu.

Mariana disse que sim, ainda com o livro em mãos. Queria muito se levantar e devolvê-lo onde Kian o tinha pegado, usando desse pretexto para mexer nos outros títulos, mas não teve coragem.

Ele não era um conversador e não parecia se incomodar com o fato de que pouco fazia para reparar esse defeito. Se é que ele considerasse isso um defeito. Para Mariana, ela não via como um, simplesmente porque ele por si só já era muito mais interessante do que qualquer assunto que ele pudesse abordar para impressioná-la.

Mariana queria poder perguntar muitas coisas a ele, porém a boa educação a tornava hesitante. Tudo o que pensava lhe parecia impertinente e invasivo demais; as sensatas, soavam bobas antes mesmo dela proferi-las e não conseguindo pensar em outra coisa para dizer, acabava não dizendo nada.

— Gostou de Avenalhes? — Kian perguntou.

— Gostei sim — ela respondeu, grata por ele ter iniciado a conversa daquela vez — É bem diferente de Prodélia, lá faz bastante calor e aqui é bem frio. Não temos, por exemplo, uma livraria em Prodélia. Temos uma portinha onde se comercializa alguns livros, mas nada comparável à daqui e... Ah, meu Deus!

Com esta exclamação Mariana levantou-se. Dissera e fizera isso tão de súbito, que Kian, alarmado, também se levantou, fazendo o sofá arrastar no chão e as paredes da casa da árvore tremerem.

— Eu preciso ir — ela disse em agonia, olhando pela janela para a escuridão que se abatia sobre tudo lá fora — Já deve ser muito tarde. Eu me esqueci completamente, estava ficando de noite e mal dei importância a isso.

A grande preocupação de Mariana referia-se ao fato de ser a hóspede na casa de alguém. O que era um fato até então desconhecido à Kian e que continuaria sendo, pois não era da sua natureza fazer a alguém muitas perguntas. Tendo o consentimento mudo dele quanto à sua necessidade de ir embora, Mariana não se viu obrigada a justificar o motivo de sua urgência.

— Me desculpe por não ter te oferecido nada — ele disse, quando ela atravessou a soleira — Não ando preparado para receber visitas.

Mariana assentiu e disse que não se preocupasse com isso.

Foi preciso que Kian guiasse Mariana para fora da Floresta do Oito. Mais uma vez, seus passos largos o levavam à frente, deixando Mariana para trás, que, por mais que tentasse acompanhá-lo, não conseguia.

Ao saírem da floresta, dando direto na ponte de musgo, depararam-se com uma noite clara. A lua cheia ainda nascia entre os galhos das árvores do bosque, mas já brilhava intensamente.

Kian parou à sombra de duas árvores, decidindo que sua parte já tinha sido feita e que ali era o máximo que ele chegaria, Mariana que seguisse em frente. Assim ela fez, seus olhos não querendo desgrudar daquela figura tão interessante que conhecera naquele dia, e demorou-se nele por alguns minutos, tentando decorar cada detalhe de sua fisionomia para recordá-las mais tarde.

O Grande Pássaro não olhava pra ela, por isso não notou o quanto era estudado. Olhava para o longe, talvez para a lua ainda a meio caminho do céu. Sem aviso algum, encobriu a cabeça aviária com o capuz.

— Obrigada — disse Mariana olhando para o lado meio tímida e avançou para a ponte.

Kian, agora o Capuzão, fez uma leve reverência, e dizendo boa noite, virou-se de uma vez fazendo a barra da capa farfalhar a sua volta, e submergiu na escuridão da Floresta do Oito. De volta para a sua solidão. De volta para a casa da árvore do Grande Pássaro da Floresta do Oito.

Capítulo 21

O rugido

Mariana não conseguia pensar em mais nada. Vinha pelo bosque mal tendo noção por onde passava. A imagem daquele homem metade pássaro estava impregnada em sua mente. Qualquer outra tentativa de raciocínio seria facilmente rompida pela sua insistente figura, cujo nome, seu real nome, dado por ele mesmo, não conseguia reivindicar sua veracidade sob aquele que a imaginação dela escolhera dar a ele: Grande Pássaro.

Como era engraçado que ela, uma forasteira, tinha agora conhecimento da origem da lenda da Criatura da Floresta do Oito. A causa que trazia homens de perfis corajosos a Avenalhes em busca da cabeça do suposto monstro que lá habitava, e com uma súbita sensação de pena, ela se lembrou de um deles, o determinado rapaz de Torvera, Aidran.

Mariana estava a poucos metros de sair do bosque, onde as árvores eram mais esparsas, quando o grito de alguém que veio do nada a assustou.

— Ela está aqui!

Virando-se na direção do grito, Mariana se deparou como uma luzinha lá longe a ziguezaguear freneticamente no ar. Na verdade, era um homem segurando uma lamparina que vinha correndo em sua direção. Freando ao chegar perto dela, seus olhos arregalados a analisaram por inteira.

— Srta. Mariana, estávamos desesperados procurando a senhorita! — disse o homem. A expressão em seu rosto era um misto de agonia e alívio.

Outros pontos luminosos no ar começaram a surgir de todos os lados e em questão de segundos ela estava cercada por vários homens segurando suas lamparinas luminosas, certificando-se de que não faltava a ela nenhuma parte do corpo, sendo iluminada mais do que gostaria.

— A senhorita está bem? — perguntou um deles, a lamparina sendo erguida num movimento ansioso tão próximo do seu rosto que quase a atingiu no nariz. Quando a luz que ofuscava a figura dele voou para o lado, Mariana pôde vê-lo melhor e o reconheceu, era um dos criados do conde.

— Sim, estou — respondeu Mariana.

Ao longe, ouviu-se o relinche de um cavalo. Em poucos segundos, o animal surgiu.

— Senhorita Mariana! — exclamou o conde de cima do seu cavalo branco, quase em tom de repreensão.

O animal fez um círculo em volta da moça e parou. O jovem criado saltou para o lado a tempo, salvando-se de ser atropelado pelo cavalo que avançou sem aviso para mais perto dela.

Descendo do cavalo, o conde foi até Mariana. Tamanha era sua intensidade no andar que pareceria a qualquer observador capaz de prever atos subsequentes que o conde fosse ou abraçá-la ou tocá-la, mas não, a centímetros dela ele parou de súbito.

— Srta. Mariana, está tudo bem? — ele perguntou, simplesmente. Seus olhos azuis fixos e penetrantes sobre ela.

— Estou. Por que não estaria? — confusa olhava dele para os homens ao redor.

— Senhorita, não é possível que não tenha ouvido a Criatura da Floresta? — disse um dos homens. O medo em sua voz era quase que palpável.

Outro conseguiu controlar um pouco a voz, e disse:

— A senhorita, que estava aqui no bosque, decerto ouviu. Foi terrível! Terrível demais!

— Sim, de arrepiar os pelos de todo o corpo — ouviu-se alguém dizer.

— Moça corajosa! — exclamou, o que parecia ser o mais velho, com a boca murcha esticando em um sorrisinho — Nem está tremendo, diferente desse fracote aqui!

E dando uma cotovelada no jovem criado, danou a rir. Os outros homens não se juntaram a ele, não achavam que havia motivo de graça. A Criatura da Floresta do Oito, que há anos não se ouvia, parecia ter voltado dos confins da floresta.

Mariana então compreendeu o que se passava.

— Bom, sim, eu ouvi sim o rugido — ela começou dando o seu máximo à arte da atuação — Mas achei que fosse apenas um animal, pelo menos, da parte que eu estava no bosque soou aos meus ouvidos como um animal qualquer.

— Moça! Como é possível? Foi horripilante — foram as palavras de um dos lacaios do conde.

Todos assentiram em concordância. Menos o conde, que finalmente desviando seus olhos dela, disse, em tom de discurso:

— O importante agora é que a achamos. Agradeço a competência e a interminável vontade de todos vocês. Boa noite e durmam bem.

Pedindo então licença à Mariana, o conde grudou as mãos em sua cintura sem a espera do consentimento dela e a montou no cavalo. No momento seguinte, já estava em posse das rédeas, fazendo o animal partir em direção à Grande Dama.

Durante o percurso nada disseram. Os trotes altos do cavalo e o modo como Mariana sacolejava a deixavam incapaz de formular qualquer coisa a dizer. E junto à quietude do conde, que parecia bloquear qualquer incentivo à palavra, a moça sentia-se ainda menos inapta a falar, embora quisesse muito, teve que esperar então até estar no chão.

Chegando à Grande Dama, o conde ordenou que alguma comida fosse servida. Como a sra. Siban não estava ali no momento, os criados receberam a ordem direto da boca do próprio patrão. Ela apareceu alguns instantes depois, quebrando o silêncio que perdurava até então entre o conde e Mariana.

— De novo, hein, srta. Mariana! Deixando-nos com o coração na mão — foram as palavras da governanta, vindo em direção a eles de uma porta lateral. Ela ergueu os braços e abraçou Mariana

— Eu peço desculpas por toda essa preocupação — disse, então, Mariana, que nos braços calorosos daquela boa senhora sentiu-se de fato culpada por todo aquele transtorno — Eu agradeço muito por toda essa consideração, mas peço que se isso vier a ocorrer da próxima vez, que não se desgastem tanto e me deixem à minha própria sorte. Já sou bastante adulta.

A sra. Siban soltou um muxoxo e alisou o rosto dela.

— Para mim ainda é uma menininha — ela disse — Vocês atingem os vinte e já acham que são muita coisa, são uns bebês ainda.

Mariana deu uma risadinha e agradeceu o carinho da governanta. O conde então se aproximou, fazendo as duas mulheres se separarem e, dizendo que a comida já tinha sido posta, levou Mariana para a sala de jantar.

Embora estivesse se sentindo um pouco constrangida pela consideração e generosidade do conde em lhe fornecer alimento em um horário inapropriado, Mariana abaixou a cabeça e foi com ele, pois estava com muita fome.

Mas não conseguiu resistir em falar:

— Se não me engano, contei mais de cinco homens naquele bosque. Não acha que foi uma atitude um pouco exagerada?

— Eu sei, mas a senhorita estava demorando para voltar, e de novo, só o pior vinha a nossas mentes.

— Eu de novo agradeço a preocupação, sinto-me lisonjeada, mas não volte a fazer isso novamente, por favor.

Ela disse isso no momento em que atravessavam a soleira para a sala de jantar. Parando ali, o conde olhou de canto para ela.

— Talvez se tivesse voltado na hora certa, não teríamos feito nada.

— E qual seria a hora certa? Aquela de seu agrado?

— Não! Aquela que não nos fazem imaginar a senhorita sem vida em algum canto escuro por aí.

Ficaram então os dois, em silêncio, se encarado. Ouvia-se apenas o som das pratarias sendo arrumadas sobre a mesa a alguns metros de distância e os passos apressados dos criados entrando pela outra porta com a comida.

— Por favor, srta. Mariana, a comida — disse então o conde, movendo-se para a mesa.

A jovem o seguiu e, aceitando o cavalheirismo dele, sentou na cadeira que ele tinha puxado para ela. Ela disse obrigada, mas tamanha consideração não a impediria de falar, o exagero do que ele dissera ainda ecoava em sua cabeça.

— Desculpe, mas não acho que tal catástrofe aconteceria comigo aqui em Avenalhes.

— Mesmo assim, dadas as circunstâncias de hoje, não tivemos como não nos preocupar — respondeu o conde indo para o seu lugar. Ele não pretendia comer, apenas fazer companhia a ela, pegou uma das taças, ergueu para o alto e foi servido de vinho imediatamente por um dos criados.

— E quando você diz isso alude ao rugido do suposto animal, não é? — indagou Mariana — Pensei que não acreditasse que esse monstro de fato existisse na Floresta do Oito.

— Pode ser que não, mas quanto aos criados, eles acreditam e ficaram desesperados. Visto que a senhorita ainda estava no condado, acabei sendo influenciado pelas emoções exaltadas deles.

— Eu posso me cuidar sozinha — respondeu Mariana, enquanto remexia um pedaço de carne seca.

O conde respirou profundamente e resolveu nada falar.

Depois do jantar, Mariana e o conde não tomaram chá em uma das salas da Grande Dama como às vezes faziam. Ainda de cara trancada, ela recusou educadamente a insinuação dele para que fosse buscar o segundo volume do livro que estava lendo, alegando que estava cansada demais e subiu para o quarto.

O pouco da irritação que ainda restava em Mariana, devido ao excesso de preocupação do conde, dissolveu-se de vez no momento em que ela afundou na cama. O conforto e o calorzinho das cobertas lhe trouxeram alento e não houve lugar melhor para restaurar com riqueza todos os detalhes da fisionomia da fascinante criatura híbrida que conhecera naquela tarde. De olhos fechados ela podia vê-lo direitinho, cada detalhe; ele parecia uma figura mitológica saída de um livro, mas era real. Mariana estava profundamente instigada por aquele homem deformado.

Mariana sonhou naquela noite com o Grande Pássaro. Ao acordar de manhã, ainda na cama, tentou se recordar de como tinha sido, ela estava na floresta, perdida, e o Grande Pássaro aparecia e sumia entre as árvores, enquanto ela tentava achar uma saída. Alguma coisa mais acontecia, mas ela não conseguia se lembrar, como se o sonho fosse se desmoronando a cada esforço mental feito.

À mesa do café da manhã, Mariana e o conde conversaram civilizadamente como se o leve estresse que ocorrera entre os dois na noite anterior não tivesse acontecido. Logo depois ele precisou sair, dessa vez pedindo a carruagem – nuvens muito pesadas dominavam o céu – e Mariana subiu para o estúdio.

Ela pintou por algumas horas. Volta e meia, a imagem do Grande Pássaro vinha à sua mente, atrapalhando um pouco o processo da pintura da arara-azul. Sentindo que precisava esticar um pouco as pernas, levantou-se. Assim que seus olhos caíram sobre a poltrona, ocorreu-lhe pegar o segundo livro do romance que estava lendo, mas uma forte timidez surgiu como bloqueio. Mesmo tendo a permissão do conde para usar a biblioteca quando quisesse, não quis ir até lá.

Foi então andar pela Grande Dama, apreciar as pinturas de pássaros e aves que estavam por toda a parte. Ela se sentia inquieta.

Mariana ia devagarzinho, seus olhos atentos aos detalhes das pinturas. Talvez por isso que os ocupantes na sala que ela entrou mal notaram a sua chegada. Nem ela a presença deles, seus olhos pregados nas pinturas que sempre a iam guiando para locais desconhecidos na Grande Dama, até que as vozes a trouxeram a realidade.

Ali naquela sala um grupo de criados, em vez de estarem fazendo seus serviços, conversavam entusiasmadamente, falavam da Criatura da Floresta.

— Eu já nem lembrava mais desse monstro da floresta! O rugido de ontem nem me fez dormir direto — dizia um.

— Que medroso!

— Ah, e você não?

— Seu irmão é louco de ir lá — disse uma outra.

— Não só ele.

— Não é loucura, é coragem — defendeu um outro.

— Vocês sabem que a pintora estava lá no bosque quando todo mundo ouviu o monstro, né? O que será que ela estava fazendo lá?

— Não sei, mas...

E ao notarem que Mariana os assistia a certa distância, se calaram de vez. A camareira que a mencionara ficou vermelha de vergonha.

— Desculpa me intrometer — começou Mariana, avançando — Mas vocês estão falando sobre o monstro da floresta, não é?

— Ah, sim, senhorita — arriscou a falar um dos lacaios — Estava falando que meu irmão está se preparando para entrar na floresta. Ele e um amigo, na verdade.

— E para quê? — perguntou Mariana.

— Para caçar a criatura — respondeu ele em tom óbvio — Achamos que esse monstro tinha ido embora, porque há muito tempo não se ouvia mais o seu rugido, mas pelo jeito ele voltou.

— A senhorita esteve lá no bosque, não é? — perguntou então a camareira bem timidamente, o rosto ainda vermelho — Verdade que não lhe pareceu a senhorita como o rugido de um monstro?

— Ah, não. Foi mais como um animal ferido — ela respondeu — Desculpe, mas acho que seu irmão não vai encontrar nada lá — disse ela em seguida ao rapaz — Eu não acredito que exista esse monstro.

— Nem eu! — disse um outro, estufando o peito.

Os outros empregados lançaram-lhe um olhar de desprezo.

— Bom, eu preciso ir — disse Mariana, saindo às pressas da sala.

Ao alcançar o corredor, o temor que ia crescendo de que algo horrível pudesse acontecer ao Grande Pássaro já a tomara por completo. “Como não tinha feito esse cálculo antes?", ela se perguntava. Claro que isso traria consequências, e, de certo modo, havia sido culpa dela. Sim, ela tinha sido a culpada, o obrigara a isso, o estressara.

Ao chegar no quarto Mariana pegou o casaco e no minuto seguinte já estava descendo as escadarias da mansão. Ela precisava alertar o Grande Pássaro de que homens entrariam na floresta em busca da cabeça da criatura aparentemente ressurgida. Era isso e a vontade de revê-lo que a moviam.

Capítulo 22

Alimentando as aves

Nuvens cinzas e ameaçadoras preenchiam todo o céu. Mesmo assim, Mariana seguiu adiante. O caminho da Grande Dama até o condado e de lá até o bosque já lhe era tão familiar que quando ela chegou na ponte de musgo pareceu quase como se tivesse aberto a porta da mansão e dado ali mesmo. Mariana atravessou a ponte e quando chegou do outro lado, hesitou um pouco. Estava prestes a entrar na floresta em que todos se perdiam, e isso ainda a amedrontava, mas, como Susi havia instruído uma vez, era só atravessar a ponte de musgo e seguir em frente, e assim Mariana fez.

Lá estava então: a casa da árvore. Aproximando-se, ela tentava captar cada detalhe que tivesse lhe passado despercebido da última vez que tinha estado ali. Queria poder contorná-la para ver mais, admirar cada detalhe construtivo, mas não era hora para isso, e avançando para as toras de madeira que formavam a escada, Mariana as escalou. Estava melhor agora e no minuto seguinte já se encontrava lá em cima.

Seu coração batia acelerado, mas não por causa do esforço que fizera para subir. Ela passou as mãos nos cabelos e os jogou por cima do ombro, em seguida levantou o punho e deu três toques seguidos na porta.

No mesmo instante Mariana ouviu o som de algo pesado caindo no interior da casa e depois pôde sentir o patamar abaixo dos pés tremer. Os galhos da árvore também tremeram, deixando algumas folhas caírem. Uma delas foi se enroscar em uma mecha ondulada do seu cabelo.

A porta então se abriu de uma vez, mas não foi o Grande Pássaro que apareceu. Mariana segurou a respiração, os olhos desesperados dançando por cada centímetro de tudo aquilo que era pano grosso e preto: o Capuzão.

— Você — disse a voz grossa e densa, saindo em tom surpreso por baixo da aba do capuz.

— Sim — disse Mariana soltando o ar — Me desculpe se vim em má hora.

O Capuzão ficou em silêncio por alguns segundos. Não se via o seu rosto, mas decerto a olhava interrogativamente de dentro da escuridão de seu esconderijo.

— O que quer? — ele perguntou por fim.

— Vim te alertar que é bem provável que o número de homens em busca da cabeça da Criatura da Floresta dobre daqui pra frente — disse Mariana, aflita — Você não devia ter soltado aquele rugido ontem. Todos ouviram e estão crentes de que a criatura realmente existe. Achavam que ela tinha ido embora. Você corre perigo porque... bom, se alguém te ver... — Ela pareceu um pouco envergonhada e a voz, embora quisesse sair, parecia derrapar sobre a língua — Está claro que você não é um monstro, mas se te virem sem o capuz...

— Quando me verão sem o capuz? — ele perguntou, completamente indiferente ao estado emocional em que ela se encontrava — Nunca. Não corro perigo.

— Mas e se? — começou Mariana, sua mente ainda tendenciosa a imaginar o que de pior pudesse vir acontecer.

Quieto, ele esperava pacientemente que ela terminasse o que ia dizer, mas Mariana desistiu, e apenas disse:

— Eu só fiquei preocupada.

Com relação a isso ele não poderia continuar com sua persistente indiferença.

— Não precisa ficar. Entre.

Mariana assentiu e entrou na casa da árvore.

A primeira coisa que chamou sua atenção foi o que estava ali no chão. Era um monte disforme de textura aparentemente felpuda e de cor branca. Talvez fosse uma coberta ou sim, agora ela via direito. Pele de animal.

O Capuzão avançou e pegando a pele de animal a jogou ali sobre o sofá.

— Encomenda — resmungou.

— Não precisa ficar com o capuz — disse Mariana, timidamente — Não comigo aqui, não é?

Jogando então o capuz para trás, a cabeça grande e aviária, cheia de penas grossas surgiu, fazendo as pupilas dos olhos de Mariana dilatarem. Ele estava de costas, e parecia não querer se virar. Mariana então deslizou os pés para o lado até que o bico foi surgindo em seu campo de visão.

— Como você consegue essas peles? — perguntou Mariana. Estava a olhá-lo por tempo demais, era melhor falar algo ou seria pega.

— Nas montanhas — ele respondeu.

— Há montanhas por aqui? — ela perguntou meio confusa. Já tinha enjoado de admirar a natureza de Avenalhes ao redor pelas janelas da Grande Dama e apenas vira colinas ao longe.

— Sim, mais a fundo da floresta — ele disse — Se descobre muita coisa quando se vive aqui, sozinho e sem nada o que fazer.

— Então a floresta tem um fim?

— Não exatamente. A floresta continua além das montanhas, mas não, antes que você me pergunte, não fui muito além. Então, por enquanto, pode-se dizer que continua sendo uma floresta sem fim.

— É tudo tão intrigante — murmurou Mariana, os olhos caindo sobre a pele de animal jogada sobre o sofá.

— Me desculpe, mas de novo não tenho nada para oferecer a você — disse o Grande Pássaro e, contornando Mariana, foi até a parte da cozinha, passando por ela rapidamente como se tivesse medo de se queimar pelas faíscas de uma fogueira que não existia ali.

— Não precisa — disse Mariana, enquanto ele vasculhava dentro de um dos armários.

Não havia mesmo nada para oferecer à moça, batendo então a porta do armário, o Grande Pássaro virou-se.

— Sente-se, então, por favor — ele pediu, abanando a mão em direção a uma poltrona velha ao lado do sofá. A mesma que Mariana se sentara no dia anterior.

— Terminou o livro que estava lendo? — ela perguntou, sentando-se.

— Há dias que não pego. Às vezes fico entediado dos livros. Este em particular, acho que... — ele ponderou por alguns segundos — Não sei se vale a pena continuar.

— Entendo — disse Mariana, pensando na solidão dele. Por mais que tentasse acreditar na boa-fé das pessoas, seria arriscado. Ela enxergava melhor agora o quanto complicada se encontrava a situação dele. Era realmente ingenuidade pensar que poderia convencer as pessoas de que aquele homem metade pássaro não era um monstro. Quem garantiria que o ambicioso não usaria do momento de um descuido, da hora do sono, para pôr fim à vida de alguém pela recompensa de uma conquista pessoal? Ela até conseguia pensar em alguém, que apesar do pouco que tinha conhecido do caráter daquele sujeito em questão, ainda tinha suas dúvidas. Ela bem sabia que às vezes os sonhos podem ultrapassar limites e cegar as pessoas.

O silêncio perdurou-se por alguns minutos, até que o Grande Pássaro se levantou e perguntou à Mariana:

— Está muito cansada?

— Não. Por quê?

— Vem comigo, vou te mostrar um lugar — ele disse.

— Mas não é perigoso sair agora por aí?

— Por que seria? Ah, sim, entendi. Te garanto que as chances de um desses doidos varridos cruzarem o caminho que vou seguir são praticamente nulas. Vem, vamos.

Mariana então o seguiu. Saíram da clareira, tomando um caminho ao leste, embora Mariana não pudesse dizer com certeza.

— E aonde vamos? — ela perguntou, enquanto passavam por árvores altas e grossas.

— Buscar algo para beber — ele respondeu.

Para a surpresa de Mariana, ele manteve os passos curtos, para que ela pudesse caminhar ao seu lado.

— Vou te contar um segredo desta floresta — ele começou — Você não pode permitir que ela te engane. Simples assim.

— Só se for para você.

— Você tem razão em parte. É questão de conhecimento e um pouco de instinto.

— Então essa é a resposta para não se perder por aqui?

— Mais ou menos.

Como Mariana não fazia questão de aprender a dominar aquele lugar, não insistiu no assunto.

— Quando vai pra Vóia? — ele perguntou.

Faíscas de ânimo aqueceram o coração de Mariana, interpretando a pergunta dele não só interesse pelo desenvolvimento de uma conversa, mas também pela sua própria pessoa.

— Em breve. Estou terminando a pintura de um cliente. Dependo desse dinheiro para continuar viagem.

— Que ótimo.

— Sim.

— Eu nasci em Vóia, morei lá até os dezesseis anos. Depois vim para Avenalhes.

Mariana viu nisso uma boa deixa para perguntar mais a respeito do seu passado, de sua família e de como lidara com a sua aparência disforme durante a infância. Mas ela não teve coragem de abordar questões tão pessoais.

Enquanto andavam, a paisagem persistia em se repetir monotonamente, até que chegaram a uma parte do terreno com um pequeno aclive. Com dois passos, o Grande Pássaro já estava lá no topo. Pacientemente, esperou pela demora de Mariana, que subia com um pouco de dificuldade. Chegando enfim ao seu lado, ela se deparou com uma paisagem completamente diferente do restante da floresta.

Havia ali no meio um imenso lago de um cintilante azul metálico, bordado por vários tipos diferentes de árvores, arbustos e plantas, das mais variadas cores, mas não era só isso que fazia daquele lugar tão diferente do restante da Floresta do Oito, que era só casca e verde escuro. Havia muito mais vida ali. Deslizavam sobre a superfície do lago várias espécies de aves aquáticas, um grupo de patos alaranjados se deslocava de um lado para o outro, como se estivesse a se exibir para os outros que passavam por eles completamente indiferentes. Pelo menos tinham a atenção da estranha de cabelos negros que havia acabado de chegar.

— Ainda estamos na Floresta do Oito? — perguntou Mariana quando uma ideia surgiu em sua mente.

— Sim, estamos.

— Não parece — ela murmurou, adiantando-se para o lago. Sua chegada pareceu não assustar os patinhos que nadavam ali perto. Ela se ajoelhou, para vê-los melhor.

— Gosto de vir aqui para pensar, às vezes — disse o Grande Pássaro, atrás dela, enquanto pegava algo de uma moita — Talvez seja por isso, por ser bem diferente do restante da floresta.

Em seguida ele foi até Mariana e abriu a palma da mão enfaixada à altura do queixo dela. Havia ali farelos grossos de algo castanho que fora esmigalhado.

— O que é isso? — ela perguntou.

— São grãos de pólen de uma flor que cresce por aqui — ele explicou — Servem para alimentar os patos. Eles comem isso.

Mariana pegou os farelos da mão enfaixada dele e levantou-se.

O Grande Pássaro tinha mais na outra mão e, avançando para uma pedra que se projetava sobre o lago, começou a jogar os farelos de pólen na água. Em questão de segundos o local encheu-se de patinhos e outras aves aquáticas.

Mariana ficou olhando enquanto os patinhos iam bicando o pólen que flutuava. Antes de jogar mais, o Grande Pássaro fez um movimento com o seu bico indicando que ela fizesse o mesmo.

Mariana virou-se para o lago e dali mesmo jogou sua parcela de pólen na água. Aconteceu a mesma coisa, os patinhos que estavam ali do lado e duas aves aquáticas de aspecto feroz avançaram.

— É engraçado — ela disse, enquanto via os patos e as aves enroscando-se um nos outros, os bicos a afundarem na água diversas vezes seguidas, tentando pegar o pedacinho de pólen que flutuava.

— Ei! Esses não são para você — Mariana ouviu o Grande Pássaro protestar violentamente.

Um dos patinhos menores não estava conseguindo comer porque uma ave maior estava levando a melhor. Mariana correu para ver o que acontecia. Pobrezinho do patinho, toda vez que avançava com o seu bico curto, o bicão daquela ave de aspecto grosseiro chegava primeiro. Mariana tentou afastá-la, gesticulando as mãos em sua direção, mas a ave a ignorou completamente.

— Deixa pra lá — disse o Grande Pássaro — É a lei do mais forte, fazer o quê?

— Não — gemeu Mariana, que sem medir as consequências, avançou bem na beirada do lago e esticando os braços, abanou as mãos, quase relando os dedos na ave, tentado afugentá-la dali — Estamos aqui, podemos fazer alguma coisa. Sai! Sai pra lá, sua estúpida.

A princípio, pareceu a Mariana que ela tinha assustado a ave, que bateu as asas e recuou, mas fizera isso só para ter uma visão melhor do seu inimigo e decidir qual seria a melhor maneira de atacá-lo. Gritando, a moça saiu correndo com a ave dando bicadas em seus braços, cruzados sobre o rosto que ela tentava proteger.

O Grande Pássaro agiu rápido, em um passo ele já estava ali ao lado dela e a puxando para si, empurrou o braço contra a ave, a acertando. A ave recuou alguns metros no alto, mas parecia tendenciosa a voltar a atacar sua nova inimiga. O Grande Pássaro então empinou seu bico e soltou o seu rugido feroz.

Infelizmente todas as aves aquáticas se assustaram. Algumas sumiram entre as árvores ao redor, outras deslizaram velozmente pela água para longe da ameaça.

— É isso o que dá tentar fazer o que é justo — reclamou Mariana.

— Você está bem? — perguntou o Grande Pássaro.

— Sim — Mariana investigou os braços em busca de algum machucado, mas as bicadas da ave não tinham feito nada de grave.

— Vem — disse o Grande Pássaro, já se afastando dela rapidamente — Tem outro lago aqui.

— Tem? — Ansiosa, Mariana apressou o passo.

Mas o outro lago não era tão grande quanto o anterior, que prevaleceu como o preferido de Mariana. Tratava-se praticamente das mesmas águas, pois Mariana notou um pedaço de terra, uma espécie de península, que separava um lago do outro.

O segundo lago era bem menor que o anterior e não tão belamente ornamentado de vegetação; havia poucas folhagens coloridas e muito mais mato e algumas árvores de cascas grossas. No entanto, o belo cisne branco que nadava languidamente ali no meio, afastando para longe com toda a sua imponência os poucos patinhos que tinham ousado desaguar em seus domínios, compensava a escassez da diversidade de folhagens e o seu tamanho. Sua presença enriquecia o lugar.

O Grande Pássaro jogou o restante de pólen para o cisne, que sem muito interesse, apenas rasou o bico próximo ao local onde ele flutuava e, desprezando a comida, virou seu longo pescoço para o outro lado e seguiu adiante.

— Depois ele vem comer — disse o Grande Pássaro — Às vezes ele fica assim, sem vontade. É porque ainda sente falta do seu par.

— Que par? — perguntou Mariana, que assistia maravilhada ao cisne se afastar.

— Ele tem um par. É um cisne negro, mas sumiu.

— Que triste — disse Mariana — Será que o abandonou?

— Não sei. Pode ser.

— Os patinhos estão comendo — disse Mariana, apontando para a meia dúzia de patinhos que surgiram do nada, enquanto o cisne branco, ao longe, parecia pouco se importar.

— Tudo bem. Quando ele estiver com fome ele procura o que comer — disse o Grande Pássaro — Não sei por que ainda me importo! — acrescentou em voz alta, fazendo o esnobe cisne deslizar cada vez mais longe deles.

— Ele é tão bonito — disse Mariana, em tom sonhador, os passos a levando sem perceber para as margens do lago, os olhos grudados no cisne branco a deslizar lentamente pela água, sua figura associada aos elementos ao redor formando um lindo retrato melancólico. Ela adoraria pintá-lo ali. Acrescentaria mais vegetação ao redor e talvez usasse cores mais escuras pra que o branco do cisne se destacasse.

Fascinada, a moça continuou apreciando o triste cisne nadando sozinho em seu lago já quase vazio; poucos patinhos tinham ficado. Enquanto isso, o Grande Pássaro colhia algo de um conjunto de arbustos que nasciam ali perto.

— Certo, agora vamos — disse ele, surgindo do lado dela, após ter pegado o que precisava.

— O que é isso? — perguntou Mariana, referindo-se a um punhado de folhas vermelhas que ele tinha arrancado.

— É chá — ele explicou.

— Chá?

— Dos bons. Folhas de marévina. Você vai gostar.

De volta à casa da árvore, Mariana foi se sentar no sofá, em vez da poltrona, bem onde o corpo pesado do Grande Pássaro imprimira sua forma. Enquanto isso ele preparava a infusão das folhas para o chá.

— Que tipo de chá é esse? — ela perguntou, quando ele lhe ofereceu a caneca de beirada lascada fumegante, de qualidade muito inferior às luxuriantes xícaras de porcelana da Grande Dama.

— Você nunca tomou, tenho certeza — disse o Grande Pássaro, puxando a poltrona velha e se sentando em frente à Mariana. Sua mão enfaixada segurava outra caneca igualmente simplória.

— Não mesmo. Por isso estou perguntando — aproximando o nariz, Mariana sentiu um cheiro levemente doce. Encostou os lábios na beirada, mas não tomou, prevendo que se queimaria, então soprou um pouquinho e ergueu os olhos para o bico do Grande Pássaro.

— Folhas de Marévina fazem a gente relaxar — ele disse.

Com os olhos bem abertos, sem piscar, Mariana esperou ansiosamente para ver como ele fazia. O Grande Pássaro enfiou o bico dentro da caneca e abrindo um pouquinho ouviu-se um leve som de sucção. Ele então empinou o bico para cima e engoliu mais.

Assim que os olhos dele caíram sobre os dela, Mariana piscou pela primeira vez, os abaixando, um pouco envergonhada, tomou o chá que já não estava tão quente.

— Gostou? — ele perguntou, antes de enfiar o bico de volta na caneca.

— Sim, é bom — comentou Mariana, dando outra golada.

Alguns minutos depois a jovem começou a sentir o corpo reagir ao efeito da bebida. Ela se sentiu leve e relaxada, mas não cansada e sua mente também, porém não preguiçosa. Era como se seu cérebro tivesse dobrado de tamanho para melhor acomodar todos os pensamentos lá dentro antes em constante fricção.

Mariana sorriu para o Grande Pássaro, que fez o mesmo, o bico se contorcendo em uma espécie deformada de sorriso. Sentia-se também apta a falar o que sentia e o que queria com mais facilidade.

— Gosto do seu sorriso torto — ela se ouviu dizendo, e não se sentiu tímida nem propensa a ruborizar.

— É o único que tenho, então que bom — ele respondeu, soltando uma risada áspera.

— Você deve ganhar muito dinheiro com todas essas peles que você vende no condado, não é? — ela disse, as palavras praticamente vazando pela boca — Não sei muito a respeito desse tipo de mercadoria, mas você deve ser o único que tem acesso a esse fornecedor, eu suponho. Sem concorrências, deve lucrar muito.

— Está certa. Só eu tenho acesso a esse fornecedor, que no caso, sou eu mesmo — ele disse, meio pretensioso, e com um barulho ruidoso de sucção, esvaziou de uma vez sua caneca.

— Imaginei mesmo que fosse você quem abatia os animais, mas me diz, nunca teve receio? Quer dizer...

— Não — foi a resposta dele, digna de alguém muito confiante — No começo, talvez. Não, acho que nem no começo. Era bem revigorante, na verdade. Não mais, eu me acostumei. Quando se pega o jeito das coisas às vezes se perde um pouco a emoção que existia no início.

— Existe alguma estratégia? — ela parecia interessada.

— Ser o mais forte — ele disse, e esticando o corpo como que fingindo se endireitar na cadeira, flexionou alguns músculos. Olhou de canto para ela a fim de averiguar sua reação.

— Ótima estratégia — disse Mariana, um sorrisinho sumindo por trás da borda da caneca — É uma pena você não poder ganhar a notoriedade que merece — ela disse, após engolir o restinho do chá de Marévina.

— O Capuzão ganha.

— Você entendeu.

— Mas ainda continua sendo eu — persistiu o Grande Pássaro.

— Continua, mas isso só para quem sabe quem você realmente é. Você não é o Capuzão, o homem todo queimado que todo mundo pensa que existe por debaixo do capuz. É ele quem é conhecido por vender peles de animais, não Kian. Não você.

Kian apenas deu de ombros, não se importando.

— Você poderia ampliar os seus negócios. Sua condição deve ser o que o limita. Imagina só, ter o próprio estabelecimento. Seria o primeiro passo para o seu crescimento. Passar de um simples comerciante de feira para algo a mais.

— Não tenho toda essa pretensão.

— Deveria ter.

Kian colocou a caneca no chão e resolveu mudar de assunto.

— O que você pinta, Mariana? — ele perguntou, após alguns segundos de silêncio — Se me lembro bem, você disse querer se tornar uma pintora profissional, por isso quer ir para Vóia.

O súbito interesse dele pelos seus dons artísticos adicionado ao fato de ele ter pronunciado seu nome geraram em Mariana uma felicidade tão forte e agressiva que foi demais para seu corpo sustentar, e, meio mole sentiu-se afundar no sofá. Rapidamente, ela recuperou as forças, apropriando-se de um tom mais sério na voz, respondendo:

— Eu pinto minha imaginação, ou coisas e ideias muito persistentes, então preciso tirá-las de lá de algum jeito da minha cabeça. Daí pinto.

— Como assim?

— Pinto o que eu sinto que está faltando, o que não está ali, mas está aqui — ela tocou o dedo na testa — Ou o que me agrada e que eu vejo que pode ser transformado em uma nova versão da atual. É isso o que eu pinto. Muita gente gosta de paisagens e retratos, mas nunca foi algo pelo que eu me interessei muito. Isso requer uma imagem precisa do que se vê, e às vezes, não quero fazer isso. Gosto de usar a imaginação. Alterar. Mudar. Inventar.

O Grande Pássaro ia balançando a cabeça, enquanto ela falava, seus olhos dançando pelo seu rosto. Ela não estava certa se ele a compreendia, já estava familiarizada com aquela expressão facial quando faziam a ela aquela mesma pergunta e fingiam entender sua resposta.

Mas a possível incompreensão dele não a incomodava. Tudo o que importava era que ele tinha feito a pergunta.

— Gostaria de ver sua arte — ele demonstrou o desejo.

O coração de Mariana inflou. Com sucesso, conseguiu repreender a onda de satisfação e contentamento que a quis invadir.

— Infelizmente não tenho nada aqui — ela respondeu, com deliberado controle.

— Agora fiquei curioso quanto ao seu trabalho.

— Posso trazer para você ver — ela disse, o entusiasmo a fazendo quase tremer no sofá — Uma outra hora talvez — acrescentou, mais contida.

— Não quero que se incomode vindo de novo até aqui — disse o Grande Pássaro olhando para o lado.

— Não vou me incomodar, de jeito nenhum.

Desta vez Mariana lembrou-se do tempo e o que acarretaria caso ela ignorasse a luz da lareira tornando-se mais intensa à medida que ia escurecendo lá fora. Era hora de ir embora antes que o conde montasse em seu cavalo e fosse à sua procura. Mais uma vez Mariana não justificou com detalhes a sua necessidade de ir embora, e o Grande Pássaro, reconhecendo com naturalidade que o fim do dia indicasse o fim de duração de uma visita, nada disse, vestiu o seu manto preto e a guiou para a saída da floresta.

O efeito colateral do chá já ia se extinguindo e não mais o Grande Pássaro se sentia inspirado a conversar, e nem Mariana, que afundada em um mortificante silêncio, ia aos poucos tomando consciência de que tentara especular sobre o quanto ele devia lucrar com a venda das peles de animais.

— Obrigada — disse Mariana, assim que chegaram à ponte de musgo que levava ao bosque, lugar onde eles se separariam — E obrigada pelo chá.

— Eu que agradeço a sua consideração por tentar me alertar contra o risco eminente — ele disse, meio debochado — Mas estou seguro que nunca vão suspeitar do Capuzão que vive isolado em sua casa da árvore, portanto não há com o que se preocupar.

Mariana assentiu, deu um sorrisinho e então se virou, seguindo caminho, já ansiosa com o próximo dia em que o veria novamente.

Capítulo 23

Rascunhos

Na manhã seguinte Mariana foi mais uma vez alvo das sugestões do conde de que ela passasse algum tempo com ele em vez de ir direto para o estúdio. O gazebo foi invocado com bastante animação, o dia estava claro, podiam tomar chá e depois andariam pelo jardim. Um novo canteiro tinha sido terminado não fazia muitos dias e as rosas já estavam florescendo. Ele queria muito que ela as visse.

— São roxas — acrescentou, recostando-se na cadeira, girando seu fabuloso anel de cristal no dedo.

Mariana declinou, muito gentilmente, soltando palavras sobre a prioridade que era terminar a arara-azul. O conde não se convenceu muito facilmente e retornou a argumentar que não havia pressa e que ela não se preocupasse com isso tanto assim. Tentou fazer algumas tentativas a mais, na esperança de que uma delas dissuadisse Mariana de subir para o estúdio e aceitasse passar o dia com ele, mas Mariana se manteve firme na sua decisão. Assim que terminou de comer, subiu para o estúdio, deixando o conde sozinho e triste.

Ela estava contente e satisfeita com o domínio sobre si mesma. Foi com bastante energia e vontade que puxou o banco, arrumou as tintas e começou a pintar, porém, minutos depois ela descobriria que toda essa força de vontade teria uma fraqueza. Começou a sentir uma leve sensação de indisposição, e achando melhor parar de pintar, saiu dali e foi se instalar na poltrona.

Obrigações a fazer e Mariana só conseguia pensar em uma coisa.

A arara-azul por terminar precisava ainda de várias pincelas, um conserto na asa, detalhes a adicionar e o fundo ainda estava incompleto; e lá estava a tela, abandonada no cavalete, enquanto Mariana estava ali a pensar nele, no homem deformado de cabeça grande e bico no lugar da boca, mas os olhos, ela os recordava bem, tão doces. Teria que não ter sensibilidade alguma para não notar isso. O Grande Pássaro dominava todos os seus pensamentos, e veio em seguida a dominar suas mãos também.

Olhando para a Floresta do Oito pela janela, Mariana pensava na voz dele e no modo como ele hesitava em soltar as palavras; como elas saíam arrastadas. Como negar o desejo por trás desses pensamentos, recordando cada detalhe físico dele? Ela queria vê-lo de novo.

Infelizmente não havia mágica que pudesse transportá-la para a presença dele. Ela lamuriava isso, enquanto os olhos caídos pareciam velar a floresta lá embaixo, mas então uma ideia maravilhosa surgiu, chegando a fazê-la tremer de prazer. Havia sim um meio de trazê-lo para perto de si.

Levantando-se, correu até o armário e pegou algumas folhas. De volta à escrivaninha, começou a desenhar. Faria do seu talento a mágica que precisava para trazê-lo diante dos seus olhos. No escuro da fração de segundos de cada piscada que dava, Mariana o via, perfeito, cada linha do seu rosto, do seu corpo, do seu bico, e ia desenhando-o.

Horas e mais horas se passaram, e Mariana só foi perceber que tinha gastado metade do dia desenhando o Grande Pássaro quando contou o número de rascunhos que tinha feito. Cada um era bem diferente do outro e mostrava uma gradual evolução.

Alguém bateu à porta. Rapidamente, Mariana juntou todos os desenhos do Grande Pássaro, virou-os, e os escondeu embaixo do bloco de papel.

— Pode entrar — ela disse em seguida.

Era a sra. Siban, que entrou com aquele sorrisinho simpático e os olhinhos quase se fechando. Ela veio para avisar que o jantar logo seria servido. Ia dizer mais algumas coisas, quando de relance ela viu a tela da arara-azul e soltou uma exclamação de prazer.

— Srta. Mariana, como está ficando lindo! Olha só! Ai, o conde vai adorar. Você é mesmo uma pintora talentosa.

— Obrigada — disse Mariana, levantando-se e indo até ela — Mas ainda não está pronto, falta algumas pinceladas e as penas do rabo ainda estão bem cruas.

— Ah, eu nem tinha percebido — riu a sra. Siban da própria falta de percepção, seguindo o dedo de Mariana pelos pontos a serem pintados conforme ia mostrando — Mas o que eu entendo de pintura?! Nada, mas devo dizer, para mim já está maravilhoso. Tenho certeza que a senhorita vai sim se tornar uma grande pintora profissional como deseja.

Durante o jantar, o conde notou que Mariana parecia longe. De fato, ele estava certo, tudo o que Mariana mais queria era voltar para o quarto e continuar a desenhar o Grande Pássaro. Pensava em desenhá-lo meio curvado, o bico a apontar para o alto, os galhos de árvores contorcidas ao fundo. Dentre esta ideia, outras opções lhe iam instigando a imaginação.

— O que acha, srta. Mariana? — perguntou o conde, fazendo-a levantar os olhos para ele, de volta à realidade.

— Perdão? — ela não estava ouvindo nada do que ele dizia.

— Está mesmo com a cabeça em outro mundo — disse o conde, recostando-se na cadeira. Levantando a mão até a altura do peito, começou a girar devargazinho o seu anel — Há algo a perturbando, srta. Mariana?

— Ah, não, nada me perturba — a moça respondeu.

— E esses pensamentos que te levaram para longe de mim? — perguntou o conde, abaixando então as mãos sobre o colo.

— Nada demais — ela se limitou a dizer, e esboçou um sorrisinho.

— Eu não me importaria de ouvi-los. Se quiser compartilhá-los.

— São só preocupações naturais de uma pessoa que está há muito tempo fora de casa — ela mentiu.

— Garanto que não há motivos para se preocupar com nada enquanto estiver abrigada aqui na Grande Dama — ele disse — E não se esqueça! Está convidada a ser a minha hóspede pelo tempo que precisar.

— Eu sei. Agradeço muito, mas não pretendo ficar aqui para sempre.

— Eu, na verdade, estava te falando sobre uma nova encomenda de livros que chegou — continuou o conde, resgatando o ponto da conversa interrompida da qual Mariana não tinha conhecimento por sua desatenção — O que acha de ir até a biblioteca comigo depois do jantar? Ver se tem algo que goste ou pegar o segundo livro da obra que está lendo.

Aquele convite teria o seu efeito sobre Mariana caso não fosse muito maior a vontade de subir para o quarto e voltar a desenhar o Grande Pássaro. Com delicadeza, ela declinou o convite, alegando estar muito cansada.

Antes de ir para o quarto, ela passou no estúdio, onde tinha deixado os rascunhos debaixo do bloco de papel. Com eles contra o peito, saiu para o corredor. Prendia-os ali perto do coração como se fossem o maior tesouro de sua vida. Só os soltou quando chegou diante da escrivaninha do quarto.

Sentando-se, Mariana passou os olhos pelos rascunhos do Grande Pássaro, analisando-os. Decidindo o que precisava melhorar, puxou folhas novas e começou a desenhar o que tinha imaginado durante o jantar com o conde.

Buscou na memória o modo como o corpo do Grande Pássaro curvava-se para frente, mas alterou a projeção do bico para cima, como se ele estivesse a contemplar o céu. Depois de muito passar o lápis sobre ele, ela rascunhou a floresta ao fundo. Devia ter caprichado mais nas folhas e nos galhos, mas a vontade de voltar para o Grande Pássaro era difícil de resistir com ele a centímetros da ponta do lápis.

Já passava da meia-noite, mas Mariana não sabia disso. Movida pelo forte desejo de continuar desenhando o Grande Pássaro, ela puxara mais folhas brancas de dentro da pasta. Fez vários rascunhos dele, de perfil, de corpo inteiro, experimentando ângulos novos. A vontade de aperfeiçoamento andava junta com a de mantê-lo ali, diante dos olhos dela, pelo seu talento, aliado ao papel e ao lápis, seus instrumentos mágicos.

Mas chegou uma hora em que o corpo pediu por descanso e Mariana teve que ir dormir, e sonhou com o Grande Pássaro de novo, ele estava lá, na floresta, andando para lá e para cá, meio carrancudo, os olhos levantando para ela em alerta toda vez que ela esticava a mão para tocá-lo, mas ela não conseguia, ele se desviava dela a cada tentativa, arisco.

De manhã, quando Mariana abriu os olhos, a primeira coisa que viu foi o braço esticado no ar. Dobrando o cotovelo e trazendo o braço para junto do corpo, ela deu uma gemidinha, ao sentir o músculo adormecido reclamar. Dormiu mais um pouquinho, pois o som da chuva lá fora tamborilando sobre as superfícies sólidas e nas folhas das árvores formava a sinfonia perfeita para continuar a embalar o sono de qualquer um.

A chuva continuou por horas seguidas e por dias. Foi uma semana chuvosa de céu escuro e nuvens tão baixas que toda vez que Mariana olhava por uma das janelas da Grande Dama parecia que o céu estava próximo de despencar.

Estes dias de chuva impossibilitaram qualquer tentativa de ir lá fora, por isso Mariana se viu trancafiada na Grande Dama, ficando a lamuriar toda vez que olhava para a janela e pensava no Grande Pássaro.

Estava escuro demais para pintar e, com medo de cometer erros na pintura pela falta de luz natural, acabou sendo induzida pelo conde a passar mais tempo na biblioteca, e o segundo livro da obra à qual Mariana vinha resistindo, acabou sendo aberto.

Para cada suspiro de agonia que Mariana dava quando olhava para o tempo horrível lá fora pela janela, o conde a contemplava com aprovação. Os dois agora passavam mais tempo juntos, embora na maior parte Mariana se encontrava em silêncio, imersa na leitura.

— Parece que já está para terminar o segundo livro, srta. Mariana — observou o conde, uma vez, enquanto a chuva forte lá fora caía e estavam confortavelmente locados em uma das salas. Ele tinha reparado quando ela marcou as poucas páginas que faltavam para o final — Quando terminar não hesite em ir até a biblioteca e pegar o terceiro.

— Obrigada, mas é melhor não — disse Mariana — Eu nem devia ter começado, você sabe, e agora não consigo colocá-lo de lado. Estes dias horríveis de escuridão e chuva já me afastaram por tempo demais da arara-azul. Se eu pegar o terceiro, será outro motivo.

O conde soltou uma risada, e disse que não seria assim, que ele acreditava que ela conseguiria administrar bem o seu tempo.

— Eu tento — disse Mariana.

— Por favor, não queria tê-la interrompido. Volte a ler, srta. Mariana.

Naquela noite Mariana terminou o segundo livro. Ao fechá-lo, toda a sua expectativa com relação ao futuro dos personagens começou a mexer com a sua imaginação, e a ansiedade de saber quais seriam os acontecimentos surpreendentes que o terceiro volume traria a quase fez ceder à tentação, mas não, obrigando-se a ser forte, levantou, devolveu o segundo livro no lugar e subiu para o quarto. Então substituiu a enorme vontade de começar a ler o terceiro livro por outra atividade que no momento julgava muito mais prazerosa. Sentou-se diante da escrivaninha e puxou os rascunhos do Grande Pássaro para si. E começou.

Enquanto Mariana desenhava, o desejo de mostrar os desenhos para o Grande Pássaro ia crescendo, porém, ela lutava contra essa vontade, achando que talvez fosse melhor manter aquilo só para si. Era na verdade o receio do que ele fosse pensar a respeito ao ver todas aquelas tentativas de desenhá-lo. Embora fosse completamente compreensível e aceitável, que ela, como artista, pudesse sentir vontade de desenhá-lo sem outro motivo além do estímulo da própria arte. “Então por que temer que ele fosse pensar outra coisa?”, Mariana questionou-se e a vontade de mostrar os rascunhos a ele foi renovada.

Mas ainda chovia, era preciso esperar. Enquanto isso, ela continuou a desenhá-lo.

Capítulo 24

A tela escondida

Mariana acordou bem cedo, ainda deitada na cama, ficou pensando naquele que vinha consumindo sua mente ultimamente e mexendo com a sua criatividade e seus talentos.

Foi na verdade aquele desejo de natureza impulsiva que às vezes nasce no nosso interior que a fez abrir os olhos, e embora ainda pudesse fechá-los e voltar a dormir, seria difícil agora. Tinha sido acordada justamente para isso, para satisfazer esse desejo.

Então, jogando as cobertas para o lado, levantou-se e foi até a escrivaninha. Pegou a pasta com os desenhos em que tinha guardado os rascunhos do Grande Pássaro e ficou analisando as linhas e as formas de cada um, antes de colocá-los de lado e puxar folhas em branco para fazer outros.

Mariana ficou desenhado o Grande Pássaro até o momento em que a sra. Siban irrompeu pelo quarto, como fazia sempre quando ela se demorava demais para descer.

— Srta. Mariana! — ela exclamou, em tom de surpresa, quando viu as costas da menina curvada à escrivaninha.

Mariana rapidamente puxou os desenhos para baixo da pasta, escondendo-os, enquanto sentia os passos ligeiros e rápidos da sra. Siban vindo em sua direção.

— Achei que a senhorita ainda estivesse dormindo.

— Desculpe — disse Mariana, arrastando a cadeira e levantando-se — Perdi o café da manhã?

— Ah, não, querida — disse a sra. Siban, depois de dar uma espiada sobre a superfície da escrivaninha sem nada encontrar que pudesse dizer a ela o que Mariana estivera fazendo — Não perdeu não.

Depois de uma semana de chuva, o tempo pareceu farto e resolveu mudar. Nuvens cinzas ainda preenchiam o céu, mas de vez em quando algum raio de sol conseguia atravessá-las. Não havia perigo de mais chuva.

— Graças a Deus — disse a sra. Siban para esse fato — Eu já estava criando mofo — soltou uma risada gostosa — Dias seguidos de chuva assim me deixam tão amuada. Já me sinto bem melhor agora.

Durante o café da manhã o conde contou para uma Mariana bastante insípida os planos que ele tinha de estender o seu jardim. O local em questão tinha uma bela vista e ele já tinha colocado no papel algumas ideias do que pretendia fazer. Mariana se esforçava para demonstrar interesse e pareceu ter sucesso, pois não sentiu que o conde notara que seus pensamentos estavam longe, lá em seus rascunhos.

— Como parou de chover, hoje seria um dia perfeito para eu levar a senhorita lá — disse o conde — Mas infelizmente tenho que visitar uns conhecidos que há muito tempo estão esperando pela minha presença.

— Ótimo — disse Mariana, meio sem pensar, desejosa por se ver livre de qualquer coisa que a distanciasse ainda mais dos rascunhos do Grande Pássaro para os quais ela queria tanto voltar.

A saída do conde não era algo imediato e por isso ele ainda podia passar algum tempo com Mariana. Como já tinha conhecimento que suas investidas não estavam surtindo o efeito desejado sobre ela, ele agora tornara-se muito mais delicado e sutil.

— Srta. Mariana, já que o tempo é insuficiente para que desçamos até lá, que tal dar uma olhada rápida, pelo menos, na área em questão que estou pensando em estender o jardim. Se vier comigo até uma sala, de onde a janela dá para o exato local, eu poderia lhe mostrar. Se estiver interessada, é claro.

Não teve como Mariana recusar.

— Sim, claro — ela disse, assentindo para o sorriso do conde e seus olhos brilhantes.

Sem demora, ele a levou até lá. Pelo fato de o conde ter dito que a sala ficava no mesmo andar do estúdio, o cérebro de Mariana equivocadamente supôs que seria ali perto, apenas alguns passos de distância, mas ao que parecia, pelo tanto que andavam e viravam corredores, a sala em questão só poderia estar do outro lado.

Subiram alguns degraus, passaram por uma antecâmara e entraram em uma sala não muito grande. As paredes eram de um verde escuro, apenas duas telas de aves penduradas, duas poltronas, uma mesa grande de madeira e uma janela adornada por pesadas cortinas de tafetá de cor perolada; era tudo o que compunha aquela sala.

— Consegue ver uma parte do jardim ali? — perguntou o conde ao levá-la até a janela e apontar para a direta de Mariana. Ela disse que sim, e ele continuou — É lá. Vou derrubar aquelas duas árvores, mas o resto, obviamente vou deixar. É um bosque pequeno. Quero criar um caminho até ele, e quero a sua opinião.

Mariana olhou para ele de lado, um pouco admirada, sentindo uma contração prazerosa em seu ego. Ele fez várias perguntas sobre o posicionamento de uma fonte que queria instalar, sobre canteiros e sobre o caminho que ele queria que entrasse pelo bosque e voltasse do outro lado, margeando um fundo de vale. Mariana ia respondendo conforme ele apontava lá embaixo, muito animada, sentindo despertar em si um prazer por aquela função que não sabia que existia. Achou que ia se cansar do assunto, mas a cada vez que falava, queria falar mais.

Muitas horas se passaram sem que ela percebesse, tão distraída estava com a recém-descoberta alegria que era a de conceder suas ideias criativas a uma pessoa que estava sinceramente muito inclinada e disposta a ouvi-las.

— E se você desenhar, srta. Mariana? — perguntou o conde, a expressão em seu rosto se iluminando com a perspectiva de ver ela em ação com o lápis — Assim suas ideias serão expostas com mais clareza. Não acha? Desenhe, por favor.

— Sim — ela disse, entusiasmando-se com o fato, seguindo-o até uma enorme mesa ali atrás.

Era uma mesa realmente muito grande, de madeira de um tom escuro. Sobre ela, alguns livros amontoados ao canto, um globo meio encardido e alguns papéis. O conde, muito habilmente, puxou duas cadeiras que estavam encostadas ali do lado para que se sentassem. Depois ele se ajoelhou por detrás da mesa e instantes depois estava de volta com rolos de folhas em branco, lápis e muitos outros materiais de desenho.

As ideias que Mariana sugerira ao conde não necessitavam de tanta extensão de papel e todos aqueles tipos de lápis de várias pontas para serem compreendidas. Um pouco intimidada, ela começou a rascunhar, bem na beirada da folha, e como incapaz de reprimir as ideias que iam surgindo, seu desenho foi ganhando tamanho e detalhes. Em pouco tempo todo o projeto do novo jardim estava quase pronto. Feito por ela. Mariana de Prodélia.

— Magnífico — disse o conde, olhando para o que não poderia receber outro nome senão um belo projeto paisagístico — Eu gostei muito disso aqui — ele apontou para o detalhe de um canteiro — E disso também. Ah, isso eu não teria pensando. Só alguém com muita sensibilidade, bom gosto e com dons artísticos — e, levantando os olhos, ficou admirando-a intensamente.

Mariana achou que o conde não ia desgrudar os olhos dela, que talvez ele estivesse esperando que ela falasse algo a mais do que obrigado. Sentindo-se então incomodada, ela se remexeu na cadeira e pela primeira vez notou que a luz que iluminava o desenho vinha da lareira, que fora acesa horas atrás sem que ela tivesse percebido, e olhando por cima do ombro, pra janela, nada viu além de escuridão.

— Meu Deus, já anoiteceu — ela disse, espantada.

O conde, pelo o contrário, parecia achar graça.

— E quanto aos seus amigos? — ela perguntou querendo afligi-lo.

— Tenho certeza de que não foi uma surpresa para eles eu não ter aparecido de novo — respondeu o conde, mantendo aquela mesma expressão no rosto e o tom bem-humorado na voz.

Mariana se encontrava aturdida e irritada. Levantando-se, foi até a janela para ter certeza de que já tinha anoitecido, e gemeu, lamentando o dia que tinha perdido.

Durante o jantar a nova habilidade e talento que o conde despertara em Mariana foram evocados diversas vezes, seguidos por um "Não se preocupe com isso, srta. Mariana, a arara-azul pode esperar o tempo que for", toda vez que ela soltava um suspiro e lembrava da tela a ser finalizada no estúdio.

Horas depois, após ter tomado chá com o conde, Mariana seguiu para o quarto, prometendo a si mesma que no outro dia todo o seu tempo seria dedicado à pintura da arara-azul. No conforto da cama, deixou que o coração se abrisse e não foi capaz de ignorar a imagem do Grande Pássaro que ia tomando forma por baixo das pálpebras fechadas. Isso bastou para o sono que se aproximava fosse afastado pela agitação que o Grande Pássaro lhe causava. Mariana abriu os olhos e levantou-se. Determinada, encaminhou-se para a escrivaninha, e pegando o desenho que escondera de manhã quando a sra. Siban, entrara no quarto, deu continuidade a ele.

Mas o sono não tinha ido embora por completo, estava disposto a dominá-la. E em alguns minutos ela começou a sentir o peso do sono sobre o corpo. Mesmo assim continuou a desenhar, faltava pouco, refez de maneira correta a linha que queria aperfeiçoar e adicionou as sombras que equivocadamente tinha exagerado nos rascunhos anteriores. Mesmo os olhos ardendo de sono, ela prolongava o desenho, porque terminá-lo seria como deixá-lo. Forçando-

-se então a recuar o lápis, pois nenhuma linha ou sombra a mais poderia ser adicionada sem que o desenho fosse prejudicado, ela o concluiu.

O Grande Pássaro estava exatamente como ela queria. Era o melhor rascunho de todos. Satisfeita com o trabalho, Mariana aceitou o sono e, ao deitar na cama, dormiu de uma vez.

De manhã a moça já estava vestida e fora do quarto tão antecipadamente do usual horário que a sra. Siban soltou uma exclamação de susto quando a viu cruzando um dos corredores antes de descer as escadas para o *hall*.

— Já está de pé! Benzadeus, srta. Mariana.

Mariana deu um sorrisinho fraco e disse que por algum motivo tinha acordado disposta. Era na verdade a vontade de poder recuperar o tempo perdido que a deixara impaciente e tão logo abriu os olhos já estava fora da cama, jurando a si mesma que passaria o dia inteiro no estúdio e não largaria o pincel por nada neste mundo.

Estava bem frio, mas havia sol, poucas nuvens manchavam o céu azul. Por uma das janelas da sala onde ela estava, enquanto esperava que o café da manhã fosse posto, viu a paisagem transformando-se. Pelo chão, as folhas secas de um dourado desbotado iam se acumulando; as árvores e os arbustos eram só galhos carecas que se contorciam para cima.

— O que olha tão atentamente? — perguntou o conde, surpreendendo, chegando sorrateiramente por trás dela. Inclinando o pescoço por cima do seu ombro, tentou enxergar lá fora o que Mariana via com tanto interesse — Ah! — ele exclamou, compreendendo — As folhas já estão caindo.

— É esse então, o outono — sussurrou Mariana, mais para si mesma do que para o conde.

— Uma poética estação — comentou o conde.

Durante o café da manhã, o conde não fez nenhuma tentativa de induzir Mariana a outra atividade naquele dia, o que poupou a moça de soar arrogante ao manifestar recusa.

Assim que terminou de comer, ela foi direto para o estúdio. A nova estação era bem mais fria do que o clima de temperaturas baixas já característico de Avenalhes, e por isso o estúdio estava congelante. Mariana puxou a cordinha para que um dos criados viesse acender a lareira e, enquanto isso, vestiu o avental e arrumou a bagunça que estava suas tintas e seus materiais de pintura. Assim que a lareira foi acesa, ela agradeceu ao criado e virou-se para o cavalete. Com as mãos nos quadris, deu uma boa olhada para a pintura da arara-azul, mas não começou a pintar. Virando-se, ela foi até a janela e olhou lá para baixo.

O estúdio ainda continuava frio e por isso resolveu esperar mais um pouquinho até que a temperatura estivesse mais agradável para que ela pudesse então se sentar para trabalhar. Enquanto esperava, foi até a o armário e começou a xeretar em gavetas que ainda não tinham sido abertas.

Notando então ao canto várias telas de pinturas encostadas contra a parede, ela fechou as gavetas onde não encontrara nada fora da normalidade e foi até lá. Havia uma boa variedade de telas, quadradas, retangulares, ovais, e uma pequena, a única, que chamou a sua atenção pelo seu tamanho e quanto adequada parecia para a execução de uma pintura que floresceu em sua mente naquele momento, inspirada pelo objeto em questão.

Mariana pegou a pequena tela com as duas mãos e ficou analisando. Colocando então a pequena tela sobre a poltrona e tomando distância, deu uma última verificada, para ter certeza de que estava de acordo com o que tinha imaginado assim que colocara os olhos sobre ela, e sim, certa de que era o tamanho exato para o que queria, correu para o quarto. Chegando lá, pegou a pasta com todos os rascunhos do Grande Pássaro, e voltou, a passos ligeiros, como se a satisfação de dar início ao que ela queria não pudesse suportar o andar regular.

Sobre a poltrona, a pequena tela em branco esperava pacientemente.

Colocando a pasta sobre a escrivaninha, Mariana começou a procurar por entre os rascunhos aquele que tinha concluído na noite anterior. Em questão de segundos o achou e, pegando-o com certa delicadeza, foi até a poltrona. Ajoelhando-se ali, suspendeu a folha do rascunho final do Grande Pássaro ao lado da tela em branco de mesmo tamanho. Sim, ela certificou-se alegremente, se enquadrava perfeitamente. O desenho do Grande Pássaro ficaria perfeito pintado a óleo naquela tela.

Decidida, incapaz de resistir, Mariana arrumou as tintas que precisava e limpou os pincéis de penas finas dos quais precisaria para pintar o Grande Pássaro naquela escala. Acomodando então a tela na escrivaninha, a apoiando contra a parede, sentou-se para trabalhar.

Instigada pela nova emoção, pareceu à Mariana como se estivesse voltando a pintar depois de um longo hiato. Ela foi obrigada a parar quando a luz da lareira foi enfraquecendo e lá fora escurecia. Devido à tela e à escala em que pintava, já tinha, no entanto, progredido bastante. Foi com muita satisfação que ela esticou os braços para cima, os olhos apreciando o processo da pintura que ela via a distância de dois ou três dias concluída. Ia ficar lindo.

Antes de descer para o jantar ela não se esqueceu de fazer conforme a situação exigia. Pegando com cuidado nas bordas da tela, pois a tinta ainda estava fresca, ela a levou para o esconderijo que já tinha pensado enquanto pintava.

De joelhos, ela verificou se a fresta entre o armário e a parede era realmente suficiente para enfiar a tela ali como tinha imaginado que seria. E sim, era. Com delicadeza, Mariana deslizou a sua tela ainda não terminada para atrás dele.

O esconderijo era perfeito, mas também era simples, fácil de se pensar quando se está procurando alguma coisa que foi escondida. No entanto, até onde Mariana sabia, ninguém na Grande Dama estava à procura de nada, o Grande Pássaro estava seguro.

Tirando o avental e jogando no cabide que ficava ali do lado da arara-azul cujo rabo ainda precisava ser trabalhado, Mariana desceu para o jantar, deixando a pintura dela para o dia seguinte, sem nenhum sentimento de culpa. Em seu interior, só um restinho de prazer, porém intenso, era o que a alegrava.

Capítulo 25

A revelação

No outro dia Mariana sentou-se diante da tela da arara-azul e ficou olhando para ela. Estava quase pronta, mesmo assim ela não terminaria naquele dia, porque, apesar de estar próxima de concluí-la, ainda levaria alguns dias para atingir o resultado que queria, assim decidiu, e também porque os dedos das mãos tamborilavam sobre o colo desejosos por pintar outra coisa.

Levantando-se então, dominada por uma força incapaz de ser combatida por qualquer ação própria de reprovação, Mariana foi até o armário, ajoelhou-se e tirou de lá de trás do esconderijo a tela do Grande Pássaro.

Levou a pequena tela para a escrivaninha, a apoiou contra a parede e deu continuidade à sua pintura. Apesar das pincelas delicadas, a mão era firme, seus olhos, fixados sobre a tela.

Alguém bateu à porta e Mariana teve que agir rápido. Ela não respondeu de imediato e, torcendo para que a pessoa esperasse sua permissão, Mariana correu para esconder a tela do Grande Pássaro.

— Quem é? — ela perguntou, no mesmo instante em que uma segunda batida veio à porta — Pode entrar — acrescentou, levantando do chão e sentando no banquinho em frente à arara-azul.

No segundo seguinte a porta se abriu e o conde entrou.

— Magnífica — ele disse, os olhos desviando do rosto de Mariana para a arara-azul na tela — Já consigo vê-la emoldurada. Não consegue, srta. Mariana?

— Conseguirei ser capaz disso quando tiver terminado de vez — respondeu Mariana assim, só para poder contrariá-lo — No momento só o que consigo ver são lacunas por terminar, algumas áreas mal delineadas e muitas pinceladas pela frente até chegar aonde eu quero.

O conde deu a ela uma boa avaliada e assentiu com aprovação.

— Muito bem, srta. Mariana — ele disse, soltou um sorriso e voltou a olhar para a tela da arara ainda incompleta — Bom, vim aqui para informá-la que devido algumas obrigações particulares ficarei ausente o dia inteiro, quem sabe até à noite, mas vou fazer o possível para evitar que isso aconteça, então pode ser que eu não esteja aqui para o jantar. No entanto, o cardápio de hoje já foi decidido e se algo não estiver de acordo com o seu gosto, e o fato de eu não estiver aqui reter a senhorita de qualquer ação, não se preocupe quanto a isso. A criadagem estará à sua disposição para que qualquer erro seja reparado e o seu desejo atendido.

— Eu garanto que será do meu gosto qualquer coisa que tiver para o jantar — disse Mariana, com bastante firmeza, enquanto ideias começavam a germinar em sua mente.

— Muito bem, então — o conde sorriu, e dando alguns passos para trás se colocou a admirar a sua arara-azul quase finalizada antes de sair — É realmente um dom maravilhoso. Você, realmente, srta. Mariana, tem mãos abençoadas.

— Obrigada — agradeceu a jovem pintora.

O conde soltou mais alguns elogios, deu um suspiro e, despedindo-se, foi embora. Mariana esperou alguns minutos, adicionando pinceladas vagas às penas da arara, local que já não havia necessidade de ser trabalhado e então, achando que era hora, levantou-se.

Foi até o esconderijo, pegou a pintura do Grande Pássaro e voltou a pintá-la. Enquanto isso, a vontade de mostrar ao Grande Pássaro os desenhos que fizera dele ia crescendo. Ela lembrava que ele havia demonstrado interesse em ver uma amostra do seu trabalho e nada a tentava mais do que mostrar aqueles rascunhos inspirados nele, mas ainda remoía certo receio.

Dando então uma última pincelada na tela, Mariana abaixou o braço, recostou-se na cadeira e ficou admirando o trabalho concluído. Tinha sido rápida, no entanto, não via nenhum defeito ocasionado pela pressa. Queria agora também mostrar à sua inspiração a pintura, felizmente foi mais fácil resistir a esse desejo, já que era necessário deixar a pintura descansando por um dia até secar completamente.

Pegando a pintura com delicadeza, ela a escondeu atrás do armário. A vontade de levar os rascunhos que fizera do Grane Pássaro a consumiu por inteira e, decidida, foi até o quarto para arrumá-los na bolsa e trocar de roupa.

Assim que chegou ao saguão e a poucos passos de alcançar a porta, a sra. Siban surgiu ali do lado, sorridente, porém inquisidora e correu até a jovem.

— A senhorita vai sair? — ela perguntou, seus olhinhos dançando pelo casaco e pela alça da pasta de desenho cruzada ao peito.

— Ah, sim, eu vou ver Tatiana — mentiu Mariana, que já tinha pensado nessa desculpa — Lembra? Desenhei o retrato dela e fiquei de finalizá-lo.

— Ah sim! Que ótimo, querida. Escute, quem sabe não gostaria de levar uma cesta de frutas para ela? — perguntou a sra. Siban — Ultimamente estamos com um estoque bem grande de frutas lá na cozinha, sabe? — a governanta soltou uma risadinha — Aposto que ela deve sentir falta de frutas prodelienses. Os criados tiveram a sua parte e ainda sobrou bastante. Venha comigo, vamos fazer uma cesta de frutas bem variada para ela.

Não havia nada que Mariana pudesse dizer para escapar daquela oferta. Hesitante, Mariana foi com ela.

O caminho para a cozinha foi feito pela portinha embaixo da escada. Mariana nunca tinha estado lá antes, era grande e arejada, e pelas janelas ela pôde ver parcialmente o jardim do conde. Havia poucos criados ali e, no momento em que a sra. Siban surgiu na companhia de Mariana, cada um moveu-se de onde estava unindo-se numa espécie de cardume, deslizando para o lado conforme as duas se dirigiam até a mesa.

— Vou precisar daquela cesta que está lá fora, Mizi — pediu a sra. Siban para uma menina de olhos esbugalhados, que sem discrição, olhava Mariana de cima a baixo.

Mariana deu um sorrisinho amigável para ela, que apenas saiu correndo para pegar a cesta que a governanta pedira. Enquanto isso, as frutas foram escolhidas e, quando a cesta chegou, arrumadas em seu interior com cuidado e consideração. De uma das janelas, algumas cabeças curiosas acompanhavam o que se passava na cozinha, muito mais interessadas na nova personagem que entrara naquele cenário do que na própria cena.

— Muito bem! — exclamou a sra. Siban, satisfeita com seu trabalho — Uma bela cesta de frutas prodelienses.

Pendurando a cesta no braço, Mariana estava pronta para ir. Ajeitou a alça da pasta no ombro, agradeceu pela generosidade da sra. Siban em nome da suposta pessoa que deveria receber as frutas, se despediu e partiu da Grande Dama.

Minutos depois, Mariana atravessava a ponte de musgo. O coração batia forte e a ansiedade era mais pela perspectiva de vê-lo de novo do que de mostrar os rascunhos que tinha feito.

Dentro da Floresta do Oito a intensidade do vento era quase nula; ela podia apenas ouvi-lo uivando lá no alto, passando por cima das copas das árvores, que de tão cheias serviam como uma espécie de proteção, não permitindo que invadissem seu interior. O casaco ia batendo forte contra os calcanhares e a cesta de frutas contra o quadril. Mariana continuava reto e a qualquer momento esperava chegar na clareira.

Enfim, quando viu a casa da árvore, seu coração desacelerou e, como se tivesse se tornado frouxo, deixou derramar por todo o corpo a forte emoção que vinha suportando. Parando aos degraus de tora que formavam a escada, Mariana olhou para cima, tentando ver pela janela se vislumbrava alguma sombra que sugerisse que o Grande Pássaro estava em casa.

— Olá — a voz veio da sua lateral.

Por entre as árvores, o Grande Pássaro estava parado, o capuz caído para trás revelando sua cabeça peluda e o bico adunco. Segurava algo com as duas mãos, que Mariana só conseguiu ver melhor quando ele se aproximou. Ele arrastava consigo a pele retirada de dois recentes animais. Uma delas era escura, a outra, bem branca.

— O que está fazendo aqui? — ele perguntou.

— Uma visita — ela disse, seus olhos se deliciando com cada parte dele — Olha! — e levantou a cesta — Trouxe algumas frutas prodelienses, espero que goste.

— Eu agradeço — ele disse, aproximando-se — Bom, eu estava trabalhando — e deu uma leve sacudida nas peles.

— Desculpa, acho que vim em má hora — ela disse, sentindo o estômago afundar.

— Não! — ele interveio, quase como numa súplica — Eu disse "eu estava". Não estou mais. Como vê, as peles já estão prontas para serem comercializadas.

— Elas são lindas — comentou Mariana.

— Quer tocar? — e ergueu uma delas, aproximando-se.

Mariana colocou a cesta de frutas no chão e ergueu as duas mãos livres com tanta empolgação e ânsia que quase se desequilibrou, como se o objeto a ser tocado fosse algo muito mais interessante e sedutor do que apenas a recente pele retirada da carcaça de um animal morto em algum lugar. Os dedos abertos afundaram na pele macia do animal e ela deu uma gemidinha de prazer.

— É delicioso — disse, levantando os olhos para o Grande Pássaro.

Ela recuou então as mãos e pegou de volta a cesta de frutas. Ficaram em silêncio por alguns instantes. Mariana tentava evitar encará-lo por tempo demais, e o Grande Pássaro buscava resgatar a capacidade social que se perdera com o tempo, procurando palavras para preencher o silêncio.

Mas era Mariana quem tinha vindo para fazer uma visita, portanto era quase que uma obrigação que a iniciativa partisse dela, já que era seu desejo estar ali, que falasse e fizesse tudo o que queria.

Ela lambeu os lábios e ergueu a cesta de frutas até a altura do seu peito, o que seria para o Grande Pássaro à altura do abdômen.

— Como eu disse, trouxe frutas.

— É muita gentileza da sua parte — ele respondeu e então, movendo-se, fez o que deveria, esticou o braço, indicou sua casa na árvore e a convidou a entrar.

Lá dentro, Mariana colocou a cesta de frutas em cima de uma mesinha pequena. O Grande Pássaro tinha sumido pela portinha que devia dar no seu quarto, para onde levara as peles de animais. De volta, ele puxou a poltrona e se sentou de frente para a moça.

Ela tirou do ombro a alça da pasta com os desenhos, mas não a abriu, nem tencionava tocar naquele assunto imediatamente. O momento requeria a troca de algumas palavras, mas antes que ela pudesse dizer algo, foi ele quem disse:

— Vou preparar um chá de Marévina — e numa pisada estava diante da sua pequena cozinha, como que se lembrando subitamente de algo, virou-se para ela e perguntou — Você gostaria?

— Ah, sim, claro! — respondeu Mariana — Por favor.

O Grande Pássaro assentiu e virou-se. Enquanto isso, Mariana o assistia encher a chaleira e preparar o chá, desviava o olhar volta e meia para a estante de livros, querendo muito xeretar neles.

O chá então ficou pronto e foi oferecido. Mariana pegou das mãos enfaixadas dele a caneca meio lascada e levou a borda bem próxima aos lábios, deu dois assopros e bebeu.

O Grande Pássaro também fez o mesmo.

Mais alguns bebericos e os dois já estavam aptos a conversar com a desenvoltura desejada em qualquer bate papo.

— Deve te dar muito trabalho lidar com as peles desses animais, eu imagino — começou Mariana — Você usa algum tipo de ferramenta?

O Grande Pássaro simplesmente levantou a mão enfaixada e com um leve movimento do bico a indicou, obtendo naquele momento a compreensão nos olhos de Mariana. Ela assentiu e voltou a bebericar o chá de Marévina.

— O que trouxe aí? — perguntou o Grande Pássaro em seguida, os olhos caindo sobre a pasta de desenho. Fosse uma bolsa qualquer, ele não teria feito a pergunta, mas pelo formato e textura ele reconhecia a particularidade daquele objeto.

— Ah, sim! — exclamou Mariana. — Eu trouxe uns desenhos que... bom, eu... eu...

— O Grande Pássaro se aprumou na ponta da poltrona.

— Eu... — Mariana continuou, gaguejando. Milhares de introduções cruzavam sua mente, mas nenhuma parecia a agradar o suficiente para falar a respeito. — Bom, eu fiz uns rascunhos. De você.

E com a mão enfiada na pasta, mas sem tirar o conteúdo de dentro, Mariana ergueu os olhos para ele e esperou sua reação.

— Eu? — Mas ele não parecia surpreso nem intrigado.

— Sim — ela disse, e então tirou um punhado de folhas da pasta. — Eu me empolguei um pouco.

— Deixe-me ver então — pediu o Grande Pássaro, visto que Mariana continuava a reter consigo o maço de folhas.

— Claro. Eu trouxe justamente porque queria que você as visse — ela disse, entregando então as folhas para ele.

Quando o Grande Pássaro agarrou as folhas, elas amassaram um pouco, devido à força que existia nas garras enfaixadas, mas isso não incomodou Mariana, o que a incomodaria seria ficar ali sentada, então levantou-se, indo para o lado dele, para assisti-lo de perto analisando seus desenhos.

— Não leve muito a sério, viu? São só rascunhos e em muitos deles você está bem longe de parecer o que você realmente é. Olha esse aqui! — ela exclamou, indicando o próximo que surgiu — Essa curva que eu fiz da sua cabeça não está em harmonia com o resto do corpo, e eu não adicionei nenhum tipo de técnica para a textura dos pelos, como deveria.

Então surgiu o rascunho que Mariana julgava o melhor, o que usara para pintar a tela dele.

— Esse aí é o que mais gosto — ela disse sem se conter — Está lindo! Quer dizer, o desenho ficou lindo. Na verdade, foi o que consegui traços mais harmoniosos, mas não leve a sério, são só rascunhos.

— Eu adoraria levar a sério — ele disse, olhando atentamente para o desenho — Seria mais vantajoso parecer assim do que como eu realmente sou, não acha?

Havia certo tom jocoso na voz dele, que pedia que Mariana reagisse no mesmo tom, mas ela acabou sentindo certa melancolia ali escondida entre suas palavras, que a atingiram com mais força do que a intenção pretendia. Ela deu uma risadinha, porém seria melhor se nem tivesse dado, e continuou falando dos desenhos.

— É sério! — disse o Grande Pássaro — Olha só isso aqui — e devolvendo os desenhos para Mariana, se levantou e foi até as prateleiras de livros atrás do sofá. Menos de um minuto depois ele voltou com algo nas mãos e entregou à moça.

— O que é isso? — Mariana perguntou, pegando o pedaço de papel que ele a entregava, era um panfleto.

Tinha marcas de dobras e um rasgo na lateral. Lia-se logo acima: "VOCÊ QUER SER UM GLORIOSO?", e um pouco abaixo: "GRANDE RECOMPENSA PELA CABEÇA DO MONSTRO DA FLORESTA DO OITO", e bem no meio, entre as letras garrafais, o desenho de um monstro horripilante, de dentes imensos, olhos ferozes, mais para um lobisomem do que para o homem de cabeça deformada e bico de pássaro sentado ali do lado.

— Quem desenhou isso? — perguntou Mariana, virando o panfleto. O nome do desenhista não fora divulgado.

— Eu não sei, mas teria preferido que tivessem contratado você para me desenhar — disse o Grande Pássaro, após dar um gole no seu chá de Marévina e se sentar — Com certeza eu teria ficado com uma aparência muito melhor.

— Ficaria, mas muito menos propenso a uma criatura a ser caçada e chamada de monstro — disse Mariana, lançando um olhar esnobe para o panfleto — Que ridículo — acrescentou em seguida.

Lembrando então da cesta de frutas que tinha trazido, Mariana a mencionou, perguntando se ele gostaria de experimentar alguma.

— Já comeu alguma fruta de Prodélia?

— Acho que não — ele parecia incerto, não conhecia as origens das frutas que já comera na vida.

— Escolhe uma — Mariana pediu.

O Grande Pássaro olhou e olhou e por fim escolheu uma que nunca tinha visto antes. Escolhera uma carambola.

— Experimente — ela pediu, ansiosa, como se fosse ela que comeria algo delicioso.

O Grande Pássaro pareceu hesitante, mas por fim a comeu. Devido ao tamanho do seu bico, foi possível enfiar a fruta inteira. Mastigando em silêncio, refletia.

— É bom — ele disse finalmente.

— É sim — ela respondeu — Chama-se carambola. Se gostou dessa também vai gostar das outras, tenho certeza.

— Eu não sabia que comercializavam tantas variedades de frutas prodelienses assim aqui em Avenalhes — ele comentou, analisando a aparência de todas aquelas frutas.

— Não? Bom, o conde decerto conhece um ótimo fornecedor — disse Mariana — Todas são muito gostosas.

Pareceu então como se algo tivesse paralisado o Grande Pássaro, apenas seus olhos se moviam, alternando entre a cesta de frutas e Mariana.

— O que você disse? — ele perguntou intrigado.

— O quê?

— Sobre as frutas.

— Que são de Prodélia?

— Não, sobre o fornecedor.

— Eu não o conheço.

— Sobre o conde, me refiro.

— O que tem o conde?

O Grande Pássaro nada disse. Seu corpo pareceu sofrer uma leve convulsão, trazendo-o de volta aos seus movimentos. Lançou um último olhar fuzilante à cesta de frutas e virou-se, afastando-se dela, como se fosse algo de extremo perigo.

— O que foi? — Mariana perguntou, preocupada.

— Você conseguiu essas frutas com o conde? — o Grande Pássaro perguntou, cada palavra dita com muito cuidado para que não houvesse nenhum equívoco de compreensão.

— Sim — respondeu Mariana.

— Você conhece o conde?

— Conheço.

Essa afirmação fez o corpo todo do Grande Pássaro tremer. Mariana, confusa e paralisada pelo inesperado ficou a assisti-lo andando para lá e para cá, parecendo completamente transtornado; o piso e as paredes tremiam.

— O que foi? — ela perguntou, aturdida — Qual o problema?

O Grande Pássaro parou de súbito e perguntou seriamente.

— Que tipo de relacionamento existe entre você e o conde?

— Bem, eu diria conhecidos. Sou apenas hóspede na casa dele.

— Na casa dele! — exclamou o Grande Pássaro em tom de perplexidade.

— Sim.

— Eu pensei que você estava morando em cima da livraria!

— Como é?

— Sim. Com Susi.

— E por que eu estaria?

— Eu deduzi. Ela aluga quartos e, bom, não tem importância agora.

O Grande Pássaro estava profundamente atordoado.

— Concordo, isso não tem — disse Mariana — O que tem importância no momento é essa sua reação. Diga-me, qual é o problema?

— O conde é um homem perigoso — Essas palavras ditas com tamanha propriedade deveriam ter assustado Mariana de início, no entanto, a falta de contexto naquela acusação não surtiu nela efeito algum além de incompreensão.

— O que disse? — Mariana se aproximou — Não, ele não é não. O que está dizendo?

— Por que você é uma hóspede na casa do conde? — o Grande Pássaro perguntou, mais calmo — Você o conhece há muito tempo?

— Não. Alguns dias atrás nem sabia da existência dele. Eu o conheci na floresta. Ele me ajudou.

— Te ajudou?

Mariana então teve que contar sua história para o Grande Pássaro, usou de palavras fáceis e eficazes para que ele compreendesse rapidamente tudo. Quando ela terminou, o Grande Pássaro pareceu precisar de algum tempo para refletir. Mariana aguardou.

— O conde não é quem você pensa que ele seja — ele então disse — Ele é perigoso e você deve sair daquela mansão o quanto antes.

— Você sabe de algo que depõe contra ele? — perguntou Mariana, impaciente.

— Olhe para mim! — gritou o Grande pássaro, assustando-na — Eu sou assim por causa dele.

Em silêncio, Mariana tentou absorver o que ele quis dizer, mas a expressão em seu rosto mostrava dificuldade em criar conjecturas possíveis. Mariana estava confusa e o intenso fluxo de pensamentos em nada lhe ajudava.

Impaciente, o Grande Pássaro declarou com grande desgosto e repúdio:

— O conde é um feiticeiro. Ele lançou um feitiço em mim, por isso sou assim, metade homem, metade pássaro.

Olhos diferentes agora dançavam por cada parte do Grande Pássaro. Mariana parecia vê-lo pela primeira vez.

— Por que ele faria isso com você? — perguntou Mariana, a voz saindo meio fraca.

— Raiva, ódio. Inveja seja talvez a melhor palavra — justificou o Grande Pássaro — Ele não suportou nos ver felizes, eu acho.

— Felizes? Quem?

— Ava e eu — disse Kian, o olhar longe e melancólico.

— Quem é Ava? — perguntou Mariana, embora já pudesse sentir as suspeitas germinado em sua mente.

O Grande Pássaro respirou fundo. Ergueu a cabeçona, inclinou o bico e falou com orgulho e com profunda emoção:

— A mulher que mais amei — Houve então uma pausa, depois acrescentou — Que ainda amo.

Mariana nada disse, ficou em silêncio, era difícil raciocinar em meio ao acúmulo de tantas emoções variadas, precisava se estabilizar.

O Grande Pássaro, parecendo exausto, deixou-se cair na poltrona.

— Se tivéssemos ido embora como ela queria... — ele murmurou, com um doído lamento — Talvez, quem sabe?

— Onde ela está? — Mariana perguntou, sentando-se de frente para ele.

— Eu não sei — ele disse, no mesmo murmúrio — Foi embora, e com razão. Por que ela ficaria? Eu não era mais eu.

Aos poucos a ressaca das fortes emoções foi se amenizando até que a razão pôde assumir o controle. Era necessário que agora o Grande Pássaro contasse à Mariana a história dele. A história de Kian. Então, ele começou.

Capítulo 26

Kian

Eu era um faz-tudo na Grande Dama, meus serviços iam de algo simples, como acender uma lareira, até ajustar as rodas da carruagem quando frouxas, ou subir no telhado para limpar as chaminés, fui adquirindo essas habilidades com o passar do tempo. Na primeira entrevista com o conde tive que convencê-lo de que eu era apto para a vaga, precisava muito do emprego.

Nasci em Vóia em uma família que não tinha muito dinheiro nem posição social, mas era capaz de prover o essencial para que eu pudesse fazer caminho em direção a um bom futuro. Infelizmente, perdi meus pais em um acidente e me vi sozinho e sem nada.

Eu tinha alguns tios próximos que me abrigaram, mas que pouco fizeram para que eu me sentisse confortável suficiente e pudesse chamar a casa deles de lar. Comecei então a trabalhar muito cedo, para não precisar depender mais desses maravilhosos parentes.

Não quero me prolongar demais, Mariana, contando sobre minha infância e passado, pois não é importante agora. Basta saber que acabei saindo de Vóia e vim parar em Avenalhes, onde um amigo me ajudou a conseguir um emprego na hospedaria.

Mas o dinheiro era pouco e eu não estava muito satisfeito. Alguns dias depois, fiquei sabendo que os criados na Grande Dama ganhavam muito bem e que uma vaga surgira. A vaga era para um faz-tudo e eu, como já tinha feito tantas coisas nessa vida, me vi apto para encarar o desafio.

No meu dia de folga fui até a Grande Dama. Lá, a governanta, a sra. Siban, você deve conhecê-la, foi quem me recepcionou, era ela quem estava encarregada de cuidar do caso. Muito simpática e sorridente, me disse que ela me entrevistaria e, caso eu correspondesse aos requisitos, uma segunda entrevista, desta vez com o conde, seria agendada, para que ele pudesse dar a palavra final.

Dei o meu melhor, respondendo a suas perguntas básicas, já sentindo que a tinha ganhado pelas palavras gentis com as quais eu ia intercalando as minhas respostas, mas o que a convenceu mesmo de me recomendar para o conde sem dar tempo para que outros possíveis candidatos aparecessem foi uma habilidade que adquiri quando, em Vóia, trabalhei em uma relojoaria. O caso era que a sra. Siban estava com o relógio de bolso parado havia dias e ela estava relutante em livrar-se dele, pois era de família. Lembro dela se referindo a isso quase como o enterro de um ente querido. Resisti para não sorrir, pois embora ela parecesse muito triste, falava do seu jeito próprio, bem meigo, impossível de não se encantar. O que fiz em seguida foi também pelo prazer de ajudá-la, perguntei se eu poderia dar uma olhada no relógio, que quem sabe eu conseguiria dar um jeito nele, e ela, muito esperançosa, o colocou na palma da minha mão. Fiz uso de algumas faquinhas de prata que ela me deu, quando pedi por algo com a ponta bem fina para usar como ferramenta e em alguns minutos o relógio de bolso voltou a funcionar, para a felicidade dela e também para a minha.

Consegui então uma entrevista com o conde. Fui levado para a biblioteca onde ele me esperava para que as perguntas fossem repetidas apenas para preencher o tempo que uma avaliação superficial fosse necessária. Foi a primeira vez que entrei na Grande Dama e fiquei surpreso, como é de se imaginar, com tanto luxo. Também não menos surpreso com o objeto de adoração do conde pendurado em todas as paredes.

Nosso encontro foi muito civilizado e rápido. Lembrando agora, quem diria que eu iria acabar assim pelas mãos daquele homem. Parecia como um nobre qualquer, digno apenas de algumas palavras bem formuladas e sem muito com o que fazer senão suas obrigações sociais e ficar à toa o resto do dia, mas havia muito mais do que a sua aparência, descobri isso mais tarde, quando ele me flagrou com Ava no jardim.

Ava. Pensar nela me causa uma angústia tão grande, faço de tudo para que meus pensamentos não passem perto de nada que possa resgatar nossas lembranças juntos e o futuro que idealizei para nós dois, mas é muito difícil, dormir tem sido uma tortura, pois as noites são as piores Me desculpe, Mariana, estou deixando-me levar pela emoção e fugindo do que é essencial a se dizer. Não, não, prefiro chegar logo lá para que saiba o que aconteceu e qual é a verdadeira face desse homem.

Bom, eu estava muito feliz, tinha um trabalho que me pagava bem, que apesar das mais variadas tarefas e dos horários nada convencionais, eu as realizava com sucesso e sem achar ruim; tinha um quarto confortável na ala dos criados e algumas pessoas ao meu redor que diziam querer o meu bem. Essa era a minha vida na Grande Dama como faz-tudo, sem muito o que pensar até que, por acaso, um livro abriu-se na minha frente e minhas suspeitas deram início. Vou explicar.

O conde recebia regularmente uma boa quantidade de livros novos de alguns fornecedores de Vóia. Até então, eu sempre achei, comuns livreiros. Não era meu dever levar as encomendas até a biblioteca, mas como faz-tudo e devido a circunstâncias das quais não me lembro bem, fui eu quem atendeu a porta e recebeu o pacote naquele dia. No caminho até a biblioteca, aconteceu de um livro cair no chão e se abrir. Ao me abaixar para pegá-lo, notei com espanto o seu conteúdo.

Havia no livro gravuras estranhas, macabras e cálculos matemáticos muito esquisitos. Nunca tinha visto nada parecido em minha vida, acabei folheando-o, por curiosidade, e meu espanto foi crescendo mais ainda a cada página virada. Era de fato um livro de bruxaria.

O que fiz em seguida foi levar os livros para a biblioteca, deixá-los lá, e voltar para os meus afazeres como se nada tivesse acontecido, mas a mente não quis fazer igual ao resto do corpo.

Com o tempo esses meus pensamentos foram perdendo força, mas voltaram, tão fortes quanto antes, quando descobri que havia um local na Grande Dama em que todos os empregados estavam proibidos de ir, exceto a sra. Siban. Eu estava com a lenha cortada, e muito serenamente, a governanta me pediu que as levasse para o quarto do conde e depois para o sótão dele. Eu fiquei confuso, pois não sabia que existia um sótão e nem como chegar lá. A sra. Siban, meio sonolenta, sentada no peitoril de uma das janelas da cozinha, me instruiu o caminho.

Em posse da lenha cortada, fiz como foi me pedido, primeiro passei no quarto do conde e depois segui para o sótão. Eu estava com a mão esticada para abrir a porta, quando a voz do conde, de súbito, me impediu com uma exclamação alarmante:

— Você! O que faz aqui!?

Virei-me, um pouco assustado, para o meu patrão que me encarava com o semblante confuso, esperando por uma explicação. Eu ia dá-la, quando percebi que ele segurava em seus braços os livros que tinham acabado de chegar eu comecei a gaguejar. Mesmo assim ele conseguiu me compreender e quando terminei, apenas assentiu e pediu que eu deixasse a lenha à porta e que nunca mais aparecesse ali. Abaixei então minha cabeça, pedi desculpas e saí correndo.

Alguns dias depois fiquei sabendo que era do conhecimento de alguns criados o sótão secreto do conde; assim o chamavam, com cochichos e poucas palavras. Era mais um assunto de fofoca entre tantas, mas diferente das outras, a tratavam com mais cautela.

Tentei uma vez conversar com a sra. Siban a respeito daquele lugar, mas ela foi bastante evasiva. Soube então que nada dela eu conseguiria, nem se usasse da minha gentileza que sempre a encantou. Deixei então isso para lá, fosse lá o que fosse que o conde fazia trancado no sótão com aqueles livros esquisitos, não era da minha conta e nem motivo para preocupação, assim eu pensava, e talvez assim tivesse sido, talvez eu ainda seria Kian, o faz-tudo da Grande Dama, mas então Ava chegou em Avenalhes e eu a conheci.

Ava veio de um condado vizinho ao sul, a pedido dos seus tios, quando fez dezoito anos, para passar algumas semanas com eles. Lembro dela me dizendo que eles eram pessoas muito boas, gostavam dela e estavam sempre preocupados com o seu bem-estar; mas eram muito preguiçosos, e que não adiantava de nada a presença dela, que fora requerida justamente porque eles alegavam se sentirem solitários e em constante tédio, se eles não moviam um dedinho para mudar isso. Só a presença dela não adiantaria de nada, lembro-me tão bem da voz dela me contando sobre os tios e sobre coisas engraçadas as quais eles protagonizavam que me chega a doer.

A conheci vagando pelo bosque, onde eu costumava cortar lenha. Não foi uma paixão à primeira vista, a primeira impressão que tive foi de uma moça que não tinha muito a dizer e que provavelmente estava lidando com algum conflito interno, encontrando nas longas caminhadas que dava pelo bosque alívio do que supostamente lhe afligia, mas então começamos a conversar.

Ava era sensível e alegre, fazia-me bem. Passamos a nos ver regularmente, nos encontrávamos no Pátio do Relógio ou às vezes no bosque, e em pouco tempo estávamos apaixonados, com sonhos em comum que casais costumam ter iam se formando.

Um dia, algumas semanas depois, os tios de Ava receberem o convite para o primeiro baile que o conde daria na Grande Dama. Entre os criados não se falava de outra coisa, e logo se teve conhecimento, primeiramente na Grande Dama, depois em todo o condado, que o baile que o conde estava dando tinha um único propósito: o de conseguir uma esposa. Aparentemente, ele tinha se cansado da vida solitária, das inúmeras enciclopédias de aves em sua biblioteca, e da atividade que ele provavelmente exercia secretamente trancado em seu sótão. E agora queria uma companheira.

Em um de nossos encontros no bosque, Ava me contou que compareceria ao baile. Se mostrou ansiosa, mas era muito mais pela perspectiva de se divertir em um baile do que por conhecer o próprio conde. Ela me contou também que os tios estavam empolgados assim como ela, embora no caso deles, era pela mesma esperança de futuro que as outras famílias tinham para suas filhas e sobrinhas.

Parte de mim dizia para eu me preocupar, mas ignorei os pensamentos pessimistas. Seria dar atenção a um comportamento ilógico de que a minha amada seria o alvo de outro justamente porque era minha e porque eu a achava a mais maravilhosa de todas as mulheres.

E foi justamente isso o que aconteceu.

De todas do baile, entre as mais bem-nascidas, educadas, bem-vestidas, atenciosas, interesseiras a ponto de exibirem um comportamento submisso sem o mínimo de discrição, de todas, Ava fora a única que despertou o interesse do conde. Isso, acredito, porque ela não era igual a essas outras moças.

Enquanto o baile acontecia, eu estava encarregado de cuidar dos cavalos e de estar pronto para ser necessário a qualquer inconveniência que se sucedesse. O falatório entre os criados de que aparentemente o conde já tinha feito a sua escolha dentre as moças chegou aos meus ouvidos quando eu estava passando pela porta da cozinha. No momento pensei no pior; tentando então me fazer desacreditar que poderia ser ela, voltei para os meus afazeres, mas foi inútil esquecer e a dúvida permanecia.

Então, num momento de folga, esgueirei-me pela varanda e espiei para dentro do salão de festas da Grande Dama. Foi com um aperto no coração, com uma sensação de perda, que vi o conde na companhia de Ava. Da parte dela, existia apenas felicidade, inocência, o comportamento gentil e adequado que a situação pedia; da parte do conde, um intenso desejo, visível a todos.

Com o fim do baile, Ava foi para casa, cansada, mas muito feliz; e eu fui para a cama certo de que ela ainda me amava, e que continuaria a querer ficar comigo para sempre, mas ainda assim muito preocupado que isso viria a ser o fim de nós dois, e o que se sucedeu nos dias seguintes não me pegou de surpresa.

Ava tornou-se então o alvo de constantes atenções do conde. Ela recebia dele cartas muito bem elaboradas, nas quais a intenção estava nítida, mas tão bem disfarçada que era impossível acusá-lo de alguma coisa. Junto a essas cartas, presentes, eram bem singelos no começo, alternados com convites para chá ou jantares. Ava compareceu a um deles, muito mais por questão de educação do que por vontade própria, ela me contou que o conde foi muito educado e nada mais fez, ou tentou, além de pedir que ela o encontrasse mais vezes e que aceitasse os futuros presentes que chegariam. Começou com alguns xales, casacos e depois partiu para belos vestidos até que um dia ela recebeu uma bela joia de safira – isso Ava não poderia aceitar.

Ela foi até a Grande Dama devolver a joia e os presentes que conseguiu levar consigo. Ela me contou que o conde ficou muito surpreso e também triste; por pouco ela achou que ele fosse chorar, mas se manteve firme e insistiu que ela ficasse com os presentes, mas Ava não poderia e o conde, acredito, viu-se então na obrigação de se fazer compreendido de uma vez por todas e declarou seu amor a ela e seu desejo de desposá-la. A resposta de Ava foi não e, sem dar tempo para que o conde a tentasse persuadir, foi embora correndo.

O conde parecia disposto a não tomar um não como resposta. Cartas continuaram a chegar na casa dos tios de Ava, seguidas de mais presentes e convites; um deles endereçados unicamente aos tios, os convidando para um jantar. Eles aceitaram, obviamente, e no dia seguinte, retribuíram todo o conforto e a fartura de comida que tiveram na Grande Dama como deveriam fazer, amolando a pobre da Ava, de todas as formas, fazendo-a reconsiderar o pedido do conde e aceitá-lo, casando-se com ele e se tornando a Condessa de Avenalhes, a mulher mais importante e rica da região.

Mas Ava jamais se deixaria ser corrompida por coisas como título, *status* social e dinheiro. Não só seus princípios foram colocados à prova e tiveram sucesso, como também seu amor por mim se mostrou verdadeiro.

Com o tempo as atenções do conde e a pressão da família foram se tornando algo que Ava não conseguia mais aguentar. Nas horas em que ficávamos juntos no bosque era evidente pelo seu semblante e pelo fluxo de palavras, quando desabafava tudo o que estava sentindo, o quanto ela estava sofrendo. Ela queria fugir comigo, mas eu não permitiria que ela fizesse algo assim, que arriscasse a sua reputação e a distanciasse de sua família. Eu me casaria com ela naquele instante, se eu pudesse, mas eu não tinha dinheiro e nem uma casa só minha. Como faríamos? Dois falidos vagando por aí, isso era o que seria de nós, mas Ava parecia não enxergar isso, só o que ela queria era estar comigo e falava em amor e em como isso era mais importante que tudo.

Era já de conhecimento geral da população de Avenalhes que Ava tinha sido a escolhida do conde para se tornar senhora da Grande Dama, enquanto isso nossa relação ainda se mantinha em segredo. Querendo então contrariar a opinião de todos, que achavam quase que um sacrilégio que ela pudesse gostar de outra pessoa que não do conde, Ava passou a se pendurar em mim e a me lançar olhares lânguidos e demorados todas as vezes que estávamos em público, justamente para provocar e exibir o seu poder de escolha.

Não muito tempo depois chegou aos ouvidos do conde que ele tinha um rival, e mal sabia ele que seu inimigo estava ali tão perto, que era na verdade o seu faz-tudo, tentando ganhar a vida de forma honesta e sonhando com um futuro melhor.

Eu nunca tinha falado com Ava das suspeitas que eu tinha a respeito do conde. Achava algo pertencente apenas a uma área em meu cérebro não digna de atenção, mas naqueles últimos dias a frequente expressão séria no semblante do conde e a mudança em seu olhar quando eu surgia à sua frente me colocaram em alerta e resolvi dividir com Ava o que eu sabia sobre ele. Ela não zombou das minhas suspeitas, como de início eu temia, mas deu pouco crédito a essa particularidade do conde, ele poderia ser um homem bem excêntrico, era sua opinião, mas não o julgava perigoso.

Agora, Mariana, chego ao fatídico dia que fez de mim o que eu sou hoje. Era um dia de sol, mas ao horizonte, nuvens muito negras se aproximavam, lembrando agora, eu deveria ter percebido o mau presságio que a vida tentava me avisar. Eu trabalhava no jardim, com algumas mudas de rosas roxas que tinham chegado e precisavam ser plantadas urgentemente. Estava com os pensamentos longe e a cabeça leve, quando vi Ava surgir na outra extremidade do jardim e tudo pesou, trazendo uma forte aflição ao coração de que algo não terminaria bem. Pela direção dela, supus que chegara até ali pelo caminho que eu fazia até o bosque; devia estar vindo de lá. Ava vinha correndo e eu, ainda paralisado, nada fiz. Em minutos ela já se agarrava ao meu pescoço e me enchia de beijos, fazia dias que não nos víamos e ela estava com muita saudade.

Pensando agora, se eu tivesse agido rápido e saído do lugar, eu então a teria alcançado a tempo, antes que ela pudesse me agarrar e me beijar, e assim a puxaria na direção contrária, para além do campo de visão dele, do conde, que nos assistia do alto da varanda, onde tomava seu chá.

"Era o que faltava nesse jardim para deixá-lo completamente belo, um casal apaixonado", foram as palavras dele, não me esqueço, quando se aproximou. Também me lembro muito bem dos seus olhos e da fúria contida dentro deles.

De início, seu comportamento foi civilizado, mas rapidamente suas palavras foram se tornando ainda mais amargas. Ele não conseguia entender por que não ele, o que eu tinha, que o conde não tinha, que fazia Ava apaixonada por mim e não por ele; parecia estar além da sua compreensão.

Lembro que apesar dos primeiros pingos de chuva que começaram a cair, continuamos no mesmo lugar. O vento ia se intensificando, mas algo ainda nos mantinha ali, nos retendo de ir em busca de abrigo. Aquele homem não aceitaria perder, não daria as costas sem ter se sentindo recompensado pelo o que não podia ter, estava nítido em seu olhar.

E foi ao levantar o punho fechado em minha direção que ele fez de mim o que sou hoje. É o anel dele, Mariana, o anel de cristal. É um anel poderoso. Sei lá onde ele o conseguiu. Do anel dele, nunca esquecerei, saiu uma luz roxa e forte que me atingiu, me envolvendo por inteiro. Nada eu podia ver, achei que seria o meu fim, embora eu não sentisse dor alguma, apenas um forte calor que me tirou a capacidade de respirar por alguns instantes. Então quando tudo terminou, quando a luz se apagou, pude respirar novamente, aos poucos, minha visão foi se tornando nítida.

Mas já não era eu. Ava gritou e foi por meio dela que descobri quem eu era então. Os olhos do conde eram puro contentamento, enquanto os de Ava, de total desespero e incompreensão. A princípio não consegui entender por que ela me olhava daquela maneira e, instintivamente, me movi em sua direção. Então parei de repente, no meio do caminho, ao sentir que algo não estava certo, que meu corpo não se movia como antes.

Parecia que eu estava em cima de alguma coisa, pois via tudo então de um nível muito alto e, olhando para baixo, vi o que minhas pernas são hoje, Mariana. Vi meu corpo deformado, os braços cheios de penas, as mãos grotescas e grandes garras no lugar dos meus dedos.

Ava então correu até mim e me abraçou, apesar do horrível monstro no qual eu tinha me transformado.

— O que você fez com ele? — ela gritava e chorava ao mesmo tempo — O que você fez com Kian?

— O tornei mais apreciável — disse o conde, irônico.

O que fiz em seguida me arrependo até hoje. Afastei-me de Ava e gritando, fora de controle, corri em direção à Floresta do Oito. Foram dias, semanas, meses até em que eu rumei sem destino certo, sem sentir fome, frio ou nada, consumido apenas por desespero e sofrimento. Eu queria chorar, mas só o que conseguia era gritar, emitindo um som que não era nada compatível à minha voz, justamente porque eu não era mais eu.

Passei por um momento muito obscuro, em que só conseguia enxergar a liberdade no fim de tudo, mas a centímetros do abismo, uma força tão superior ao meu sofrimento veio me resgatar, gostaria de dizer que se tratava de uma força pura, nobre, superior e de esperança, mas não, era cheia de ódio e guiada pela vingança.

Consumido por essa força, abandonei o fim que eu tinha escolhido para mim e fui atrás dele, o causador da minha desgraça. Voltei para a Grande Dama, certo de que o mataria, era noite e eu pretendia confrontá-lo e rasgar o pescoço dele em sua própria cama. Arrombei uma das portas e invadi a mansão; eu sabia onde era o quarto daquele feiticeiro.

Mas ao surpreendê-lo, meu principal objetivo de estar ali foi substituído por outro desejo muito maior e me vi perguntando:

— Onde está Ava?

Ele levou um susto a princípio, mas depois sorriu e se acalmou quando viu que o intruso era eu.

— Boa noite — ele disse, educadamente — Ava, você pergunta? Por quê?

— Onde ela está? — perguntei de novo, tremendo de ódio dos pés à cabeça.

— Voltou para a casa dos pais. Como vê, não sou tão horrível assim, como deve pensar. Eu não obrigaria uma mulher a se casar comigo a todo custo, mas repito, por que pergunta? Pretende ir atrás dela? Assim? Quando foi que uma moça decente se apaixonou por um monstro? Acredita em contos de fadas, por acaso? Eu acho que não.

Eu nada disse, nem pretendia dizer, pois minha resposta seria arrancar a cabeça dele fora. Movido pelo ódio, avancei para cima do ordinário, quando, para minha incompreensão, meu corpo paralisou, minhas garras tremendo a centímetros da pele do seu pescoço, imobilizadas por uma força invisível que me impedia de avançar.

— Vamos, rasgue meu pescoço — ele incentivou, em tom provocador — Não consegue se mover, não é? Sabe por quê?

Eu o ignorei, me forçando a rasgá-lo de uma vez, mas meu corpo simplesmente não me obedecia, minhas garras tremiam ainda mais a cada impulso de força que eu dava. Então, cedendo, me afastei. Completamente atônito, sem saber o que acontecia, esperei até que os lábios daquele desgraçado, que tremulavam de prazer pelo meu sofrimento, me revelassem por fim o motivo.

— A criatura não pode tocar no seu criador — ele disse então, com grande prazer.

Assim como a vista sonolenta e embaçada que temos logo de manhã ao acordar vai aos poucos delineando os contornos dos objetos e os tornando nítidos, foi o processo que experimentei até entender completamente em que condição eu me encontrava. Era isso então, eu estava amaldiçoado, condenado a viver para sempre como um monstro, incapaz de encontrar consolo sequer na vingança.

Voltei para a Floresta do Oito e desde então vivo aqui, Mariana, refugiado, mas, conformado, para meu próprio bem, afinal, com a minha eterna condição.

Capítulo 27

A chave vermelha

Após a narrativa do Grande Pássaro, Mariana era só absorção e reflexão. Não havia espaço para suspeitas, ela acreditava; por mais incrível e fantasioso que fosse tudo o que ouvira, a presença dele à sua frente, sua existência ali a alguns passos de um toque que sanaria qualquer dúvida quanto a uma possível ilusão a perdurar-se por todo esse tempo lhe garantia a veracidade de todas aquelas palavras.

— Que horrível — ela disse, após alguns minutos.

O Grande Pássaro, sem dizer nada, levantou-se e foi até a estante de livros. Escolhendo alguns, levou-os até a pequena mesa da cozinha e chamou por Mariana.

— Venha aqui. Olhe! Todos esses livros aqui são de magia e feitiçaria — disse o Grande Pássaro, quando Mariana chegou perto dele e inclinou-se sobre os livros abertos. Ela puxou um para si — Consegui todos com Susi na esperança de achar o que poderia me tornar humano novamente. Um antídoto talvez, assim eu imaginava no começo e Susi também, que se dispôs a me ajudar mas não é tão simples assim.

— Susi sabe então?

— Sim, ela sabe. Foi ela quem me sugeriu os livros. Aquele dia que você estava na livraria, tinha ido lá receber esse aqui — O Grande Pássaro puxou um livro marrom de capa bem estragada — Há nele algo sobre transformações, mas nada que se compare ao que aconteceu comigo — e soltou um suspiro — É inútil.

— É ela também quem fornece os livros para o conde? — perguntou Mariana.

— Fornecia — explicou Kian — Esses tipos de livros não são fáceis de conseguir. O conde tem outros fornecedores. De Susi ele geralmente agora só recebe biografias, romances, coisas assim.

— Ela também é uma feiticeira?

— Não, mas conhece alguns, por isso tem acesso a esse tipo de material.

— E como você faria caso tivesse encontrado o livro certo? — perguntou Mariana, levantando os olhos para ele — Você sabe mexer com essas coisas? Sabe magia?

— Não, eu não sei, mas como eu te disse, Susi conhece algumas pessoas que encomendam livros de feitiçaria além do conde. Elas sabem. Susi me disse que não são todos que os usam para os mesmos fins absurdos que ele, que talvez estariam interessadas em ajudar. Como disse, no começo achamos que seria fácil conseguir uma ajuda, mas não foi tão simples assim. Essas pessoas são muito reclusas e temem o conde. Enfim, conhecemos um senhor alquimista que foi muito solícito, mas como esperávamos, não tinha experiência com esse tipo de magia. No entanto nos ajudou muito quanto a algumas informações, disse que esse feitiço vinha de uma forte fonte de magia contida em um certo mineral mágico, que adicionado a outras substâncias e passado por um complexo processo, alcançaria tal capacidade de transformar as coisas - o alquimista poderia lhe explicar muito melhor. Quando mencionei o anel do conde, me disse que era quase certeza que se tratava desse mineral, infelizmente, ele não tinha esse mineral e nem sabia aonde encontrá-lo. Também nos informou que não gostava muito de mexer com esse tipo de coisa, que preferia pedras mais inofensivas e que vinha doando seu tempo ao estudo da complexidade da mistura de ervas e outras plantas; disse que poderia tentar preparar algo que me tornasse humano de novo, mas que muito provavelmente não viria a fazer efeito. A magia provinda desse mineral era muito poderosa para ser combatida com outra coisa; então, era essa a única ajuda que ele poderia nos oferecer, nos disse, no entanto, que havia sim livros que faziam menção a esse mineral e onde encontrá-lo, mas não saberia dar uma pista de onde ou com quem conseguir esse tipo de livro - há tempos ele vinha evitando o contado com esse tipo de gente.

Mariana ficou olhando os livros espalhados sobre a mesa por alguns minutos em silêncio, sem na verdade pensar naqueles objetos em si. "Havia então esperança em Kian", era no que ela pensava.

— Desde então temos tentado, Susi e eu, localizar esse livro referente a esse mineral poderoso. Muito pouco sabemos dele, no entanto, caso o consigamos, esse senhor se dispôs a nos ajudar.

Assim como Susi, Mariana também queria poder ajudar Kian. Ela não era uma livreira experiente cheia de contatos, nem uma alquimista, mas estava morando sob o teto do conde e tinha acesso ao que quisesse na Grande Dama.

— O conde deve possuir o livro que você precisa — disse Mariana, firme e já decidida — Eu vou consegui-lo para você — acrescentou, olhando com determinação para Kian.

O Grande Pássaro ficou encarando a jovem por alguns instantes; Mariana repetiu então o que dissera, achando que talvez ele não tivesse compreendido. A reação dele foi abanar a cabeça em negação.

— Você pretende continuar lá? — ele perguntou, quase atônito — Não, Mariana, você tem que sair de lá. Aquele homem é perigoso. Será que não deu atenção a nada do que eu te contei?

— Nada vai acontecer comigo — disse Mariana — Não se preocupe, eu sei me cuidar. Além do mais, não posso partir da Grande Dama assim, tão de repente. Não só levantaria alguma suspeita, mas eu teria um grande prejuízo.

— Prejuízo?

— Estou para terminar uma pintura que o conde encomendou. Uma arara-azul de Prodélia. Eu preciso muito desse dinheiro para poder seguir viagem para Vóia. Por isso tenho que continuar lá e terminar a pintura.

— Você não compreende o quanto ele é perigoso? — afirmou Kian, perplexo.

— Na verdade, não acho que ele seja tão perigoso assim — ela disse, fazendo as sobrancelhas grossas do Grande Pássaro se juntarem ainda mais, seus olhos quase desaparecendo entre elas — Ele pode não ser um homem de bons princípios, mas não acho que crueldade seja uma característica predominante nele. O que ele fez foi horrível, claro, mas pessoas tendem a fazer coisas assim quando estão dominadas por um nível muito alto de estresse. Que foi o que aconteceu, um homem apaixonado, louco de ciúmes, é sim, alguém perigoso. Só que no presente acho que ele se encontra em estado neutro. Não corro perigo.

— Você acha que o conhece, mas é sempre assim — disse Kian — Pessoas como ele são cínicas. Por que está tentando justificá-lo?

— Não estou! — exclamou Mariana, quase ultrajada — Apenas dizendo o que penso dele, do que ele fez, e que não estou correndo perigo como acha que estou.

— E quanto a esse interesse dele por essas coisas? — questionou Kian, fazendo um gesto de desdém para os livros de magia e feitiçaria abertos sobre a mesa.

— Não será o primeiro nem o último homem a se interessar pelo oculto e a alquimia — retrucou Mariana, dando de ombros.

O Grande Pássaro voltou-se para os livros abertos sobre a mesa.

— Te dou o dinheiro — ele disse.

— Como é?

— Te dou o dinheiro que precisa para seguir viagem para Vóia. Aceite, Mariana, e saia de lá o quanto antes.

Mariana sorriu; um calorzinho gostoso a envolveu e ela desejou que aquela sensação perdurasse eternamente.

— Obrigada, mas não quero — ela recusou decidida e permitiu que o calorzinho dentro de si esfriasse — Decerto o conde deve ter o livro que você precisa, ou melhor, é bem capaz que ele tenha o tal mineral estocado no sótão dele. De certo ele deve ter — continuou Mariana, indo com pressa até o sofá. Pegou sua pasta e a traçou sobre o ombro — Ou se eu tiver muita sorte, quem sabe eu consigo o próprio anel.

O Grande Pássaro não disse nada, ficou apenas observando Mariana enquanto ela falava.

— Ele não está na mansão agora. Teve que sair — ela disse — É um momento oportuno.

Então ele falou:

— Por quê?

— Porque eu gosto de você — ela disse apenas, não achando necessário acrescentar mais nada, aquilo bastava.

A caminho da Grande Dama, Mariana tentava decidir entre várias ideias que ia surgindo na sua cabeça, qual delas seria a mais eficaz. Tinha em início a intenção de vasculhar todos os livros na biblioteca, mas acabou chegando à conclusão de que nada encontraria lá. Diversas vezes o conde a incentivara a aproveitar a sua biblioteca, decerto que não haveria nenhum livro de feitiçaria à disposição de qualquer um, e sim guardado em algum lugar privado, assim como o mineral mágico. Era no sótão dele onde ela deveria procurá-los.

Mariana atravessava o bosque tão concentrada no seu novo objetivo que mal notou a coloração dourada no qual o bosque se transformara com a chegada da nova estação, que teria sido contemplada propriamente por ela, e nem na presença de Aidran, por quem ela tinha grande simpatia, que teve que gritar para que ela então o notasse ali.

— Ei! Aonde vai com tanta pressa?

Mariana parou abruptamente, olhando ao redor. Enfim o encontrou, vindo por entre algumas árvores, na mão segurava uma flecha.

— Olá — ela disse.

— Onde você estava? — perguntou Aidran, alegre — Quanto tempo passeando?

— Eu... — começou Mariana, obrigando-se a pensar rápido. Infelizmente não conseguiu pensar em nada muito criativo e soltou — Dando uma volta.

— Aonde? Por aqui?

— No bosque, oras. Onde estamos afinal?

— Eu sei, mas é que você estava vindo de lá — indicou Aidran com a mão que segurava a flecha a direção da ponte de musgo.

— E qual o problema? — ela perguntou na defensiva.

— Problema nenhum — ele disse, dando de ombros. Já que ela não queria falar, ele ia respeitá-la — Bom, eu estava treinando, como vê. Melhorando bastante. Usando das dicas que você me deu, aproveitando de todos os alvos que você desenhou. Eu estava pensando, será que você poderia desenhar mais alguns em um lugar aqui perto que...

— Sabe, eu realmente acho que você deveria desistir disso, Aidran — soltou Mariana, interrompendo-o, incapaz de se conter — De uma vez por todas.

— Como é? — perguntou Aidran, a incompreensão instalando-se no seu rosto.

— Essa sua ideia de caçar a Criatura da Floresta! Eu sinceramente acho que é uma bobagem, Aidran — Mariana continuou, sem dó de tudo o que estava decidida a dizer — Me desculpe, mas não deve haver monstro nenhum na Floresta do Oito, do contrário já o teriam achado. O que pensa? Que vai ser você quem conseguirá a cabeça dele? Você precisa colocar um pouco os pés no chão. Homens muito bem treinados já estiveram aí dentro, procurando, bem equipados e em grupos, e usando de habilidades muito bem desenvolvidas ao longo de anos, que me desculpe, você ainda não as tem, e não acharam nada. No final de contas é só uma lenda, esse monstro não existe — ela aqui parou para soltar um longo suspiro, e então continuou — Você está sonhando demais, Aidran, e perdendo seu tempo.

O pobre do rapaz ficou a olhá-la, levemente espantado, sem conseguir nada dizer em sua defesa.

— Me desculpe por dizer tudo isso — disse Mariana, recomeçando a andar — Mas é para o seu bem, pense a respeito. Eu estou com muita pressa agora, não posso ficar para conversar mais. Preciso ir.

E dando um sorrisinho de desculpas, Mariana virou-se e seguiu caminho, apressando seus passos, deixando Aidran para trás, parado e mudo feito uma estátua. Por quanto tempo? Mariana não saberia dizer, pois não virou para olhar uma única vez.

Ao atravessar a ponte que levava para a Grande Dama, Mariana já conseguia ver, como se estivesse suspensa sobre as árvores, mais alguns passos, virando uma curva, a mansão então se revelou por inteira. Mas agora, parecia a Mariana como se ela estivesse mudada, embora continuasse a mesma, os detalhes inalterados, as paredes gastas, a arquitetura majestosa que fazia dela tão imponente. Ao entrar, teve a mesma sensação, porém muito mais intensa. Estivera vivendo na Grande Dama dias suficientes para já estar familiarizada com tudo, no entanto, agora parecia estar dentro dela pela primeira vez.

O conhecimento tinha transformado a Grande Dama; das paredes, Mariana sentia como se algo agourento era exalado, poluindo o ar; das portas, a angustiante impressão de que fossem se abrir de repente. Mariana passou correndo por uma delas, com medo de que algo surgisse dali e a agarrasse.

Mas não era a mansão em si que era inteiramente culpada, era a quem ela pertencia que fazia dela extensão desse indivíduo que, no momento, se encontrava ausente, e aproveitando disso, Mariana seguiu em frente com o que pretendia.

Ela sabia que o sótão do conde ficava acima do estúdio, então tinha uma ideia de que caminho seguir para chegar até lá. Virou dois corredores, até que entrou em uma antecâmara; era pequena, com algumas poltronas e uma escrivaninha. Estava para sair dali por uma porta do outro lado da parede, quando notou a parede contrária dobrando-se, e parando e olhando melhor, Mariana viu a enorme escada em espiral que se escondia ali.

Ela não pensou duas vezes. Avançou e subiu a escada de madeira, iluminada por pequenas janelinhas nas paredes. Chegando ao topo, se viu diante da porta que só podia levar ao sótão e com grande expectativa, girou a maçaneta.

Mariana foi então invadida por uma forte onda de frustração que a quase fez gritar. A porta estava trancada.

Claro, ela devia ter imaginado isso. Sua cabeça estava a mil, tentou forçar a porta de novo, mas não adiantava, estava realmente trancada. O que fazer? Ela pensou em tentar arrombá-la, mas o momento não era oportuno para deixar um rastro de arrombamento enquanto ainda era uma estranha vivendo como hóspede naquela casa. "Nem teria a força necessária para arrombar", pensou, infeliz. Frustrada, deu as costas à porta e desceu.

Em outras ocasiões, ela não conseguiria pintar direito. Porém, terminar a pintura não seria só a realização de mais um trabalho e a satisfação pela recompensa, mas também libertação, e obrigou-se a ir para o estúdio, para adiantar a arara-azul, Mariana sentou-se diante dela e começou a pintar.

Terminou o fundo tão rápido que se surpreendeu; tanto pelo curto tempo que levou pintando quanto pela qualidade; nenhuma pincelada a mais seria preciso aplicar ali.

Enquanto pintava a arara, tentava pensar em um modo de entrar no sótão do conde. Só que suas ideias não pareciam evoluir; mais de três vezes pensou em segui-lo sorrateiramente e entrar no sótão sem ser vista, era, no entanto, muito arriscado, além do mais, como faria para sair de lá depois que ele trancasse a porta?

Enquanto forçava o cérebro a pensar, o pincel ia dando forma às penas. Incrivelmente, pois ela supunha que não estava fazendo um trabalho tão bom quanto gostaria, as penas iam ficando cada vez mais bem definidas e de acordo com o que ela tinha imaginado. A luz, a sombra, ela estava conseguindo o exato efeito de que precisava, isso em um estado de ansiedade e euforia, com o cérebro trabalhando a mil, acreditando que essas seriam na realidade condições adversas a ótimas pinceladas, mas pelo o que via, não era o caso, pelo contrário, parecia ser justamente seu espírito agitado a tornando tão habilidosa.

O sol lá fora estava para se pôr e, apesar de ainda haver claridade suficiente dentro do estúdio, Mariana colocou os pincéis de lado, tirou o avental e se levantou. Ela não poderia terminar a tela agora, precisava dessa desculpa para ficar tempo suficiente na Grande Dama até conseguir os livros que acreditava conter a localização do mineral mágico que o Grande Pássaro precisava. O que tinha adiantado na pintura já estava de bom tamanho para quando enfim estivesse com o livro em mãos, então bastaria apenas algumas horas de trabalho e pronto, a arara-azul estaria finalizada. Então era só receber seu pagamento e deixar a Grande Dama.

Naquele momento, a porta do estúdio se abriu.

— Ah, meus Deus! — exclamou a sra. Siban ao entrar, dando um pulinho de susto quando viu Mariana ali. Aparentemente, não esperava por isso — Que susto! Minha querida. Você está de volta. Ai, ai, mas que susto. Eu nem vi você chegando.

Mariana começou a falar e então notou o molho de chaves pendurado na cintura da sra. Siban, para o qual nunca dera a devida importância antes, mas que agora, era na única coisa que conseguia pensar, impedindo-a de continuar com o que dizia, seu cérebro priorizando espaço para as ideias que o molho de chaves ia gerando, decerto havia uma chave mestra ali.

— Ai, mas ainda bem que você está de volta, pois vi algumas nuvens se formando e é possível que chova bem forte — comentou a sra. Siban, não reparando nos olhos de Mariana grudados nas chaves penduras em sua cintura roliça — Eu vim ver se estava tudo em ordem e aproveitar que você estava ausente para mandar alguma das meninas dar uma ajeitada por aqui, mas acho que está tudo limpinho, não está, srta. Mariana? Se não estiver, por favor, não hesite em me falar.

— Está tudo limpo sim — confirmou Mariana, erguendo os olhos e ajeitando a postura — Não se preocupe, sra. Siban, não se preocupe!

A governanta então trocou mais algumas palavras com ela, Mariana respondendo apenas o que conseguia, sem que comprometesse o cérebro que trabalhava em busca de uma maneira de conseguir descobrir qual daquelas chaves entre as tantas que batiam contra o vestido da sra. Siban era a mestra; e o mais importante: como consegui-la.

Mas não foi capaz de pensar em nada a tempo e foi com uma sensação muito desconfortável de desapontamento consigo mesma que ela assistiu à governanta fechar a porta atrás de si e ir embora.

Indo até a poltrona e afundando ali, amuada, Mariana torceu os lábios em um beicinho e ficou por algum tempo remoendo consigo a frustração pela falta de imaginação, até que resolveu que ia ler um pouco, pois às vezes, enquanto lia, seu cérebro parecia trabalhar melhor, quem sabe teria uma ideia? Esticando o braço, jurando que o livro estava ali do lado sobre a mesinha, tateou a superfície vazia.

Lembrou-se então que tinha deixado o livro no quarto, sobre o criado-mudo, perto do vaso onde toda a manhã as rosas secas do dia anterior eram substituídas por novas. Chegando lá, encontrou-o exatamente naquele lugar. Jogou-se então sobre a cama e abriu o livro. No mesmo instante notou que a gaveta do criado-mudo estava entreaberta e imediatamente a ideia brotou em sua cabeça. Começou a passar os olhos rapidamente por todas as outras gavetas que existiam no quarto. Encontrou uma, duas quatro somada às duas da escrivaninha e por fim aquela ali do lado.

Sem perder tempo, Mariana levantou-se para colocar o seu plano em prática. Pegou sua carteira, que estava bem guardada na mala de viagem, e a jogou dentro da gaveta do criado mudo. Em seguida a trancou e escondeu a chave embaixo dos travesseiros. Saiu então a procura de todas as outras chaves das outras gavetas e também as escondeu. Agora era só alegar à sra. Siban que não encontrara nenhuma que pudesse usar numa tentativa de abrir a gaveta trancada no lugar da chave perdida.

Mariana soltou um sorriso largo, acreditando que seu plano daria certo, e com pressa saiu à procura da sra. Siban. Precisou passar apenas por alguns corredores até encontrá-la em uma das salas, enquanto dava ordem para duas criadas.

— Precisa de ajuda, filha? — foi a pergunta da sra. Siban, ao se deparar com a expressão de aflição no rosto de Mariana.

— Eu sou uma estúpida — afirmou Mariana, num tom próximo de alguém a cair no choro.

Mas a governanta era uma boa senhora muito preocupada e sempre prestativa, e por isso deixou passar despercebido o fato de os olhos de Mariana estarem tão secos como nunca e sua péssima atuação.

— O que aconteceu? Por favor, me diga, minha filha? — pelo tom da voz da sra. Siban, ela parecia já prever o pior dos piores.

— Eu tranquei a gaveta do criado-mudo do lado da cama com a minha carteira lá dentro, porque é onde eu achei melhor guardá-la, sabe? Mas perdi a chave.

A governanta soltou um suspiro de alívio, as mãos roliças já indo em busca do molho de chaves que repousava na cintura entre as dobras do vestido.

— Ah, querida, não há por que ficar assim tão preocupada. Vamos resolver isso já.

E juntas voltaram para o quarto. Lá, Mariana apertou o passo até ultrapassar a sra. Siban e apontou a gaveta em questão.

— Certo — disse a sra. Siban, levantando o molho de chaves até a altura do busto, o queixo dobrando-se, formando uma papa tripla enquanto seus dedinhos procuravam o que queria — A chave mestra abre qualquer fechadura nesta casa, qualquer uma, até as gavetas.

Atenta e de olhos bem abertos, Mariana assistia, feliz e ansiosa.

— Aqui está ela — disse alegremente a sra. Siban e, pegando do molho uma chave vermelha e comprida, se inclinou sobre o criado-mudo. Ouviu-se um clique e então a gaveta foi facilmente puxada.

Mariana esqueceu de soltar uma alegre exclamação de felicidade tamanha era a sua concentração na ação que se desenvolvia ali, e também porque logo em seguida se deparou com a decepcionante incapacidade que foi a de não ter pensado previamente em como se apossaria daquela chave. Com tristeza, a assistiu voltar para o molho de chaves da sra. Siban.

— Muito bem! Problema resolvido. Ah, escuta, srta. Mariana, estamos lavando algumas roupas, por acaso tem algumas peças sujas suas que gostaria que fossem lavadas?

— Acho que não — disse Mariana, deprimida — Obrigada, sra. Siban.

— De nada, querida. Se tiver, não hesite. Ah, eu estava indo fazer um chá para mim, gostaria que eu trouxesse um pouco para você?

— Sim, claro — respondeu Mariana, não conseguindo esconder o desânimo na sua voz e deixando-se cair em uma das poltronas.

— Certo — e lá se foi a sra. Siban com o molho de chaves e a chave mestra vermelha e comprida presa à sua cintura.

Enquanto isso, Mariana ficou a pensar em como faria para conseguir a chave vermelha, mas nada vinha à sua mente, a frustração pela falta de imaginação aos poucos sendo substituída pela agitação. Em pé, ia dando voltas pelo quarto, sem querer, acabou esbarrando em sua mala, que se abriu no chão, algumas roupas esparramando aos seus pés.

Então a ideia surgiu. Rapidamente, Mariana tratou de colocá-la em prática. Pegou todas as suas roupas ali esparramadas e até alguns vestidos do guarda-roupa, que embora ainda limpos, os trataria como se estivessem sujos. Em poucos minutos, a pilha de roupas sobre a cama estava quase do tamanho da baixinha da sra. Siban, que entrou justamente no momento que Mariana avaliava sua recém-criação, otimista de que seu plano daria certo.

— Aqui está, srta. Mariana, o chá. É de uma erva meio doce e meio amarga que cresce no jardim, é muito gostosa e... Ora, ora, o que é isso? — interrompeu a sra. Siban ao ver aquela pilha de roupas sobre a cama.

— Roupas sujas, sra. Siban — disse Mariana, tirando das mãos dela a bandeja de chá e a levando até a escrivaninha — Eu tinha me esquecido que sim, que tinha um acúmulo, como vê, meio que grandinho, de roupas sujas. Seria pedir muito se as levasse com a senhora? Eu estou meio que indisposta — e levando a mão à cabeça, fingiu tontura.

— Ah, claro que não, querida, imagina — respondeu a sra. Siban, os braços estendidos ao redor da pilha de roupas, sem saber como agir, era quase do seu tamanho — Tome o chá e tente repousar, está bem? Eu lido com isso.

— Eu ajudo a senhora! — exclamou Mariana, adiantando-se.

E com a agilidade de alguém jovem e cheia de saúde, Mariana passou a pilha de roupas de seus braços para os braços estendidos da sra. Siban, a pilha subindo até o nariz arrebitado da boa senhora, apenas seus olhos ficaram visíveis.

— Eu agradeço muito — disse Mariana — Agora, deixa eu só dar uma arrumadinha aqui, sra. Siban, para que uma das roupas não deslize para fora.

— Ah, sim, obrigada, minha filha — agradeceu a sra. Siban, fazendo o possível para não derrubar a pilha de roupas.

E aproveitando da oportunidade que idealizara, Mariana abaixou-se, mas em vez de mexer nas roupas, agarrou o molho de chaves, e rapidamente, ao distinguir a chave vermelha das outras, a desprendeu com agilidade sem que a sra. Siban fosse capaz de vê-la fazendo isso. E levou o objeto de seu triunfo para o bolso do vestido.

— Acha que é seguro eu seguir em frente? — perguntou a sra. Siban, temerosa.

— Muito seguro! — disse Mariana, com toda a certeza do mundo, enquanto a sra. Siban virava-se com cuidado em direção à porta.

— Tem certeza? — perguntou a sra. Siban, impossibilitada de enxergar a barra do próprio vestido.

— Olha só para a senhora, está indo muito bem! — incentivou Mariana, da porta do quarto, assistindo à sra. Siban seguir pelo corredor a passos bem curtos, equilibrando a pilha de roupas.

No momento em que a governanta virou o corredor e sumiu de vista, Mariana saiu correndo em direção a antecâmara que levava ao sótão do conde, o coração batendo a mil de tanta empolgação. Subiu a escada de madeira em espiral às pressas e, ao chegar no último patamar, tirou a chave vermelha de dentro do bolso do vestido.

E com sucesso, destrancou a porta do sótão do conde.

Capítulo 28

O sótão do conde

Por algum motivo, que não convém agora se prolongar a respeito, Mariana achou que ao abrir a porta se encontraria em um sótão escuro, muito mal iluminado, fétido, onde cada passo que desse teria que ser previsto com antecedência. Estava enganada, como viu.

O sótão era amplo, arrumado e bem iluminado, de uma parte do teto inclinado, duas janelas contribuíam com luz junto a uma janela alta que Mariana lembrou de já ter identificado lá no alto, nas vezes que ficou admirando a bela construção que era a Grande Dama do lado de fora, quando estava no jardim ou vindo embora do condado, mas não era só isso que compunha a surpresa que desfizera a preconcepção que Mariana tinha daquele lugar. Penduradas do teto, várias gaiolas encarceravam pobres passarinhos, que cientes de uma presença salvadora, começaram a piar e a cantar, fosse de alegria ou desespero, Mariana não saberia dizer. Ali ao centro, uma imensa mesa de trabalho comportava os mais variados tipos de objetos estranhos. Ao se aproximar para inspecioná-los melhor, o pé de Mariana topou em algo ao chão. Afastando os cabelos do rosto, viu ali várias mudas de rosas vermelhas, algumas em botão quase a florescer.

Sem muito o que nelas reparar além da normalidade usual de meros brotos, Mariana as ignorou e voltou-se para a mesa. Sobre a mesa, se encontrava um conjunto bem completo de equipamentos científicos, além de outros potes de vidro de vários tamanhos, alguns vazios, outros contendo líquidos coloridos; havia também pequenos objetos de pontas afiadas e articulados, e uma bacia cheia de pedras até a borda. No entanto, tinha outro objeto que, pela sua particular estrutura e aparência, ganhava em notoriedade, e foi para esse objeto, entre todos sobre a mesa, que Mariana avançou bastante intrigada a melhor estudá-lo.

Tratava-se de uma luneta em pé, fixada sobre a mesa, suportada por uma complexa armação de ferro, semelhante a uma aranha. Estranhamente, a luneta se encontrava de cabeça para baixo, atravessando uma abertura circular na mesa. Colocando-se de joelhos, Mariana viu embaixo da mesa o resto do corpo do objeto, composto por uma segunda armação de ferro ainda mais complexa, que o estendia até atingir o chão, o atravessando.

Levantando-se, o dedo a coçar o queixo, intrigada, Mariana ficou a analisar aquela luneta nada convencional. Não resistindo, a tocou. Inesperadamente, a luneta mostrou-se flexível, soltando sons metálicos conforme se mexia. Mariana, que acreditava estar certa quanto ao uso de uma luneta, apesar do jeito que se encontrava ali nada convencional, esticou o pescoço e olhou através dela para ver o que a lente revelaria.

A descoberta deixou-a indignada.

Lá estava, para além da lente da luneta, uma visão tridimensional de todo o seu estúdio. Viu a poltrona, a mesinha onde ela colocava o chá, viu do outro lado do estúdio o cavalete, a pintura da arara-azul quase completa, o armário ao fundo e as outras telas em branco contra a parede. Ela era capaz de ver tudo conforme ia mexendo a luneta, a fazendo soltar ruídos metálicos conforme novas perspectivas iam surgindo.

"Isso era... isso era...", ela nem conseguia pensar em uma palavra, para atribuir ao fato de o conde a estar espionando, que fizesse jus à sua indignação. Mariana poderia até perdoá-lo por toda a sua excentricidade e seu particular interesse pelo ocultismo e magia, mas aquilo! Espioná-la! Isso não. Não, quando a sua privacidade havia sido violada. "Inaceitável! Horrível! Que homem horrível! Ser espionada! Ultrajante! Por ele! Um título de conde não deveria ser aplicado a alguém com tanta falta de educação e inescrupulosidade. Mas que boba eu, ser tão inocente", pensou logo em seguida. "O que são títulos? Não são nada!"

Deixando então toda essa indignação para lá, Mariana virou-se para a estante de livros. Para o que a havia trazido ali, na verdade, e começou a desbravar todos os títulos que continham ali.

Páginas amareladas iam mostrando várias gravuras estranhas. Havia cálculos também e longos textos intercalados com mais gravuras. Assim se seguiam os livros que ela ia abrindo. Mas nenhum deles parecia falar sobre minerais e pedras mágicas. Os próximos livros que foi abrindo apenas mostravam teorias e textos longos sobre a história dos feiticeiros e os primeiros registros de acontecimentos raros possivelmente causados por influências mágicas.

A direção da luz natural, provinda pelas janelas inclinadas, já mudara de ângulo, mas Mariana não viu nisso perigo e não se preocupou; ainda podia ver, ainda era dia. Deixando os livros um pouco de lado, começou a inspecionar cada canto do sótão em busca do mineral mágico. Abriu gavetas, procurou entre a bacia de pedras algo que reluzisse como uma joia, abriu armários, mas nada.

Enquanto isso, lá fora, o conde chegava, mais cedo do que tinha previsto. E sua chegada foi apenas ouvida pelo jardineiro que terminava o seu trabalho, alguns criados que estavam em uma das salas no térreo e pela sra. Siban, que na verdade, estava passando por uma das janelas de uma sala do segundo andar e o viu.

Mas não Mariana, lá no sótão, ainda à procura do mineral mágico.

Enquanto isso, o conde atravessava o saguão de entrada. Ele estava satisfeito, havia um tempo vinha tentando negociar com um fornecedor certos livros difíceis de conseguir e tinha saído justamente para pegá-los, ainda incerto se os teria ou não, mas lá estavam seus preciosos agora, em seus braços.

No sótão, Mariana fechava mais um livro sem ter encontrado nada. Falava sobre a manipulação da água e outras coisas líquidas e o devolveu à prateleira. Naquele momento, ela ouviu um dos piores barulhos que ela poderia ouvir estando em tal circunstância e local. O da fechadura da porta recebendo uma chave que ia sendo virada. Treque-treque.

Mariana agiu rápido. Engatinhou para o lado, para atrás de um baú. O objeto não era tão grande, então ela teve que se espremer para ser completamente ocultada por ele.

A porta então abriu e alguém deu dois passos fortes. O conde ficou parado por alguns segundos, levemente intrigado. Lembrara de ter trancado a porta, mas ao tentar destrancá-la, descobriu que não. Devia ter se esquecido, estava com muitas coisas na cabeça aquele dia. Fechou então a porta e a trancou.

Em seguida, sua figura elegante e alta passou diante do baú, ignorante dos olhos de Mariana pairando sobre a superfície do objeto, dentro das sombras, que permitiam à moça vê-lo. O conde colocou os livros que trouxera sobre a mesa e vestiu um jaleco branco. Vasculhou algumas coisas ao fundo do sótão, onde a visão de Mariana não alcançava, e depois voltou para a mesa. Esticou a mão para a luneta e, apropriando-se dela, olhou pela lente.

— Hum... onde ela estará? — sussurrou para si mesmo.

O conde, ignorante do irônico fato de que agora era ele quem estava sendo espionado, agia livremente em seu sótão particular. Deu-se alguns minutos checando as gaiolas de pássaros, passando os dedos entre as grades; abriu duas ou três gavetas que Mariana não conseguiu ver e mexeu lá dentro. Voltou, ajeitando o jaleco que caía pelo ombro, e pegou alguns livros, jogando-os de qualquer jeito sobre a mesa. Pegou então uma folha de papel que estava em algum lugar e foi se sentar em uma poltrona localizada em frente a uma humilde lareira, os olhos descendo pelo o que fosse que estivesse escrito ali.

Mariana acompanhava tudo com um misto de curiosidade e tensão.

De volta à mesa, o conde começou a mexer nos potinhos e tubos de vidros que tinham ali. Abaixou-se, e por alguns instantes sumiu da visão da jovem. Ouviu algo sendo arrastado, e em seguida, Mariana viu um caldeirão ali do lado da mesa.

Arrastando a bacia com as pedras, o conde pegou algumas e as jogou no caldeirão. Depois começou a mexer nos potinhos de vidros e adicionou o líquido de alguns deles. Minutos depois, uma luz esverdeada, irradiando do caldeirão, começou a iluminar tudo ao redor, depois passou para o azul, depois voltou ao verde, embora não fosse o mesmo tom de antes.

— Ah! — exclamou ele, satisfeito — Vejamos se já está comestível.

Mariana viu então a mão dele levantar para o alto, segurando uma bela pera, bem verde e lustrosa.

O conde então cortou um pedaço da pera que tinha produzido e a esmigalhou. Puxou um pratinho que estava ali, onde depositou as migalhas, e em seguida abriu a portinhola de uma das gaiolas e as ofereceu de alimento aos passarinhos.

Se os passarinhos comeram? Decerto que sim, pois o conde soltou uma exclamação de satisfação e começou imediatamente a adicionar todas as pedras que tinha para dentro do caldeirão borbulhante.

"Muito engenhoso!", pensou Mariana consigo mesma. Poderia ter sentido certa repulsa do que viu, no entanto, a pera parecia natural demais para ter alguma aversão a ela, e se sua linha de raciocínio estivesse certa, e ela achava que estava, de fato as frutas que vinha comendo no café da manhã eram muito melhores do que as que comia em Prodélia.

Os músculos de Mariana começaram a reclamar da posição contínua na qual se encontravam já por tempo demais; teria logo fim a diária experiência mágica do conde ou ele a prolongaria por mais tempo? Lá fora a noite já ia caindo.

Pelo jeito não. O conde pegou uma das mudas de rosas vermelhas, que ainda não passavam de um frágil botão, e a colocou sobre a mesa. Estralou os dedos e começou a procurar por algo. Enquanto isso, o caldeirão do lado continuava a borbulhar, emitindo a luz verdejante a colorir todo o sótão.

Enfim, o conde achou o que queria e ergueu até os olhos o conta-gotas suspenso entre os dois dedos. O mergulhou em um dos potinhos que tinha ali e em seguida soltou uma gota sobre o botão de rosa, suas pétalas cintilaram, em segundos, o brilho ia se suavizando e uma nova cor substituindo a vermelha.

Pegando outra muda de rosa do chão, o conde repetiu o mesmo procedimento e assim foi fazendo com todas, tornando-as rosas púrpuras.

Alguém então bateu à porta.

— Sim? — disse o conde.

— Sou eu — era a sra. Siban, Mariana reconheceu.

Houve um minuto de hesitação, até que o conde se decidiu, e marchando até a porta, a destrancou, mas apenas abriu suficientemente para que seu rosto ficasse visível.

— Sra. Siban, apenas um motivo de extrema urgência a traria até aqui, eu espero.

— E é, senhor — ela disse, aflita — A menina Mariana. De novo!

— O que tem ela? — seu tom de voz mudou subitamente. Ficou preocupado e chegou a abrir a porta um pouco mais.

— Sumiu de novo. Estou há horas procurando por ela. Achei que talvez tivesse saído, mas perguntei aos empregados e ninguém a viu sair. Deve estar perdida na mansão, tadinha.

— Realmente — disse o conde, refletindo — Mas não há porque se preocupar caso esteja na mansão.

— Eu sei, mas eu sou assim mesmo, toda preocupada, e pode ser que ela tenha saído sim. Já é de noite.

— Tudo bem, eu já vou descer — ele disse.

Fechando a porta, o conde voltou à mesa. Ficou pensativo por alguns instantes, até que se inclinou sobre a luneta e olhou por ela.

Olhou e olhou. O ruído da engenhoca estralando conforme ele continuava a movê-la. Não, ela não estava lá. Desgrudando o olho da luneta, o conde tirou o jaleco e resolveu ir se juntar a sra. Siban à procura de Mariana.

No segundo seguinte após a porta se fechar, a primeira coisa que Mariana fez foi esticar as pernas e soltar um longo suspiro de alívio, mas ela não poderia demorar muito. Ergueu-se de uma vez, a mão já dentro do bolso do vestido agarrando a chave, quando notou um brilho singular sobre a mesa que lhe atraíra a atenção. Por alguma razão o conde tirara seu anel de cristal e o objeto jazia sozinho ali sobre a mesa.

A surpresa com a qual lidou com aquela sorte milagrosa paralisou Mariana por alguns segundos. Do coração, larva quente se espalhava por todo o seu corpo, e no momento em que avançou para pegar o anel, o ruído da porta sendo destrancada obrigou Mariana a recuar. O conde estava de volta.

Assim que a porta se abriu, Mariana se jogou para trás do baú.

A passos determinados, o conde foi até a mesa, pegou o seu anel e saiu.

Mariana sentiu vontade de gritar. Controlando-se, esperou os minutos necessários para que não esbarrasse com o conde e então saiu do sótão.

Já tinha decidido enquanto descia as escadas na escuridão o que faria em seguida. Cautelosamente avançou alguns passos até o corredor e o vendo livre, lançou-se nele. Entrou na primeira sala que viu, a mão esticada, embora não soubesse o porquê. Sentiu então um grande alívio ao alcançar as costas de uma poltrona, deixando o peso do seu corpo cair sobre ela; talvez fosse isso.

Respirou profundamente e se permitiu descansar por alguns minutos. Depois levantou-se e passou a andar pelo o cômodo, para lá e para cá. A cada passo que dava, ia ensaiando mentalmente o que falaria quando abordada pelo conde e a sra. Siban. "Ora! Procurando por mim!? Mas eu estava aqui o tempo todo!"

Seus pensamentos então foram varridos para longe ao se deparar com a bela moça melancólica pendurada sobre a lareira, o único retrato entre todas as pinturas de aves e pássaros que existiam na Grande Dama. Sem perceber, Mariana tinha entrado naquela sala em questão, onde existia apenas aquela pintura. Ficou a admirando, supondo se talvez fosse a mãe ou irmã do conde, afinal, tinham os mesmos olhos azuis e a cabeleira loura. Tão longe ela estava, refletindo sobre isso, hipnotizada pela bela pintura, que nem precisou representar quando o conde e a sra. Siban ali surgiram.

Levando um susto, virou-se para eles.

— Srta. Mariana! Estávamos à sua procura! — exclamou a sra. Siban, apesar de ter soltado um suspiro de alívio, o tom de sua voz ainda parecia tenso — Não me diga que estava aqui o tempo todo!

— Ah sim, estava — disse Mariana por fim.

— Mas como? Eu procurei a senhorita aqui umas duas vezes! — a sra. Siban deu dois giros no mesmo lugar, como que à procura de algum local ali na sala que pudesse ter servido de esconderijo para Mariana — Eu devo estar mesmo ficando mal da vista. A idade! Não há remédio senão a aceitação, não é mesmo?

A sra. Siban soltou uma risada, Mariana fez questão de acompanhá-la, mas a quietude do conde, que ainda parecia determinado em nada dizer, apenas a observá-la, deixou a moça de tal modo apreensiva que sua risada foi prejudicada.

— Diga-me, a senhorita tinha realmente se perdido? — perguntou a sra. Siban.

— Não, não. Eu estava só andando pela mansão. Desculpa a minha falta de educação — e essas palavras foram direcionadas ao conde — A intenção não era bisbilhotar, embora eu não resista a todas essas pinturas — e com graça fez um aceno com a mão para as paredes vazias daquela sala.

Mariana não percebeu isso, o conde, talvez sim, o que lhe causou o sorriso completo que os lábios tortos até então retinham.

Houve um curto tempo de silêncio que pareceu durar uma eternidade.

— Sem desculpas! — então finalmente o conde falou — Você é livre para andar por onde quiser aqui, srta. Mariana. Muito bem, agora que todos sabemos onde cada um está, podemos ir jantar.

A sra. Siban deu meia-volta e saiu às pressas, Mariana pretendia fazer o mesmo, mas o conde a reteve; deslizando um passo para o lado, bloqueou o caminho.

— Sabe que se estiver necessitada de qualquer coisa, srta. Mariana, basta dizer a mim ou a sra. Siban. Sou muito preocupado com o conforto dos meus hóspedes. Principalmente com o da senhorita, que é muito especial.

— Ah, obrigada, mas, não preciso de nada — ela respondeu, os olhos fugindo do olhar penetrante dele — E não acho que eu seja tão especial assim — acrescentou.

— Mas claro que é — ele falou com convicção.

— E por que eu seria?

— É uma artista, e responsável pela minha arara-azul — ele disse com bastante naturalidade.

— Ah, sim. Bom, ela está para ser finalizada já.

— Sem pressa.

— Mas ela já está. Uma hora ela chegaria ao fim.

— Naturalmente.

Conseguindo ter contornado o conde, Mariana viu seu caminho livre, e dizendo que ia para o quarto e depois desceria para o jantar, saiu a largos passos.

O conde ficou parado por alguns segundos no mesmo lugar. O queixo ergueu-se, a pintura da moça de olhos azuis tristes tomando alguns minutos seus. Até que ele se moveu, mas não saiu da sala, apenas fechou a porta.

A caminho do quarto, Mariana ansiava pela cama. Queria ao menos alguns minutos deitada, para se recuperar de tantas emoções, mas ao abrir a porta do quarto se deparou com a sra. Siban.

— Ai, srta. Mariana, estou em apuros! — ela disse — Não consigo achar a chave.

— Ah, a chave! — exclamou Mariana, lembrando-se que deveria de alguma forma devolvê-la a sra. Siban.

— Sim, a chave mestra. A senhorita a viu? Eu acho que a perdi aqui no seu quarto, quando vim abrir a gavetinha do criado-mudo, mas não a acho. Bom, melhor eu descer logo para colocar o jantar na mesa, depois eu vejo isso.

— Não! — exclamou Mariana, antes que a sra. Siban pudesse sair do quarto, e correu até a escrivaninha — A chave está aqui. De fato, a senhora a deixou cair aqui e eu a guardei.

— Aqui!? — a sra. Siban estava incrédula — Mas eu olhei na escrivaninha.

Mariana dobrou-se contra a escrivaninha, e fingindo procurá-la ali, muito discretamente tirou a chave vermelha do bolso do vestido.

— Aqui está — E erguendo a chave vermelha à altura dos olhos, rodopiou-a entre os dedos — É essa, não é mesmo?

— Mas que coisa... — comentou a sra. Siban, impressionada, enquanto pegava a chave — Eu realmente devo estar muito distraída, não prestando atenção em nada. Primeiro não vi a senhorita lá na sala e essa agora. Mas será possível?

Mariana disse que ela devia estar cansada por andar trabalhando muito, enquanto a acompanhava até a porta do quarto.

Então, finalmente sozinha, Mariana jogou-se na cama, os braços voando no ar até caírem sobre as almofadas, e deu um longo suspiro. Piscou os olhos e os fechou por alguns segundos, e depois os abriu. Sobre o criado-mudo ela viu as falsas rosas roxas que eram renovadas todas as manhãs por uma das camareiras, já murchas.

Ela sabia que devia sentir medo, mas, estranhamente, não conseguiu, e ficou observando as flores, enquanto diversos pensamentos, lutando entre si por espaço e prioridade, não a deixaram se concentrar em nenhum em particular.

Capítulo 29

Mariana conclui a arara-azul

Durante o café da manhã o silêncio reinou mais do que deveria. Mariana estava ciente disso. Tinha tentando parecer natural, mas agora tudo era visto por uma nova perspectiva muito diferente de antes para que pudesse praticar a indiferença com facilidade.

E o conde não deixou de perceber.

— Está calada — foi o comentário dele.

— Estou? — ela disse de volta, um pouco sobressaltada.

— Sim, nem experimentou uma das peras — ele disse. — Não está com vontade?

Mariana fez um muxoxo e lançou mais um olhar penetrante à bela travessa à sua frente, na qual as peras tinham sido arranjadas umas sobre as outras numa equilibrada e bela pirâmide. Apesar do céu cheio de nuvens, às vezes o sol encontrava uma brecha e seus raios entravam pela janela, atingindo em cheio as frutas, fazendo-as cintilarem como se fossem pedras preciosas. Era mágico.

— Vamos, pegue uma — incentivou o conde, no momento em que uma nuvem deslizou para o lado e o sol brilhou.

— Claro — disse então Mariana, adicionando uma ao prato.

Sua falta de apetite não era resultado do conhecimento do que aquela bela pera de aparência muito suculenta, ali em seu prato, tinha sido antes. Não era exatamente o objeto em sim. Era o conhecimento de tudo.

— Gostosa? — perguntou o conde, depois que Mariana levou um pedaço fatiado a boca.

— Sim — ela disse.

Ele esperou que ela dissesse mais alguma coisa, mas Mariana voltou sua atenção para o prato, e em silêncio, incapaz de dizer algo, pois tudo o que pensava não poderia ser verbalizado na frente dele, voltou a comer.

— De fato, está bem calada. Algo lhe aflige? — perguntou o conde.

— Não! Nada me aflige! — e tão rápido ela quis responder que a intenção de corrigir aquela impressão teve catastroficamente o efeito contrário; tanto pelo seu tom de voz, quanto pelo talher que ela deixou cair ao chão devido a um movimento brusco da mão nervosa.

Mariana ia se abaixar para pegá-lo, mas o criado foi mais rápido.

— Obrigada — ela agradeceu ao criado, que recuou sem dizer nada.

O olhar de canto do conde foi mais desconfortante do que o silêncio que se seguiu. Mariana não podia deixar-se ganhar pelas emoções que a dominavam, seu modo reservado muito provavelmente deixando o conde desconfiado.

— Estou para finalizar a arara-azul — ela disse então, querendo remediar a impressão que estava dando — Falta alguns detalhes que preciso trabalhar ainda e então ela estará pronta.

— Maravilhoso — disse o conde — Felizmente já tenho a moldura encomendada para ela. Não vejo a hora de vê-la na parede.

— Espero que goste do resultado.

— Srta. Mariana, isso é indiscutível — disse o conde, arrastando a voz em deleite — Já adoro.

Mariana forçou-se para não dizer nada, como um escudo aos elogios exagerados do conde, e apenas soltou um sorrisinho. Não era desejo da jovem pintora ficar em companhia daquele homem cheio de segredos e praticante de experimentos mágicos, que tinha transformado um pobre homem em uma criatura deformada apenas por ódio e inveja, mas para manter a curso normal da rotina, ela aceitou seu convite para darem uma volta pelo jardim.

Passavam pelos canteiros repletos de rosas roxas. O conde fazendo comentários elogiosos sobre as flores e a natureza; Mariana concordando com ele.

— É o sol que as deixam mais belas, sem dúvida — ele disse e, fixando um olhar penetrante nela, acrescentou — O sol deixa tudo que é belo ainda mais belo.

Mariana fingiu não tê-lo ouvido e desviou o olhar para as flores ao redor e os passos para uma faixa de sombra projetada por uma das arvorezinhas delicadamente podadas do jardim.

— Estranhamente, as rosas roxas estão me fazendo sentir falta das vermelhas — disse Mariana, não conseguindo resistir.

— Tão belas quanto — comentou o conde — Mas se lembro bem, as rosas roxas tinham se tornado suas preferidas.

— Sim. Por um tempo foi.

Aproximando-se de uma parte do jardim onde os canteiros de rosas roxas eram verdadeiras esculturas vivas, Mariana ficou olhando para elas, pensando agora se o mérito havia sido inteiramente do jardineiro ou não; agora restava essa dúvida.

— Há um tempo venho considerando um belo canteiro de rosas vermelhas — disse o conde.

Mariana o olhou, pouco convincente.

— Ou quem sabe criar uma bela composição com as duas, ele continuou. O que acha, srta. Mariana?

— Se a ideia lhe inspira. Por que não?

— Mas gosta?

Mariana deu de ombros.

— O que importa?

— Me importa muito.

— Minha opinião não vale de nada. A beleza do seu jardim é indiscutível e todas as decisões que foram feitas para que ele se tornasse o que é hoje partiram do senhor. Minha interferência não faria diferença nenhuma.

— Eu discordo — retrucou o conde — A senhorita é uma artista e entende da estética e da beleza. Sua opinião não seria qualquer opinião. Além do mais, é a interferência de alguém, de alguém que realmente importa, o que estou buscando.

— Obrigada — limitou-se Mariana em dizer.

— Uma pessoa precisa às vezes da interferência de outras pessoas — disse o conde, após terem dado alguns passos em silêncio — Uma pessoa não pode estar sempre a mercê de si própria. Não concorda comigo, srta. Mariana?

— Acho que sim.

— Consegue entender o que eu quero dizer?

— Creio que sim.

—Desde que a senhorita chegou aqui na Grande Dama essa minha opinião foi se intensificando. Ela já existia antes, um pouco embaçada, como que coberta de poeira pela falta de uso, mas estava ali. Foi bom ter tido alguém que me fizesse querer resgatá-la. Sua interferência é muito importante para mim, srta. Mariana.

— O senhor me coloca em um pedestal alto demais — disse Mariana — Não é pra tanto.

— Gosto de você, srta. Mariana — ele disse. Apesar de ter tentando reprimir, havia um forte desejo contido ali no seu tom de voz e no modo como olhou intensamente para ela — Gosto muito mesmo.

Mariana evitou olhá-lo nos olhos e, olhando ao redor, mais procurava pelas palavras certas do que para algo no jardim em que pudesse se concentrar a fim de evitá-lo.

— Eu também gosto de mim — ela disse por fim, em tom bem-humorado — Do contrário teria permanecido em Prodélia e reprimido meus sonhos.

O conde deu uma risadinha, mas estava decidido a não deixá-la escapar.

— Sabe o que eu quis realmente dizer, não é, srta. Mariana? — ele perguntou, com bastante seriedade — Poucas mulheres até hoje me agradaram tanto quanto a senhorita me agrada.

Mariana, incerta se conseguiria lidar com o que mais poderia vir pela frente caso o conde prosseguisse por aquele caminho, e também não desejosa de ouvir o que acreditava estar para ouvir, tratou de acabar com aquilo de uma vez.

— Veja! — ela exclamou, interrompendo as próximas palavras dele — Aquelas nuvens foram para lá e parece que não há outras tão próximas assim para encobrir de novo o céu! Preciso aproveitar dessa claridade e voltar para o estúdio. Se voltar agora creio que até o final do dia a arara-azul estará pronta.

E saiu às pressas, antes que o conde pudesse impedi-la. Até a curva do próximo canteiro estava temerosa de que ele pudesse ser capaz de retê-la à força, mas foi com alívio que o viu pelo canto do olho, parado onde estava, a olhando de longe, e subiu os degraus à frente que levavam até a varanda com mais calma.

No estúdio, Mariana vestiu o avental e se sentou, determinada a terminar a arara-azul. Se o conde tinha chegado tão próximo de expressar explicitamente suas intenções com relação a ela, decerto não se privaria de tentar fazer isso da próxima vez. Ela precisava ir embora da Grande Dama o quanto antes.

Com um aperto forte no coração ela se viu incapaz de poder ajudar o Grande Pássaro. Não encontrara nenhum livro no sótão do conde que pudesse conter algum meio de descobrir como trazê-lo de volta ao que ele era antes; tinha sim deixado alguns livros por abrir, mas mesmo se voltasse para checá-los, como faria para conseguir de novo a chave vermelha da sra. Siban? Isso seria outro esforço mental que no momento ela não estava disposta a se permitir.

Enquanto ela ia terminando as penas da arara-azul, adicionando brilho e relevo, pensava no Grande Pássaro e na sua triste situação, fadado a permanecer daquele jeito para sempre. Sentia-se também decepcionada consigo mesma por não ter conseguido achar os livros e pelo seu empenho naquele momento em terminar a pintura para se ver livre da Grande Dama, quando na verdade, ao invés disso, deveria estar a refletir sobre como ajudá-lo, gerando novas ideias que poderiam dar certo na prática, mas não. Estava agora possuída pelo espírito medroso do egoísmo. E o que fazer? Realmente, Mariana se via sem capacidade alguma de escolher uma alternativa que pudesse vir a beneficiar tanto ela quanto o Grande Pássaro. Era triste, e ela sentia muito, muito mesmo, mas precisava ir embora, precisava deixar a Grande Dama e aquele homem perigoso. E o mais importante, precisava do dinheiro.

A pena do pincel parou então de súbito, quando uma ideia lhe surgiu, do nada; era algo que implicava sacrifício e que a deixou instigada por alguns instantes, pela ideia em si e por tê-la deixado brotar em sua mente. Como chegara a essa resolução do nada? Era um pouco assustador.

Tinha pensando em usar da afeição que o conde tinha por ela e pedir em troca de sua reciprocidade, o reverso da magia que ele lançara em Kian. Seria como uma troca, mas também como vender a si mesma. Não, era absurdo, ela não poderia fazer isso consigo mesma. E no minuto seguinte, aquela ideia que surgira tão cheia de vitalidade e propensa a realização, foi completamente rejeitada. A pena então tocou a tela e voltou a adicionar relevo às penas da arara.

Mariana continuou a pintar, determinada a finalizar aquela encomenda que seria sua libertação da Grande Dama. Ia pintando e pintando, aplicando rápidas pinceladas, ignorando o braço que começava a doer, enquanto a figura da arara ia tomando sua forma final. Mariana só então abaixou o pincel quando a arara se mostrou completa diante de si, sem a necessidade de mais nenhuma pincelada, nem de nenhum detalhe a mais.

Levantando-se e tomando um pouco de distância, Mariana ficou analisando a pintura. Sim, a arara-azul estava pronta.

Mariana soltou um longo suspiro e tirou o avental, que pendurou ao lado do cavalete e, deixando-se cair na poltrona, soltou outro. Dali de longe deu mais uma avaliada crítica na sua obra. Sim, estava do jeito que queria e ficou a admirá-la por alguns minutos, o braço dolorido descansando sobre o colo.

Embora desfrutasse de uma sensação de liberdade junto à satisfação de ter feito um bom trabalho, algo a incomodava. Algo, como uma pedra em seu sapato, impedia que ela sentisse a plenitude completa dessa satisfação; ela sabia bem o que era.

Infelizmente ela não podia fazer nada para ajudar o Grande Pássaro, e a frustração a fez se levantar, em busca de alguma ação. Para então livrar-se dessa sensação ruim de culpa, concentrou-se nela mesma, no seu objetivo de vida, no que consistia todo o seu empenho até agora; seu sonho. E correu para o quarto, para deixar todas as suas coisas já arrumadas e partir o quanto antes, ela tinha que ir embora da Grande Dama. Tinha pouca coisa e em questão de minutos sua mala estava pronta; checou todos os desenhos que trouxera consigo e, junto deles, adicionou os rascunhos do Grande Pássaro, os guardando na pasta. O que a fez então lembrá-la da pequena tela que pintara dele.

Abrindo a mala, certificou-se de que a tela caberia ali. E em seguida correu de volta para o estúdio, onde esperava encontrar a tela no seu devido esconderijo. Chegando lá, ajoelhou-se próxima ao armário de gavetas e enfiou a mão na fresta que existia entre o móvel e a parede, mas seus dedos apenas dançaram no ar.

Esticando o pescoço e olhando por entre a fresta, a visão então lhe deu o completo conhecimento do que os dedos tinham apenas introduzido como suspeita. A tela não estava lá.

"Impossível!", pensou Mariana, levantando-se, agitada; ela a tinha deixado lá. Não havia outro lugar. Mesmo assim, começou a checar todos os cantos do estúdio e prováveis esconderijos que tivessem surgido em sua cabeça e que agora não conseguia se lembrar.

No entanto, a moça estava certa de que tinha deixado a tela do Grande Pássaro ali atrás do armário, ela não tinha mudado de lugar. Parando no meio do estúdio, passando os braços por entre o ventre como que para aquecer o frio do medo que ali dentro gelava sua cavidade, tentava aceitar o pior: alguém tinha pegado a tela.

O conde, que do seu sótão, vinha assistindo ao desespero dela à procura da tela do Grande Pássaro, achou que era melhor conceder à sua hóspede o fim daquela tortura. Em posse do objeto em questão, estava a caminho do estúdio, enquanto Mariana, com dificuldade de aceitar o fato de que alguém tinha pegado a tela, recomeçou a procurá-la pelo cômodo.

Ela arrastou todas as telas em branco encostadas na parede, as espalhando pelo chão; abriu todas as gavetas do armário, vasculhando seu interior; puxou a escrivaninha para o lado, derrubando sem querer a cadeira; talvez a tela havia caído ali atrás. Estava tão ocupada procurando por todo o canto, que não ouviu as duas batidas que o conde deu na porta.

Ele, ao ouvir o barulho de algo sendo arrastado no interior do estúdio, não hesitou em abrir a porta e deixando para lá cerimônias e a costumeira educação, anunciou assim, abruptamente, a sua presença:

— Procurando por algo, srta. Mariana?

Mariana, que estava de costas inclinada atrás da escrivaninha, levou um susto. Virou-se, incapaz de falar de imediato por ter sido pega de surpresa, como se todo o ar tivesse sumido de seus pulmões. O conde, parado à sua frente, com um dos braços dobrado às costas e as sobrancelhas arqueadas em fingida incompreensão, esperava pacientemente por resposta.

— Eu? — disse Mariana, forçando a voz, que saiu fraca e trêmula.

— Sim — ele respondeu, lançando um olhar ao redor — Parece que acredita ter perdido alguma coisa aqui no estúdio. Quem sabe não seria isto aqui?

E ao desdobrar o braço, trouxe à visão de Mariana a tela do Grande Pássaro. Agora, segurada bem firme, ainda que delicadamente, pelos seus longos dedos de nobre.

Capítulo 30

Mariana deixa a Grande Dama

Lá fora o dia se esgueirava mansamente por trás das árvores da Floresta do Oito ao horizonte; a nova estação levava mais cedo o sol embora. Mesmo as sombras dentro do estúdio se alongando sobre as superfícies dos objetos ao redor os escurecendo, Mariana não estava enganada sobre o que via nas mãos do conde. Seus dedos longos seguravam com bastante delicadeza a tela do Grande Pássaro.

Ela apertou com mais força o ventre, como se assim estivesse mais protegida do que imaginava que poderia vir a machucá-la. Dadas as condições atuais e o conhecimento, ela não se sentia inteiramente segura.

— Devo dizer que está muito bem pintado, srta. Mariana — o conde quebrou o silêncio que tinha se seguido — Mas é claro, você é uma artista, eu jamais desconfiaria do seu potencial. É de impressionar que essa pintura aqui que seguro, apesar de pequena, foi produzida enquanto a da arara-azul estava em processo.

Indo até a escrivaninha, o conde colocou a pintura ali e deu distância, posicionando-se ao lado de Mariana.

— Muito interessante — ele disse, observando a pintura — Bem real, eu também diria. Me faz, na verdade, faria qualquer um acreditar que essa criatura que a senhorita imaginou realmente exista. Somente uma mente imaginativa como a da senhorita para conceber tal criação. Imagino que tenha se inspirado na lenda da Criatura da Floresta do Oito, não?

Mariana não podia aguentar mais aquilo. Os olhos dele sobre ela quase a feriam.

— Chega de encenação — ela então disse, sua voz saindo firme e dura — Sabemos quem ele é. Você e eu.

Se o conde esperava essa reação ou não de Mariana, sua expressão neutra nada podia nos dar como pista, mantinha o mesmo olhar fixo nela, os lábios cerrados, o semblante de quem estava à vontade com a situação. Nada o alterou.

— Tenho uma dúvida — ele disse, por fim.

Mariana não ia incentivá-lo.

— O seu amigo posou para você?

Mariana fungou de irritação.

— O que isso importa?

— É que, realmente, está muito parecido. Você o pintou de cabeça? Ou usou um rascunho? Certamente usou um. Você adora desenhar vários rascunhos, sempre tão caprichosos.

— Como pôde? — Mariana soltou, disposta a não cooperar.

— Perdão?

Ela deixou então que os braços caíssem ao lado do corpo; um espírito destemido havia a possuído, a sensação de conforto que estava até então proporcionando a si mesma não era mais necessária.

— Como pôde ter feito isso com ele? O transformado nisso?

— Ele não contou a história? — perguntou o conde, tranquilamente.

— Contou.

— Então já tem a resposta — disse o conde, dando de ombros, e indo até a escrivaninha, tomou de volta nas mãos a tela do Grande Pássaro — É mesmo muito bem pintado — murmurou, os olhos dançando por cada detalhe — Posso ficar com ele?

— O senhor é louco — disse Mariana.

Estas palavras fizeram o conde abandonar seu cinismo. As linhas de seu rosto se enrijeceram e suas sobrancelhas caíram pesadas sobre os olhos, que pela primeira vez, encararam Mariana sem o brilho apaixonado de antes.

— Você me condena e me chama de louco pelo o que eu fiz, mas você não sabe qual é a sensação de ver a pessoa que você mais ama, que queria ao seu lado, nas mãos de outro. Era incompreensível. Era de tirar de qualquer um o pouco de bom-senso que havia restado.

— Não há justificativa para isso, não tente fazer com que...

Mas o conde não deixou que ela continuasse a falar.

— Quantas mulheres não sonhariam em viver aqui?! Em ser a Condessa da Grande Dama? Você há de concordar comigo, srta. Mariana, que não existe conto de fadas que possa influenciar uma pessoa quando uma oferta assim surge. Seria uma grande tolice romancear que a vida miserável seria o melhor final para dois amantes que nada tinham além de um ao outro. Você tem que concordar comigo. Ava tinha que ter ficado comigo! Eu a trataria bem, eu a tratava bem, de mim ela sempre teria o melhor que um homem poderia oferecer a uma mulher. Mas mesmo assim não era o suficiente. Como pode?

— O senhor me pede para compreender o que é injusto. É o senhor quem tem que enxergar a situação por uma ótica menos egoísta. Não vê que as pessoas não mandam nos sentimentos? Como pode não compreender? Ela estava apaixonada por outro e não pelo senhor!

— A verdade é que sou um homem orgulhoso, srta. Mariana, não vou negar. Eu não poderia ver aquele infeliz seguir com o que devia ser meu por direito. Seria como se minha honra também tivesse sido violada. Não faça essa cara, srta. Mariana, você tem que compreender, e eu não ia permitir que as coisas terminassem assim: eles com tudo e eu com nada.

— Fala com tanta certeza, achando que o que fez foi certo. Como não consegue enxergar a si mesmo?! — retrucou Mariana — Se pudesse, seria capaz de recriminar a si próprio pelo que fez. Não se arrepende?

— Não — ele disse, sem hesitar.

Não havia mais o que ser discutido; Mariana não via um meio pelo qual poderia fazê-lo reconhecer que o que fez foi errado, e suspeitava que sua presença ali não resultaria em nada que fosse do bom grado dela, por isso nem um minuto a mais iria desperdiçar.

— Minhas coisas já estão prontas, senhor, eu vou embora — ela começou — Como pedido, sua arara foi pintada e já que se diz um homem tão orgulhoso, espero que honre sua palavra agora. Estarei esperando o meu pagamento lá embaixo na porta.

E dizendo isso, Mariana saiu correndo para o corredor. Sua esperança era de que pudesse encontrar a sra. Siban no caminho e abusar da generosidade sempre existente nela e pedir pela sua companhia e auxílio. Não queria ficar nem mais um segundo a sós naquela mansão.

Porém, os corredores estavam vazios. Teve que suportar aquela terrível sensação de que a qualquer momento alguém a fosse puxar pelo braço, até que para seu alívio conseguiu chegar sã e salva ao quarto. Lá tirou o luxuoso vestido longo e cheio de bordados e vestiu suas legítimas roupas. Enroscou a pasta de desenhos no ombro, pegou a mala e saiu, sem dar uma última olhada em nada ao redor.

A caminho do saguão, antes de atingir a escada, topou com o conde, barrando o seu caminho.

— Então é isso? — ela soltou, antes que ele pudesse falar — Não vai me permitir ir embora? Vai fazer comigo o que fez com ele? Pois se vai, prefiro a morte a qualquer coisa. Se não acabar comigo agora, eu mesmo me jogo daqui de cima.

E foi só quando terminou de falar, ao ouvir as últimas palavras ecoadas pela própria voz, que Mariana surpreendeu-se com aquela resolução drástica. Assim como ela, o conde também parecia bem surpreso.

— Eu não sou tão horrível como deve achar que sou, srta. Mariana — respondeu o conde, com muita calma — Eu não lhe faria nenhum mal.

— Então me deixe passar.

— Não antes de terminar o que eu pretendia dizer a...

Mariana não ia deixá-lo terminar.

— Que gosta de mim e que tem interesse em se casar comigo! — ela exclamou, impaciente — Chega de tanta enrolação, não sou tão inocente. Já estava desconfiada de suas intenções há muito tempo. Minha resposta, se é que precisa realmente que eu a diga, senhor, é não. Agora deixe-me passar.

Mas o conde não se moveu.

— Acredito que a senhorita esteja muito desequilibrada emocionalmente, bem se vê, para pensar com clareza na situação — ele disse.

— Está errado — ela o rebateu — É justamente em condições como esta que uma pessoa é capaz de conceber muito bem o que quer e o que não quer, e no momento quero ir embora. Por favor, deixe-me passar.

O conde estava estarrecido. Seus ombros largos pareceram murchar e sua estatura diminuir de tamanho, chegou a curvar-se, como se não pudesse mais aguentar o peso do próprio corpo.

— Então, não quer mesmo se casar comigo, srta. Mariana? — ele disse, decepcionado — Ser minha esposa. A Senhora e Condessa da Grande Dama?

— Não — ela disse, firmemente.

— Está realmente certa disso?

— Tão certa que, se não me deixar passar, serei obrigada a forçar minha passagem.

O conde então, ainda que com certa dificuldade, recuperou sua postura e, pondo-se de lado, deixou que Mariana passasse.

Lá embaixo, para grande alívio e para uma felicidade que Mariana achou que não seria capaz de sentir, a sra. Siban surgiu. Vinha vindo da porta debaixo da escada que levava para a cozinha, a expressão de incompreensão se instalando em seu rosto ao ver Mariana arrastando sua bagagem para o meio do saguão.

— Vai embora, srta. Mariana? — ela perguntou.

Mariana ergueu os braços e deu um forte abraço na governanta, que o retribuiu na mesma intensidade.

— Obrigada pela sua bondade comigo e toda a sua generosidade enquanto eu estive aqui — ela disse — Meu trabalho terminou.

— Oh, a arara-azul está pronta! — ela bateu palmas — Estou ansiosa para vê-la.

— Sim, está.

— Mas... — e então, abaixando as mãos, voltou a encarar Mariana com a mesma expressão de incompreensão de antes. Ela parecia não reconhecer a pintura concluída como o real motivo para Mariana estar deixando a Grande Dama — Mas, srta. Mariana, e o conde?

Mariana hesitou. E olhando lá para cima, o viu, descendo lentamente pela escada.

— O conde pediu que eu esperasse aqui pelo meu pagamento — ela disse, por fim.

— Ah, sim, entendo — continuou a sra. Siban, parecendo tão decepcionada quanto o conde. — Que pena que a srta. Mariana está indo embora, não é, conde? —, ela acrescentou, quando o conde chegou ali diante delas.

— Sim, é... — ele concordou, lançando um lânguido olhar para Mariana, e voltando-se para a sra. Siban, pediu que o acompanhasse até a biblioteca.

E esta foi a despedida do conde, pois alguns minutos depois, apenas a sra. Siban voltou ao saguão de entrada.

— Aqui está, querida — entregando um envelope gordo nas mãos de Mariana — O seu pagamento. O conde também pediu que se for da sua vontade, a carruagem estará à sua disposição para levá-la até o condado.

— Não será necessário — disse Mariana, enquanto guardava o envelope.

— Aceite a carruagem, minha filha, suas bagagens devem ser pesadas.

— Não são não, veja — e com facilidade Mariana levantou do chão a mala com os poucos pertences e roupas que tinha.

A sra. Siban esboçou um sorrisinho, que em nada conseguiu disfarçar sua tristeza com a partida de Mariana, e abriu a porta para a moça.

— Te desejo toda a sorte do mundo, menina — disse a sra. Siban, quando Mariana atravessou a porta e virou-se para um último adeus — Oh não! — então ela exclamou de súbito, parecendo horrorizada, olhando Mariana dos pés à cabeça — Não mesmo!

— O que foi, sra. Siban?

— Você não pode ir assim, vestindo nada quente e resistente, querida. Esse casaquinho seu, mil perdões, mas não serve de nada. Espere aqui!

Antes que Mariana pudesse protestar, a sra. Siban saiu correndo a pegar um casaco para ela. Mariana olhou para o condado lá longe e por pouco não partiu, deixando a sra. Siban a encontrar ninguém quando voltasse com o casaco, mas uma rajada de vento forte e glacial veio golpear seu rosto, fazendo com que ela decidisse esperar.

Em alguns minutos a sra. Siban estava de volta. Ela segurava um casaco longo e de cor caramelo com detalhes em azuis, nada glamoroso, como os tantos outros casacos e vestidos fornecidos pelo conde, mas de boa aparência e quentinho.

— É meu. Um presente para a senhorita — disse bondosamente a sra. Siban, enquanto ajudava Mariana, pela última vez, a vestir um casaco.

— Obrigada — agradeceu Mariana, que apesar de um pouco receosa em deixar a sra. Siban para trás com aquele homem cruel, conseguiu seguir adiante sem nada fazer, pois tanto tempo de trabalho e o passado da senhora que não conhecia eram para ela já fatores suficientes para sentir que não havia perigo algum naquela mansão a rondá-la. Por vezes chegara até suspeitar de que a sra. Siban fosse alguma parente distante do conde; tinham a mesma estrutura forte do nariz e os olhos da mesma cor — Quem sabe um dia voltemos a nos ver, sra. Siban — e dizendo isso, fez um aceno leve com a mão. Mariana então pegou a mala do chão e foi embora.

Capítulo 31

Tudo branco

Já era noite quando Mariana chegou ao Condado de Avenalhes.

O Pátio do Relógio estava parcialmente iluminado pelos postes acesos e pela claridade que provinha das janelas dos apartamentos no alto. Mariana tinha um destino escolhido, e seguiu para lá, às pressas.

O vento era forte e muito gelado. Seus cabelos dançavam ao redor da sua cabeça, às vezes lhe tampando a visão, mas ao sair do centro do pátio e seguir caminho rente aos predinhos, viu-se livre desse incômodo. Mais alguns passos e enxergou a placa da hospedaria iluminada por um dos postes. "Que bom!", pensou consigo, quando ouviu barulho lá dentro. Ela não tinha percebido, mas acabara de passar pela Traçaletras Livros; no entanto, a proprietária a viu pela vitrine.

— Não há quartos disponíveis hoje — disse uma voz que veio das costas de Mariana, alguns minutos depois, quando estava prestes a entrar na hospedaria.

Ao virar, pega de surpresa por aquela voz, Mariana deparou-se com a velhinha baixinha e curvada, Susi, dona da livraria, seu longo rabo de cavalo platinado a sacolejar com o vento.

— Não? — repetiu Mariana, meio incerta se entrava na hospedaria e fosse em busca da confirmação do que Susi dizia ou acreditava nela.

— Mas eu tenho um quarto para te oferecer — ela disse, virando-se — Venha comigo.

Mariana hesitou por alguns minutos, mas acabou seguindo Susi até a livraria.

— Eu agradeço — disse Mariana, enquanto entravam no estabelecimento — Não teria onde ficar caso realmente não tivesse nenhuma vaga na hospedaria.

As duas cruzaram o interior da livraria em silêncio. Contornaram a mesa de Susi, sempre cheia de livros empilhados, alguns marcados, outros abertos, e subiram a escada que dobrava em dois lances até o apartamento lá em cima.

— Com licença — disse Mariana, quando Susi abriu a porta e deu passagem para que ela entrasse.

Era uma sala bem aconchegante e quentinha; havia um sofá e uma poltrona postos de costas para as janelas, um grande tapete que tomava conta do cômodo todo e uma das paredes completamente forrada por uma estante repleta de livros. Dois abajures e a lareira acesa provinham luminosidade ao redor.

Entrar ali fez Mariana sentir-se confortável e protegida. A angústia e as fortes emoções com as quais vinha enfrentando evaporaram pelos seus poros rapidamente.

— Eu agradeço desde já — disse Mariana. Quando a porta se fechou e Susi aproximou-se — Eu gostaria de deixar já acertado com a senhora esta noite, pois amanhã mesmo quero estar de partida para Vóia, então...

— Não há nenhuma saída daqui para Vóia amanhã — disse Susi, sem sequer erguer os olhos para ela. A passos curtos devido a sua estatura, porém rápidos, cruzou a sala — E não precisa me pagar pelas noites que vai passar aqui.

— Mas eu faço questão — insistiu Mariana.

— Vou te levar ao seu quarto — disse Susi, ignorando a insistência da moça em pagar pela hospedagem, e entrou por uma porta lateral.

Mariana a seguiu.

O quarto estava longe de ser comparado em questão de luxo, sofisticação e tamanho com o quarto que ela tinha na Grande Dama. Era bem menor, a cama baixa e pequena, e uma singela cômoda do lado da janela era o último item que compunha o mobiliário daquele humilde quartinho.

Mariana olhou a cama com os olhos cheios de desejo. Lembrava a sua cama em Prodélia e parecia tão confortável quanto. Tinha certeza que a cama curaria todo o seu cansaço emocional no momento em que ela se aconchegasse entre os cobertores.

— Obrigada — disse a moça — E mesmo que a senhora não queira, é minha vontade pagar pelo serviço.

Mariana ia mais uma vez insistir no pagamento, mas Susi a interrompeu, perguntando:

— Você era hóspede do conde na Grande Dama, não é verdade? Não é mais por quê?

— Minha obrigação lá terminou — foi sua resposta — O caso é que eu era sua hóspede enquanto completava uma pintura que ele encomendou comigo. Sou pintora.

— Achei que na verdade fosse porque descobriu a respeito dos experimentos mágicos dele e ficou com medo de ficar lá — disse Susi, tão logo Mariana terminou de falar.

Mariana ficou levemente surpresa por Susi ter sido tão direta. Por alguns instantes não soube o que responder, as palavras dançando sobre a língua, até que conseguiu:

— Humm... não foi medo. Na verdade, não me incomoda as habilidades mágicas que ele possui, mas sim para qual propósito ele fez uso delas. O que ele fez foi imperdoável, e se foi capaz de fazer o que fez, então ele não é um homem de quem eu gostaria de depender da generosidade por tempo demais.

— Parei de fornecer os livros que ele queria quando descobri o que fez ao pobre rapaz — disse Susi.

— Eu queria muito poder ajudá-lo — lamentou Mariana — Mas não encontrei nada que pudesse servir, nenhum livro que pudesse me dar uma pista de que fosse encontrar nas próximas páginas algo relevante e útil. Eu temo por ele.

— Não tema — disse Susi — A floresta já o protege.

O vento forte lá fora que golpeava insistentemente as paredes acabou soltando o trinco mal colocado da janela e num rompante, ela se abriu, assustando Mariana.

Susi apenas se virou, calmamente, para ver o que tinha acontecido. O vento gelado que entrava sacolejava os longos cabelos das duas mulheres.

— A temperatura caiu bastante, de repente — Susi disse indo até a janela e a fechando — Não parece bom. Vou lhe trazer mais uma coberta.

— Obrigada — agradeceu Mariana, alisando os ombros.

— Precisa de um livro também? — Foi a pergunta de Susi, antes de sair do quarto, parando à soleira da porta.

— Como é? — Mariana não havia entendido.

— Para ler, antes de dormir? — ela explicou, em tom óbvio.

— Ah, eu adoraria, mas estou tão cansada que, no momento em que eu deitar a cabeça no travesseiro, já estarei dormindo.

— Que benção! Isso nunca acontece comigo — comentou Susi e saiu.

Mas naquela noite o sono não veio levar Mariana tão rapidamente assim como ela supôs. Todos os eventos recentes a obrigaram a ficar acordada e os reassistir pela memória, não lhe permitindo o sossego necessário para conseguir adormecer, e por meia hora ficou de olhos abertos, pensando em tudo, ora agoniando-se, ora sentindo-se arrependida por não ter aceitado o livro de Susi.

Até que o som do vento uivando lá fora, das árvores farfalhando e do trinco da janela que às vezes tremia a distraíram desses pensamentos e finalmente dormiu.

De manhã, Mariana abriu os olhos pesados para uma claridade pálida que invadia o quarto. Estava toda encolhida embaixo das cobertas, os joelhos quase atingindo o queixo, virou-se na cama lentamente, para que as cobertas que a protegiam da manhã fria não se deslocassem do lugar, e conseguiu ver pela janela, ainda que os olhos estivessem bem embaçados de sono, pequeninos pontos brancos que caíam. Ela piscou algumas vezes, como que fortificando os olhos para permanecê-los abertos, e sentou-se na cama para ver melhor.

A coberta escorregou pelos ombros e ela sentiu o frio atingir o corpo quente. Mariana não poderia estar enganada quanto ao que via. Pequenos flocos de neve iam caindo lá fora, desaparecendo para além dos limites da janela enquanto outros surgiam.

Jogando a coberta para o lado e levantando-se de uma vez, cheia de ansiedade e emoção, correu até a janela, chegando lá em três passos. Sim, nevava. O Pátio do Relógio lá embaixo estava todo coberto por um manto branco. Aos olhos da jovem, parecia como se uma nuvem grossa e imensa tivesse caído do céu e se alojado ali embaixo.

A surpresa não manteve os músculos do seu rosto paralisados por muito tempo e Mariana sorriu, feliz com o cenário. Seus olhos dançavam entre o branco da neve sobre cada superfície lá embaixo e os floquinhos que continuavam caindo do céu. Era a primeira vez que Mariana via aquilo que só tinha conhecido pelas descrições em livros e visto em ilustrações: a neve.

Algumas pessoas lá embaixo interagiam com a neve; duas delas, crianças, pareciam se divertir muito. Os adultos que iam surgindo entravam em conversação uns com os outros, gesticulando ao redor.

Mariana não queria abandonar seu posto à janela, mas o frio era intenso e aos poucos seu corpo começou a reclamar. Não deu atenção aos ombros tremendo de início, mas quando os dentes começaram a ranger, ela teve que ir em busca de abrigo. Foi com bastante rapidez que se inclinou sobre a cama e puxou a coberta, com medo que os poucos minutos de ausência da janela a fizesse perder algo e logo já estava de volta, toda enrolada e quentinha.

Mariana notou que o número de pessoas dobrara nessa fração de minutos que levou para ir até a cama pegar a coberta e se enrolar. Mais crianças interagiam com a neve, alegres e entusiasmadas com a novidade, enquanto isso os adultos, aparentemente impressionados, iam se aglomerando em grupinhos diversos. Alguns, que certamente não conseguiram resistir à alegria contagiante das crianças, se juntavam a elas.

Mariana Ficou admirando tudo por algum tempo até que seu estômago roncou e teve que abandonar seu posto da janela de vez.

— Bom dia — disse Mariana, às costas de Susi.

Assim como Mariana, Susi também estava presa diante da janela observando o novo cenário lá fora.

— Bom dia — disse Susi, torcendo o pescoço, apenas para cumprimentar Mariana, e voltou a olhar lá para fora.

Havia um cheiro forte de ovos mexidos, tempero e café preto no ar. A mesinha de dois lugares estava posta, Mariana reparou; no entanto não fez menção de puxar uma cadeira e sentar-se, esperaria por Susi. Enquanto isso suas narinas se contraíam de prazer, sentindo aquele cheiro delicioso.

— É tão lindo. Eu nunca tinha visto a neve — disse Mariana, indo para a janela, junto de Susi.

— É lindo, mas muito estranho — disse a livreira.

— Como assim?

— Nunca nevou no Condado de Avenalhes e agora temos da noite para o dia essa proporção absurda de neve, que ainda continua caindo. É realmente muito estranho, fora do comum.

— Eu achei que fosse possível neve em Avenalhes — comentou Mariana — Faz tanto frio aqui.

— Frio faz, mas neve nunca caiu — disse Susi e, gesticulando em direção à mesa, para a felicidade do estômago de Mariana, convidou-a para sentar-se e comer.

A moça ainda estava enrolada no cobertor, sentia muito frio e sentou-se assim, o ajeitando de modo que conseguisse pegar os talheres sem que ele escorregasse pelos ombros.

Algum tempo depois ouviram batidas à porta da livraria.

A livraria já devia ter sido aberta meia hora atrás, mas a surpresa que foi acordar para aquela manhã branca e fria, reteve Susi no apartamento por um pouco mais de tempo. Teve agora então que se levantar e ir atender aquele cliente insistente, que continuava batendo à porta.

Poucos minutos depois ela já estava de volta. Não era um cliente, mas uma encomenda que chegara.

— Isso chegou para você — ela disse para Mariana.

Com surpresa a moça levantou os olhos da comida para a caixa que Susi carregava. Estava embrulhada em um belo papel de presente e com uma fita cor-de-rosa. Com os olhos sem piscar, Mariana a pegou das mãos de Susi, notando naquele momento que havia um envelope endereçado a ela ali enroscado na fita. Era do conde.

Ao abrir, Mariana desdobrou a folha que continha dentro e leu:

Cara srta. Mariana,

Eu seria digno do que me chamou e do que pensa de mim se a abandonasse ao sofrimento. Quem preveria que o tempo se voltaria contra o Condado de Avenalhes desse jeito da noite para o dia? A primeira coisa que veio à minha mente quando vi logo no primeiro raiar da manhã pela minha janela o condado reluzindo em branco, foi você e o casaco com o qual saiu daqui. Tão simples, pouco digno de sua pessoa e que suspeito nada adequado para dias assim. Por isso aceite este meu presente.

Aproveito também para pedir uma oportunidade de que me escute com mais calma. Minha carruagem vai ficar estacionada no Pátio do Relógio até o meio-dia, aguardando a sua decisão. Espero vê-la hoje.

Sinceramente, para sempre, seu devotado e admirador,

Rubens von de Nivandi II, Conde de Avenalhes

Terminado de ler a carta, Mariana puxou a fita rosa da caixa e abriu a tampa. E tirou de lá, com as duas mãos, o casaco que reconheceu na hora. Era aquele, de cor marfim e botões dourados que havia visto no ateliê do modista no primeiro dia no condado.

A sensação dos seus dedos entre o felpudo quente do casaco era maravilhosa. Sua pele pedia que fosse toda coberta por ele, mas Mariana resistiu, afastando o casaco e o devolvendo à caixa.

— É muito bonito — disse Susi.

— Mas eu já tenho um — respondeu Mariana, que foi até o quarto. Lá ela se trocou e vestiu o casaco que a sra. Siban lhe dera, era quente também. Dando uma olhada pela janela, viu lá longe a carruagem de quatro cavalos do conde, estacionada.

De volta, a moça encontrou Susi tocando o casaco.

— É bem macio, ela disse — É pele de animal, uma pena você não querer usar.

Desprezando o casaco que o conde enviara a ela, Mariana saiu para a neve usando o da sra. Siban. O ar era muito gelado e embora não ventasse muito forte, a brisa que relava contra o seu rosto parecia mais como uma navalha afiada. Mesmo assim, ela seguiu em frente. Todo incômodo causado pelo frio intenso ao qual ela não estava acostumada era anestesiado pela emoção de estar vivenciando a neve pela primeira vez. Andar sobre ela era um pouco difícil, mas o prazer a incentivava a empregar mais força a cada passo.

As crianças também não pareciam nem um pouco desconfortáveis, talvez porque estivessem correndo e brincando, produzindo calor para si mesmas. Ao redor delas, os adultos conversavam, admirados com aquela surpresa branca.

— Eu quando olhei para fora não acreditei.

— Nem eu!

— Mas olha só, está nevando mesmo.

— O que você acha disso?

— Ah, que loucura!

Eram esses e outros trechos de conversa que Mariana ia ouvindo dos moradores ao redor, soltando exclamações de surpresa para a inesperada manhã gelada e branca.

O Pátio do Relógio estava cheio. À distância, entre as pessoas, Mariana o viu, de braços cruzados, Aidran inspecionava tudo ao redor, sem sair do lugar. Ele olhava para cima, para baixo e volta e meia lançava algum comentário a um senhor baixinho perto dele.

Esse senhor então foi chamado por alguém e Aidran, uma vez sozinho, se deslocou, olhando a neve que caía, então, seus olhos se cruzaram.

Mariana levantou a mão, meio tímida, e acenou para ele. Ele também, mas foi ela quem decidiu ir até lá.

— Olha só pra tudo isso! — disse Mariana sorrindo, contente.

— Neve pra dar e vender — ele disse, um pouco menos entusiasmado que Mariana.

Da última vez que tinham se encontrado, Mariana não tinha sido nada delicada com Aidran. Com pressa e sem papas na língua, ela soltou o que realmente pensava a respeito do sonho dele. A descrença dela na Criatura da Floresta o fez se sentir pouco crente também, isso porque Aidran nutrira certa admiração pela jovem e a opinião dela passou a ter algum peso para ele. A possibilidade de tudo ser realmente uma mentira passou pela sua cabeça e quase o desanimou de tudo, mas seu sonho e sua vontade de ter a glória eram muito maiores e talvez fosse esse o fator crucial que mantivera a sua fé. Ainda assim, aquele dia no bosque o abalou, deixando Aidran amuado pelas próximas horas, pois o que o incomodava, na verdade, era saber o que Mariana pensava dele, que ele devia ser um estúpido.

Mariana lembrava muito bem do que dissera lá no bosque, e agora sentia-se mal. Aidran também devia se lembrar muito bem, porque sua vontade de falar com ela era mínima, respondendo com monossílabos e balanços displicentes de cabeça.

— Está com frio? — ela perguntou, reparando no modo como ele continuava de braços cruzados, e principalmente na blusa fina que ele usava.

— Não — ele resmungou, dando de ombros.

E ao virar o rosto para o lado, fingindo olhar alguma coisa com interesse, Mariana percebeu que não conseguiria nada dele mais simpático e amigável, e que talvez um pedido de desculpas seria o único meio de resgate.

— Me desculpe — soltou Mariana.

— Pelo quê? — ele perguntou, parecendo genuinamente confuso.

Mariana estreitou os olhos. A expressão de incompreensão marcando as linhas ao redor do rosto largo de Aidran era nítida.

— Por aquele dia, no bosque, quando eu passei apressada por você e disse que eu não acreditava na criatura e que você estava perdendo tempo. Queria muito me desculpar por isso e que o que eu penso não importa. Eu sou uma cética.

— Uma o quê? — ele perguntou, a boca esticando de um lado, a língua quase saindo para fora.

— Uma cética — ela repetiu.

— E o que é isso?

— Significa uma pessoa que não consegue acreditar muito facilmente nas coisas.

— Hummm... — ele fez um muxoxo e, deixando que os braços caíssem, enfiou as mãos nos bolsos —Tudo bem — Um sorrisinho tímido surgiu nos seus lábios — Eu entendo — acrescentou — Mesmo assim, queria te mostrar uma coisa.

— O quê?

Aidran indicou com a cabeça que a seguisse e liderou o caminho. Passaram pelas pessoas que iam enchendo o Pátio do Relógio e por algumas crianças, que brincavam de tacar neve umas nas outras. Abrindo a porta do café onde ele trabalhava, olhou por cima do ombro para Mariana, garantiu que voltaria em um minuto e entrou. De fato, antes de a moça achar que poderia interagir com as crianças e se dar a oportunidade de descobrir se aquela brincadeira era mesmo tão prazerosa quanto parecia a quem observava à distância, Aidran estava de volta.

Mariana notou que ele segurava seu arco e flecha, e que tinha colocado um casaco também.

— Quero te mostrar o quão bom estou agora — ele falou, assim que apareceu, e se direcionando às crianças, gritou com entusiasmo — Crianças! Querem ver uma coisa que sei fazer?

E ergueu o arco e a flecha, hipnotizando-as com tais objetos.

— Uma coisa com isso aqui!

Algumas não mostraram interesse, mas a maioria sim e elas correram até Aidran, gritando: "Sim, sim, sim!"

— Vou precisar da ajuda de um de vocês! Quem é que consegue lançar a bola de neve mais alto no ar?

Claro que todas ergueram a mão e imediatamente começaram a fazer bolinhas de neve. Uma delas preferiu perguntar "Por quê?" e sem se mover, ficou encarando Aidran com a testa franzida, o observando posicionar o arco e a flecha.

— Você vai ver — disse Aidran ao menino e lançou um rápido olhar de puro entusiasmo à Mariana ali do lado.

Várias bolinhas de neve voaram em direção ao céu; algumas baixas, outras bem altas de fato, seguido dos gritos de alegria das respectivas crianças. As mais baixas chegaram ao chão intactas, mas as outras, ainda no meio do caminho, foram acertadas pelas flechas de Aidran.

Foi uma. Duas. Três. Todas seguidas, acertando as bolas de neve ainda no ar, para a surpresa de Mariana e das crianças, que gritavam de alegria jogando os braços em volta de Aidran a pedidos de "Faz de novo! Faz de novo!"

— Isso foi incrível! — exclamou Mariana — Você conseguiu, atingiu o nível que queria.

— Obrigado, mas você ajudou, é claro. Devo a você.

— Não tanto quanto você ajudou a si mesmo. Você treinou bastante, Aidran. Foi daí que veio sua conquista.

Aidran ia argumentar mais uma vez que Mariana merecia mérito também, mas resolveu ficar com o elogio só para si e esticou a boca naquele sorriso largo que tinha em vez de falar.

— Eu sei que você é esse negócio aí que você disse — ele começou, alguns minutos de silêncio depois.

— Que negócio? — perguntou Mariana.

— Cébico, célico, sei lá.

— Cética — ela disse.

— Isso mesmo. Sei que você não acredita na Criatura da Floresta, mas não pode duvidar de que agora sou capaz de mirar bem no meio dos olhos dela e acertá-la. Se o que acabei de fazer não foi o suficiente para te convencer, escolha outro alvo, qualquer coisa, que vou acertar, você vai ver.

— Não precisa, eu acredito que você é capaz — disse Mariana.

— É, e eu sou — ele disse, estufando o peito, sem nenhum embaraço com a segurança e otimismo.

Ele diria mais coisas, principalmente as que pudesse fazer Mariana se dobrar à existência da criatura, tão sucessível ele estava agora a qualquer pretensão, mas então viu a carruagem luxuosa puxada por quatro cavalos, estacionada à certa distância do Pátio do Relógio, e resolveu perguntar:

— O conde veio com você?

— Não — respondeu Mariana — Eu deixei a Grande Dama ontem mesmo.

— Deixou? Quer dizer, não está mais hospedada lá?

— Não — respondeu Mariana e explicou rapidamente, ocultando algumas partes, que Susi lhe oferecera um quarto em sua casa, e que lá estava sendo sua nova hospedagem por enquanto até que partisse para Vóia.

— E quando vai? — perguntou Aidran.

— Susi disse que não há saídas para Vóia hoje, então, talvez amanhã.

Aidran ia falar, mas se reteve e ficou a pensar, esforçando tanto o cérebro que parecia a quem visse pela sua expressão que estivesse sentindo dor. Mariana não notou isso, pois assim como ele, entrou em profunda reflexão; embora diferente do amigo, seu rosto estava lívido e os olhos, que pareciam capazes de sustentar horas interruptas sem piscar, fitavam o nada ao longe.

No fim, cada um guardou para si o que poderia ter dito.

Capítulo 32

Presentes

A população do condado de Avenalhes, ainda que bastante admirada com a mudança drástica no clima e com a neve que nunca tinha vindo, continuava consciente e bem temerosa quanto às desvantagens que ela podia trazer. E por isso todos acordaram muito preocupados no dia seguinte ao se depararem com a neve que persistia em cair.

Era tudo muito lindo, mas ninguém estava preparado para lidar com todo o empecilho que a neve causava. Com bastante dificuldade, as portas foram abertas naquela manhã, empurrando à força quase meio metro de neve.

Mariana olhava aflitivamente lá para fora, enquanto Susi preparava dois copos fumegantes de chá. A neve caía, ainda que bem fininha, enquanto algumas pessoas iam a removendo, criando montes de neves, onde crianças, a passos furtivos, se jogavam em cima, gerando prazer a elas e frustração aos adultos. Mariana queria muito ir até a Floresta do Oito se encontrar com o Grande Pássaro, mas o cenário lá fora era desanimador.

— Obrigada — ela disse, ao aceitar o copo de Susi — A senhora acha que seria muito arriscado ir até a floresta nestas condições? Não queria morrer congelada, sabe?

— Não morreria — disse Susi, sentando-se em sua poltrona e puxando um livro grosso para o colo — Eu não a deixaria sair sem um casaco adequado para dias assim. Ele está pendurado atrás da porta do seu quarto, caso não tenha reparado.

Mariana agradeceu, mas virou-se para a janela, sem a intenção de pegar o casaco emprestado e ir até lá. Ficou imersa em pensamentos. Não exigiu dela muito tempo para concluir, que na verdade, a neve e o frio não eram o verdadeiro empecilho que a retinha de ir até a floresta, mas sim confrontar o Grande Pássaro, sem ter alcançado com sucesso a ajuda que ela tinha prometido. Era isso o que promovia sua hesitação, e pior, ter que dizer adeus. Esses pensamentos a confundiam e a torturavam de tal maneira, que ela tinha medo de se permitir aprofundar neles para de fato entendê-los.

Enquanto assistia pela janela da sala a neve a cair lá fora, Mariana viu a carruagem do conde se aproximando. Em minutos ela estava ali estacionada. Mas não foi o próprio conde quem saiu de lá. Um dos seus lacaios, com algo nas mãos, ia escavando a neve à frente para que o outro passasse.

Quando os lacaios atingiram uma parte onde a neve já tinha sido removida pelos moradores, redobraram os passos e seguiram em direção para onde Mariana já suspeitava, a livraria.

— Não se incomode — disse Mariana, quando a porta lá embaixo bateu e Susi fez menção de se levantar — É para mim.

Susi não a questionou, voltando a se afundar na poltrona, retomou a leitura, sem curiosidade alguma pelo que estava ocorrendo ao redor além do que continha nas páginas do seu livro.

— Do conde, srta. Mariana — disse o rapaz, assim que ela abriu a porta, com toda a pompa que sua posição permitia, entregando uma caixa bege com um belo laço de fita rosa à moça, exatamente como o pacote anterior.

Era outro presente, de tamanho médio, Mariana o pegou das mãos do lacaio, que ao ver-se livre do objeto, virou-se e tomou seu rumo.

Colocando a caixa sobre a mesa cheia de livros de Susi, a moça puxou a fita e tirou a tampa. No seu interior, Mariana se deparou com um belo par de luvas da mesma cor do casaco que se encontrava guardado na caixa lá em cima, embaixo da cama no quartinho que agora ela habitava. Embora Mariana quisesse fechar a caixa e fingir que não as tinham visto, ela não conseguiu resistir à tentação de tocá-las, e ao pegá-las nas mãos, viu que havia mais coisas ali.

Descobriu o envelope e também outro presente. O que à primeira vista lhe pareceu como apenas o forro da caixa, era na verdade um par de botinas. Elas possuíam salto médio, de uma cor perolada, com detalhes dourados. Eram muito bonitas. Mariana ficou admirando os sapatos por um tempo até sentir vergonha do desejo que crescia por algo que estava determinada a recusar e os devolveu a caixa.

Apenas com a carta do conde em mãos, leu as poucas palavras soltas no meio do papel.

Luvas para suas mãos, que tenho certeza, encontram-se geladas enquanto seguram este papel, e botinas especiais, adequadas para se andar na neve e passar por poças.

Por favor, srta. Mariana, te aguardo para que possamos retomar a conversa que acredito não ter sido propriamente concluída.

A carruagem ficará à sua espera.

Para sempre, seu devotado e admirador,

Rubens von de Nivandi II, Conde de Avenalhes

"Tenho dó deles", pensou Mariana, ao olhar pela vitrine da livraria o lacaio se juntar aos outros dois, parados ao lado da carruagem, a neve provavelmente se acumulando sobre os ombros.

A caixa de presente foi se juntar com a outra, embaixo da cama, lá no fundo, para que Mariana não visse nem sombra dela, e sentou-se sobre a cama, se colocando a pensar, mas nada que vinha em sua mente lhe era de grande agrado e, para que se esquecesse um pouco dessas coisas, pediu permissão à Susi para vasculhar os livros de sua livraria, acreditando que isso a distrairia. A permissão foi dada e Mariana passou o resto da tarde assim.

No outro dia, toda a neve que havia sido removida foi substituída por mais. Tinha nevado a noite inteira e, pela manhã, flocos continuavam a cair. Mariana, enrolada nos cobertores, ajoelhou-se em frente a lareira recém-acesa para se esquentar. Em poucos minutos deixou que a coberta deslizasse pelos ombros, já se sentindo bem mais confortável.

Susi, que estava lá embaixo na livraria, subiu até o apartamento após ter acabado de receber outra encomenda do conde. Uma onda forte de desânimo atingiu Mariana quando seus olhos caíram sobre a caixa de presente com o mesmo laço de fita rosa.

— Será que ele acredita mesmo que a insistência irá ter algum efeito sobre mim? — ela questionou, mais para si mesma do que para Susi, ao pegar das mãos dela o presente — O que será desta vez?

Ao abri-la, Mariana teve que se esforçar para não permitir que a felicidade de ver os livros ali dentro não tomasse conta de todo o seu corpo e alma.

Junto aos livros, outra carta dele.

Esses dias que seguem de neve ininterrupta pedem muito aconchego, bebida quente e um bom livro. Sei que onde a senhorita está deve haver infinitas opções, no entanto, não pude deixar de lembrar que essa trilogia havia a fascinado tanto, e como não estou certo se a Livraria Traçaletras possui todos os volumes, estou os enviando para que a senhorita finalmente conclua a leitura desta obra que tanto capturou sua atenção e gosto.

Espero que quando se cansar de ler, ao final da tarde, venha até a Grande Dama, para que possamos conversar, pois o que eu tenho a dizer prefiro não colocar em cartas.

Para sempre, seu devotado e admirador,
Rubens von de Nivandi II, Conde de Avenalhes

Assim que terminou de passar os olhos com pressa pelas poucas linhas, Mariana colocou a carta de lado, lançou um olhar rápido sobre os livros e se afastou. Sentou-se de frente à lareira e ficou por alguns minutos ali, como que tentando restaurar a calmaria de um espírito agora agitado pela tentação.

Porém, estando parada, confortavelmente sentada, sem nada nas mãos quando deveria haver algo ali, não era, portanto, de fato, a melhor maneira para se evitar o que queria, e de súbito se levantou e foi até a caixa. Mesmo arrependida, as mãos continuavam a agir ignorando o que a alma condenava. Pegou o último livro que faltava para completar a história do jovem pirata, e mesmo muito desgostosa consigo mesma por não ter conseguido resistir, voltou a se aconchegar diante do fogo e começou a ler. A culpa existia, mas não era tão forte quanto a vontade de continuar a ler; e a cada página virada, essa culpa ia perdendo força até se esgotar por completo.

Não tendo mais nada o que fazer, sem previsão certa de quando haveria saída para Vóia e sem mais nada que pudesse ser do seu interesse, pois o livro já a tinha dominado por completo, Mariana leu a tarde e a noite inteira. Com certa melancolia, virou a última página do livro, terminando, tinha ido para cama fazia algumas horas para finalizar o livro, e agora, recostada à cabeceira com o livro fechado no colo, permitia-se àquela sensação de empatia pela perda dos personagens, como alguém faria e só poderia sentir por pessoas de verdade. Depois dormiu.

Mais uma manhã de neve e o frio estava mais intenso. Mariana tremia muito e teve que vestir várias camadas de roupa e jogar a coberta sobre as costas para se sentir um pouco melhor. Os pés descalços ao chão já estavam tão dormentes pelo frio que ela nem se incomodou e saiu do quarto assim mesmo, indo direito para a lareira, que já se encontrava acesa.

— Esses últimos dias, certamente, vão entrar para a história do Condado de Avenalhes — disse Susi.

Mariana estava frustrada. Se antes a sua vontade de encontrar o Grande Pássaro era inibida pelo fracasso por não ter conseguido ajudá-lo, agora era a neve seu obstáculo, tornando sua saída nada inspiradora. Ela aquecia as mãos enquanto pensava nisso, então, decidida, resolveu ir se encontrar com ele mesmo com o tempo que estava lá fora. Além disso, já era hora de partir.

— Vou até a floresta me despedir de Kian — ela disse, levantando-se — Eu agradeço muito por ter me acolhido, Susi, mas essa neve não para de cair e sinto que estou perdendo tempo. Estou muito agoniada.

Susi assentiu para ela, fez sua generosa renovação de acolhimento, mas não insistiu. Após o café da manhã, Mariana saiu para comprar as passagens para Vóia.

A recém-inaugurada estação ferroviária não era muito longe, mas a quem se dispusesse ir até lá a pé e naquelas condições climáticas o caminho não se fazia nada viável. Felizmente o lucro que havia tido com o retrato de Tatiana lhe favoreceu muito, pois esse acréscimo não subtrairia nenhum valor significativo, e agora Mariana se encontrava em condições de alugar uma condução até a estação. Susi lhe falou de um homem dono de uma humilde diligência que costumava prestar serviços de entrega para ela. Ele gostava muito de dinheiro e não faria corpo mole para nada que pudesse lhe ser financeiramente vantajoso, não importava o quanto dificultoso fossem as condições adversas. Mariana o encontrou no fim de uma das ruazinhas estreitas entre os prédios ao redor do Pátio do Relógio, em um *pub*, que por fora parecia um buraco em uma parede de pedra, mas lá dentro era amplo e aconchegante.

— Com licença, procuro por Obraz — ela disse para a primeira pessoa que virou para ela, um homem alto e de rosto cansado — Me disseram que eu o encontraria aqui.

Com um gesto, o homem de rosto cansado indicou o senhor baixinho e barbudo, ali do lado. Mariana se apresentou e explicou qual era o seu interesse em procurá-lo.

— Quero muito levar a senhorita até a estação — ele começou dizendo, bem-disposto — Mas acredito que tenha um bom coração e, se não estiver com muita pressa, talvez possa esperar um ou dois dias, o que acho que já seria o suficiente. Não falo por mim, falo pela minha querida.

— Ah, sim, bom, eu não estava pensando em ir imediatamente — respondeu Mariana, que pouco entendeu — Talvez amanhã, mas a qual querida você se refere?

— A minha égua, senhorita. Acabei de voltar de Boundorva, é um lugar aqui vizinho, e a coitadinha não aguentou o choque que foi sair de um lugar de temperatura mais amena e entrar em Avenalhes praticamente congelada. Você vai achar bem estranho, senhorita, assim como eu achei e muita gente também achou, mas parece que essa neve escolheu a dedo nosso condado para cair.

— Bom, eu sou de Prodélia, onde é muito calor, então pra mim acho bem natural neve em um lugar frio como Avenalhes.

— Isso é, mas o que eu quero dizer é que esse mau tempo parece estar localizado só aqui, pois há três dias que essa neve não para de cair e Boundorva está apenas a uns quinze quilômetros daqui e tudo lá continua seco e de céu limpo. Algumas árvores ainda de folhas verdinhas. Como pode?!

— Bom, eu não entendo muito sobre condições climáticas.

— Castigo divino, só pode — ele disse, soturnamente. Embora não falasse sério, emendando uma risada frouxa e reformulando sua proposta, que talvez para o final do dia a égua já estaria apta a sair na neve, mas se as passagens já tinham sido compradas e ela tivesse realmente urgência, sua querida ainda era jovem e forte, e aguentaria levá-los até a estação.

Mariana disse que não era o caso. Que ainda não tinha comprado as passagens e que esperaria até o outro dia. A compreensão dela gerou certo entusiasmo em Obraz e, como querendo recompensá-la, disse que mesmo se a neve continuasse a cair e a égua ainda fatigada pelo frio inesperado, ele a levaria até a estação mesmo assim.

Uma vez fora do aconchegante apartamento de Susi e do calor de sua lareira, exposta à neve e ao vento, a força de vontade de Mariana pareceu ser renovada e ela sentiu-se bem mais disposta em ir até a casa da árvore.

À medida que cruzava o bosque, a neve que caia parecia diminuir de quantidade. Chegando à ponte, ela já tinha parado, o ar continuava muito gelado, mas neve não caía mais. Mariana encheu-se de alegria e agradeceu aos céus pela sincronização que o bom tempo parecia ter feito com as suas urgências; já conseguia se ver dentro do vagão partindo para Vóia, sem ter feito a égua do sr. Obraz fadigar ainda mais por ter enfrentado a neve que caía. Ao chegar na clareira da casa da árvore, o Grande Pássaro descia as escadas.

— Olá — ele disse.

— Aonde vai? — ela perguntou, e rapidamente, acrescentou, em tom de desculpas — Ah, olá.

— Alimentar os pássaros — ele respondeu — Quer vir comigo?

O tom dele parecia não muito condizente com o que Mariana esperava. A última vez que o vira ela o deixara com a promessa de uma solução, no entanto, agora, ao voltar a vê-la, ele parecia tão tranquilo e sereno como nunca.

— Eu queria primeiramente me desculpar, porque venho aqui sem nada que possa ter a oferecer como ajuda, Kian — ela começou — Eu...

Ela ia começar a explicar o que tinha acontecido, quando ele a interrompeu, dizendo:

— Já sei de tudo.

Isso deixou Mariana calada por alguns segundos.

— Quer alimentar os pássaros comigo? — ele perguntou novamente.

Mariana assentiu, Kian tinha uma boa porção de pólen de flores e dividiu com ela. A caminho do lago ele explicou que Susi contara que ela deixara a Grande Dama e estava agora hospedada no seu apartamento.

— Eu não poderia ficar lá — disse Mariana, enquanto lançava farelos de pólen para os patos que se agrupavam à beira do lago a seus pés — Eu peço desculpas, Kian, mas eu não encontrei nenhum livro que pudesse ser de alguma ajuda. E além do mais, bom, eu...

— Talvez a única coisa que me resta seja a aceitação — disse Kian.

Mariana nada disse. Suas mãos logo estavam vazias, pois estava jogando os farelos e migalhas sem prestar atenção na quantidade.

— Ele queria se casar comigo — Mariana viu-se dizendo de repente.

— É o que ele quer, uma esposa — emendou o Grande Pássaro, virando-se para ela, terminando de jogar o último farelo para um pato insistente que abria as asas — Mas não se contenta com qualquer uma. Parece querer sempre a melhor das pessoas.

Aquelas palavras acalentaram Mariana e a fizeram corar.

— Estou de partida para Vóia — ela disse — Por isso vim me despedir.

— Você vai gostar de Vóia. Cheia de gente de todos os lugares, muitas coisas para ver, e tem o mar também. É bonito.

— Sim — disse Mariana, sem parecer empolgada. Estava na expectativa de uma despedida melancólica, enquanto que Kian, aparentemente não compartilhava da mesma intenção. Isso murchou Mariana um pouco, ao mesmo tempo em que a colocou em estado de alerta, evitando examinar com mais clareza essas emoções profundas que pareciam querer subir a superfície.

— O cisne — disse Kian, indicando o caminho que levava para o outro lago.

Ele parou alguns instantes durante o caminho, debruçando-se sobre algo, e depois virou para Mariana e despejou na mão dela mais pólen daquela flor que crescia por ali, e seguiram adiante.

O solitário cisne branco estava lá, a deslizar pelo lago, em sua valsa de luto. A aproximação dos dois ali munidos de alimento não o alertou em nada.

Continuou a ignorá-los, diferente de alguns patos que não tiveram medo de adentrar o território daquele orgulhoso proprietário, em busca de comida.

— Depois ele vem comer — disse Kian, embora Mariana nada tivesse falado, e jogou um pouco de pólen ali do lado, para onde os patos deslocaram em conjunto. O cisne continuou a ignorá-los.

Mariana queria poder dizer algo, mas apenas coisas que lamentariam o infortúnio de Kian vinham a sua mente. Então continuou alimentando os patinhos em silêncio.

— Não está com calor com esse casaco pesado? — ele perguntou.

— Um pouco, não muito, na verdade — respondeu Mariana, limpando as mãos de farelos sobre os bicos abertos dos patinhos nunca satisfeitos — Avenalhes está coberta de neve, você sabe.

— Ainda?

— Sim, já faz quatro dias.

— Estranho — ele murmurou — Bom, pelo menos vai ser bom pra mim. Vendi quase tudo que eu tinha de estoque para os Bordero. Uma família rica, mas bem pão-dura. O frio os obrigara a abrir a mão.

Nada mais parecia haver entre ela e o Grande Pássaro que pudesse resultar em uma despedida mais calorosa. Mesmo essa ideia nunca ter tido tanta força, Mariana se viu bastante decepcionada e triste ao ter que abandoná-lo de forma tão insatisfatória. Se pelo menos pudesse sentir que o tivesse ajudado de alguma forma, usaria disso para preencher o vazio que existia ali no peito.

— Me desculpe. Eu queria poder mesmo ter ajudado você, Kian — ela disse, uma onda forte de emoção a obrigando a desabafar — Mas eu não podia continuar lá com aquele homem depois de ele ter pedido a minha mão, depois de ter a certeza das suas intenções a meu respeito. Não enxerguei nos olhos dele o mesmo tipo de olhar de antes, fiquei com medo, mas eu não queria. Não há mesmo outro jeito de pedir ajuda? E se...?

— Calma — disse o Grande Pássaro, ao arrastar os pézões sobre a grama, parando em frente a ela. Ele ergueu suas mãos enfaixadas, mas desistiu de tocar Mariana — Não se sinta mal por não ter conseguido me ajudar. O que você fez já foi muito. Eu vou me virar. No final das contas, isso é problema meu, não seu. Agora não pense mais nisso. Parta para Vóia, para longe desse homem. É um milagre que ele não tenha te forçado a nada, mas o que sabemos sobre os loucos? Que é o que ele é. Vá embora, Mariana, e não se martirize assim.

Os olhos de Mariana cintilavam com as lágrimas, as quais ela com muita resistência não permitiu que rolassem pelo rosto, não gostava de chorar.

— Por favor — acrescentou o Grande Pássaro.

Ela assentiu e, em silêncio, voltou a alimentar os pássaros. O Grande Pássaro também.

Então a inesperada decisão do Grande Pássaro de acompanhá-la para além da ponte, pois queria ver em que estado se encontrava o Condado de Avenalhes, a deixou contente, imaginando que isso pudesse ser na verdade uma desculpa para prolongar o tempo juntos, mesmo que para isso ele tivesse que se transformar no Capuzão.

Ao atravessarem a ponte e à medida que desciam pelo bosque em direção ao condado, a neve recomeçou a cair.

— Essa não — ela gemeu.

Mariana notou que a grama ia perdendo o seu já verde desgastado da nova estação, tornando-se pálida. Que decepção foi aquela para ela. Tinha festejado internamente o tempo bom que a tinha iludido cedo demais. Mesmo assim não se deixou abater e desanimar; se o sr. Obraz estivesse disposto a levá-la até a ferrovia mesmo assim, ela fingiria esquecer o sofrimento da égua, ou caso o coração fraco demais não aguentasse ver o estado do animal, ela desceria e terminaria o restante do caminho a pé mesmo, nem que tivesse que levar metade do dia caminhando até a ferrovia. Precisava chegar em Vóia o quanto antes; temia o que a sua permanência, por tempo demais em Avenalhes, pudesse vir a ocorrer a ela. Fosse pela insistente interferência de terceiros ou pelo sentimento que crescia a cada encontro na casa da árvore por certo alguém.

— Realmente, muito atípico — disse o Grande Pássaro, agora o Capuzão, sua voz saindo meio abafada por baixo do capuz, quando a imagem do condado coberto em branco surgiu diante deles ao saírem do bosque.

Apesar da neve que caía, restavam ainda algumas crianças corajosas correndo para lá e para cá. Ao notarem a aproximação do Capuzão, ficaram temerosas e se afastaram.

— Imagino que não ficariam tão assustadas se soubessem realmente como você é por baixo desse capuz — disse Mariana.

— Não mesmo. Sairiam é gritando e pedindo por socorro — rebateu o Grande Pássaro.

— Nada disso — ela discordou — É a falta de uma face e de um corpo o que as assustam. Assim fica fácil de inserir esse medo bobo nas crianças. Eu acho que elas o achariam bem interessante, como um personagem fantástico de um livro.

— Com você pode ser assim, mas com o resto, garanto que prefeririam me ver encoberto do que ter que enxergar minha real aparência — ele disse após alguns segundos de reflexão.

— Você se acha mesmo um monstro, não é? Sabe, sua aparência não é tão horripilante quanto acha que é. Acredite em mim.

— Minha aparência é justamente o que precisam para tornar real a lenda da Criatura da Floresta do Oito — foi a resposta amarga dele — E isso poderia ser o meu fim.

Quanto a isso Mariana não poderia contra-argumentar e se calou. Naquele momento, dois homens que viravam uma das ruazinhas do condado, ao avistarem o Capuzão, mudaram o rumo e foram até ele. Mariana achou estranho a aproximação daqueles homens, até que as primeiras palavras que trocaram com o Capuzão deixaram claro que eram apenas fregueses.

Mais do que fregueses, queriam tratar de algum assunto comercial em que trariam lucro para todos os envolvidos e devido a isso Mariana e o Capuzão se separaram.

Enquanto o via se afastar, Mariana imaginava se aquela seria a última vez que o veria. Estava a caminho da livraria, considerando uma segunda visita a ele, caso desse tempo, quando esses pensamentos foram substituídos por outros ao notar a carruagem do conde ainda estacionada lá no começo do pátio.

Olhando para o lado, disposta a ignorar a carruagem e tudo o que ela a fazia lembrar, Mariana continuou seu caminho e entrou na livraria.

Foi saudada por Susi com essa informação:

— Você tem outro presente.

— Tenho? — ela levantou os olhos, alarmada, encontrando Susi sentada lá em sua mesa. O mesmo livro grosso aberto diante de si do qual seus olhos nunca se desgrudavam.

Com um gesto delicado, mas preciso, Susi indicou o local do presente. Estava logo ali, sobre os livros, a caixa de presente com o mesmo laço de fita rosa, embora muito maior que as anteriores.

Mariana suspirou. Sua vontade de ter que lidar com aquela insistência era nula; mas sua curiosidade não a permitia ignorar o presente. Ela puxou a fita e levantou a tampa. Dentro, se deparou com um tecido azul que a instigou pela familiaridade daquela cor. A carta ficou suspensa entre os dedos, esquecida por alguns instantes, enquanto Mariana fitava, quase que hipnotizada, o azul do vestido que estava dobrado ali dentro. A cor a fazia lembrar de algo.

Então ela identificou aquela tonalidade. O vestido era da mesma cor da arara que vinha pintando. Não estava enganada, passara tempo demais em companhia daquela cor para cometer algum equívoco.

Atraída pelo desejo de descobrir em que forma aquele azul se transformava, Mariana colocou o envelope de lado e puxou o vestido para fora. O vestido deslizou pelos livros indo até o chão. Era longo e suntuoso, de um azul tão nítido e vivo que parecia dar vida própria ao vestido, como se estivesse movendo-se sozinho. Era de um corte muito peculiar e ao mesmo tempo clássico, com belos bordados e a figura refletida de duas araras estampadas.

Era um vestido muito bonito e nem a leitura mais interesse poderia manter Susi à parte da nova presença que habitava agora a sua livraria.

— Você gostou? — ela perguntou.

Mariana gaguejou um pouco, sem saber o que responder, pois decerto não poderia gostar de algo que tivesse sido enviado por uma pessoa indesejável e em um contexto que muito pouco a podia agradar.

— É inegável que é lindo — ela disse, da forma mais neutra possível que conseguiu, tentando barrar qualquer emoção que quisesse vazar pelas suas palavras.

Deitando então o vestido sobre a caixa, Mariana pegou o envelope e o abriu. Desdobrou a carta e começou a lê-la. O horror e o desprezo foram crescendo à medida que ia compreendendo as palavras do conde.

Cara e estimada srta. Mariana,

Começo minhas palavras com a esperança de que esteja fazendo proveito das luvas e das botas que enviei para que se protegesse do frio. O fato de estar abrigada na casa de uma pessoa de ótimo caráter e bondade me fornece alívio e portanto me forço a acreditar que esteja bem.

Ainda que seu bem-estar seja de meu imenso interesse, não te escrevo apenas com esse objetivo. Devo dizer que me encontro muito infeliz por não ter atendido meus pedidos prévios e comparecido na Grande Dama para que pudéssemos conversar como era meu desejo, e mais infeliz ainda comigo mesmo pelos efeitos que sua partida e seu aparentemente desprezo por mim acabaram por gerar.

Não é curioso que a neve que nunca esteve predestinada a cair sobre o Condado de Avenalhes se encontre agora a cobri-lo em abundância e continuar a cair? Além desses questionamentos, a neve também agrada e é fonte de grande inspiração, você, como artista, deve concordar comigo. A neve é bela e torna a paisagem ao redor mágica, mas enquanto ainda há uma paisagem, devo dizer, pois não é de causar pavor ao imaginar que uma neve que não para de cair uma hora pode acabar submergindo tudo? E o que resta de beleza em um deserto branco?

Sei que é bem provável que a senhorita reprove tais detalhes que possam vir a ser facilmente de sua compreensão, mas em minha defesa, tentei evitar ao máximo que isso acontecesse. Se eu avaliar a situação como o resultado da força do meu anseio pela sua companhia, seria capaz de ser um pouco indulgente e tolerante? Acredito que sim, pois sei que é boa e que gosta de ajudar os outros.

Tão certo estou de que não seria capaz de continuar com essa teimosia, desdenhando meus convites, quanto de que se preocupa com o bem-estar do outros, a espero hoje na Grande Dama às cinco da tarde para tomarmos chá e mais tarde jantarmos juntos, como costumávamos fazer.

Será uma noite especial e por isso esse belo vestido foi desenhando e confeccionado unicamente para a senhorita, a artista mais talentosa de Prodélia. É primordial que o vista para esta noite.

Dado então as condições para que tudo se resolva, a aguardo ansioso e desde já imensamente feliz de que a verei em minha companhia.

Para sempre seu, devotado, admirador e apaixonado

Rubens von de Nivandi II, Conde de Avenalhes

Mariana abaixou a carta, a revolta muito bem controlada enrijecendo os músculos do rosto. Ela não podia estar enganada quanto ao que entendeu. A lembrança do que Obraz lhe dissera no *pub* sobre a neve que parecia ter escolhido o condado a dedo para cair somada ao conteúdo da carta resultavam numa suspeita com pouca margem a dúvidas.

Sua indignação foi logo compartilhada com Susi. Ela recebeu a carta de Mariana e em menos de um minuto devolveu-lhe, soltando um suspiro.

— Não é de se surpreender — ela disse.

— É possível que ele seja tão poderoso assim? — questionou Mariana.

Susi preferiu se abster de dizer qualquer coisa que pudesse com sua afirmação atribuir mérito ao que era condenável e apenas deu de ombros. Foi até a vitrine, curiosa para ver a neve, que agora possuía uma nova concepção. Embora visivelmente continuasse branca e caindo do mesmo jeito.

Mariana olhou para o relógio acima de uma das estantes de livros. Ainda faltavam duas horas para as cinco. Ela tinha tempo para pensar no que ia fazer. Mas o que adiantaria? Sentou-se na poltrona velha para os clientes, mas não desfaleceu nela; nem era tão confortável assim para incentivar o desânimo. De punhos fechados sobre o colo, encarava firmemente o nada a sua frente, não queria ter de se submeter ao conde.

Reconhecendo então que sua força de vontade e rebeldia não traria resposta alguma que pudesse ser útil naquela situação, levantou-se.

Mariana faria o que tinha que ser feito. Pegou a caixa com o vestido e subiu para o apartamento. No quarto, o tirou da caixa, o contraste da cauda azul se espalhando pelo chão tornando tudo ao redor de cor ainda mais opaca, e o vestiu. Ao terminar, recostou-se na cama e, cruzando as mãos sobre o colo, ficou observando a neve cair pela janela, paciente e indiferente.

Quando deu a hora, levantou-se para fazer a sua obrigação. Antes de sair do quarto, passou pela janela para certificar-se de que a carruagem ainda estava lá; um profundo desconforto a inundou, esperançosa de que pudesse já ter passado das cinco, livrando-se do que tinha de ser feito, mas a carruagem continuava lá, toda coberta pela neve.

Susi, ainda parada em frente à vitrine, virou-se para Mariana quando ela passou por ela.

— Não vai vestir um casaco? — ela perguntou, ao ver que Mariana apenas usava o vestido.

— Não é desejo do conde que eu vá apenas vestindo isso? — disse Mariana, amargamente e saiu.

Enquanto os flocos de neve rodopiavam no ar sustentados pelo vento, Mariana cruzou o Pátio do Relógio em direção a carruagem. Para os que a viram pela janela, era como um ponto azul sendo riscado lentamente num papel branco. Os braços nus não arrepiaram com o frio; em seu rosto, a expressão era determinada e pouco propensa a qualquer vulnerabilidade causada pelo desconforto, era raiva.

Ao chegar na carruagem, os lacaios se deslocaram de seus lugares. Com movimentos ágeis e já instruídos do que fazer, a ajudaram a entrar. A barra longa do seu vestido, suja de neve, foi levantada e acomodada em volta dela. E, por fim, a portinhola foi fechada. A carruagem balançou com a adição do peso de mais pessoas, um dos cavalos relinchou e então se pôs em movimento.

Mariana continuava de rosto trancado, que só se desmanchou um pouco quando foi percebendo que à medida que se aproximavam da Grande Dama a neve que caía ia diminuindo. Ao chegar lá, viu com revolta que o chão estava seco e algumas árvores ainda preservavam folhinhas verdes em alguns galhos.

Ao ser ajudada por um dos lacaios ao sair da carruagem, teve uma visão privilegiada do condado lá embaixo, e o que viu foi um borro branco e mais nada possível de se distinguir.

Incerta do que se sucederia, mas convicta de que não permitiria que nada contra a sua vontade fosse feita, Mariana entrou na Grande Dama quando as portas foram abertas.

Capítulo 33

De volta à Grande Dama

O saguão de entrada estava vazio.

Exceto pelo serviçal responsável por ter aberto a porta para Mariana, que saiu apressado, não por isso pouco digno da sua posição como funcionário do conde, para ir informar ao seu patrão que sua ilustre convidada já havia chegado.

O som dos seus passos foi sumindo rapidamente e depois só restou silêncio.

Enquanto esperava, o olhar de Mariana investigava com atenção o saguão, querendo estar preparada para qualquer inesperado que pudesse vir de uma das várias portas e corredores, quando então ela viu. Teria a notado assim que chegara ali caso não estivesse tão tensa. Lindamente emoldurada, a pintura da sua arara-azul se encontrava pendurada em destaque no patamar da escada.

Mariana ficou a encarando, experimentando uma sensação desconfortável, um misto de orgulho com culpa.

— Você está linda — disse uma voz familiar.

Parado à porta que levava a uma de suas salas, o conde se encontrava em profunda admiração, fascinado por Mariana vestida naquele azul intenso.

— Você sim é a verdadeira obra de arte nesta sala — ele disse não conseguindo resistir a esse exagerado elogio. Ele próprio pareceu reconhecer que a emoção o dominara por completo e, lembrando da pintura, usou do objeto para mudar de assunto.

Com a mão estendida em direção à tela, ele caminhou até Mariana, feliz pela presença dela e por ela ter visto sua obra tão ricamente emoldurada.

— Gostou? — ele perguntou — Eu aposto que gostou. Ficou magnífica, assim como eu imaginei. Mandei fazer essa moldura especialmente para a sua tela. Venha, venha ver os detalhes mais de perto e você vai entender.

Com delicadeza, tocou Mariana e como sempre soube muito bem manuseá-la para as direções que a queria levar, subiram juntos a escada até o primeiro patamar.

— Veja! — e quando próximos da moldura, foi indicando com o dedo as flores, plantas e outras espécies da flora prodelienses ali entalhadas — É um trabalho artesanal riquíssimo, não?

Mariana assistia a toda a sua empolgação com o rosto fechado, indiferente ao que via e ao que ouvia, e com muito esforço controlava a vaidade que latejava em algum lugar dentro de si.

— É uma bela peça, de fato, tive que viajar até Torvera para consegui-la.

Mariana se permitiu um olhar mais demorado sobre a pintura emoldurada, mas tão logo sensações conflitantes deram início dentro si, desviou os olhos e afastou-se.

— Pare o que está fazendo com o Condado de Avenalhes — ela disse em tom de ordem — É desprezível, e não tente me fazer sentir culpada, porque não me permito ser usada como justificativa de um ato de loucura.

— Vou parar — disse o conde, descendo alguns degraus da escada e oferecendo a mão a ela — Mas depois do chá.

Mariana levantou o vestido para que os pés tivessem mais liberdade ao andar, e desceu as escadas com pressa, ignorando a mão dele em auxílio, e o esperou lá embaixo, de costas.

O conde, que tão feliz estava pela companhia de Mariana e pela segurança que sentia de que tudo estava sob o seu controle, não via nada na atitude rebelde dela que o pudesse desanimá-lo ou entristecê-lo; então a conduziu à sala ao lado, com um sorriso nos lábios e os olhos a todo o momento a admirando.

De uma das portas da sala, a sra. Siban entrou com o conjunto de chá a ser servido. A boa governanta não resistiu ao prazer que foi rever Mariana e soltou um sorriso largo e caloroso, que acabou por derreter um pouco a carranca que Mariana vinha segurando.

— Como é bom vê-la novamente, srta. Mariana — disse a sra. Siban, colocando a bandeja sobre a mesa e começando a servir o chá — Eu espero que esteja se protegendo bem contra esse frio todo que está fazendo. Você é magrinha e é bem capaz de pegar uma pneumonia, ou qualquer coisa assim se não se cuidar. Eu fico muito preocupada.

Mariana não poderia continuar a ouvir aquelas palavras sem deixar que tamanha emoção transbordasse, e levantando-se, jogou-se de braços abertos na sra. Siban. Sentiu que os olhos começavam a umedecer, mas não podia chorar naquele momento, precisava evitar qualquer vulnerabilidade. Com habilidade, piscou os olhos e secou as lágrimas que nem chegaram a cair.

— Ai, menina, minha querida — disse a sra. Siban, recebendo o abraço de Mariana e no segundo seguinte, lançando a ela palavras de reprovação ao constatar que seus braços e suas mãos estavam geladíssimos — Precisa se esquentar já. Vou te servir um chá bem quentinho e acho que você deveria sentar mais perto da lareira, está bem?

Esta última sugestão da sra. Siban foi direcionada ao conde, que concordando, levantou-se e puxou sua própria poltrona para mais perto da lareira.

— Por favor, srta. Mariana — e ofereceu o seu lugar a ela.

— Não há necessidade — disse Mariana secamente, recuperando a carranca — Eu posso muito bem só me deslocar no sofá. Obrigada.

E dizendo isso, Mariana puxou para o lado as almofadas e sentou-se mais perto do fogo.

A sra. Siban terminou de servir o chá e, sabendo que sua presença agora não seria mais requerida, deixou a sala.

O olhar maternal da sra. Siban e suas últimas palavras de cuidado antes de sumir por uma das portas foi tudo o que Mariana precisou para se sentir mais forte.

— A sra. Siban é uma mulher muito boa — disse Mariana, levando a borda da xícara à boca — Eu gosto muito dela e vou gostar para sempre.

— Sim, ela é — concordou o conde — Mas fala com certo tom de lamento. Como se não fosse mais vê-la.

— Pois espero sim voltar a vê-la — disse Mariana com firmeza, enfrentando o olhar do conde — Em outras circunstâncias, eu espero. Agora me diga, o que quer de mim?

O conde terminou de beber o chá com bastante calma. Levou a xícara até a mesinha do lado e se acomodou em sua poltrona.

— O seu bem — disse, por fim.

— Se é assim, então eu já vou — disse Mariana, levantando-se — Pois só vou me encontrar totalmente bem fora daqui. Espero que coloque a cabeça no lugar e pare já com o que está fazendo com o condado de Avenalhes, se é que ainda lhe resta um pouco de consideração e respeito pelos outros, ou se não sabe o que é isso, agora é um bom momento para tentar aprender. Obrigada pelo chá.

E não esperando por resposta nenhuma do conde, marchou até a porta. Com as palmas abertas, tencionava empurrá-la, mas a porta não se moveu. Tentou a maçaneta, mas nada. A porta estava trancada.

— Por favor! — exclamou Mariana, irritada.

— Sim? — perguntou o conde, ainda confortavelmente sentado em sua poltrona.

— Quer, por favor, abrir a porta? — ela pediu, a irritação borbulhando seu sangue.

— Você está muito alterada, srta. Mariana, tome um pouquinho mais de chá — ele disse, enchendo a xícara de Mariana.

Mariana virou-se num rompante e quase correu até o conde. Sua face estava retorcida de fúria e revolta.

— Abra essa porta já! — ela ordenou entre os dentes.

— Não — respondeu o conde, indiferente — Agora sente-se. Onde já se viu, dizer que se sentiria muito bem fora daqui! Que absurdo. Quem se sentiria bem lá fora, nesse frio? Na verdade, ninguém há de se sentir melhor do que aquele que é bem-vindo em um lugar de conforto como é a Grande Dama. Ainda mais se a presença da pessoa no caso é mais do que requerida. Você deveria praticar um pouco mais a gratidão.

— Já fui grata por tudo o que fez — disse Mariana, em sua defesa — Mas não posso mais ser daqui por diante por seja lá o que esteja disposto a fazer por mim. Não distorça as coisas. Agora abra a porta!

— Por favor, sente-se — ele pediu, educadamente, ignorando o estado alterado dela.

Mas Mariana continuou de pé.

— Prefere assim? — ele perguntou.

Mariana continuou a encará-lo, o olhar duro e os lábios tensos.

— Tudo bem — o conde pegou o pires e a xícara, e levantou-se. Deu alguns passos até ela e bebericou um pouco do chá. Assim, de pé ao seu lado — Mas eu acho... — disse em seguida, movendo a língua para que todo o restante do chá descesse pela garganta — que seria mais confortável se tivéssemos essa conversa sentados, e perto do fogo, como a sra. Siban muito bem aconselhou.

— Então é assim? — perguntou Mariana — Vai me prender aqui? Sou agora prisioneira?

— Para que esse drama? — perguntou o conde — Eu só quero conversar com você, srta. Mariana.

— Então me diga logo, o que quer de mim?

— Quero que reconheça o valor de tudo isso — ele respondeu — Quero que reconheça os meus sentimentos por você, que são verdadeiros, e quero que reconheça o que seria para você e todos os privilégios que teria, ao se tornar a Senhora da Grande Dama e Condessa de Avenalhes.

— Eu reconheço — respondeu Mariana — E é por isso que já tem a minha resposta. É não. Agora, por favor, abra a porta e me deixe ir.

O conde nada respondeu. Levou a xícara aos lábios e tomou mais um golinho. As repostas ríspidas e negativas de Mariana não pareciam o abalar. Era a noção que tinha da sua importância e uma lógica de caráter egocêntrica que existia apenas em sua cabeça que o mantinha confiante.

— Não é linda essa porcelana chinesa? — ele perguntou, ao desgrudar a xícara dos lábios, e a moveu de modo a ver toda a sua delicadeza e os belos desenhos ali gravados, esperando que Mariana o acompanhasse nessa apreciação — É uma bela peça, dentre tantas outras que tenho aqui, algumas importadas, outras não, mas todas muito ricas em detalhes e de valor. Pense que elas seriam suas, srta. Mariana. Para seu uso, quando quiser. Não gostaria de possuí-las?

Mariana balançou a cabeça negativamente, reprimindo a vontade de tacar aquela xícara no chão.

— E toda essa mobília? — ele perguntou, girando no lugar. Depositou então a xícara na mesinha e saiu pela sala tocando os objetos — Tudo seria seu, srta. Mariana. Da Senhora da Grande Dama. Quero que você seja ela. É você que eu quero.

— Mas eu não quero! — exclamou Mariana, movendo-se para perto da porta. Com coragem combatia ideias geradas naquele momento que começavam a amedrontá-la — Agora deixe-me ir. Quero ir embora!

— Me deixe lembrá-la da biblioteca! — ele exclamou, subitamente em êxtase, ignorando os pedidos dela para que abrisse a porta — Eu sei que você ama livros, não é? Imagine-se o dia inteiro lá, podendo ler o que quisesse e a hora que quisesse, com todo o conforto do mundo, com uma variedade inesgotável de livros à sua disposição, de todos os tipos e de todas as épocas. A senhorita nunca ficaria entediada. Pense. Essa seria a vida da Senhora da Grande Dama. Sua vida!

Diante daquelas palavras foi difícil para Mariana manter-se imune; facilmente se viu inserida naquele tentador cenário que o conde descrevia, via-se satisfeita e feliz com um livro na mão.

O conde, com alegria, via na hesitação dela motivo para deixar que a esperança dentro de si se expandisse. Animado, aproximou-se mais um pouco. Seus passos então despertaram Mariana.

— Não! — ela exclamou, por fim obrigando-se a lembrar de quem ela era e de seus verdadeiros sonhos —Não quero nada disso. Está enganado se acha que pode me comprar com tudo isso. Está equivocado quanto a que tipo de pessoa eu sou. Agora me deixe ir embora. Agora!

O conde curvou-se levemente, como que cedendo à recusa dela e se afastou. O sol já tinha se posto e o crepúsculo lá fora ia escurecendo tudo aos poucos e reforçando as sombras dos objetos com a ajuda do fogo que ia perdendo força. Ele submergiu em uma dessas sombras, entre o sofá e a janela, e ficou quieto, a refletir.

Mariana podia sentir o mau agouro no ar, mas resistiu a qualquer fraqueza que a vulnerabilidade poderia vir a desestabilizá-la.

— Abra a porta! — ela sentiu a necessidade de falar, para continuar forte.

O conde nada respondeu. Passou-se mais um instante de puro silêncio e então ele saiu das sombras.

— Você tem um gênio forte, admiro muito isso — ele disse, girando o anel de cristal no dedo.

O anel pareceu faiscar. Mariana piscou os olhos, achando ter imaginado um risco de luz não natural naquele curto espaço entre os segundos.

— Não se preocupe, não vou fazer nada — disse o conde, notando que ela observava o anel de cristal, cujo poder ela já devia ter conhecimento.

— Talvez fosse melhor se fizesse — disse Mariana secamente — E acabasse logo com tudo isso.

O conde abanou a cabeça, um sorrisinho pendendo de seus lábios.

— Incorrigível, mas gosto assim.

Mariana continuava a observar o anel. Se pelo menos tivesse força o suficiente para arrancar aquele anel à força do dedo daquele homem. A frustração da consciência da sua incapacidade física perante ele chegava a doer.

— Acha-o bonito?

— Tanto quanto uma pedra de rio.

O conde levou o dedo à altura do pescoço e o apreciou; como que para ter certeza de que era realmente bonito e Mariana estava apenas sendo birrenta.

— Era um dos objetos que eu mais me orgulhava de ter criado — ele disse, alisando o cristal com os dedos e lhe lançado um olhar quase paternal — Mas não mais, agora tenho outro.

Embora curiosa, Mariana não estava interessada em incentivá-lo a continuar falando, nem disposta a ter que ouvir qualquer conversa a respeito de suas habilidades e artefatos mágicos; ficou calada.

— Tenho mesmo então sua resposta final? — ele perguntou.

— Como pode ainda duvidar?

— Desconsidera mesmo tudo o que a Senhora da Grande Dama e Condessa de Avenalhes possa ter? Seus privilégios e o luxo em que viveria, essa sala e tantas outras, a biblioteca e os livros a serem lidos tardes a fio? Desconsidera mesmo tudo isso, srta. Mariana?

— Tudo parece de fato maravilhoso, mas pouco vejo nisso prazer maior do que a vida que eu teria sendo eu mesma, Mariana de Prodélia — ela respondeu — Então, de uma vez por todas, minha resposta é não, e deixei-me ir. Abra a porta!

— Ah, sim! — exclamou o conde, compreendendo — Você quer ser uma pintora profissional, claro. Uma artista! E você pode ser sim. Você tem talento, eu reconheço, é uma das coisas que admiro muito em você, que faz de você ser essa moça excepcional que é. Ao meu ver isso lhe atribui ainda mais beleza. Devo então lembrá-la de algo que esqueci de mencionar, do estúdio lá em cima, seu estúdio, na verdade, pois só consigo enxergar aquele ambiente como seu, somente seu, srta. Mariana. Você o impregnou com todo o seu talento durante esses dias. Portanto ele pertence agora a você.

— Está delirando — soltou Mariana.

— Não estou — disse o conde — Estou falando a verdade. Você é uma pintora muito talentosa, eu acredito nisso.

— Então deve compreender que não há em mim espaço para outro título — disse Mariana — Deixe-me ir agora!

— Ah, você não entende — disse o conde — Aliás, há sempre espaço em uma pessoa para todos os títulos possíveis. Uma infinidade de espaço. Ouça, minha querida, não é seu grande sonho e aspiração de vida o de se tornar uma pintora profissional? Pois você pode! Talento você tem, mas esse mercado é difícil, ainda mais para uma jovem que vem de tão longe. É preciso mais do que talento, na verdade, é preciso destaque e contatos. E quem haveria de ignorar a Condessa de Avenalhes? Galeria nenhuma ousaria ignorar essa senhora. Você seria a grande sensação da vez, srta. Mariana. Eu te prometo isso. Se tornando a Condessa de Avenalhes, se tornaria também a pintora mais influente não só no condado inteiro, mas em Vóia também.

Todos celebrariam a sua arte e você seria finalmente reconhecida. Nunca esqueceriam de Mariana, Condessa de Avenalhes e pintora consagrada. Eis a minha oferta final.

Terminando de falar, o conde ficou estudando o rosto de Mariana, a fim de identificar algo que pudesse lhe dar esperanças de que ela finalmente cederia. No entanto, seu rosto parecia indecifrável.

— Casa-se comigo, srta. Mariana. Torne-se a Condessa de Avenalhes e eu te prometo o sucesso. Eu te prometo!

Mariana soltou um suspiro, seus olhos desviando dos olhos abertos e ansiosos do conde para além das sombras que ia cobrindo toda a sala à medida que o fogo ia se extinguindo e os abajures continuavam sem vida. Era impossível ignorar cada palavra que o conde tinha dito; mas Mariana não refletia sobre a proposta do conde. O que dominava os seus pensamentos e a assustava era uma forte inclinação em aceitá-la que ia crescendo dentro de si desenfreadamente. De onde brotara, ela nem saberia dizer. Esta força, que ela achava que jamais pudesse ser capaz de ser gerada por tal proposta, a espantava profundamente.

Tudo o que ela mais queria na vida era ser uma pintora profissional, uma artista reconhecida e essa possibilidade agora estava ali, dependendo de uma resposta sua e nenhum esforço a mais. Era só dar a mão a ele.

Mariana olhava com atenção para aquele homem que a desejava tanto quanto ela desejava ser alguém no mundo das artes, e bastava uma única palavra sua para os unir pela conquista do desejo de cada um. Parecia justo. O que ela devia fazer? Sabia a resposta desde o momento em que o conde proferira aquelas palavras, mas não conseguia dizê-las. Só que tinha que dizê-las. Devia dizer. Por que então sua voz se mantinha presa na garganta?

Seus olhos lacrimejavam. Não fosse Mariana de natureza rebelde e orgulhosa, talvez não tivesse conseguido reunir as forças necessárias para resistir. Por fim, disse com firmeza:

— Teria eu me tornado o que eu mais desejo pela sua interferência e sob suas condições, seria então parcialmente feliz, e isso eu não quero. Quero ser inteiramente feliz.

O conde ponderou suas palavras. Mas não pareceu desencorajado.

— Você é jovem e compreendo seu idealismo —, ele disse. — Mas é uma moça inteligente e sabe que uma visão mais realista das coisas é a mais sensata a se ter.

— Talvez então eu não seja tão inteligente assim como pensa — rebateu Mariana — Minha resposta é não. Eu o recuso. Não quero me casar com o senhor. Nunca. Jamais!

A esperança no rosto do conde se apagou de vez. Seus olhos se tornaram soturnos.

— Mas vai! — ele disse, a voz rouca e autoritária. Seu ar apaixonado sumira de vez, e, empertigando-se, dominado pelo egoísmo e pela urgência, agarrou os pulsos de Mariana com força e a arrastou consigo.

Capítulo 34

União eterna

Mariana tentava se soltar das mãos do conde, mas ele era mais forte. O vestido que usava deixava seus movimentos limitados e a porta trancada diminuía muito a sua motivação. Ela gritou por ajuda, mas nada; insultou-o, mas não conseguiu resposta alguma, nem alterar a expressão de determinação fixa em seu rosto. Mobilizada pela força dele, foi arrastada pela sala até saírem por uma porta aos fundos, que dava para um longo corredor.

As pinturas de pássaros nas paredes eram as únicas testemunhas do momento, agora passando despercebidas pelos olhos de Mariana. Ao final daquele corredor, uma porta aberta emitia uma parcial claridade, como se o dia estivesse raiando, mas era apenas o outro cômodo que se encontrava bem iluminado, como Mariana veria dali a alguns minutos.

Apesar do vento frio que conseguia vazar pelas frestas das janelas ou por alguma porta aberta em algum canto ou sala da mansão, a adrenalina e o desespero faziam Mariana suar, e devido a isso, conseguiu escorregar uma das mãos das garras do conde. Tentou desesperadamente agarrar-se à maçaneta da porta, mas a mesma responsável pela sua libertação foi a mesma pela sua incapacidade de conseguir auxílio naquele objeto. O suor anulou o atrito necessário entre sua mão e a maçaneta. Rapidamente, o conde a tomou novamente, com mais força ainda, e juntos cruzaram a soleira da porta para o salão de festas.

— Ah! Veja! — ele exclamou, em júbilo — Não está encantador? Digno de um casamento?

O salão de festas era grande e, como todos os ambientes da Grande Dama, repleto de pinturas de pássaros pelas paredes. Do teto, três suntuosos lustres pendurados iluminavam tudo ao redor. Bem ali no meio, Mariana viu um objeto em particular que a deixou com um misto de curiosidade e medo. Eram duas colunas formando um arco no alto, todo tomado por belas e perfeitas rosas roxas. O real significado daquela estrutura decorada se fez logo compreendida, e Mariana sentiu o peso de algo gelado afundar no seu estômago. Trava-se de um altar. Mas não havia mais ninguém ali. Quem oficializaria a união? O que o conde pretendia?

Desesperada, Mariana tentou chutá-lo com toda a sua força, mas a barra do vestido prejudicava seus movimentos e ela acabou caindo de joelhos ao chão.

— Está bem, Mariana? — perguntou o conde, genuinamente preocupado. Suas mãos então a soltaram e ficaram suspensas ao redor dela prontas a exercer qualquer função que um possível machucado requeresse.

Mariana não disse nada. Desviou dos olhos dele e tentou ficar de pé. Com delicadeza, o conde a ajudou. Ao ver-se livre, Mariana puxou o vestido para acima dos tornozelos e tentou sair correndo em direção às portas que davam para o terraço. Mas o conde foi mais rápido. Seu braço voou ao redor de Mariana e a prendeu pela cintura.

— Me deixe ir embora! — exigiu Mariana, entre os dentes.

— Você não entende? Você é quem eu quero como minha esposa e senhora da Grande Dama — disse o conde, possuído pela certeza de que era merecedor daquilo, e com força redobrada, a arrastou em direção ao altar de rosas roxas — E já temos tudo preparado para a nossa união, Mariana. Veja que belo altar. Rosas roxas, suas preferidas. Não vai me deixar agora. Não pode.

— Você é doente! — ela disse com desprezo, olhando-o com ferocidade.

O conde, emocionado pela face tão próxima dela na dele e pelos seus olhos escuros, respondeu:

— Doente por você — e a arrastou com determinação para debaixo do arco de rosas roxas.

Embaixo do arco, cercada pelas rosas que um dia ousou torná-las suas favoritas, Mariana estava presa pelo vestido enrolado em suas pernas e pelo braço do conde a apertar o seu abdômen contra ele cada vez mais. Com uma das mãos soltas, ele procurava por algo dentro do bolso do colete. Enfim, o achando, o ergueu ao alto para que Mariana pudesse vê-lo. A princípio, Mariana não viu nada, parecia apenas que os dedos do conde se tocavam. Estaria mesmo tão louco a ponto de imaginar que tirara um objeto de dentro do bolso?

— Veja — disse o conde, aproximando a mão com o dedo polegar e o indicador unidos, e erguendo os olhos, Mariana viu que de fato havia algo ali cintilando com o brilho dos lustres. Era uma aliança. Simples, sem adorno, dourada, talvez ouro, brilhando a cada vez que o conde o fazia rodar entre a ponta dos dedos.

— É nossa aliança — ele disse, emocionado.

— Nada nunca será nosso — retrucou Mariana com desprezo.

— Aqui vai uma explicação bem fácil de entender que vai contradizê-la! — ele disse, e num movimento brusco, seu braço largou o abdômen de Mariana e a prendeu pelos punhos —Veja, eu estou usando uma aliança também. Lembra que eu lhe disse sobre o meu anel de cristal não ser o objeto de mais orgulho que eu tinha? Pois aqui está o que a partir de agora considero a minha criação bem mais preciosa. Eu a chamo de a aliança da união eterna.

E tanto era seu estado de êxtase pela empolgação do que criara e do que estava para pôr em execução, que seus olhos esbugalhados amedrontaram Mariana, mas ela, firme, não deixou que ele percebesse o quanto estava assustada. Trancando ainda mais a cara, continuava a encará-lo com o olhar desafiador. — Tão simples quanto essas alianças parecem é o modo como elas funcionam — ele continuou, maravilhado por poder compartilhar sua criação com alguém — Uma vez usadas pelo casal apaixonado, eles estarão então unidos para sempre, e nunca, nada, força física, metafísica, ou seja, lá qualquer outra coisa que possa existir, nada será capaz de separá-los enquanto estiverem usando as alianças. Estarão juntos para sempre.

E movendo Mariana como ele bem quisesse, presa pelo pulso, o conde mirou o dedo em que a aliança seria colocada.

— Eu o tiro! — gritou Mariana.

O conde riu, embora tivesse sido uma risada de tristeza, de compaixão pela falta de astúcia dela.

— As alianças não são as mesmas, Mariana — ele começou a explicar — A que estou usando é a aliança do dominador. A que vai para o seu dedo, é a aliança do submisso, e esta aliança, uma vez no seu dedo, não pode ser tirada por vontade própria.

— Nem que eu corte meu dedo fora? — ela disse, em tom desafiador.

O conde pareceu considerar o que ela dissera por alguns segundos. Enfim sorriu.

— Não faria isso.

— Você não sabe se eu faria ou não.

— Sei que não faria — ele disse, e puxou o punho dela para mais próximo de si.

Mariana fechou os dedos em um punho no momento em que a aliança se aproximou de sua mão.

O conde riu e disse:

— Ah, nada disso. — E num movimento rápido e brusco, soltou o punho dela para agarrá-lo de novo, um pouco mais acima, e desta vez o apertando de tal modo e com tal força que seus dedos se esticaram.

Mariana soltou um gemidinho de dor.

— Não doeu tanto assim, srta. Mariana — ele disse, mirando o dedo dela.

Os olhos do conde pareciam gritar de excitação enquanto ele aproximava do dedo dela a aliança que tornaria Mariana sua escrava de corpo, para sempre próxima. Mariana, paralisada pelo medo e pela esperança que ia se dissolvendo rapidamente, assistia, sem nada conseguir fazer, imobilizada pelo vestido enrolado ao seu corpo e força daquele homem. A palma de sua mão, tão fortemente apertada por ele, adormecia aos poucos.

— Unidos para sempre — disse o conde, em puro êxtase, a aliança prestes a escorregar no dedo esticado e imóvel de Mariana.

Naquele momento de grande euforia, no auge do clímax pelo qual o conde aguardava tanto, a cerimônia em que só os dois eram testemunhas foi interrompida pelo estardalhaço de vidros estilhaçando.

Um convidado havia chegado, e preferindo não abrir a porta, escolheu essa entrada dramática. Os pés pesados do Grande Pássaro trincaram o chão e ele deslizou pelo mármore por entre os cacos de vidros, parando ali no meio do salão, encarando ameaçadoramente os noivos no altar.

— Oh! — exclamou o conde com um misto de surpresa e deleite, e alargou os lábios em um sorriso — Isso não é fantástico!?

— Solte ela! — grunhiu o Grande Pássaro.

— Eu queria uma cerimônia privada, mas se o desejo de alguém em participar desta nossa união provocou até a quebra de toda a minha vidraça, como vou dizer não a ele? — disse o conde e em seguida direcionou essas palavras dissimuladas ao Grande Pássaro — Me desculpe, meu caro, mas terá que ficar em pé. Eu não estava esperando convidados, então você compreende a falta de cadeiras. No entanto, não há por que se sentar mesmo, isso será rápido, já estamos para terminar. Agora... — e virou-se para Mariana, apertando com mais força a mão dela já dormente, os dedos esticando rigidamente — Seremos marido e mulher.

O Grande Pássaro estufou o peito e no segundo seguinte abriu o bico e soltou o seu rugido animalesco, fazendo os lustres e as pinturas nas paredes tremerem.

— Isso são modos? — perguntou o conde, quando o Grande Pássaro terminou. Soltando Mariana e guardando a aliança de volta ao bolso do colete, foi até ele.

— O que pretende com tudo isso? — perguntou.

— Deixe-a ir — exigiu o Grande Pássaro.

O conde estava prestes a respondê-lo com algum comentário jocoso e de deboche, mas algo o deteve. As palavras ficaram presas na garganta, sua expressão instável, ora de admiração, ora intrigada, enquanto os olhos iam percorrendo cada parte do Grande Pássaro. Por fim engoliu as palavras e as substituiu por outras.

— De fato, o tornei uma criatura muito bem-feita. É incrível, não é? — e ergueu o anel de cristal à altura do peito, alisando-o — Agora, se não quer acabar com a cabeça empalhada, vá embora antes que seja tarde demais.

De longe, Mariana estava atenta para o que julgava estar prestes a acontecer. O Grande Pássaro encarava o conde, que o encarava de volta, responsáveis por uma forte tensão que Mariana podia sentir percorrer pela superfície da sua pele; até os objetos ao redor pareciam conscientes disso. Cada segundo que passava deixava Mariana ainda mais apreensiva, seu corpo preparando-se para se jogar para o lado de fora da área de combate , mas nada do que a cena parecia prever aconteceu.

O Grande Pássaro deslizou seus pézões para o lado, como se estivesse a ceder ao conselho do conde, quando abruptamente avançou para Mariana, tomando-a nos braços.

No segundo seguinte o salão do festas rodava aos olhos de Mariana, a figura do conde em diagonal girando junto com ela, enquanto era carregada pelo Grande Pássaro. O conde sumia do seu campo de visão a toda hora, substituído pelas janelas e pelos lustres, e depois voltava a aparecer, a expressão em seu rosto alternando-se a cada vez que ela o revia, do desespero para o ultraje, da indignação para a raiva, e depois sumindo de novo.

Quando Mariana voltou a vê-lo, uma luz roxa surgia da ponta de seu punho erguido. A luz ia crescendo, ocultando o seu rosto e se tornando tão cegante que obrigou Mariana a fechar os olhos e virar a face.

O Grande Pássaro saltou para o lado, fazendo Mariana girar bruscamente. Ela agarrou-se às penas dele com força, se estabilizando, e ao sentir que a claridade não mais se infiltrava através de suas pálpebras, abriu os olhos, a tempo de ver uma explosão de luz roxa rachar uma das paredes do salão, obrigando-a a fechá-los novamente.

— Ataque ele também — gritou Mariana, enquanto era sacolejada, sendo levada em direção às portas — Olhe para você, é muito forte. Pode quebrá-lo ao meio.

— Suas palavras são de grande incentivo, bem que eu gostaria — bufou o Grande Pássaro, escapando de outro jato de luz vinda do anel do conde, explodindo uma das portas. Com duas passadas ele se deslocou a quase três metros de distância do local de onde estilhaços de vidros voavam por toda a parte — Mas lembra-se de que... — ele continuou, ofegante — Lembra-se que não posso tocá-lo? A criatura nunca atacará o seu criador.

— Solte Mariana! — gritou o conde.

Naquele momento, a porta ao lado deslocou-se do seu lugar, ocupando o espaço aberto da porta toda arrebentada pela qual o Grande Pássaro invadira o salão de festas e pretendia agora sair. Se estivesse sozinho, a teria atravessado, mas com Mariana às costas, temeu machucá-la e parou de súbito, derrapando para o lado.

— Solte-a agora! — ordenou o conde, aproximando-se.

O Grande Pássaro, ofegante, segurando Mariana às costas, virou-se para o conde, que erguia ameaçadoramente em sua direção o punho. Seu anel cintilou.

— Deixe-nos ir — pediu o Grande Pássaro — Estou levando Mariana para longe de você, pois é a vontade dela. Não vou ficar parado de novo, sem fazer nada, não vou repetir o mesmo erro que... — aqui ele pareceu embargar. Era uma criatura grande e deformada, mas tinha sido humano uma vez e continuava a ser, seu exterior não tinha endurecido o coração por completo e só a lembrança da mulher que mais amou na vida foi suficiente para reavivar fortes emoções — Que da última vez! — ele enfim completou, embora sua voz tremesse um pouco — Não vou abandoná-la como fiz com...

Mariana sabia a quem ele se referia e ficou emocionada ao se ver na posição de alguém que no passado ele amou incondicionalmente. Sentiu até vontade de sorrir.

— Com Ava — completou o conde, a voz gélida, o rosto rígido — Mas acontece, meu faz-tudo, que Mariana não é Ava. Então não há muita coisa na qual se relacionar para estar de algum jeito recompensando uma falha do passado. Coloque-a no chão e vá embora.

— O que fez com ela? — perguntou o Grande Pássaro. A menção do nome de Ava libertara suas emoções, agora indomáveis, a percorrem por todo seu ser — Disseram-me que tinha ido embora, mas nunca consegui acreditar nisso. Não tive mais pistas dela, tentei uma vez escrever para ela. Diga-me, você sabe onde ela está? Você a machucou?

— Eu não machuco mulheres — disse o conde, ultrajado.

— O que fez com ela então? — exigiu o Grande Pássaro, a voz firme, mas tão cheia de emoção que tremia, como se não fosse aguentar tanta carga.

— Por que pergunta? Acha que pode tê-la ainda? Você é um monstro — disse o conde com deboche.

— Diga! — insistia o Grande Pássaro —Eu quero saber. Diga-me se ela está bem.

Houve um momento de silêncio, apenas o som do vento uivando lá fora e das cortinas a tremular.

— Ela está muito bem — o conde então disse, quebrando o silêncio — Agora! Cansei dessa conversa toda, que nada de prazerosa tem, como deveria ser por natureza todas as conversas. Coloque Mariana no chão e vá embora.

O Grande Pássaro colocou sim Mariana no chão, mas não por ordem do conde. Tomado por uma forte onda de emoção, e por suposições que não conseguia de imediato caracterizá-las como ruins ou não, avançou para o conde, esquecendo-se das regras que existiam em torno daquele feitiço no qual estava preso e transformado.

— Você então sabe onde ela está — ele disse, com apenas três passos encurtando a distância de quase cinco metros que existia entre os dois — Diga-me, onde ela está?

No seu pedido havia urgência e desespero. A cada passo que dava em direção ao conde, parecia que estava indo em direção à Ava. Era isso e era o ódio que o motivava.

Mas como o conde havia uma vez lhe dito que a criatura jamais poderia atacar o seu criador e, devido a isso, o Grande Pássaro parou abruptamente a poucos centímetros do conde, como se uma parede invisível tivesse surgido entre ambos. Embora o Grande Pássaro quisesse muito avançar, não conseguia, seu corpo todo chegando a tremer de tanto ódio pela incapacidade que sentia. Ele não era capaz nem de relar a ponta de sua garra no conde.

— Onde. Está. ELAAAAAAAAA? — ele perguntou de novo, desta vez sua voz crescendo e se transformando em um rugido animalesco.

O conde, ainda indiferente, aguentou muito bem a força sonora que lhe estapeou a cara. Respirou profundamente quando o bico do Grande Pássaro se fechou e, reascendendo a expressão de vida à sua face, disse com calma:

— Ela está feliz e protegida. Aonde você nunca chegará.

O Grande Pássaro o encarou por alguns segundos, sem reação alguma. Então virou-se, tomou Mariana nos braços, com a outra garra, estraçalhou a porta e saltou à varanda.

Desta vez o conde não hesitou e, tomando a atitude que vinha receando, pois não queria machucar Mariana, ergueu o punho em direção às costas do Grande Pássaro e deixou que a impulsividade tomasse a decisão. Um jato de luz roxa o atingiu e o Grande Pássaro foi ao chão. Mariana voou alguns metros à frente, rolando pelo terraço. Foi parar próxima à escada, os braços em volta do rosto para se proteger. O tecido do vestido, envolto ao redor do seu corpo a protegeu dos cacos de vidros e do chão áspero. Ela não se machucou e, muito assustada, levantou-se o mais rápido que pôde.

O Grande Pássaro também se levantava a certa distância, na outra extremidade do terraço, embora com certa dificuldade; diferente dela, ele parecia um pouco machucado. O conde passava pela abertura entre as esquadrias estilhaçadas da porta, às pressas. Quando seu olhar se encontrou com o de Mariana, soltou um suspiro e correu para ela.

— Me perdoe, srta. Mariana. Eu espero que não esteja machucada, me deixe ver se... — E com os braços esticados, pretendia tocá-la.

— Não encoste em mim! — ela gritou, afastando-se, antes que os dedos abertos dele pudessem atingi-la.

O conde recuou as mãos, a respeitando. E com atenção, a analisou da cabeça aos pés, para ter certeza que não estava machucada. Vendo-se livre, Mariana ergueu o vestido e saiu correndo em direção ao Grande Pássaro, do outro lado.

— Você está bem? — ela perguntou a ele, preocupada.

— Bem — ele resmungou, enquanto se levantava — E você? Bom, se está de pé assim, nem um osso quebrado então.

— Você o ama? — a pergunta do conde veio de forma tão inesperada, seu tom de voz tão fora do contexto das ações violentas as quais vinha protagonizando que fizeram com que Mariana e o Grande Pássaro virassem com um misto de surpresa e espanto — Ama este monstro? — perguntou o conde de novo, mas obtendo apenas silêncio — Não é possível, srta. Mariana, não ouso acreditar a não ser que me diga com suas próprias palavras. Talvez um afeto, sim, eu compreenda, mas paixão? Ele? E logo ele? Como? Se o que vejo é uma incompatibilidade gritante entre vocês dois. Você merece a mim, ficar ao meu lado e não ao lado de uma criatura horrenda como essa. Não me faça pensar o pior de você, srta. Mariana. Não responde nada, pelos céus, será que estou certo, que está mesmo apaixonada por um monstro horrendo e nojento como esse? Ofereço minhas mãos em amparo, mas recusa e corre para o que realmente deveria lhe provocar repulsa. Eu não entendo. Meu Deus, responda, srta. Mariana! Responda! Por favor.

Mariana não tinha palavras para respondê-lo. Se recusava a explorar esses sentimentos e não seria agora que ela ousaria fazer isso, continuou calada.

— O que ele tem que eu não tenho? — perguntou o conde, sério, embora em profunda agonia. Podia-se ver o transtorno nas rugas em sua testa e nos olhos tornando-se vermelhos — Eu preciso dessa resposta, srta. Mariana.

O momento não era para conversas e o Grande Pássaro não ia deixar que o conde os conduzisse desse modo de acordo com suas oscilações emotivas. Aproveitando da situação vulnerável, tomou Mariana nos braços; dando então um salto para o lado, passou pelo conde a toda velocidade; estava para saltar do terraço para o jardim, quando sentiu aquela mesma dor ao ser atingindo nas costas e caiu de novo.

Mariana também caiu. Desta vez, a queda não foi tão violenta quanto a anterior. Ela apenas escorregou das costas do Grande Pássaro ao ser solta pelas suas mãos, indo de joelhos até o chão, onde não ficou por muito tempo. No minuto seguinte foi levantada bruscamente pelo conde.

— Você vai ser minha! — ele disse, a segurança e a confiança de antes resgatadas, explícitas em sua voz e no rosto trincado. Levou Mariana com ele de volta para o salão de festas.

Capítulo 35

Decisão gloriosa

Entre protestos e sacudidas, Mariana era arrastada pelo conde até embaixo do arco de rosas roxas. Lá, ele tirou a aliança do bolso e a olhou com bastante apreço; bem diferente do modo como Mariana olhava para o objeto.

— Agora pare de se mexer, vamos, pare... — ele pediu, a segurando com força — PARE DE UMA VEZ, TENHA MODOS! — berrou em seguida, perdendo a paciência.

Mariana, assustada, parou.

— Me desculpe — ele disse, parecendo envergonhado — Agora, isso, muito bem. Paradinha. Preparada para se tornar a senhora da Grande Dama, condessa de Avenalhes, minha querida?

— Nunca! — disse Mariana, entre os dentes.

— Vamos, dê o dedo.

Naquele momento o chão tremeu. O Grande Pássaro estava de volta, sentia o corpo bem debilitado pelos ataques que recebera do anel de cristal do conde, mas ainda se sentia forte o bastante para se pôr de pé. O impacto do seu peso não só afetou os lustres, que balançavam no alto, como também fez a aliança escorregar dos dedos do conde, indo direto para o chão.

— Não! — gritou o conde, desesperado, soltando Mariana.

A aliança saiu rolando para longe dele, em direção aos pés do Grande Pássaro.

— A aliança — gritou Mariana.

O Grande Pássaro então avistou o pequenino objeto a cintilar percorrendo o chão, sem intenção de parar, vindo em sua direção.

Vendo que estava longe de conseguir a aliança antes que o Grande Pássaro o pegasse primeiro, e horrorizado ao imaginar o seu bem mais preciso e todos os seus sonhos próximos do fim, o conde, não pensando duas vezes, ergueu o punho e lançou um forte jato de luz púrpura bem no meio do peito do Grande Pássaro.

— Não! — gritou Mariana, enquanto o Grande Pássaro era lançado longe, indo de encontro à parede e caindo aparentemente sem vida.

Mariana saiu em disparada em direção a ele, mas foi pega pelo conde no meio do caminho. Ela sentiu os olhos arderem e estava para derramar lágrimas de tristeza, ódio e revolta quando então o Grande Pássaro fez um movimento brusco com a mão e, movendo-se, sentou-se. Ainda que visivelmente abatido e sentindo dor, estava vivo, e as lágrimas de Mariana secaram às bordas de seus olhos.

Devido a tal momento crítico, ninguém reparara quando um quarto personagem adicionou sua presença à cena dramática que vinha se prolongando. Levou algum tempo até ser percebido, no momento em que Mariana avistou Aidran, o rapaz já estava com a flecha encaixada no arco, pronto para atirar.

— Aidran! — gritou Mariana — NÃO!

Os olhos de Aidran brilhavam de emoção. A flecha apontava para a criatura, o dedo ainda a prendendo enquanto ele a admirava maravilhado. Experimentava uma forte, revigorante e deliciosa sensação, desintegrando-se todas as incertezas com a visão que tinha. Ele não estava errado, nunca estivera. Ali estava a criatura que imaginara tantas vezes. Era real. Seus lábios chegavam a tremer e o sorriso que queria ali se formar foi apenas retido pela consciência de que o momento pedia muita concentração. A glória viria depois, e então sim, ele poderia sorrir e gargalhar a vontade a caminho de Vóia, em posse da cabeça da Criatura da Floresta do Oito.

— Meu jovem! — exclamou o conde, em tom de júbilo — Graças a Deus. Veio para nos salvar!

Mariana encarou a dissimulação do conde com forte repúdio. O cérebro em tal estado que mal conseguia trazer à boca as palavras certas para dizer e só conseguiu gritar:

— Aidran, não!

— Rápido, atire nesse monstro terrível e nos salve, meu jovem — implorou o conde, tão falso que só mesmo a inocência de Aidran não seria capaz de sentir a falta de honestidade em suas palavras — Ele se machucou com os vidros ao invadir a mansão. Não se preocupe, Mariana, esse rapaz valente que acabou de chegar vai matar a criatura e não haverá mais perigo algum. Que benção! Um enviado de Deus, só pode.

— Cale a boca! — berrou Mariana — Ele mente, Aidran, não faça isso!

Mas Aidran pouco conseguia compreender o que aqueles dois diziam, nem distinguir se estavam unidos em um abraço ou outra coisa similar, pois toda a sua atenção estava voltada para a criatura que tanto almejava encontrar, que estava ali, da melhor maneira possível, encurralada contra a parede. O alvo certeiro.

Movida pelo desespero, Mariana conseguiu escapar dos braços do conde e correu até Aidran.

— Não faça isso, Aidran, não existe monstro algum! Não faça isso! — e agarrou o corpo da flecha, a abaixando em direção ao chão.

— Está louca? — Aidran arregalou os olhos para ela, a ação dela quebrando o transe em que ele se encontrava — Olha ele bem ali. Viu só! Você estava errada. Ele existe. Olha lá. Olha lá, Mariana.

— Não é o que parece, não existe monstro algum — ela insistia.

— O que você tem, hein? — Lançando a ela um olhar perplexo, Aidran investiu mais força no arco e dando alguns passos para trás livrou a flecha das mãos e do alcance de Mariana.

— O conde é um feiticeiro, Aidran! — disse Mariana, desesperada — Ele é maluco. Aquele ali no chão não é monstro algum, é o Kian. Entenda, Aidran, por favor! — ela suplicava, conseguindo muito pouco que Aidran absorvesse o significado de suas palavras.

O Grande Pássaro, sentindo a força retornar ao corpo, forçou movimento e se levantou, ainda que com um pouco de dificuldade.

Tomando atenção do monstro que se levantava, Aidran empurrou Mariana para o lado, quando ela tentou mais uma vez alcançar a flecha, e avançou alguns passos.

— Meu jovem arqueiro, depressa, o monstro está se levantando — disse o conde em urgência, vindo de encontro a ele.

— Aidran, não! — pediu Mariana em súplica — Seu rato! — e insultou assim o conde, quando ele se aproximou.

— Ele é realmente incrível — disse Aidran, mal dando ouvidos às palavras dissimuladas do conde e ao estado de desespero de Mariana, impressionado com o que via. A criatura, em pé, esticava os músculos, voltando à postura de antes, exibindo toda a sua forma, dando vida à imagem disforme que sempre existira na mente de Aidran e que agora estava ali, viva, assim como o grande sonho dele.

O conde, contendo tamanha euforia, ansioso pelo que previa como o perfeito desfecho para todo aquele drama, tremia da cabeça até a ponta dos pés, os olhos arregalados de excitação a ponto de saltarem de suas órbitas. Iam da ponta de flecha até o Grande Pássaro.

— Rapaz, ele vai nos atacar. Vamos. Atire nele — ele atiçava — Atire!

— Ele mente, Aidran! — exclamou Mariana em agonia, avançando e colocando-se em frente a ponta da flecha.

— Sua maluca! — gritou Aidran — Sai daí!

— Srta. Mariana, por favor, vamos cooperar — disse o conde, pronto a tirá-la dali.

— Aidran, escute bem, ele não é um monstro, é o Kian. Não é de verdade — dizia Mariana, tentando articular as palavras o máximo que conseguia, a ponta da flecha apontada para a sua garganta — Abaixa essa flecha agora. Não faça isso. Acredite em mim, Aidran!

Mas antes que Aidran pudesse chamá-la novamente de louca e o conde a puxasse com ele, Mariana foi subitamente levantada para o alto.

Era na verdade o Grande Pássaro que a tomara nos braços novamente.

— Atire nele! — gritou o conde, frustrado.

Mas a aproximação da criatura e o fato de estar em posse de Mariana, assustou Aidran. Atrapalhado, perdeu a força nos dedos e ficou assistindo com terror, sem nada fazer, Mariana sendo levada.

O conde, soltando uma bufada de frustração, avançou, tirando Aidran de sua passagem com um forte empurrão. Não queria revelar seus poderes na frente daquele jovem, mas não via como evitar isso, ou deixaria o Grande Pássaro finalmente fugir com Mariana.

Erguendo o punho, o anel consciente já do seu dever começando a cintilar, o conde desviou a mira da cabeça e da cabeleira de Mariana que insistia em entrar no seu campo de visão e atingiu o Grande Pássaro na panturrilha. O Grande Pássaro apenas vacilou um pouco e deslizou para o lado, diminuindo sua velocidade, mas não caiu.

Aidran, confuso com aquele inesperado jato de luz roxa, saltou para trás, movido pelo instinto, em busca de abrigo. De expressão boba e de olhos arregalados, procurava erroneamente a fonte de onde aquele jato de luz tinha surgido nada encontrou, apenas a parede e alguns quadros de aves caídos no chão.

O ataque ao Grande Pássaro não teve o efeito desejado, mas isso o conde já desconfiava. Via agora, no entanto, a oportunidade que queria. Aproveitando da lentidão nos movimentos do Grande Pássaro devido à panturrilha machucada, mirou na outra, a acertando. Desta vez, Aidran, muito espantado, conseguiu ver a real origem do jato de luz.

Soltando um uivo de dor e agonia, o Grande Pássaro foi de joelhos ao chão. Mariana escorregou das mãos dele, e também, de joelhos, foi ao chão.

— Você está bem? — ela perguntou à Kian, levantando-se. O toque gentil de suas mãos sobre os braços impotentes caídos ao lado do corpo gerou no conde grande revolta, e saiu em disparada para tomar o que era dele.

— Vem comigo — ele disse, puxando Mariana de uma vez — Aidran! — gritou em seguida, fazendo o rapaz despertar do estado de espanto que o petrificara no mesmo lugar — Eu a peguei! Mariana está salva. Agora, não perca essa chance, Aidran. Mate a criatura!

Aidran, ainda que confuso e incerto, levou a mão até a aljava e em posse de uma nova flecha, posicionou-se para atirar. Mariana gritou novamente em protesto, mas ele continuou erguendo a flecha na direção do Grande Pássaro caído no chão, fraco.

— Mariana me falou que você é um arqueiro muito habilidoso — começou o conde, segurando Mariana com força — Que deseja obter a glória destinada àquele que conseguir a cabeça da Criatura da Floresta do Oito, não é? Pois aí está sua chance, meu jovem. Aí está! Vamos, você consegue.

Mas Aidran hesitava. A flecha tremia.

— Não perca essa chance, meu rapaz. É agora — insistia o conde — Já consigo vislumbrar tudo de maravilhoso que essa recompensa lhe trará. Além da glória e de se tornar um imortal, aquele que matou a Criatura da Floresta do Oito vai ter uma vida boa, cheia de conforto e será respeitado por todos. Sabia que o Príncipe Regente tem sempre um lugar na corte dele para aqueles que fizeram grandes feitos? Vai ser sempre convidado para as festas no palácio, vai ter a chance de estar entre as pessoas mais encantadoras, de boa estirpe, de sobrenomes conhecidos e de poder. Vamos, Aidran! Torne-se o arqueiro mais celebrado de todos!

A flecha parecia tremer mais do que antes. O próprio Aidran pareceu perceber isso e tratou de reparar tal falha que poderia lhe custar a mira que tanto queria. Ele pareceu crescer alguns centímetros, seus olhos semicerraram e a flecha recuperou estabilidade.

— Não acredite nele, Aidran! — gritou Mariana — Não faça isso! Não acredita em mim? Em mim?

— A srta. Mariana é uma doce menina que está iludida, Aidran, achando que essa criatura é digna de ser poupada — soltou o conde, erguendo a voz acima da dela — Sabe como são as mulheres!

Mariana choramingou, indignada com o que ouvia. Invocou uma força não se sabe de onde e a impeliu contra o conde tentando se soltar dele, mas acabou apenas puxando-o consigo para o lado, seus braços e o corpo ainda imobilizados.

— Será que dá para se comportar? — pediu o conde, rangendo os dentes de impaciência, e a agarrando pelos punhos, a puxou com mais força para si, a dominando.

À altura dos olhos de Mariana, o cristal no anel do conde cintilava ofuscando um pouco sua visão. Ela ficou olhando, como que em um profundo transe, mas não estava sob feitiço algum; nem era a beleza do objeto a lhe inspirar aquela prolongada contemplação. Era outra coisa.

— Atire, Aidran! — gritou o conde —Atire e obtenha a glória. Torne-se um imortal!

Aidran parecia não ouvir nada, tão neutra era a expressão em seu rosto. Sua única fonte de interesse era o Grande Pássaro, para quem sua flecha continuava apontada. Mirada bem entre os olhos da criatura, bem no exato ponto que Aidran queria; que sempre quis. Ele conseguiria, sentia que sim, estava preparado. As palavras do conde pareciam vir de um lugar longe, embora o próprio homem estivesse ali perto.

— Atire, Aidran! — o conde não parava de gritar — Atire e obtenha a glória!

Recuperando suas forças, o Grande Pássaro tirou um dos joelhos do chão, soltando um som gutural, depois tomou impulso e tentou se levantar. Junto com ele a ponta da flecha de Aidran também se movia, seguindo seu alvo. Bem no meio dos olhos.

— A Glória, Aidran! — atiçava o conde.

De modo a neutralizar os movimentos bruscos de Mariana, que tentava se soltar a todo o momento, o conde a prendeu entre seus braços, segurando firmemente as mãos dela nas suas. Mariana fingia querer se soltar, enquanto isso seus dedos trabalhavam habilmente na tarefa que secretamente acreditava obter sucesso.

Fazia frio e o vento gelado vindo das portas estilhaçadas reinava dentro do salão de festas, mas os corpos tanto do conde quanto o de Mariana suavam devido à adrenalina. A todo custo, sem que o conde se desse conta, ela tentava deslizar o seu anel mágico para a ponta do dedo.

Ela estava quase lá. Podia sentir a pedra de cristal se deslocando.

— Vamos, meu rapaz! — continuou o conde, incentivando Aidran, tão absorto nele e no Grande Pássaro, que mal notava seu anel saindo do seu dedo — A Gloria será sua!

Mais um pouquinho e Mariana sentiria que o anel era seu.

— A GLÓRIA! — gritou o conde, certo de que agora veria a flechar sair em disparada e acertar o Grande Pássaro.

Naquele momento então, Mariana usou da força que vinha fingindo não ter e que por consequência iludira o conde, o fazendo diminuir sua força sem que notasse, e se soltou de seus braços. Levando um susto, o conde virou-se para ela e já estava com os braços estendidos para dominá-la novamente, quando o que viu o paralisou de horror.

Mariana segurava seu anel mágico de cristal.

Mas a paralisação pelo horror de ver o que nunca tinha saído de seu dedo desde que o criara nas mãos de outra pessoa durou pouco tempo. No segundo seguinte a cintura de Mariana já tinha sido tomada pelas mãos dele. A força com que ele a pegou a machucou, mas no momento Mariana tinha que ser resistente. Ignorando a dor, ergueu o braço, tirando o anel fora do alcance do conde, e gritou a todos pulmões:

— AIDRAN, DESTRUA O ANEL. É NO ANEL, AIDRAN. OLHE PRA MIM!

Os olhos de Aidran então ousaram desviar do Grande Pássaro para Mariana e a viu, tentando se desvencilhar das mãos violentas do conde, enquanto segurava com a ponta dos dedos no alto algo que brilhava.

— É NO ANEL, AIDRAN! — gritou Mariana de novo, e com as últimas forças que tinha, lançou o anel para cima — ATIRE NO ANEL!

O anel agora era um pequeno ponto brilhante de prata a riscar o ar, voando, como se tivesse vida própria. Os dedos de Aidran, já vermelhos, soltaram então finalmente a flecha. Sua escolha tinha sido feita. Com toda a habilidade que adquirira acertando os alvos delicadamente desenhados por Mariana nos troncos das árvores do bosque, Aidran conseguiu tal feito que para alguns teria sido sim digno de glória. A flecha perfurou o anel de cristal ainda no ar, o estilhaçando em centenas de pedaços, fazendo faíscas prateadas espirrarem para todo o lado, e por fim, culminar numa explosão de uma luz lilás que cegou todos por alguns segundos.

O conde soltou Mariana e se afastou. Com profunda tristeza, parecia procurar entre os cacos de vidros espalhados pelo chão aqueles que poderiam ser as sobras do seu anel mágico.

Atenta e cheia de expectativa, Mariana encarava o Grande Pássaro, incerta do quanto podia avançar. Esperava que algo pudesse acontecer agora que o anel não existia mais, que a fonte da magia que o amaldiçoara havia sido destruída, mas o Grande Pássaro continuou a ser o que ele era.

Em seguida, antes que Mariana pudesse dar mais um passo em direção a ele, houve um estouro de asas batendo furiosamente. Eram os pássaros das telas que ganhavam vida, saindo voando desesperados de suas molduras, ansiosos pela liberdade. Algumas telas caíam ao chão quando as asas dos prisioneiros batiam com violência nas laterais da moldura; outras resistiam, ainda penduradas à parede, porém agora vazias.

Centenas de penas soltavam-se pelo ar. Uma delas foi se enroscar entre os cabelos ondulados de Mariana, que assistia tudo aquilo impressionada. O conde, à distância, deixando-se cair em uma poltrona ali encostada à parede, escondida entre as sombras, soltou uma lamúria triste, enquanto via com pesar todos os seus queridos pássaros indo embora.

As esperanças de Mariana renovaram-se com aquele evento inesperado e, virando-se para o Grande Pássaro, esperou. A magia havia sido desfeita e, por isso, ela pensava, o Grande Pássaro não poderia ser uma exceção, mas nada parecia acontecer e Mariana sentia o peso da decepção e da tristeza a oprimindo. Por que nada acontecia? Ela se perguntava. Inquieta, avançou alguns passos.

Então Mariana parou de súbito ao perceber algo. Com surpresa e alegria crescente, ela notou que alguma coisa sim estava acontecendo, e concluiu que era a distância que dificultara sua visão e por isso não pôde ter percebido aquilo antes.

O Grande Pássaro, de fato, estava se transformando, mas bem lentamente.

Os calombos que formavam seus músculos iam diminuindo de tamanho, assim como o bico e sua cabeçona. As penas, inibindo-se, iam tornando aos poucos visível a pele grossa. Tudo ia lentamente se alterando no Grande Pássaro, exceto os olhos verdes, que brilhavam, contemplando com grande felicidade os braços restaurando a aparência humana que uma vez teve. A camada grossa que o deformava derretia-se em uma superfície lisa e suave.

Assim como Mariana, Aidran assistia impressionado à transformação da criatura. Tinha tudo para estar muito triste, assim como o conde, desolado nas sombras, porém o inesperado não lhe dava espaço para sentir a dor do sonho despedaçado. Saltando para o lado a tempo, Aidran desviou de um pássaro grande e de suas asas longas que quase o acertaram na testa, vindo em sua direção sem hesitar. Ganhando altura assim que atravessou a abertura entre as esquadrias quebradas, o pássaro se juntou a dezenas de outros que sumiam no céu escuro.

Lentamente, a cada novo pedaço de pele e membro humano que Mariana via o corpo do Grande Pássaro transmutar, ela dava um passo em sua direção. As penas já não existiam mais, restando somente os tufos de pelos que saiam da camisa e da barba. A cabeça ia diminuindo e as linhas de seu rosto ganhando feições humanas, formas masculinas e regulares.

— Mariana — disse Kian, sua voz saindo um pouco mais suave e muito emocionada — Olha só — e assistiu deslumbrado suas garras contorcendo-se e transformando-se em dedos longos e lisos — Eu tenho mãos novamente!

— Sim, você tem — disse Mariana, também emocionada.

Com felicidade, como se fosse um bebê se reconhecendo pela primeira vez, Kian dobrava e desdobrava os dedos. Em seguida, os levou ao rosto, apalpando e alisando com leveza seu rosto humano, a pele macia, o nariz.

— Mariana, sou eu de novo — ele disse, as lágrimas de alegria a cintilarem em seus olhos.

— Sim — com força, Mariana segurava uma mão na outra, as contraindo contra o abdômen, temendo que tomassem vida própria e fossem tocar aquela face rosada e humana que agora existia à sua frente.

Os olhos dos dois se encontraram, unidos por um brilho que provinha de uma magia diferente daquela cuja presença não existia mais. Ele estava para abraçá-la, quando subitamente seus olhos desviaram dos dela e seus braços se abaixaram. O rosto feliz, substituído por uma expressão de espanto.

Mariana virou-se, em busca do que ele tinha visto que o alterara daquela maneira. Seu coração gelou com medo do que encontraria, talvez o conde, possuído pelo ódio, vindo para cima deles, mas ela nem sequer conseguiu enxergar o conde, ainda muito abatido, escondido pelas sombras. O que Mariana viu foi uma moça, muito linda, vindo de uma das portas. Seus cabelos, longos e louros, esvoaçam ao seu redor pelo vento gelado que entrava pelas portas estilhaçadas.

Ela não lhe era estranha. Mariana já a tinha visto em algum lugar. Aquela figura e aqueles longos cabelos louros lhe eram frescos na memória, e num estalo, quando uma revoada de pássaros a sobrevoou, Mariana se lembrou da bela pintura sobre a lareira naquele quarto que entrara uma vez. A moça era ela.

— Ava — disse Kian, descrente, mas a moça não poderia lhe conceder afirmação, ele falara muito baixo, o espanto do que via lhe tirando a força da voz. Lentamente, caminhou em direção a ela — Estou louco? Estou vendo coisas? — ele sibilava para si mesmo — É a Ava? Será?

O olhar da moça varria o lugar, sem compreender o porquê de todos aqueles pássaros que batiam asas desesperadamente em busca de um céu, os vidros estilhaçados, aquelas pessoas que ela não conhecia, então ela viu Kian, seus olhos se iluminaram e nada mais importou.

— Kian! — ela gritou.

— É a Ava sim! — ele gritou, transbordando de alegria — Ava!

Os dois correram um para o encontro do outro e uniram-se em um abraço forte e apaixonado.

De longe, Mariana via com fascínio a manifestação daquele amor. Dentre tantas coisas impensáveis que tinham acontecido, aquilo parecia ser a mais grandiosa e improvável, apesar da simplicidade de sua natureza; o encontro de dois amantes. No entanto, acontecia. Mariana sentia um formigamento desconfortável dentro de si, ao mesmo tempo que o prazer provocado pelo amor daqueles dois tentava combater o que poderia vir a ser inveja ou ciúme.

— Você está bem? — perguntou Aidran, surgindo atrás de Mariana. As mãos dele erguendo ao redor do seu corpo, mas não a tocando.

Mas ela sim o tocou, um toque fraternal sobre o peito dele, e sorriu.

— Sim, estou — sua mão deslizou de volta e virou-se para os amantes que ainda estavam unidos naquele abraço.

Mariana permitiu-se então analisar seus sentimentos mais profundos e constatou com satisfação e alívio que não sentia, pelo menos, ciúmes. Observou com felicidade o casal e o homem que Kian era agora, robusto e bonito, de cabelos ralos e louros arruivados. Não era mais o Grande Pássaro; a criatura fascinante não existia mais. Portanto, seus sentimentos antigos e anseios tinham morrido junto com ele, e assim Mariana encerrou essa rápida exploração entre os confins do seu coração.

A cena de amor agora lhe era inteiramente agradável e, lembrando-se da presença de alguém que no passado não suportara o que se repetia, Mariana deslocou-se do seu lugar para onde o conde estava, pronta para gritar em alerta contra algo que ele ainda pudesse ser capaz de fazer, mas a cadeira onde o conde antes parecia definhar de tristeza estava vazia. O conde tinha ido embora e ninguém tinha notado.

Os amantes então finalmente se desgrudaram, e as devidas apresentações àqueles que restavam foram feitas. Poucos pássaros agora voavam acima de suas cabeças.

— É melhor irmos todos embora — disse Kian, em tom de precaução.

— Mas e quanto à sra. Siban? — perguntou Mariana, enquanto era ajudada por Aidran. Também lhe passava pela cabeça os criados que deviam estar em algum lugar da mansão.

Mas Kian garantiu a Mariana que a sra. Siban e todos ficariam bem, e até o conde, embora não fosse esse o seu real desejo. O importante no momento era irem embora dali antes que qualquer imprevisto pudesse acontecer, mas nada aconteceria. O anel do conde fora destruído e mais nada tão poderoso assim ele possuía.

Prestes a saírem, o som de algo se movendo quebrando o silêncio que eles deixavam para trás os fizeram virar. Apreensivos, esperaram, mas não era o conde, como poderiam ter imaginado, mas sim a última ave que sobrara e finalmente encontrara uma abertura para a liberdade.

Era o cisne negro, que ao chegar ao centro do salão, abriu suas asas e levantou voo. Sobrevoou a cabeça dos quatro ali, em direção ao seu companheiro no lago da Floresta do Oito.

Epílogo

Da noite para o dia, parou de nevar no Condado de Avenalhes, e em alguns dias, toda a neve acumulada derretera e a temperatura condizente com a aproximação de novembro foi subindo. Nuvens ao horizonte indicavam que logo o céu se fecharia novamente, só que desta vez, para trazer chuva; com ela os habitantes de Avenalhes já estavam acostumados.

Enquanto isso, todos aproveitavam o sol que banhava o Pátio do Relógio. Havia os que cuidavam das crianças que corriam para cá e para lá, os comerciantes que nunca perdiam uma oportunidade de lucrar e os jovens valentes que conversavam entusiasmadamente sobre a Criatura da Floresta do Oito. Nunca tinham a ouvido tão próxima do condado, e alegres, destemidos e cheios de vontade, criavam as mais variadas teorias.

— Devia estar à procura de abrigo no jardim do conde — dizia um.

— E ele sente frio, por acaso?

— Deve sentir, bicho também sente frio.

— Deve nada.

— Ele parecia muito furioso, foi horripilante.

— Ih, ficou com medinho, é?

E diante da provocação de um, logo comprada por todos, o jovem que ousara falar o que realmente sentira assumiu a postura de coragem que deveria ter e tentou recuperar o respeito dos colegas com uma explicação que pouco os convenceu.

Entre discórdias e risos, os jovens continuavam conversando animadamente, unidos por aquele assunto que sempre tinha sido de grande interesse. Apenas um deles, que acompanhava a conversa em silêncio, encostado na parede aproveitando o sol durante seu intervalo para almoço, não parecia nada afetado pelo retorno da Criatura da Floresta do Oito.

— Quem sabe a criatura deve estar rondando para lá da Grande Dama — sugeriu um deles — Não seria tão arriscado assim ir atrás dele, não é mesmo? Já andei pelos bosques de lá. É bem grande, porque de jeito nenhum eu entro naquela floresta sem fim.

— É verdade.

— Uai, não sabia que você tinha pretensão em caçar a criatura.

Mas antes que o rapaz que demonstrara interesse naquela façanha falasse, Aidran desencostou o corpo da parede onde estava acomodado e entrou no café. Ele não aguentava mais acompanhar aquela conversa e queria poupar seus ouvidos de escutar o rapaz falar com entusiasmo do seu mais novo objetivo de vida.

Da janela do apartamento de Susi, Mariana assistia a um cenário bem diferente dos últimos que avistara dali mesmo. O sol brilhava no céu aberto e o pouco de neve que restava ia aos poucos derretendo. Era um dia perfeito para muitas coisas e cada um o aproveitava à sua maneira. Mariana também tinha um propósito para ela, finalmente seguiria sua viagem para a cidade de Vóia.

Lá embaixo, suas malas já esperavam por ela, por entre os livros da livraria. Tinha acabado de lanchar com Susi e agora tomava uma última bebida quente, pois ainda fazia muito frio.

Durante o lanche, Mariana teve muito a contar à Susi, que a ouviu pacientemente, sem a interromper uma única vez. Ela gostaria que Susi tivesse dito alguma coisa, perguntado a respeito de uma particularidade do ocorrido que poderia ser do seu interesse, mas nada, não soltou um pio, e Mariana continuou a falar, contando tudo o que ela achava ser relevante, pelo menos para ela, aceitando que algumas pessoas eram assim como Susi, não gostavam de falar muito.

Contou que Kian e Ava se casariam logo e iriam viver na casa da árvore. A princípio, Kian, que agora possuía uma boa fortuna com as vendas dos casacos de pele de animais, tinha em mente outros planos quanto a uma moradia. Queria comprar uma casa no condado ou nas proximidades para viverem com mais conforto, mas no momento que Ava colocara os olhos na casa da árvore, decidiu por ele que era ali que eles morariam.

— Bom, então, quem sabe eu posso ampliá-la — disse Kian desistindo de fazer Ava mudar de ideia, mas não de conferir a ela todo o conforto possível.

Mariana contou a Susi que no mesmo instante Kian começara a esboçar algumas ideias para a ampliação da casa e pediu a ajuda dela. Ela, meio insegura, começou a riscar junto com ele algumas ideias e, quando viu, tinha criado vários rascunhos muito promissores.

— Vou usá-los — disse Kian, empolgado — São melhores que os meus. Posso?

Claro que Mariana consentiu.

Por enquanto, Ava moraria com os tios até o término das ampliações na casa da árvore. Seus tios ficaram muito surpresos ao revê-la, quando no dia anterior ela apareceu lá acompanhada de Kian para anunciar o noivado. Achavam que ela tinha voltado para a casa dos pais. Nunca houve motivo para suspeitarem de nada, porque raramente a tia de Ava trocava alguma correspondência com sua irmã; simplesmente porque achava que devia ser obrigação da irmã enviar cartas a ela, e não o contrário. O marido sempre dizia, você precisa ter orgulho e, se sua irmã sente falta de você, ela lhe escreverá. Por sua vez, a mãe de Ava nunca escreveu à irmã porque não tinha habilidades na escrita e possuía outros filhos para cuidar, enquanto que a irmã que vivia no Condado de Avenalhes nada tinha a fazer o dia inteiro.

Outro fator muito importante nisso tudo foi o conde, que primeiramente, escreveu aos tios de Ava se passando pela sobrinha, alegando que ela estava com tanta saudade de casa que subiu na primeira diligência que viu e foi embora, e depois aos pais de Ava, dessa vez usando seu próprio nome, dando a entender que a filha deles estava sendo muito bem cuidada em sua mansão e que muito em breve se casariam. Pai nenhum diria "não" a um conde rico e muito bem-educado.

Isso fez Mariana lembrar de seus pais e na possibilidade de coisa similar ter acontecido. Mas muito pior do que isso, ela lembrou-se que muito provavelmente a notícia de que o Velho Caolho tinha sofrido um assalto e que a filha deles, passageira da diligência naquele dia, se encontrava sumida, os deviam ter deixado em extrema angústia. Mariana sentiu uma imensa dor no coração e uma sensação de culpa horrível. Pediu a Susi caneta e papel e sentou-se ao canto para escrever uma carta aos pais. Escreveu três folhas, em que ela os poupara de muita coisa, incluíra Susi e Aidran, e por último, pedia que desconsiderassem, caso tivessem recebido, qualquer correspondência anterior a esta que tivesse relação à sua pessoa e a um certo conde.

Numa última conferida em todos os seus pertences, Mariana escorregou a mão no retrato de Tatiana. O rascunho feito no café sobre os olhos de Marcus e por um curto tempo dos de Aidran foi finalizado em meia hora de trabalho, em um dos dias chuvosos em que Mariana ficou presa na Grande Dama. Adicionara as sombras necessárias ao desenho e outras coisas; o conforto de trabalhar sozinha sem que pessoas volta e meia dessem uma olhada no que fazia era tão bom que não achou ruim em refazer algumas linhas. O retrato tinha ficado ótimo e Mariana esperava que sua conterrânea gostasse.

Tatiana recebeu Mariana nos fundos da casa dos Bordero, em uma área retangular entre uma sala e a cozinha. Era ali que os empregados mexericavam quando não estavam trabalhando, ou fumavam pensando em nada ou na vida que poderiam ter.

— Eu estou tão bonita, ai, Marcus precisa ver — disse Tatiana, os olhos dançando com prazer sobre a sua cópia melhorada de lápis no papel.

— Preciso ver o quê? — perguntou o rapaz, ao passar pela soleira da porta da cozinha, em direção à moças que estavam sentadas no banco.

A casa dos Bordero era uma construção grande e de vários quartos, no entanto, as informações entre a criadagem corriam tão velozmente por todos os cômodos quando surgia qualquer novidade, fosse ela excitante ou não, que Marcus, mesmo estando do outro lado da casa, no escritório do pai, havia ficado sabendo que a moça de Prodélia, aquela que o conde de Avenalhes estava interessado e que todos achavam que se tornaria condessa, estava ali para se encontrar com Tatiana, e vestida de maneira muito simples.

Marcus elogiou o trabalho de Mariana e apesar de Tatiana tentar cortá-lo quando sugeriu que adoraria uma tela a óleo daquele retrato, completou esse seu desejo, adicionando que ficaria perfeito em uma escala um pouco maior. Marcus não via o porquê da discrição com Mariana.

Contente pelos elogios, a pintora não negou que faria o trabalho, mas deixou claro que no momento não seria viável ao lembrá-lo que viera para se despedir, pois estava de partida para Vóia.

— Ah, você vai gostar de lá, muita gente de todos os lugares, movimento, festivais, festas, muitos bares — ia dizendo Marcus, quando Tatiana olhou torto para ele e o rapaz deu uma tossida e continuou — Ah, sim, e galerias de artes, devo lembrar. O Príncipe Regente adora artes, por isso é tão incentivador da cultura.

Para acrescentar mais contentamento ainda à Mariana além da satisfação de ter seu trabalho elogiado, Marcus lhe disse de alguns conhecidos em Vóia e citou alguns nomes, garantindo que eles a ajudariam caso precisasse. Era só mencionar Marcus Bordero, incentivou também a correspondência entre os dois, caso surgisse qualquer urgência.

Tatiana e Marcus lhe deram boa sorte e Mariana os retribuiu com desejos de felicidade e mais agradecimentos.

Olhando para o céu, a caminho de volta, Mariana sentia uma pontada de esperança que raras vezes sentia, pois não vinha de nenhum processo prévio racional, como costumava acontecer com ela. Simplesmente a sensação boa estava lá.

Agora era hora de partir, de volta à livraria, Mariana deu uma última conferida em suas coisas e preparou-se para se despedir de Susi. A livreira, que antes estava sentada à sua mesa com o nariz quase a relar nas páginas do livro, se encontrava agora de pé, perto da porta, segurando algo.

— Muito obrigada por tudo, Susi. Acho que já é hora — disse Mariana.

Susi, que segurava um livro, o entregou à Mariana.

— Para mim?

— Claro, para ler durante a viagem — ela disse então, em tom óbvio.

— Obrigada.

Dali, Mariana foi para o café para se despedir de Aidran. Pela janela, viu que o rapaz parecia bem ocupando, atendendo alguns clientes. Ela esperava que ele a visse, para que pudesse pelo menos acenar em despedida. Tinha pensado que naquele horário ele ainda estaria no intervalo para o almoço, mas pelo jeito não. A moça hesitou um pouco, indecisa se entrava ou não, ela não queria atrapalhá-lo.

— Moça! — gritou alguém — Ei! Srta. Mariana de Prodélia!

Era Obraz, do outro lado do pátio, vindo em direção a ela. Atrás dele, ela viu o coche estacionado que a levaria até a estação ferroviária.

— Ah, vejo que já está pronta — ele disse, esfregando uma mão na outra ao notar a mala aos seus pés.

— Sim, mas eu antes...

— Só peço que espere um pouquinho, que eu preciso pegar algumas encomendas que preciso levar junto, e já já estou de volta e então partiremos — e saiu apressado, entrando em uma das ruazinhas.

Mariana então se virou, decidida a entrar no café e se despedir de Aidran, mesmo que por cima dos ombros de alguns clientes. Mas antes que pudesse abrir a porta, o próprio Aidran surgiu diante dela.

— Já vai então — ele disse, como se notasse algo digno de uma mera observação. Mariana percebeu que seus olhos perderam o brilho que sempre tiveram, pareceu-lhe que até tinham diminuído de tamanho.

— Sim, eu pensei que estaria em horário de almoço.

— Eu estou... quer dizer, estava... quer dizer, eu já tinha comido e como não tinha nada pra fazer, resolvi voltar para trás da bancada. Sabe, antes eu costumava ter o que fazer nos meus horários vagos, mas agora...

Mariana compreendia ao que ele se referia, a amargura em sua voz quase lhe fazia gosto na própria boca. Mas não fez comentário algum.

— Bom, eu vim me despedir! — ela disse.

— Estou vendo — ele comentou, olhando para as bagagens aos seus pés — Sabe, eu gostaria de ir também para Vóia como você, mas a que propósito, não é?

— Encontre um — disse Mariana de maneira encorajadora — Ou invente um.

— Talvez eu vá para te visitar — ele disse então, soltando um sorriso, apesar do olhar ainda abatido e do tom de tristeza em sua voz seca — E ver uma das suas pinturas em uma loja.

Obraz estava de volta, carregando um saco em uma das mãos e um pacote na outra; vinha se desculpando por ter feito Mariana esperá-lo e, assim que viu Aidran, pediu ao rapaz que o ajudasse com as bagagens.

— Sim, claro — concordou Aidran.

— Ah, não, eu posso levar eu mesma — afirmou Mariana, já se curvando sobre a mala.

As mãos dos dois se esbarraram, mas foi a de Aidran, com rapidez, que agarrou a alça da mala e a puxou.

— Vou sentir saudades — ele disse, soltando pela primeira vez um sorriso um pouquinho mais alegre.

— Eu também vou — disse Mariana, sorrindo um sorriso menos alegre.

Os três seguiram para a diligência e lá cada um tomou o seu lugar. Obraz à direção, Mariana no lugar do passageiro e Aidran de pé, perto da janela, no lugar de quem ficava para trás.

— A gente se vê — ele disse.

— Sim, a gente se vê — respondeu Mariana, analisando com cuidado cada traço do rosto de Aidran para não se esquecer dele, do nariz longo e levemente torto, os lábios largos, a testa alta, a cicatriz que descia pela lateral da bochecha, na qual ela não tinha reparado antes, e os olhos escuros e grandes que tantas vezes brilhavam, cheios de vigor, agora opacos, meio sem vida e ela sabia bem o porquê.

Com uma leve sacudida, o coche começou a andar. Mariana ergueu a mão, acenando para Aidran, que ia ficando pequenininho cada vez mais. Até que certo ponto, ele deu às costas a ela e seguiu de volta para o café. Mas Mariana continuou a olhá-lo. Ela desejava tudo de bom para Aidran e esperava que ele fosse feliz e que, assim como sugerira, encontrasse algo que desse a ele algum propósito de vida, e seus olhos grandes recuperassem o vigor e o brilho de antes. Um que não fosse baseado em uma lenda mal contada, então o coche virou em uma estradinha e a silhueta de Adrian, meio encurvada, seguindo em direção ao café, sumiu do campo de visão de Mariana.

Tendo agora como paisagem apenas algumas árvores e o campo a fundir-se ao longe na vastidão verde que era a Floresta do Oito, Mariana se encontrava contente e empolgada. Finalmente seguia para a Cidade de Vóia e depois de tudo pelo o que passara não conseguia imaginar o que mais poderia vir a acontecer com ela; somente a realização do seu sonho, concluiu, otimista.

Fim.